KB269273

포나

꼬
라
포
나
정은우 연작소설
자이언트북스

일러두기
본문에 등장하는 외래어는 '외래어 표기법'을 따랐으나, 발레 용어로 굳어져 있
는 단어는 일상적 표기를 따랐습니다.

차례

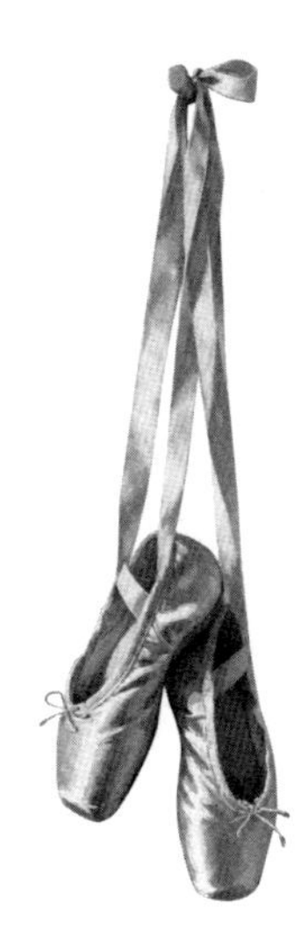

내일의 서정

0.

누군가 평화에게 은퇴 후 아이들을 돌볼 팔자라고 말했다면, 젊은 시절의 평화는 웃어넘겼을 것이다. 육아나 엄마라는 단어는 그녀와 어울리지 않았다. 인공지능 연구원이나 박사님이라면 모를까.

지금 평화는 누가 봐도 영락없이 손주들을 보살피는 할머니였다. 목에 두른 비단 스카프와 푸른색 스웨터, 움직이기 좋게 품이 큰 바지에 앞코가 살짝 벗겨진 운동화, 왼편으로 나란히 앉아 있는 아이들까지. 하나도 아닌 셋이었다 그녀의 남편이 아직 살아 있었다면 양손을 든 채 외쳤을 것이다. 신이시여! 그는 무신론자였다.

평화는 여행 일정 대신 아이들의 발레학원 일정을 짰다. 운전면허증 유효기간을 연장했고, 소형차를 다인승 SUV로 바꿨다. 아이들이 콩쿠르에 나갈 때 입을 의상과 장식뿐 아니라 발레 전공반 선생과 선배들에게 줄 간식도 골라야 했다.

할 일이 너무 많았지만, 다행히도 평화에게는 인공지능 '시라스'가 있었다.

시라스는 역대 콩쿠르별 수상자들의 특징이나 심사위원들의 성향을 비교 분석했고, 발레무용수들이 어떤 교육 과정을 거쳐 어느 발레단에 입단하는지 조사했다. 의상실에 예약 전화를 걸거나 간식 주문, 콩쿠르 일정에 맞춰 차량 점검 일자를 조정하는 일 역시 시라스의 몫이었다. 시라스는 평화의 유능한 비서였다.

그러나 변수는 늘 존재했다. 정비소 일정이 꼬이는 바람에 제시간에 차 수리가 끝나지 않았고, 이미 택시 예약도 꽉 차 있었다. 평화는 시라스와 상의 끝에 대중교통을 택했다. 무대 의상이며 자잘한 짐들을 생각하면 콜 밴을 부르는 편이 나을 수도 있지만, 평일 오전이니만큼 차가 막힐지도 몰랐다. 경연 시간에 늦느니 잠깐 고생하는 편이 낫다고 생각했다.

열차는 예상대로 붐볐다. 아이들은 평화의 손과 옷자락을 잡고 순순히 따라왔다. 생각보다 얌전했다. 콩쿠르 출전이 목전이니 나름 긴장한 모양이었다. 게다가 아침부터 지친 듯한 표정으로 앉아 있거나 서 있는 어른들 천지이니 눈치가 보일 만도 했다. 아이들은 한참을 저들끼리 속닥거리더니 순간 조용해졌다. 평화는 고개를 돌려 아이들을 확인했다. 아이들은 서로 머리를 포개거나 어깨에 기댄 채 잠들어 있었다. 시라스는 열두 정거장만 더 가면 도착이라고 했다. 늦지 않게 도착할 것 같았다.

"할머니."

평화는 반사적으로 고개를 돌렸다. 저를 부르는 목소리가 작지만 또렷했다. 정서였다.

"우리 얼마나 더 가야 하는지 물어봐도 돼요?"

평화는 살짝 왼편으로 몸을 돌려 앉았다. 정서는 열 살, 서 있는 것보다 가만히 앉아 있는 게 더 힘든 나이였다.

"갑갑하니?"

"아니요."

"긴장했니?"

"조금요."

"첫 콩쿠르라 그래."

두 번째라고 해서 긴장하지 않으리라는 법은 없지만. 평화는 손수건으로 정서의 이마에 맺힌 땀을 꾹꾹 눌러 닦아주었다. 헤어 젤로 꼼꼼하게 머리카락을 빗어 넘긴 덕분인지 정서의 머리는 더 동그랗게 보였다. 시냇물 아래에 깔린 자갈 같았다. 저 반질반질하고 조그만 머리통 속에서 얼마나 많은 걱정이 미꾸라지처럼 꿈틀거리고 있을까.

"괜찮아, 정서야. 연습한 대로만 하면 돼."

"너무 어려운 걸 골랐나 봐요."

정서가 눈썹을 아래로 축 늘어뜨렸다. 평화는 위로하는 대신 정서의 손을 잡아주었다. 차가웠다.

처음 작품이 정해졌을 때, 평화는 연습실 창문 너머로 아이들의 표정을 살폈다. 현정이는 투덜거리다가 혼이 났고, 연우는 입을 쭉 내밀고 있었다. 반면 정서는 창백하게 질린 얼굴로 바닥만 보았다.

정서의 첫 콩쿠르 작품은 발레극「코펠리아(Coppélia)」에 나오는 '스와닐다 왈츠'였다. 현정이 맡은 '인형 요정'이나 연우의 '할리퀴네이드'에 비하면 어려운 작품이었다. '스와닐다 왈츠'는 앞선 두 작품보다 음악이 긴 데다 연달아 뛰거나 도는 동작이 많았고, 동선도 넓게 써야 했다. 게다가 표정 연기까지. 중고등부, 적어도 초등부 고학년 전공생이라면 모를까, 정서에게는 너무 일렀다.

원장은 정서의 어깨를 두드리며 격려했다. 정서라면 할 수 있을 거라고. 정서는 초등부를 통틀어 턴이나 점프 테크닉의 완성도가 제일 높은 학생이었다. 턴을 할 때 팔을 모았다가 펴는 타이밍이며 뛰어올랐다가 착지하는 자세까지 무엇 하나 나무랄 데 없이 깔끔했다. 교과서 예시로 써도 좋을 법한 자세였다. 다 정서의 끈질긴 노력 덕분이었다. 정서는 무슨 동작이든 안 되면 속상해하는 대신 해낼 때까지 반복했다. 다시, 다시. 평화가 봐도 대단한 아이였다.

아이들 각자 원하는 작품으로 출전할 수 있다면 좋으련만, 평화는 안타까웠다. 작품을 고르는 건 원장과 선생들의 권한이었다. 괜히 이래라저래라 하다가는 원장의 눈 밖에 날 터였다. 학원을 옮긴다 한들 전공생을 전문적으로 가르치는 학원은 몇 없었고, 원장과 같은 발레학원 연합 소속인 학원에서는 아예 받아주지도 않는다고 했다.

평화는 고민 끝에 쿠키 세트를 사서 원장실로 찾아갔다. 원장은 이미 예상했다는 듯한 반응이었다. 현정이가 바라던 '오로라'는 중등부 때 하면 되고, 연우는 '할리퀴네이드'에서 제 유연성을 한껏 뽐낼 거라고 했다. 지적 하나 없이 칭찬 일색이었다. 평화는 원장이 내준 커피를 홀짝였다. 산미가 강해서 그녀의 입에는 영 맞지 않았다. 나머지 한 명은 어떤지 물어보려던 순간, 원장이 한숨을 쉬었다. "정서는요. 성실한데…… 너무 정석이라서 문제예요. 로봇 같아요."

표현력과 테크닉, 발레에는 둘 다 필요했다. 보통 초등부 전공생들은 턴이나 점프 같은 테크닉이 부족한 편이었다. 당연했다. 골격이 아직 덜 자란 데다 힘도 달리니까. 자라면서 해결될 문제였다. 표현력이 부족한 것보다는 나았다. 발레는 춤이니까. 테크닉이 아무리 뛰이니도 춤처럼 보이지 않는다면 발레가 아니라 곡예였다. 평화의 눈에는 둘 다 비슷해 보였지만, 원장은 다르다고 했다. "학원만 다닌다고 해서 해결될 문제가 아니에요. 이참에 '스와닐다'를 배우면서 표현력을 좀 키웠으면 하는데, 영……. 정서네 부모님께서 조금만 더 신경을 써주시면 좋을 텐데요."

무용 전공을 하려면 돈을 티슈 뽑듯 써야 한다지만, 사실

돈만으로는 부족했다. 시간과 인내심, 어디든 아이들을 실어 나를 수 있는 자동차. 그리고 친하지도 않은 원장과 20분 넘게 커피를 마실 만한 끈기와 정성까지. 그 모든 요건에 보호자의 헌신이 뒤따랐다. 그런 점에서 정서의 부모는 전공생 부모로서 실격이었다. 어떻게 학원 발표회조차 한 번도 보러 오지 않는 건지, 원장은 정서가 불쌍하다고 했다.

연우 부모는 맞벌이로 바빴으나 학원 발표회에는 꼬박꼬박 왔다. 동생 형우까지 따라와서는 무대에 선 연우를 향해 외쳤다. "형!" 관객들은 물론이고 무대에 선 아이들까지 웃음을 참지 못했다. 오직 연우만이 웃지 않았다. 연우는 무대에서 내려오자마자 형우를 한 대 쥐어박으려고 했다. 하마터면 발이 미끄러질 뻔했다면서.

정서도 그 광경을 보면서 웃었다. 딱히 상심한 것처럼 보이진 않았다. 평화가 준 푸른색 꽃다발을 받아 들면서 감사하다고도 했다. 현정이는 제 몫의 분홍색 꽃다발을 들고 방방 뛰었다. "사진 찍자, 사진!"

평화가 연우 엄마에게 듣기로는 정서의 부모가 이혼소송 중이라고 했다. 이미 정서가 초등학교에 입학했을 때부터 떨어져 살았다나. 양육권은 일찌감치 엄마가 가지기로 했지만, 재산 분할에서 쉽게 결론이 나지 않는 모양이었다. 연우 엄마는 정서가 의젓하게 굴어서 더 안쓰럽다고 했다. "얼마나 속상하겠어요?"

평화는 긍정도 부정도 표하지 않았다. 반감이나 동정심 때문은 아니었다. 자신에게는 그럴 권리가 없다고 생각했다.

정서가 불쌍하거나 안쓰럽다는 건 순전히 어른들의 감상일 뿐이었다. 그마저도 선의나 악의보다는 무관심에 가까웠다. 그들은 정서를 몰랐다. 적어도 정서는 스스로를 불쌍해하거나 안쓰러워하는 아이는 아니었다. 정서는 그냥 정서였다. 표현력이 부족하다는 원장의 지적에 괴로워하는 대신 틈틈이 유튜브로 안무 영상을 봤다.

정서 엄마도 무심한 사람은 아니었다. 정서 학원비며 의상 대여비, 선생들 수고비까지 평화 앞으로 꼬박꼬박 입금했다. 돈이 왜 이렇게 많이 드는지 묻거나 레슨비를 현금으로만 받는 건 학원 원장의 편법이 아니냐며 따지지도 않았다. 발표회 날에도 평화가 보낸 사진과 영상에 잊지 않고 감사를 표했다. 평화보다 훨씬 나은 부모였다.

평화는 정서의 작은 손을 주무르고 또 주물렀다. 너무 긴장하면 물만 먹어도 체한다고 했다. 그 큰 무대에 아이를 빈속으로 올려 보내고 싶진 않았다.

"할머니."

정서가 웅얼거렸다.

"죄송해요."

"뭐가?"

"계속 떼만 부려서요."

"떼는 어제 현정이가 티아라 쓰겠다면서 바닥에 드러누운 게 떼지. 여왕이나 공주도 아니고 요정인데 티아라를 쓰겠다니, 말이 되니?"

어제 일만 생각하면 평화는 웃음이 나왔다. 현정이는 30분 넘게 고집을 피우다가 원장에게 혼이 났다. 제 손녀지만 참 대단했다. 그러고는 한 시간도 안 되어 분홍빛 의상이 너무 예쁘다며 난리를 피웠다. 현정이는 원체 눈치가 빠른 아이였다. 제가 부린 게 억지고 떼라는 걸 알고 있지만, 일단 한번은 찔러보곤 했다. 되면 좋고, 아니면 말고. 손바닥 뒤집듯 가벼웠다. 그래서 속내를 알아차리기도 전에 팔랑팔랑 날아가버렸다.

반면 정서는 매사가 무겁고 진지했다. 정서였다면 원장에게 떼 한번 써보기는커녕 말 한마디에 옴짝달싹하지도 못한 채 얼어붙었을 것이다. 평화는 정서를 달랬다.

"다음에는 정서 네가 하고 싶은 작품으로 나가자. 할머니가 원장님께 잘 말씀드려볼게."

"하기 싫은 건 아니에요. 그냥……."

"그냥?"

"잘하고 싶어요."

"좋아하는 작품이면 더 잘할 수 있을 거야."

"저, '스와닐다 왈츠' 좋아해요."

"좋아해?"

"네, 음악도 좋고, 안무도 예쁘잖아요."

너무 좋아서 무섭다고, 정서가 중얼거렸다. 평화는 정서의 손을 꼭 잡았다. 두려워하는 거구나. 그녀도 아는 감정이었다. 좋아하는 만큼 잘하고 싶고, 잘하고 싶은 만큼 두려워졌다. 두렵다는 건 스스로 조그만 방에 틀어박히는 것과 같았다. 그마저도 모자라 문을 잠그고, 창문을 가렸다. 자신이 정말로 두려워하는 순간이 다가온다는 게 두려웠으니까. 두려워하는 이들에게는 단 몇 초 후의 미래도 버거웠다.

살아오면서 평화는 두려워하는 감정에 사로잡힌 사람들을 수도 없이 보아왔다. 지치고 무뎌지는 이가 있으면, 무작정 누군가에게 기대거나 믿으려 드는 이도 있었다. 몇몇은 두려워하는 자신을 외면하거나 두렵다는 감정을 잊어버린 척 시치미를 떼면서 버텼다. 전부 얕은수에 불과했다. 그러나 그 모든 수를 써서라도 살아남으려고 해야만 살아남을 수 있었다. 어떤 사람들은 두려워하다 못해 끝내 두려워하는 자신을 없애버렸다. 살아남지 못한 이들의 얼굴과 이름이 떠오를 때마다 평화는 자신이 너무 오래 살았다는 생각이 들었다.

시라스는 두려움이라는 감정을 이해하지 못했다.

"그게 끝인가요?"

"끝일 리가."

시라스에게 '끝'이란 곧 '답'이었다. 시라스는 답을 원했다. 사람들에게 답하려면 사람들의 답을 배워야 할 테니까.

그러나 평화는 두려움이 어디서, 어떻게 끝나는지 몰랐다. 그저 익숙해지거나 익숙해진 척하는 것뿐이었다. 몇 시간 후, 몇 분 후, 몇 초 후의 미래가 있는 한 두려움은 사라지지 않았다.

고민 끝에 평화는 가방에서 사탕을 꺼냈다.

"오렌지 맛 좋아하니?"

아이들이 평소 먹는 사탕보다 새콤하지만, 속이 답답할 때는 단맛보다는 신맛이 나았다. 느낌표처럼 정신이 번쩍 든달까. 정서는 평화의 손바닥에 놓인 사탕들을 물끄러미 바라보다가 입을 열었다.

"금붕어 같아요."

"금붕어?"

"아빠가 키워요. 엄청 커다란 수조에 열 마리 넘게 사는데, 조용해서 좋대요."

정서 아빠가 어떤 사람인지는 모르지만, 아이를 키울 만한 사람은 아닌 듯했다. 평화는 사탕을 까주었다.

"먹어봐."

정서는 순순히 입을 벌렸다. 입에서 사탕을 이리저리 굴리더니 눈을 동그랗게 떴다. 시면 뱉어도 된다고 했지만 뱉지 않았다. 꽤 마음에 드는 모양이었다.

"할머니가 정서에게만 비밀 하나 말해줄까."

"뭔데요?"

"이 전철을 타고 가다 보면 갑자기 불이 꺼질 때가 있거든.

엄청 깜깜해져. 눈앞에 누가 있는지 보이지도 않을 만큼."

"계속 깜깜해요?"

"아냐, 금방 다시 불이 들어와. 그러고 나면 커다란 강이 나오거든. 강을 건너서 두 정거장만 가면 경연장이야."

"그게 비밀이에요?"

정서는 조금 실망한 눈치였다. 고작 불이 꺼졌다가 켜지는 게 다라니, 비밀치고 소박하긴 했다. 평화는 고개를 저었다. 아니지, 아니지.

"강을 건널 때, 그 위로 삼각형 모양의 별이 비치거든. 그 별을 찾는 사람의 소원이 이루어진다는 말이 있단다."

"별은 밤에 뜨는 거잖아요."

"아주 밝은 별은 아침에도 빛나."

"정말요?"

"정말이야."

평화는 거짓말보다는 사실대로 말하는 편을 선호했다. 그게 훨씬 쉬웠다. 없는 건 없고, 있는 건 있다. 없는 걸 있다고 하거나 있는 걸 없다고 하는 게 더 어려웠다. 현정이처럼 눈치 빠른 애들이면 난도가 더더욱. 그래도 평화는 아이들 앞에서는 거짓말을 택했다. 아이들을 꿈꾸게 해주고 싶었다.

"할머니가 그 별을 찾은 적이 있거든."

평화의 귓속말에 정서가 눈을 반짝였다.

"할머니는 무슨 소원을 빌었어요?"

소원도 평화에게는 거짓말과 다를 게 없었다. 될 일은 되고, 안 될 일이면 안 됐다. 소원은 불가능한 일을 바랄 때나 쓰는 말이었다. 복권에 당첨된다든지, 최종 면접에서 통과한다든지 하는 일들. 불가능한 일이 가능해지려면 운이 필요했다. 운이라지만 사실 크고 작은 우연들일 뿐이었다. 안일하고 헛된 공상들. 그래도 평화는 정서가 제 말에 속아주길 바랐다.

"비밀이야, 소원은 말하면 안 이루어지거든."

"말하면 안 돼요?"

"응. 대신 할머니가 삼각형 모양 별이 어디서 뜨는지 알려줄게."

"그러면, 현정이랑 연우 깨워도 돼요?"

"왜?"

"같이 소원 빌고 싶어서요."

정서의 목소리는 진지했다. 평화는 웃음을 꾹 참으면서 고개를 끄덕였다.

"그래, 사탕도 나눠주렴. 잠이 확 깰 거야."

예상대로 현정은 눈을 번쩍 떴다.

"셔!"

연우가 잠이 덜 깬 목소리로 당연하지 않냐고 받아쳤다.

"오렌지 맛이니까 시겠지."

정서는 얼른 소원을 생각해보라며 둘을 채근했다. 이내 불이 꺼졌다.

평화는 눈을 감은 채 아이들이 속닥거리는 소리를 들었다. 아이들은 소원이 너무 길면 잊어버리거나 혀가 꼬일 수 있다느니, 하나밖에 못 비는 소원이면 소원 여러 개를 들어달라고 빌면 어떠냐느니 하는 맹랑한 말들을 진지하게 주고받았다.

이내 몇 분도 지나지 않아 다시 불이 켜졌다. 아이들은 약속이라도 한 듯이 창가 쪽으로 돌아앉았다. 밖으로 회색 벽과 아파트들이 이어지고 또 이어졌지만, 기다렸다. 이내 창문으로 빛이 쏟아져 들어왔다. 강이었다. 아이들이 서로 손을 맞잡은 채 외쳤다.

"저기야!"

강 위로 빛줄기가 길게 늘어져 있었다. 길 같았다. 커튼 너머로 야트막하게 열린 길. 무대로 향하는 길처럼 빛났다. 묵직한 커튼을 들추고 무대로 나오는 순간, 아이들은 혼자였다. 무대 위에는 조명이, 아래에는 객석이 있었다. 밝고 따가운 조명은 소소한 실수까지 다 들춰냈고, 캄캄한 객석에서는 모르는 사람들이 뜻 모를 시선과 표정으로 무대를 주시했다

"할머니!"

정서가 평화의 옷소매를 잡아당겼다.

"진짜 있어요!"

그럴 리가. 평화는 창밖을 바라보았다. 강물 위로 새하얀 삼각형 모양의 빛이 어른거렸다. 교각에 달린 장식물이나 어느 고층 건물에 달린 패널의 잔상이 아닐까. 어느 쪽이든 아

이들에게는 행운의 별이고, 아이들이 믿기로 선택한 현실이었다.

저 빛이 사라지기 전에 소원을 빌라며 아이들이 채근했다.

"얼른이요."

평화는 눈을 감았다. 물결 가장자리에 머물던 햇빛이 그녀의 눈꺼풀 안쪽에 잔상으로 남아 반짝거렸다. 소원은 짧고 명료했다. 평화는 아이들이 행복해지길 바랐다.

1.

연우는 정서가 발레를 그만둔 건 다 포나 때문이라고 했다.

"포나가 죽으라고 하면 죽을래? 넌 인간이고, 개는 인공지능이야."

정서는 집게로 불고기만 뒤적거렸다. 연우를 무시할 생각은 없지만, 무슨 말이 이어질지 알고 있었다. 벌써 수년째 듣는 이야기였다. 현정이 혀를 찼다.

"은행 잘 다니는 애한테 무슨 소리야."

연우가 잔을 소리 나게 내려놓았다. 그 바람에 잔에 담겨 있던 제로 콜라가 넘쳤다. "야!" 현정이 눈을 부라렸지만, 연우는 아랑곳하지 않았다.

"어차피 앞치마 입었으면서, 혼자서 왜 유난은."

"진상이야, 술도 못 마시는 애가 뭔 주정을 부린대?"

"못 마시는 게 아니라 안 마시는 거라고."

연우가 현정의 말을 정정했다. 현정은 핀잔을 줬다.

"그거나 저거나 똑같지."

무슨 화제로 대화를 시작하든 연우가 하는 말은 결국 다 똑같은 결론으로 끝났다. 정서가 발레를 그만두지 말았어야 한다는 것이었다.

"그놈의 인공지능!"

연우는 잔에 반쯤 남아 있던 콜라를 단숨에 들이켰다. 현정이 고개를 저었다.

"나중에 확인해서 블라우스에 콜라 자국 남아 있으면, 세탁비 청구할 거야. 친구라고 해서 봐주는 거 없어."

"청구해라, 청구해. 네가 진짜 친구냐? 친구라면 포기하지 말라고 잡아줬어야지."

"친구니까 정서의 선택을 존중하고 응원하는 거지."

"너한테 친구란 건 대체 뭐냐?"

"네 생떼를 20년 넘게 들어 주고 있는 사람이지."

"그렇게 오래됐어? 진짜 징글징글하다. 25주년 되면 기념으로 절교하자."

둘의 목소리가 격해졌지만, 정서는 말리지 않았다. 20주년도 아니고 25주년이 되면 절교하자니, 5년이나 시간을 주다니 참 후하다 싶었다. 그즈음 되면 또 30주년 기념으로 절교하자고 하겠지. 지금 그녀가 신경 써야 할 건 불판 위에서 익어가는 불고기였다. 제때 뒤집어주지 않으면 타버릴 테니까. 다행히 주변 테이블도 그들 못지않게 시끄러웠다.

　어차피 격해져봤자 지지부진한 말싸움으로 끝날 터였다. 연우는 아직 발레단 무용수로 활동 중이라 몸을 사려야 했고, 현정도 치고받으면서 싸우는 걸 좋아하지 않았다. 정서가 오랜 우정을 거쳐 얻은 통찰이었다.

　"연우야, 노화의 정의가 바뀐 지 꽤 됐단다. 이제 생물학적 나이는 중요하지 않아. 세상에 얼마나 빨리 적응하느냐에 따라 판단하지. 너 지금 고작 서른 중반인데 계속 포스트 러다이트주의자처럼 굴 거야?"

　문제는 이 싸움이 도무지 끝날 줄 모른다는 점이었다. 좀 오래가겠구나. 정서는 집게를 들고 불고기를 뒤적거렸다. 스마트 불판이라 고기가 타기 전에 자동으로 전원이 꺼진다지만, 자칫하면 음식이 군데군데 덜 익거나 차갑게 식어버렸다. 이름치고는 스마트하지 않았다. 그래도 식당들은 대부분 스마트 불판을 썼다. 손님들의 편의를 위해서라나. 평화는 직원 수를 줄이려는 꼼수라고 했다. "월급보다 서빙용 로봇이나 로봇 청소기 관리비가 더 싸거는." 그때 징시는 초등학생이었다. 무슨 뜻인지도 모른 채 고개를 끄덕였지만, 이제는 충분히 알았다. 세상은 서빙용 로봇과 로봇 청소기, 스마트 불판이며 키오스크까지 온통 '스마트' 천지였다. 사람 직원은 비싼 식당에서나 볼 수 있었다. 그녀가 일하고 있는 은행도 다르지 않았다.

　"줏대도 없이 인공지능이 하라는 대로 하는 것보다는 낫지."

“인공지능이 하라는 대로 하는 게 아니라 인공지능의 도움을 받는 거야. 우리 할머니처럼.”

“할머니는 인공지능 연구원이니까…….”

“그러니까 인공지능이 얼마나 유용한지도 잘 알고 계셨겠지. 연우야, 요즘 세상살이가 얼마나 복잡한지는 알지? 머리 하나라도 더 있으면 얼마나 좋겠어.”

“사공이 많으면 배가 산으로 간다는 말은 들어봤냐?”

“배가 산으로 가면 기적이지.”

1승, 현정의 승리였다. 연우가 손바닥으로 제 얼굴을 문질렀다. 정서는 묵묵히 불고기에 밥을 비볐다. 달고 짰다. 발레 전공생이었을 적에는 엄두도 못 낼 일이었다. 밥을 불고기 국물에 비벼 먹다니. 그때는 오로지 불고기만 조금 건져 먹어야 했다. 염분에 탄수화물까지 더해지면 다음 날 몸이 부어서 무거울 테니까.

“어쨌든 10년 넘게 했는데…….”

“10년이든 20년이든 정서가 그만두고 싶으면 그만두는 거지. 너는 10년도 더 된 일을 언제까지 들먹일 건데?”

“누구는 그만두고 싶은 마음이 없었던 줄 알아? 그럴 때마다 그만뒀으면, 나도 진즉에 발레단 때려치웠어. 내 생각에는 포나가 문제야.”

“네가 문제라는 생각은 안 해봤고?”

“내가 왜?”

연우 목소리가 살짝 높아졌다.

"발레 아니면 답이 아닌 것처럼 굴잖아."

"그게 아니라……."

2승, 현정의 완승이었다. 이대로 연승하게 내버려두었다간 연우가 내내 언짢아할 터였다. 정서는 젓가락을 내려놓았다. 그러고는 집게를 들어 불판 가장자리를 두드렸다. 집중.

"후식까지 먹을 거면 여덟 시 반에 일어나야 해."

그 말에 현정과 연우 둘 다 입을 다물고 식사를 시작했다. 어째 서른이 넘어도 모이기만 하면 10대처럼 굴었다. 말소리 대신 수저와 그릇이 부딪치는 소리만 들리는 가운데, 정서는 직원이 내온 수정과를 여유롭게 홀짝였다. 맵고 달았다. 직원 말로는 식당에서 직접 담근, 진짜 수정과라고 했다. 가짜 수정과도 있나. 진짜든 가짜든 상관할 필요도 없었다. 이제 지폐 감별이나 통장 위조 여부를 확인하는 일은 다 인공지능의 몫이었다.

연우는 포나 때문에 정서가 발레를 그만두었다고 생각했고, 현정은 포나 덕분에 정서가 은행원이 된 줄 알았다. 둘 다 온전한 정답도, 오답도 아니었다. 정서는 바로잡지 않았다. 포나는 그녀에게 춤을 그만두라고 한 적이 없었다. 그만두겠다는 결정은 정서가 내렸다. 오해를 푸는 데는 오해보다 더 많은 말이 필요했다. 그만큼 절실하게 이해를 바라거나 대단한 이유가 있는 것도 아니었다. 5년 차 은행원이 된 지금은 더

번거롭기만 했다. 이미 다 지나간 일이었다. 그녀에게도, 포나에게도.

포나. 행운의 여신 '포르투나'에서 따온 이름이었다.

성능만 놓고 보면 이전에 출시된 복합형 인공지능과 비슷했지만, 시작점이나 지향점은 상이했다. 이전의 복합형 인공지능들은 하나같이 '최고의 비서'니 뭐니 하면서 다른 인공지능보다 '얼마나' 뛰어난지 떠벌리느라 바빴지만, 포나는 달랐다. 포나 제작사 홈페이지 대문에는 '포나가 하지 못하는 것'이 백여 개 가까이 적혀 있었다.

포나는 팬데믹이 언제 찾아오는지 모른다.
포나는 다음 대통령이 누구인지 알아맞힐 수 없다.
포나는 어느 주식의 주가가 오르내리는지 예측할 수 없다.
　⋮
포나는 선택하지 못한다.
선택은 오롯이 사용자의 몫이다.

포나를 만든 회사는 소규모 스타트업이었다. 인터넷 커뮤니티 게시판에 홍보 방식이 특이하다며 한두 번 글이 올라왔지만, 판매량에 큰 변화가 있지는 않았다.

몇 달 후, 회사 공식 유튜브 채널에 광고 영상이 올라왔다.

20분이 넘는 광고라니, 유튜브는커녕 텔레비전에서도 틀 수 없을 만큼 긴 분량이었다. 모든 게 점점 짧아지는 추세였다. 홍보 담당자가 누군지는 몰라도 시류를 읽지 못했다는 반응이 잇따랐다. 댓글난에는 '광고를 보다가 잤다'거나 '망한 영화감독 지망생이 찍은 필름 같다'는 악플이 달렸다. 채널 관리자는 그 댓글을 삭제하는 대신 하트를 눌렀다.

포나 광고는 나온 지 두 달이 지나고 나서야 영화관에 걸렸다. 영화 예고편처럼 흥미진진하거나 유명 인사가 나오지도 않았다. 다른 광고에 비하면 러닝타임이 길다는 점 말고는 특별한 게 없었다. 관객들도 별다른 관심을 보이지 않았다. 그들이 보러 온 건 영화지 광고가 아니니까. 그래도 포나 관계자들은 다양한 연령대와 성별, 직업을 지닌 사용자들과 포나가 나오는 광고들을 꾸준히 만들어서 내보냈다.

포나가 검색어 순위에 오르내리기 시작한 건 어느 영화 브이로거의 영화평 영상 덕분이었다. 브이로거는 기대에 영 미치지 못한 영화였다며 날카로운 감상평을 늘어놓았다. 그러고는 영상 막바지에 차라리 포나 광고가 더 나았다고 자막을 띄웠다. 이에 동조하는 댓글이 하나둘씩 달리기 시작했다. 며칠 후 브이로거는 영화관에서 봤던 포나 광고들의 내용을 정리하고 순위를 매기는 영상을 찍었다. 열두 편이나 됐다. 브이로거는 다 보느라 영화관 곳곳을 돌아다녀야 했지만, 후회는 없다고 했다.

브이로거가 포나 광고에 흥미를 느낀 이유는 두 가지였다. 첫 번째는 광고 속 포나를 묘사하는 방식이었다. 다른 인공지능 회사들은 인공지능을 유능해 보이는 성인 남녀로 의인화했다면, 포나는 이제 막 걸음마를 뗀 아기나 어린이로 등장했다. "포나." 사용자가 이름을 부르면 포나는 반짝이는 눈으로 정면을 응시하다가 활짝 웃었다. 사용자를, 화면 밖 관객을 향해서.

두 번째는 20분이 넘는 광고가 하나도 길게 느껴지지 않는다는 점이었다. 브이로거가 1위로 꼽은 포나 광고는 열 살도 채 안 되었을 법한 포나의 클로즈업으로 시작했다. "포나." 누군가의 목소리에 포나는 고개를 끄덕였다. 그러고는 카메라의 왼편에 서서 졸졸 따라왔다. 화면 위로는 포나뿐 아니라 다양한 사람들과 풍경이 다채롭게 오갔다. 포나는 조금씩 화면 가장자리로 밀려나다가 이내 사라졌다.

몇 분 후 카메라는 텅 빈 방과 거리, 어두운 푸른빛을 띤 병원 복도를 담았다. 그러나 분위기와 달리 배경음악은 평화로웠다. 이윽고 카메라가 방향을 돌린 순간, 휠체어를 미는 손이 보였다. 카메라가 천천히 올라갔다. 단단한 손목과 팔뚝을, 곧은 어깨와 미소 짓는 얼굴을 차례로 비췄다. 포나였다. 자글자글하게 주름진 사용자의 손이 화면 가장자리에서 나오더니 포나의 손을 잡았다. "포나." 포나는 웃었다. 사용자를 향한 한없는 신뢰와 애정이 담긴 미소였다. 그 장면을 끝으로 화면에 문구가 떠올랐다.

우리라는 행운.
당신의 동반자, 포나.

브이로거는 포나 광고가 웬만한 영화보다 낫다고 했다. 혹시 회사로부터 뒷돈이라도 받은 게 아니냐고 비아냥거리는 사람도 있었지만, 동영상 추천수며 동조하는 댓글이 더 많았다. 뒤늦게 포나 프로그램의 장단점을 분석하는 영상도 하나둘씩 올라왔다. 포나는 타사 인공지능 프로그램에 비하면 특출나게 뛰어난 점은 없지만, 운용 방식이 미미하게 달랐다.

포나의 데이터는 반 이상이 사용자를 관찰한 결과였다. 보통 인공지능 제작사들은 사용자의 개인정보를 수집하기는 했지만, 데이터베이스의 기반은 외부 데이터로 구성되어 있었다. 그런 제작사들은 온갖 검색엔진이며 세계 곳곳의 도서관, 학술 채널 등 온갖 휘황찬란한 출처들을 들먹이며 자신들이 만든 인공지능 프로그램이 얼마나 똑똑한지 자랑하기에 바빴다. 반면 포나는 외부 데이터보다는 사용자의 행동과 생활 습관, 사용자가 지향하거나 지양하는 것, 주변 사람들과의 관계나 고민 등 자질구레한 정보들에 초점을 맞췄다. 데이터베이스에서 외부 데이터의 비율을 줄여나가는 게 포나의 목표였다.

개인정보 유출을 걱정하는 목소리도 있었다. 그러나 사실 다른 인공지능 프로그램들도 개인정보를 기반으로 알고리즘을 형성해 은근슬쩍 광고를 끼워 넣기 일쑤였다. 포나 제작사 측에서는 개인정보 수집이 불편하다면 차단할 수 있으며, 차단하더라도 사용자가 원한다면 서비스를 이용할 수 있다고 했다. 다만 포나의 취지가 사용자의 선택을 도와주는 데 있는 만큼, 사용자에 관해 많이 알면 알수록 더 효과적일 것이라고 덧붙였다.

연우는 다른 인공지능 프로그램들도 엉터리지만, 포나는 사기 같다고 했다. 다른 인공지능과 별반 다를 게 없으면서 뭔가 있는 척 얼버무리는 것 같다나.

이전의 인공지능 프로그램들은 한결같이 단 하나의 답, 보다 나은 답을 내놓는 데만 공을 들였다. 그렇다면 모든 인공지능 프로그램이 내놓는 답들은 똑같아야 하고, 똑같은 답뿐이라면 인공지능 프로그램들이 그렇게 많을 필요도 없었다. 인공지능 제작사들은 서로의 답을 깎아내리고 허점을 찾아내 지적하기 바빴다.

단 하나의 정답을 추구하는 다른 복합형 인공지능과 달리, 포나는 사용자에게 여러 선택지를 제시했다. 그 선택지들은 포나가 수집한 사용자의 취향과 성향, 가치관, 현재 처한 상황, 심지어 선호하는 선택지의 개수까지 고려하여 선별된 것이었다. 만일 사용자가 그중 아무것도 마음에 들어하지 않으면, 또 다른 선택지를 내놓았다. 포나는 친절했다. 인간과 달리 싫증을 내거나 짜증을 부리지도 않았다.

"버릇만 나빠지겠지. 이러나저러나 사람 못쓰게 만드는 건 똑같아."

연우의 반응은 냉랭했다. 현정이 젓가락을 까딱거리면서 혀를 찼다.

"우리 과장님인 줄 알았네."

현정이 속한 인사팀 과장은 툭하면 요즘 애들을 들먹였다. 요즘 애들은 당연하다는 듯이 인공지능에게 기댄다나. 그러니 끈기가 없고, 부정적인 데다 편한 세상에 태어나서 아무것도 못 하는 걸 자랑처럼 여기는 거라고. 조금 더 나이를 먹어 높은 곳에 올라서면 저보다 어리고 낮은 직급의 사람들이 이해 불가능한 멍청이로 보이는 걸까.

뭘 모르니 함부로 뭘 할 수가 없고, 아무것도 하지 못하니 답답하고, 답답하니까 다른 생각이 들기 마련이고, 익숙해질 대로 익숙해진 사람들에게는 편할 테지만 그렇지 않은 사람으로서는 익숙지 않으니 불편한 게 당연했다. 그 당연한 사실에도 혹여 손가락질을 받을까 봐 불안할 테고, 전전긍긍하면서 기댈 만한 곳을 찾기 마련이었다. 현정은 회장이 사원들에게 배포한 자서전 전자책에서 읽은 구절들을 떠올렸다. 소싯적에 회장은 기업 후계자로서 아버지를 보고 많은 걸 배웠다고 했다. 아는 게 없는 이상, 저보다 많이 아는 이에게 배울 수밖에 없었다. 지금도 마찬가지였다. 단지 가르쳐줄 이가 인공지능으로 바뀌었을 뿐이었다.

"신입사원들을 애라고 부르는 것도 별로야. 그렇게 따지자면 대리나 팀장도 다 애야. 그냥 제일 만만하고 그만둬도 그만인 애들을 트집 잡는 거지. 꼰대야, 꼰대."

현정이 숟가락으로 테이블을 두드리며 외쳤다.

"만국의 노동자여, 궐기하라!"

연우가 그만하라고 해도 현정은 아랑곳하지 않았다. 정서가 말리고 나서야 소리가 멎었다.

"하여간 내 말만 안 듣지."

연우가 입술을 비죽거렸다.

"그만둘 거면 신입 때 그만두는 게 낫지. 적성에 안 맞을 수도 있잖아."

"넌 좋은 선배는 못 되겠다."

"내가 좋은 선배 되려고 발레단에 들어간 줄 알아?"

"적어도 나쁜 선배는 되지 말아야지."

"뭐가 나빠? 쉽게 답을 얻고 싶어 하는 게 문제 아닌가. 그게 좀 찔리니까 선택 운운하는 거지. 발레를 잘하고 싶으면 어떻게 해야 하는지 알아? 일단 첫 번째는 인공지능에게 발레를 잘하려면 어떻게 해야 하냐고 물어보지 않는 거야. 본인이 계속 연습하고 움직여야 알 수 있는 거라고."

현정이 혀를 찼다.

"역시 너도 발레단 꼰대야."

"이 나이 되면 다 꼰대지. 너는 아닌 줄 알아? 너도 그렇고, 정서 재도 똑같아. 다 꼰대야."

정서는 딱히 부인할 생각이 없었다. 대신 연우 몫으로 나온 수정과도 마셔버렸다. 어차피 설탕 덩어리라면서 마시지도 않을 게 뻔했다. 연우는 나이가 들수록 점점 더 철저해졌다.

현정은 연우를 두고 강박이고 병이라고 했지만, 정서는 연우가 조금 부러웠다. 연우는 발레를 계속하기 위해서라면 무엇이든 할 사람이었다. 발레가 아닌 선택지는 거들떠보지도 않았다. 이도 저도 선택하지 못하는 순간을 맞닥뜨린 적이 있기나 할까.

발레를 계속할까, 그만둘까.

몇 년 내내 정서를 괴롭힌 질문이었다. 어느 쪽을 선택하든 미래는 불투명했다. 자신이 발레를 계속하더라도 발레단에 입단할 수 있을지는 알 수 없었다. 그렇다고 10년 넘게 해 온 발레를 그만둔다면 뭘 해야 할지, 뭘 할 수 있을지도 알지 못했다. 그녀는 결국 예고를 졸업하고 대학 입시 시험장에 들어갔다. 서울의 한 여대 발레과에 합격했지만, 다른 신입생들처럼 기쁘거나 후련하지는 않았다. 선택할 새도 없이 떠밀려가는 생활의 연속이었다.

계속할 수 있을까, 계속하지 못한다면? 계속해서는 안 된다면, 무엇을 해야 하나. 그 질문들은 학교에서, 연습실에서,

무대 뒤편에서, 전철에서, 일어난 후나 잠들기 전 침대에서, 휴학한 후 친구들과 마주 앉은 테이블에서도 정서에게 들러붙어 있었다. 무엇을 선택해야 할지, 무엇을 선택하는지도 모르는 채로 선택해야 할까, 아니면 선택하지 말아야 할까.

발레단 오디션에 몇 년째 떨어지는 무용수들은 허다했다. 운 좋게 붙더라도 계약직인 데다 수입이 불안정한 경우가 대다수라 학원 수업이나 개인 레슨을 병행하는 등 불안정한 삶을 이어나갈 수밖에 없었다. 그 와중에 무대에서 빛나기 위해 더 뛰고 더 많이 돌다 보면 몸에 무리가 갔지만, 무대에서 끝까지 웃는 얼굴로 버틴다는 것 자체가 무리였다. 버티고 버티다가 다치기 일쑤였고, 다친 순간에 비해 회복하는 시간은 너무나도 길었다.

정서에게 선택한다는 건 엎어놓은 카드 두 장 중 하나를 골라서 뒤집는 것과 같았다. 그 카드 앞면에 무슨 무늬가 있는지 모르지만, 그래도 무엇이든 골라야 했다. 시간은 멈추지 않고 흘러가니까. 흘러가다 보면 언젠가는 녹고 무너져서 원래대로 되돌릴 수 없는 순간이 올 테니까. 춤추든 춤추지 않든, 무엇을 선택하든 자유였다. 자유에는 책임이 따랐다. 무겁고 버거웠다.

포나는 뭘 선택해야 하는지는 알려주지 않았지만, 그 선택지들이 뭘 뜻하는지는 알려주었다. 먼저 포나는 발레학교 입학 기준이며 세계 유수의 무용수들에 관한 데이터를 기반으로 정서를 분석했다. 무용수로서 정서의 신체 적합도는 24.75%였고, 활동 가능한 연수는 10년이었다. 10년. 그간 전공생으로서 춤춘 세월에 비하면 너무 짧았다. 그마저도 발레단에 바로 합격하지 않는 이상 불가능했다. 이미 정서도 짐작한 바였다.

포나가 알려준 건 그뿐만이 아니었다. 포나는 정서의 장단점을 분석한 후 단순 사무직보다는 전문적인 지식을 갖춘 서비스직이 어울릴 확률이 높다고 했다. 예술 전공생치고는 수학 점수가 좋고, 매사 신중하니 민감한 돈 문제도 잘 다룰 수 있으리라 보았다. 그러고는 추천하는 직업들과 그 이유, 준비 방법까지 다 적어주었다. 새로운 삶들, 정서가 상상치도 못한 미래였다. 더는 망설일 이유가 없었다. 정서는 그중 하나였던 은행원을 골랐다.

포나가 준 기회였다.

월요일 오전 조회는 늘 지점상의 딩부로 끝났다. 고객에게 친절할 것. 설령 고객이 뭘 던지고 소리를 지르든 친절하게 굴어야 했다. 정서를 비롯한 은행원들은 지점장이 채 말을 끝맺기도 전에 고개를 끄덕였다. 유니폼 오른쪽 가슴팍에 다는 배지에도 쓰여 있었다. '인간을 위한 인간으로서 친절하겠습니다.' 인공지능 행원을 늘리는 대신 인간 행원이 고용된 이유였다.

업무 효율성은 인공지능 행원이 월등히 높았지만, 직접 은행까지 찾아오는 고객 대다수는 인간 행원을 찾았다. 셋 중 하나였다. 인공지능 행원에게 통하지 않을 만큼 비합리적인 요구를 하거나 포스트 러다이트주의자, 그도 아니면 인공지능 행원의 업무 처리 속도를 따라잡지 못하는 사람들이었다.

지점장이 말하길, 온라인뱅킹 시스템이 처음 도입되었을 때 은행에서는 당연하다는 듯이 지점을 줄이고 행원들을 해고했다고 한다. 당연했다. 이제는 어디서든 큰돈을 송금하거나 대출 신청이 가능해졌다. 굳이 은행을 방문하지 않아도 대부분의 일을 처리할 수 있었다. 은행 이사진은 비싼 임대료와 귀찮은 인건비를 줄이고 시스템 구축에 투자했다. 편리한 세상이었다. 편한 만큼 방심하기 쉬웠고, 방심한 순간 속아 넘어갔다.

그즈음 어느 경제 유튜버가 '반(反)-은행' 운동을 선언했다. 은행권에서는 화젯거리도 되지 않았다. 사람들의 이목을 끌겠답시고 온갖 기상천외한 짓을 저지르는 유튜버들은 허다했고, 구독자가 백 명도 채 넘지 못하는 채널이니 견제할 필요도 없다며 넘겼다.

유튜버는 집요하고 충실했다. 은행 온라인 거래를 차단했고, 월급도 현금으로 받았다. 종이돈과 동전으로 가득 찬 가방을 들고 귀가하는 영상이 실시간 1위에 오르면서 구독자 수는 천정부지로 늘기 시작했다. 다른 유명한 금융 경제 채널에서 합동 방송을 요청할 정도였다. 유튜버는 감상을 묻는 패널에게 자신의 노동이 얼마나 무겁고도 가벼운지 깨달았으며, 그만큼 더 절약할 생각이라고 했다.

금융권에서는 '반-은행' 운동은 일시적인 유행일 뿐이며, 유튜버가 내세우는 강령 또한 유치하고 퇴행적이니 오래가지 못할 것이라고 여겼다. 은행 없이 산다는 건 국가 없이 산다는 소리와 같았다. 심지어 유튜버 본인도 소액의 돈을 은행 계좌에 입금했다. 이에 악플이 달렸지만, 기다렸다는 듯이 바로 해명 영상이 올라왔다.

영상 속 유튜버는 사과는커녕 태연하게 입을 열었다. 자신이 은행에 간 이유는 우선 주변에 현금을 받는 가게가 없기 때문이라고 했다. 이는 카드사를 비롯한 금융권이 신용카드 연회비를 받아먹으려는 속셈에 넘어간 거라며 한숨을 쉬었다. 그래서 은행에 가서도 일부러 인공지능 행원 대신 인간 행원을 찾는 거라고 주장했다. 이유는 두 가지였다. 첫째, 인공지능 행원보다 인간 행원을 고용하는 데 돈이 더 드니까, 둘째, 인공지능 행원은 금융사의 이익을 극대화하는 쪽으로 설계되어 있으니, 나름의 가치관과 양심이 있는 인간 행원에게 업무를 보는 편이 더 낫다고 했다.

하나는 맞고 하나는 틀렸다. 인공지능 행원이 처리하지 못하는 일이라면, 인간 행원 역시 불가능한 일이었다. 무엇보다도 인간 행원들은 인공지능과 함께 일했다. 은행 경영진은 같잖은 선동이라며 비웃었다. 그러나 영상이 올라온 후 온라인 대신 은행으로 직접 와서 거래하는 고객들이 기하급수적으로 늘어난 데다 인공지능 행원 대신 인간 행원 수를 늘려달라는 민원이 빗발치자 더는 비웃지 못했다. 아니, 비웃을 새도 없었다. 추가 채용 공고를 내야 했다.

때마침 정서는 포나의 권고로 은행 텔러 자격증을 딴 참이었다. 포나가 채용 공고 링크들을 보내줬지만, 큰 기대는 하지 않았다. 대학에서 금융 관련 학과를 전공하지도 않았거니와 단번에 취직할 가능성도 요원했다. 서류 심사에 통과했다는 소식을 받은 날에도 기뻐하지 않았다. 꿈은 모를수록 커지고, 간절해질수록 치명적이니까. 오래전 몸소 배운 교훈이었다. 최종 합격 통보를 받은 날에야 비로소 안도했다. 새롭게 살 기회였다.

새로운 삶에 익숙해지는 건 금방이었다. 정서는 고객들에게 통장이나 신분증을 요청할 때 더는 주저하지 않았고, 고객들이 예적금 상품을 추천해달라고 하면 모니터에 잠시 시선을 고정한 채 마우스 소리를 냈다. 추천할 상품은 이미 머릿속에 정해져 있었지만, 일부러 뜸을 들였다. 뜸도 적당해야 했다. 너무 길면 전문성을 의심받고, 너무 짧으면 성의가 없어 보였다. 목소리는 한 톤 낮췄다. 진지하게, 진심을 담아 말하고 있다는 느낌이 나야 했다.

인간 행원을 찾는 고객들은 둘 중 하나였다. 포스트 러다이트주의자이거나 누구나 붙잡고 말하고 싶은 사람. 후자의 경우, 너무 복잡하고 어려워서 인공지능 행원 부스로 들어갈 수 없다며 일장 하소연을 늘어놓지만, 정작 입출금 같은 단순 업무로 끝나곤 했다. 그래도 도중에 말을 끊는 건 금물이었다. 정서를 비롯한 행원들은 고개를 주억거리면서 열심히 듣는 척해야 했다.

정서도 처음에는 다른 행원들처럼 이 모든 게 비효율적인 처사라고 여겼다. 말하는 게 목적이라면 인간보다는 인공지능이 더 나을 텐데. 인간의 인내심과 집중력에는 한계가 있으나 인공지능은 한계가 없었다. 인간이 무엇을, 얼마나 말하더라도 다 들어 주었다. 잊어버리지도 않았다. 그래서 문제였다. 신뢰나 양심은 핑계일 뿐이었다. 고객들은 낯설지만 친절하고, 열심히 듣기는 하나 잊어버리고 마는 인간에게 말하러 왔다. 동료 행원도 동의했다. 은행원을 하려면 텔러 말고 상담심리 자격증을 따는 편이 더 낫겠다는 농담을 던지면서. 정서는 고개를 끄덕였다.

오늘도 인공지능 행원 부스는 한산했지만, 인간 행원 부스 앞에는 대기 고객들이 줄지어 앉아 있었다. 정서는 버튼을 눌러 다섯 번째 고객을 호출했다. 중년 부부였다. 딸의 부탁을 받고 통장에 든 돈을 대리 출금하러 왔다고 했다. 현금으로, 게다가 전액 출금이었다. 보기 드문 경우였다. 정서는 부부와 눈을 맞추며 웃었다.

보통 출금하러 오는 쪽은 아이들이고, 부모들은 자녀 앞으로 새로 계좌를 개설하거나 예적금 상품에 가입하러 왔다. 혹은 아이들이 돈을 다 써버릴까 봐 기존 계좌에 있던 돈을 입출금 내역이 확인 가능한 다른 계좌로 옮겨달라고 부탁하기도 했다. '반-은행' 운동에 참여하는 부모라도 자녀 통장에 든 돈은 잘 건드리지 않았다. 정서는 통장을 확인했다. 적지 않은 금액이었다. "저기요." 자줏빛 립스틱을 짙게 바른 여자가 창구 쪽으로 바싹 다가앉았다.

"우리 애가 지금 고등학생인데, 입시 전에 국토 대장정을 떠난대요. 그래서 쓸 돈 좀 뽑아달라고 부탁하는데, 저희가 지금 없는 시간도 쪼개서 왔거든요. 하나밖에 없는 딸인데, 무일푼으로 보낼 수는 없잖아요."

최대한 빨리 처리해달라는 소리였다. 정서는 미소를 유지했다.

"이 근방 은행 중에서는 저희 지점이 현금 보유량이 제일 많은 편이지만, 전액 출금이 가능할지는 한번 확인해봐야 할 것 같습니다. 아니면 자녀분 명의로 온라인 페이에 가입해서 충전해주시는 건 어떨까요. 분실 위험도 없고 사용하기에도 훨씬 편하니까요."

팔짱을 긴 채 가만히 앉아 있던 남자가 미간을 좁혔다.

"그래서, 지금 못 뽑아주겠다는 거요?"

자줏빛 립스틱이 황급히 남자를 제지했다. "그만해, 미쳤어?" 나름 작은 목소리로 속삭인 듯하지만, 정서의 귀에는 다 들렸다. 정말로 말리는 걸까, 아니면 경고일까. 정서는 곁눈질로 모니터를 확인했다. 은행 전용 인공지능 '머큐리'가 반짝이고 있었다. 여기서 정서가 미리 정해둔 신호를 보내면 '머큐리'는 자동으로 청원 경찰을 호출할 것이다. 하지만 아마도 그전에 저 부부와 자신을 가로막는 플라스틱 창구 가리개가 엎어지거나 격분한 남자에게 한 대 얻어맞을지도 몰랐다.

"아가씨."

자줏빛 립스틱이 눈웃음쳤다.

"이이가 성격이 좀 급해서요. 오늘 가게 물건 들어오는 날이라서 맘이 급해가지고 그래요. 아가씨가 이해해줘요. 응?"

서류에는 문제가 없었다. 실물 통장이며 증명서, 위임장 등 필요한 서류들은 다 있었고, 위조한 흔적도 발견하지 못했다. 태블릿에 서명만 몇 번 하면 끝이었다. 중년 부부가 서명하는 동안, 정서는 머릿속으로 오늘 점심시간에 먹을 샐러드를 떠올렸다. 어제 과하게 먹었으니 토핑은 가볍게 리코타치즈로, 소스는 꿀 대신 오리엔탈소스로 바꾸는 편이 낫겠다 싶었다. 귓바퀴를 가볍게 두드리면 포나가 알아서 주문해줄 터였다. 그게 포나의 일이었다.

모니터에 서명이 완료되었다는 메시지가 깜박거렸다. 정서는 무심코 승인 버튼을 누르려다가 멈췄다.

"고객님, 자녀분 성함을 잘못 쓰셨는데요."

이재희가 아니라 이제희였다. 중년 부부는 눈빛을 주고받더니 큰 소리로 웃었다. 딸 이름을 틀리다니 무슨 정신이냐면서 서로를 나무랐다. 부끄러워하기는커녕 마치 다른 사람더러 자기들이 얼마나 바보 같은 실수를 저질렀는지 봐달라는 듯한 태도였다. 한없이 어색했다. 영 찜찜했지만, 정서로서는 출금을 거절할 수 없었다. '머큐리'라면 단박에 처리했을 테니까. 그녀는 중년 부부에게 다시 서명해달라고 했다.

은행 문이 열리는 소리가 들렸다. 자동문이니 수시로 열리고 닫히길 반복했지만, 들어오는 발소리가 정서의 귀를 사로잡았다. 묘하게 리듬이 있는 발소리. 정서는 무심코 고개를 들었다. 여자였다. 여자는 새까만 라이방 선글라스에 화려한 돛 무늬 블라우스, 갈색 바바리코트까지 무슨 홍콩 누아르 영화에서 튀어나온 듯한 차림새로 은행에 들어왔다. 그러고는 주변을 휘휘 둘러보았다. 대기 중이던 고객들은 그 여자로부터 눈길을 떼지 못했다. 정서도 마찬가지였다. 다만 옷차림 때문만은 아니었다.

부드럽게 흔들리는 팔과 손끝, 긴 다리에 곧게 뻗은 목선. 선글라스 여자는 춤추듯 움직였다. 정서는 선글라스가 무용 전공자일지도 모른다는 생각이 들었다. 현대무용일까, 한국무용일까. 아니면 발레? 짧은 고민에 잠긴 사이 선글라스는 은행 곳곳을 두리번거렸다. 그러더니 정서가 있는 창구 쪽으로 다가왔다. "저기요." 높고 가벼운 목소리였다.

“부끄럽지도 않으세요?”

콧대를 따라 살짝 미끄러진 선글라스 너머로 옅은 갈색 눈동자가 빛났다. 그 위로 길게 늘어뜨린 속눈썹. 정서는 선글라스에게서 눈을 떼지 못했다.

백조였다.

2.

　백조는 그날 이후로 매일같이 은행에 출근 도장을 찍었다. 은행 앞에서 개점 시간 10분 전부터 기다리다가 제일 먼저 들어와서는 오후 네 시에 모든 은행 업무가 종료되었다는 안내 방송이 나올 때 나갔다. 정작 와서는 은행 업무를 보기는커녕 대기실 구석에 자리를 잡고 앉아서 바리바리 싸들고 온 서류를 확인하는가 하면 노트북을 두드렸다. 많이 바쁜 모양이었다. 그러면서도 누가 은행에 드나드는지 꼼꼼히 확인했다.

　당분간 백조를 내버려두자고 한 사람은 지점장이었다. 좀 유별나기는 해도 그런 사람들이 있어야 세상이 덜 억울하게 돌아간다나. 행원들로서는 의외였다. 원체 지점장은 영업장에서 소란을 피우는 사람들을 싫어하는 편이라 바로 백조를 내쫓을 줄 알았건만, 백조와 말 몇 마디 나누더니 우호적인 쪽으로 돌아섰다. 이 주임은 당연하다고 했다.

　"예쁘고 젊은 여자가 부탁하니까 넘어간 거겠지."

최 사원이 고개를 갸웃거렸다.

"예쁘지는 않던데요. 그냥 좀 정의롭달까?"

"맞아요. 사람이 싹싹하고 예의 바르던데요. 그런 사람 요즘 드물잖아요. 어지간하면 도와주고 싶죠. 돈 드는 일도 아니잖아요. 그냥 은행에 와 있겠다는 건데."

정서와 동기인 유 주임이 한마디 거들었다. 정서는 가만히 커피만 홀짝였다. 이미 아침에 커피를 두 잔이나 마신 터라 조금만 마셔야겠다고 생각했지만, 어느새 잔이 반 가까이 비어 있었다. 유 주임이 동조를 구하는 눈빛을 보냈으나 그녀는 모르는 척했다. 괜히 이 주임의 심기를 건드리고 싶진 않았다.

"정의로운 거 좋지. 그런데 여기가 무슨 카페도 아니고, 매일 죽치고 앉아 있으면 곤란해. 영업장 분위기가 안 좋아진다고."

이 주임의 목소리가 살짝 날카로워졌다. 정서는 남은 커피의 양을 가늠했다. 점심시간이 끝나기끼지 20분 조금 넘게 남아 있었다. 유 주임이 난처하다는 듯 눈썹을 떨어뜨렸다. 정서는 자업자득이라고 생각했다. 주임만 7년 넘게 달고 있는 이 주임의 역린이었다. 평소에는 위아래는 따지지 않는다는 듯이 상냥하고 친근한 척 굴었지만, 막상 아래 연차인 행원들이 저와 다른 의견을 내면 갑자기 날을 세웠다.

유 주임은 뒤늦게 입을 다물었지만, 최 사원은 그럴 생각이 없어 보였다.

"방해는 안 되던데요?"

틀린 말은 아니었다. 백조는 전화도 밖에 나가서 받았고, 점심은 에너지바와 텀블러에 담아온 커피로 때웠다. 심지어 에너지바 포장지도 곱게 접어 가방에 넣었다. 옷이 좀 화려하긴 했지만 남루하진 않았다. 햇빛 한 점 들어오지 않는 실내에서도 선글라스를 쓰고 있어 고객들이 잠시 힐끔거리긴 했다. 그래도 백조는 아랑곳하지 않았다. 가끔은 상대와 눈이 마주치면 웃어주기도 했다. 가느다란 입꼬리가 위로 올라가며 기분 좋게 호선을 그렸다. 그 미소만은 여전했다.

선글라스를 벗으면 그 커다란 눈과 긴 속눈썹도 드러날 텐데, 은행에서는 벗은 적이 한 번도 없었다. 정서는 어쩐지 조금 아쉬웠다. 백조는 대중적인 미인상이 아니긴 했다. 쌍꺼풀도 없고 코끝은 살짝 휘어져 있었다. 그래도 이목구비가 또렷하고 눈이 컸다. 깨끗한 인상이라 발레식 번헤어가 잘 어울렸다. 대충 머리를 묶어서 그런가, 갸름한 턱선도 눈에 띄지 않았다.

"정서 씨."

이 주임이 정서의 팔꿈치를 쿡 찔렀다.

"그 사회복지사, 혹시 정서 씨한테 억지 부린 건 아니지?"

"누구요?"

"왜, 그 사람들이 두고 간 신분증이랑 통장 달라고 말이야."

이제희는 백조가 일하는 청소년 쉼터에서 5년째 지내는 아이였다. 어릴 적 부모의 폭행과 방치에 시달리다가 학교 선생님의 도움을 받아 집에서 나왔다고 했다. 손재주가 좋은 데다 동생들도 잘 보살펴서 여러모로 평판이 좋은 아이였다. 몇몇 자원봉사자가 대학 등록금을 대주겠다고 제안했지만, 제희는 거절했다. 고등학교를 졸업하면 바로 취업할 예정이었다. 부모에게선 아무 연락도 없었고, 백조를 비롯한 사회복지사들은 그것이 되레 다행이라며 가슴을 쓸어내렸다.

문제는 제희의 생일날에 들어온 자립지원금으로부터 시작되었다. 제희의 부모는 쉼터 문을 두드리거나 무작정 학교 교실로 쳐들어왔다. 처음에는 제희만 만나면 된다더니 나중에는 제희를 취업반에 집어넣었다며 담임선생을 욕했다. 그들은 쉼터 사회복지사들에게 삿대질하며 외쳤다. 당신 자식이면 그렇게 대하겠느냐고. 백조도 지지 않았다. 당신 자식이라서 그렇게 대했느냐고.

모두 백조가 들려준 이야기였다. 그 이야기에는 힘이 있었다. 듣는 사람이 믿고 싶게 만드는 힘. 보통 은행을 찾는 고객들은 자기 편의와 이익에 맞춰 각색한 이야기를 늘어놓기 바빴지만, 백조는 오로지 제희에 관해서만 말했다. 자신이 어떤 수고를 하더라도 제희만 행복하면 된다는 듯이. 온갖 비극적인 사건 사고로 점철된 뉴스 끄트머리에 나오는 미담 같았다. 지점장과 행원들, 경비원까지도 단 한 번도 본 적 없는 이제희의 편이 되고 싶어 했다.

희한한 일이었다. 정서가 알던 백조는 발레 말고는 세상만사에 관심이 없는 아이였으니까.

정서는 사실대로 대답했다.

"안 된다고 했어요."

그날 중년 부부는 백조의 힐난을 이기지 못한 채 도망쳤다. 통장과 신분증, 서류까지 다 내팽개치고 가방과 점퍼로 얼굴을 가린 채 사람들에게 찍지 말라고 소리를 지르면서. 그들이 사라진 후 백조는 정서에게 통장을 내어줄 수 있느냐고 물었다. 원래 주인에게 돌려줄 거라고 했지만, 정서는 안 된다고 했다. 통장이나 신분증 같은 분실물은 본인 아니면 본인의 동의를 받은 친족 대리인만 수령이 가능하니까. 백조가 며칠 후면 자신이 제희의 후견인이 될 예정이라며 사정했지만, 안 되는 일은 안 되는 일이었다.

"잘했어, 잘했어."

이 주임의 눈썹이 신난다는 듯이 들썩거렸다.

"좀 부담스러웠겠다. 엄연한 위법인데, 괜히 우리만 나쁜 사람 된 것 같잖아."

"뭐, 서로 각자 할 일 하는 거죠."

어차피 후견인 심사만 끝나면 백조가 은행에 올 일도 없었다. 백조는 경비원에게 자신이 다른 복은 없어도 일복 하나는 많다고 했다. 너무 바빠서 지나간 시간들은 다 잊어버린 걸까. 아니면 잊어버려도 될 것들을 잊어버린 걸까. 정서는 서랍에 넣어놓은 백조의 명함을 떠올렸다. 백조는 그녀에게 명함을 건네면서 인사했다. "처음 뵙겠습니다." 잊은 게 아닐지도 몰랐다. 처음부터 기억하지 않았다면, 잊을 리도 없으니까. 오직 정서만이 백조를 기억했다.

한사라. 백조의 이름이었다.

한사라는 완벽했다.

교단에 선 한사라를 본 순간, 정서는 도망치고 싶었다. 작고 동글동글한 머리며 길게 뻗은 목, 긴 팔다리며 쑥 들어간 무릎에 갈고리처럼 툭 튀어나온 발등까지. 한사라의 몸은 무엇 하나 나무랄 데가 없어 보였다. 흰 반소매 상의에 검은색 치마, 검은색 넥타이 때문에 모나미 볼펜이라고 불리는 하복도 한사라가 입으니 예뻤다. 모두가 홀린 듯 한사라만 바라보았다. 그 시선들이 영 부담스러웠던 걸까. 한사라는 살짝 고개를 떨구었다. 그 모습마저도 우아했다.

옆에서 연우가 속삭였다.

"신체 조건이 좋네. 못 보던 얼굴인데, 유학파인가?"

확실히 어디서도 본 적 없는 얼굴이었다. 예고 발레과 학생 중 반절은 예원이나 예중 출신이었고, 나머지는 콩쿠르나 방학마다 열리는 발레학원 연합 특강에서 한 번 이상은 마주친 사이였다. 아니면 SNS나 유튜브 쇼츠로 소문이 났을 것이다. 저런 용모라면 어떤 선생이든 욕심날 테니까.

담임은 새로운 친구가 학교에 잘 적응할 수 있도록 도와 주라고 했다. 아이들은 바쁘게 눈빛을 주고받았다. 친구라니. 예중 동기이거나 같은 학원에 다니지 않는 이상 이미 형성된 애들 무리에 끼는 건 불가능했다. 게다가 연우에 의하면 이번 편입 시험 경쟁률은 꽤 높았다. 다들 한사라가 만만치 않은 상대라는 걸 짐작한 눈치였다.

선생은 한사라에게 창가 쪽에 앉으라고 했다. 정서의 자 리에서 왼쪽 대각선 끝에 있는 자리였다. 너무 멀었다. 정서 는 어쩐지 초조했다. 불안한 걸까, 아니면 아쉬운 걸까. 주변 에 앉은 아이들이 저들끼리 속닥거렸다. "저기, 경진이 자리 잖아." 책상 끄트머리에는 경진이 붙인 별 모양 스티커가 아 직도 남아 있었다.

정서는 애써 담임의 말에 귀를 기울였다. 2학기에는 예술 무용제가 열릴 예정이었다. 1학년들은 대부분 군무였고, 개중 특출난 한두 명만 뽑아 솔로를 맡겼다. 경진은 정서에게 솔로 배역을 따내겠다고 했다. 예중 출신 애들의 콧대를 꺾어주겠 다면서. 선생들의 눈에 들어 예무제 솔로로 발탁된다면, 늦게 나마 유스 발레단에 들어갈 수 있을지도 모른다며 눈을 반짝 였다. 헛된 꿈이었다.

선생들은 제일 잘하는 아이들을 1열 가운데에 세웠다. 뒤 로, 가장자리로 밀려날수록 선생들의 관심도 줄어들었다. 경진은 1학기 내내 2열 가장자리 신세였다. 1열에 선 아이들보다 더 높이 다리를 들거나 팔을 더 길게 뻗으려고 애썼지만, 애쓸수록 몸에 힘이 들어갔다. 쓸데없는 힘이 들어가면 움직임만 뻣뻣해졌다. 선생은 경진을 두고 목각 인형처럼 춤춘다고 했다. "저런 건 춤이 아니라 기계체조지." 아이들이 웃는 가운데 경진은 말없이 바닥만 보고 있었다.

예고 입시는 만만치 않았고, 그만큼 잘하는 애들 천지였다. 잘하는 애들이 열심히 하기까지 했다. 정서는 경진이 안쓰러웠다. 반면 연우는 정서에게 너무 마음 쓰지 말라고 했다. 밀려나더라도 버텨야 한다고, 그래야 단 한 번이라도 앞으로 나갈 기회를 얻을 수 있다면서. 괜히 정서까지 경진에게 휩쓸려서 우울해질 뿐이라고 다독였다.

연우의 말마따나 버텨내는 건 경진의 몫이었다. 그리고 경진은 버텨내지 못했다. 방학이 끝난 후 경진의 사물함은 텅비었다. 담임은 경진이 피치 못할 사정으로 전학 가게 되었다고 했지만, 아이들은 소리 없이 눈빛을 주고받았다.

정서의 자리는 1열 끄트머리였다. 가운데는 바라지도 않았다. 연우 말마따나 잘하는 아이들이 수두룩한데, 뒤로 더 밀려나지 않는 것만으로도 충분했다. 충분하다고 믿었다. 운이 좋으면 콩쿠르 준비반에 들어갈 수 있고, 유학은 못 가더라도 그럭저럭 괜찮은 국내 대학에 가면 된다고 생각했다. 그 후는 생각하지 않았다. 생각하지 않으려고 노력했다. 생각한들 막막해질 뿐이었다.

　발레과 아이들은 당연하다는 듯이 진로 조사서 1지망에는 '무용수', 2지망에는 '안무가'라고 적었다. 선생들도 이상하게 여기지 않았다. 그러나 모두가 무용수가 될 수는 없었다. 국내 발레단은 손에 꼽을 정도로 적었고, 운이 좋아 해외 발레단에 입단한들 살아남는 건 소수였다. 그 와중에 선생들에게 밉보이기라도 한다면 그 시도마저 불가능했다. 설령 예중 출신이거나 유스 발레단 소속이라도 마찬가지였다.

　불행해질 가능성은 우리 모두에게 있었다. 상대적이면서도 절대적인 확률로. 정서는 한사라를, 패드 위에서 빠르게 움직이며 채팅을 하는 아이들의 손가락을 바라보았다. 한사라는 우리의 불행이 될 수 있을까. 신체 조건만 보고 뽑았다면 기본기가 부족할 수도 있었다. 연우가 말하길, 남자 동기들만 모인 채팅방에서 한사라는 유학파가 아니라는 이야기가 나왔다고 했다. 그 덕분일까, 아이들의 분위기는 4교시 즈음에 누그러졌다. 몇몇은 한사라에게 같이 점심을 먹자고 하기도 했다.

　짧은 평화였다. 2학기 들어 첫 전공 실기수업에서 제대로 춤을 춘 사람은 한사라뿐이었다. 한사라는 연습실을 날듯이 누비고 다녔다. 가뜩이나 긴 다리를 더 길고 높게 뻗어 올리고, 복잡한 스텝도 깔끔하게 해냈다. 유연하게 나부끼는 팔과 부드럽고 정확한 시선, 몇 바퀴씩 돌아도 안정적으로 끝나는 턴. 마치 중력이라고는 느끼지 못하는 것처럼 높이 뛰어올랐다. 1학기 내내 칭찬 한마디 한 적 없던 배 선생마저 손뼉을 쳤다.

"사라는 정말 백조처럼 춤추는구나."

그날 이후로 한사라는 1열 중앙에 서게 되었다. 원래 중앙에 서던 아이들이 기를 쓰고 한사라를 따라잡으려고 했지만 허사였다. 그 누구도 한사라만큼 팔다리가 길지도 않았고, 한사라처럼 춤추지도 못했다. 선생들도 한사라만 보았다. 다른 아이들이 실수하거나 부족해 보이면 그냥 넘어갔지만, 한사라가 그러면 바로 음악을 껐다. 집중하라고, 제대로 하라며 혼을 냈다. 한사라는 두 손을 앞으로 포갠 채 고개를 숙였다. 정말로 백조 같았다.

반 아이들은 한사라를 '백조'라고 불렀다. 백조. 춤출 때뿐 아니라 평소에 말 한마디 없는 모습도 백조 같았다. 홀로 고요히 물 위를 노니는 백조. 한사라는 늘 혼자였다. 종일 교실에서 수업을 듣거나 연습실에서 춤을 추었다. 한사라의 룸메이트 말로는 방에서도 말없이 무선 이어폰을 낀 채 영상이나 책만 본다고 했다. 누구와도 대화하고 싶지 않다는 듯이. 조식과 석식은 먹었지만, 사람이 많은 점심시간에는 급식실에 얼씬도 하지 않았다.

연우 말로는 간식으로 간단하게 때우는 것 같다고 했다.

"칼로리바랑 오렌지 사탕이었나. 다이어트라도 하나 봐."

뺄 데가 어디 있다고 다이어트를 하나. 정서는 걱정스러웠다. 한사라의 건강뿐 아니라 아이들의 반응도. 아이들은 관심 없는 척하면서도 한사라에게서 눈을 떼지 못했다. 한사라가 입는 발레 워머며 타이즈를 사는가 하면 한사라처럼 토슈즈를 신을 때 엄지 골무와 양털 토싱을 쓰려고 들었다. 양털 토싱은 너무 얇아서 금세 닳아 교체 주기가 짧았고, 발가락을 보호하기는커녕 멍투성이로 만들기 일쑤였다. 젤이나 가죽 토싱이 낫다는 걸 알면서도 아이들은 사라를 따라 하지 못해 안달이었다.

선생들은 1학년 아이들이 벌써 자기 관리를 할 줄 안다며 기특하게 여겼다. 예고 학생들의 교복 칼라에 부착된 인공지능 '아르스'는 아이들의 연습 시간과 식단, 섭취하고 소비한 열량을 측정해서 매일 선생들의 이메일로 보냈다. 평균적으로 연습 시간이 늘었지만, 섭취 열량은 줄었다. 칭찬을 듣고서도 아이들의 표정은 도무지 밝아지지 않았다. 아무리 한사라를 따라 해도 한사라가 될 수 없다는 사실만이 하루하루 명백해졌다.

예무제 한 달 전, 배 선생은 발목을 다친 2학년 선배 대신 한사라를 솔로 무대에 세우겠다고 했다. 그 누구도 손뼉을 치지 않았다. 그저 굳은 표정으로 한사라를 힐끔거렸다. 배 선생이 아이들을 채근했다. "자, 박수." 마지못한 박수가 이어졌다. 한사라는 눈 하나 깜짝하지 않았다. 이미 짐작했다는 듯한 태도였다. 그날 아이들의 단톡방에는 수백 개가 넘는 메시지가 오갔다. 부러움, 질투, 시기, 비판, 비난, 억측……. 말도 안 되는 억지와 비약투성이었다.

정서는 끊임없이 올라가는 메시지들을 지켜보기만 했다. 그 악다구니에 낄 생각은 없었다. 1학년 중 예무제 무대에 설 만한 학생은 한사라뿐이었다. 당연했다. 제일 잘했으니까. 그렇다고 해서 괴롭지 않은 건 아니었다. 왜 하필이면 그 작품일까. 메시지들을 하나하나 읽다 보니 눈가가 마르다 못해 아렸지만, 화면을 끄지는 않았다. 한사라가 예무제에서 출 작품은 「코펠리아」의 '스와닐다 왈츠'였다.

「코펠리아」는 희극 발레였다. 비극과 달리 희극은 아무리 싸우고 미워해도 결국에는 화해하고 서로를 용서하며 끝났다. 칼에 찔린다거나 꽃바구니에 숨어 있던 뱀에게 물릴 일도 없었다. 아무도 죽지 않았다. 마지막에는 함께 어울려 춤을 추었다. 관객들도 그 경쾌한 박자에 맞춰 손뼉을 쳤다. 모두가 행복하다는 듯이 웃었다. 그래서 정서는 「코펠리아」가 좋았다.

보통 클래식 발레 작품들은 주인공의 이름을 따서 제목을 지었지만, 「코펠리아」의 주인공은 코펠리아가 아니었다. 진짜 주인공은 스와닐다였다. 스와닐다는 공주가 아니고, 귀족이 잃어버린 딸도 아니었다. 그저 마을에서 춤을 제일 잘 추는 소녔였다. 가볍지만 생기 넘치게 춤추었고, 그 무엇에도 얽매이지 않고 자신의 감정을 솔직하게 드러낼 줄 알았다. 그 다채로운 표정과 발랄한 몸짓에 관객들은 속절없이 빠져버렸다.

반면 코펠리아는 의자에 앉아서 책만 읽었다. 무대를 누비면서 춤을 추거나 누군가에게 손을 흔들기는커녕 눈길조차 주지 않았다. 책장 한 번 넘기지 않은 채 책을 들여다보기만 했다. 아무리 열심히 책을 봐도 코펠리아는 읽을 수 없었다. 책뿐 아니라 입고 있는 옷, 머리에 단 리본, 신고 있는 구두며 자신까지 모두 그럴싸해 보이는 장식품에 불과하니까. 슬프다는 감정도 느끼지 못했다. 코펠리아는 코펠리우스 박사가 만든 인형이었다.

스와닐다의 연인인 프란츠는 코펠리우스의 저택 발코니에서 책을 읽는 코펠리아를 보고 사랑에 빠졌다. 스와닐다를 버린 건 아니었다. 그저 둘 다 사랑했을 뿐. 코펠리아는 스와닐다와 달랐다. 스와닐다의 발끝은 한시라도 바닥에 가만히 붙어 있질 않았지만, 코펠리아는 몇 시간이고 똑같은 자세로 의자에 앉아 있었다. 애정 어린 눈빛으로 바라보다가 입술을 내민 채 토라지는 등 얼굴에 감정이 다 드러나는 스와닐다와 달리 코펠리아는 늘 무표정했다.

미동조차 없는 눈썹과 계속 같은 곳만 응시하는 투명한 눈동자, 굳게 다문 입술. 프란츠는 그 앞에서 안달하며 주의를 끌려고 애썼다. 그 너머에 무슨 감정과 생각이 숨어 있을까. 스와닐다와 친구들도 코펠리아를 궁금해하기는 마찬가지였다. 스와닐다는 환하게 웃으면서 코펠리아에게 인사하고는 함께 춤추자며 손짓했다. 그 환대에도 코펠리아는 눈 하나 깜짝하지 않았다. 기분이 상한 스와닐다가 팽하니 돌아서도 코펠리아는 가만히 있기만 했다.

코펠리아는 자물쇠가 달린 보석함과 같았다. 무엇이 들어 있는지 모르니 더 궁금해지고, 열리지 않아서 간절해지는 보석함. 급기야 스와닐다와 친구들은 코펠리우스 박사가 떨어뜨린 열쇠를 주워 저택으로 몰래 들어갔다. 처음에는 박사의 작업실에 늘어선 사람들을 보고 겁에 질렸지만, 이내 인형들이라는 사실을 깨닫고는 다들 즐거워했다. 멋지게 부채를 휘두르는 인형, 서로 칼싸움하는 인형들, 상자에서 불쑥 튀어나오는 인형……. 코펠리아도 그중 하나였다.

코펠리우스 박사는 프란츠의 영혼을 흑마술의 재료로 삼으려고 했다. 코펠리아가 인간이 되어 아름답게 춤출 수 있도록. 그가 바라던 대로 코펠리아는 팔다리를 부드럽게 움직이며 춤을 추었다. 관객들도 코펠리우스 박사만큼이나 놀랐다. 정말로 코펠리아가 살아난 걸까. 그렇다면 프란츠는 영혼을 빼앗기고 만 건가.

처음 「코펠리아」를 봤을 때, 정서는 아홉 살이었다. 연우와 현정은 재밌다며 웃었지만, 정서는 안절부절못했다. 옆에 있던 평화가 손바닥으로 정서의 손등을 지그시 눌렀다. "정서야." 평화가 속삭였다. "인형들은 저렇게 춤추지 못해."

무대에서 춤추는 건 코펠리아가 아니었다. 코펠리아로 변장한 스와닐다였다. 스와닐다는 코펠리아인 척 춤추면서 작업실을 헤집어놓았고, 코펠리우스 박사가 준 술을 마시고 정신을 잃은 프란츠를 깨웠다. 그러고는 보란 듯이 천막에 숨겨둔 코펠리아를 끌고 나왔다. 코펠리아는 옷도 리본도 없이 초라한 모습으로 바닥을 나뒹굴었다.

스와닐다와 프란츠는 다시 연인이 되었고, 코펠리우스 박사도 결국 그들을 용서했다. 마지막은 환한 조명 아래 즐겁게 어우러져 춤추는 모습으로 끝났다. 모두는 아니었다. 정서는 저도 모르게 코펠리아를 찾았다. 코펠리아는 그 어디에도 없었다. 희극에서는 누구도 죽어서는 안 됐다. 코펠리아는 인간이 아니니 죽지 않았다. 그저 망가졌을 뿐.

코펠리아는 프란츠의 구애에 답할 수 없었다. 스와닐다와 함께 어울려 춤을 추지도 못했다. 코펠리우스 박사 없이는 손가락 하나 움직이는 것조차 불가능했고, 매일 들고 있는 책이 무슨 내용인지 몰랐다. 코펠리아가 인형이라는 사실이 밝혀지자 모두의 관심도 사그라졌다. 자물쇠는 온데간데없이 활짝 열린 보석함, 텅 비어 있는 데다 망가졌으니 더는 관심을 둘 이유도 없었다. 아무도 코펠리아를 찾지 않았다.

정서는 무대 뒤편으로 밀려난 코펠리아를 상상했다. 어둠 속에서 팔다리를 늘어뜨린 채 밝게 빛나는 무대를 바라보는 코펠리아, 춤추는 저들을 바라보기만 할 뿐 함께 추지는 못하는 코펠리아, 모두가 그 존재를 까맣게 잊어버려 끝내 버려지고 마는 코펠리아······.

예무제에서 스와닐다 왈츠를 춘 한사라는 모두의 극찬을 받았다. 스와닐다 왈츠 안무는 다리를 높이 차올렸다가 반 바퀴 돌아 애티튜드로 착지하는 이탈리안 푸에테(Italian Fouetté)나 서른두 바퀴를 도는 푸에테 턴처럼 화려하고 어려운 테크닉 대신 애티튜드, 앙드당, 그랑제떼처럼 발레 클래스마다 밥 먹듯이 하는 기본 동작들로 구성되어 있었다.* 틀리려고 해도 틀릴 수 없고, 틀려서도 안 되는 안무였다.

중요한 건 표현력이었다. 동작의 성패 여부보다는 동작과 동작 사이를 연결할 때, 길고 여유롭게 다리를 쭉 늘렸다가 발끝으로 통통 빠르게 튀어 오르는 식으로 완급 조절을 잘하는 게 중요했다. 동선이 넓고 변화무쌍한 만큼 조금이라도 허둥거리면 바로 눈에 띄었다. 무대에는 없는 코펠리아를 향해 생글생글 웃으면서 손을 흔들거나 분해서 발을 구르는 등의 연기도 해야 했다. 음악도 꽤 길었다. 체력과 정신력 둘 중 하나라도 부족하면 바로 지친 티가 났다.

그 모든 기대와 우려는 한사라의 춤을 본 순간 무색해졌

---

* '애티튜드(attitude)'는 상체를 세우고 한 다리를 뒤로 뻗는 아라베스크(arabesque) 동작에서 다리를 안쪽으로 구부리는 자세이며, '앙드당(en dedans)'은 안쪽으로 반 시계 방향으로 도는 동작, '그랑제떼(grand jeté)'는 날아오르면서 크게 지면을 밀어 공중에 던지듯 발이 나가는 동작을 가리킨다.

다. 한사라는 스와닐다처럼 춤추지 않았다. 한사라가 곧 스와닐다였다. 시냇물처럼 끊어지지 않고 부드럽게 이어지는 동작들과 반짝이는 미소까지, 무엇 하나 흠잡을 데가 없었다. 정서뿐 아니라 모두가 홀린 듯 무대를 바라보았다.

특히 마지막 동작인 마네쥬(manége)는 장관이었다. 마네쥬는 한 다리로 도는 '피케(pique) 턴'과 두 다리로 도는 '셰네(chaînés) 턴'으로 무대 가장자리를 따라 크게 한 바퀴를 도는 안무다. 대각선으로 나아가면서 도는 턴이 단거리 달리기라면, 마네쥬는 장거리 달리기랄까. 아무리 잘 도는 아이들이라도 어지러워서 휘청거리거나 스텝이 꼬이곤 했다. 그래서 대부분 피케 턴은 한 바퀴만 도는 싱글로 돌고 셰네 턴도 너무 빠르게 돌지 않는 식으로 조절하는 편이었다.

반면 한사라는 거침없이 돌고 또 돌았다. 박자를 놓칠까, 발을 헛디딜까 급급해하기는커녕 빠르게 셰네 턴을 돌고는 더블 피케 턴까지 섞었다. 그동안 정서가 본 스와닐다 왈츠의 마네쥬 중 가장 화려했다. 누군가 박자에 맞춰 손뼉을 치자, 머뭇거리던 아이들도 하나둘 따라 했다. 정서도 박수를 보냈다. 박수 소리가 점점 커지더니 강당을 가득 메웠다. 모두가 한사라와 함께 춤추고 있는 듯했다. 이내 한사라가 마지막 포즈를 취한 순간, 우레와 같은 환호성이 쏟아졌다.

정서도 함께 환호하려고 했지만, 목구멍에서는 아무 소리도 나오지 않았다. 무언가에 몸을 관통당한 듯한 기분이었다.

감전된 양 몸이 덜덜 떨렸다. 눈가가 불붙은 듯 뜨거워졌지만, 눈물은 나오지 않았다. 한사라는 환한 무대에서 살짝 무릎을 굽히며 인사하고 있었지만, 자신은 어두운 관객석에서 바보처럼 입을 벌린 채 한사라를 바라보고만 있었다. 분했다.

연우는 그 무대는커녕 한사라의 이름조차 가물가물한 눈치였다. 예고를 졸업한 지 10년도 더 지났는데, 1학년 예무제라니 너무 까마득하다고 했다. 정서는 이해가 되지 않았다. 어떻게 그 춤을 잊어버릴 수 있지. 현정이 노려보는 고양이 이모티콘을 보냈다.

– 너희만 아는 이야기는 단톡방에서 애기하지 말아줄래.

정서는 미안하다고 짤막하게 사과했지만, 따로 채팅방을 팔 생각은 없었다. 귀찮았다. 혹시 동기 중에 한사라 소식을 아는 애는 없냐고 묻자 바로 답장이 왔다.

– 없어, 딱히 친한 애들도 없었잖아. 여자애들도 싫어했고.

싫어하진 않았다. 싫어할 수도 없었다. 아이들은 한사라를 미워하는 만큼 끔찍하게 한사라에게 빠져들었고, 괴로워하면서도 한사라가 춤출 때 한시라도 눈을 떼지 못했다. 백조처럼 우아하고 아름다운 한사라. 한사라는 그들이 사랑하는 발레 그 자체였다.

국내로 들어와서 활동했다면 연우가 듣지 못했을 리 없었다. 국내 발레단은 몇 되지 않았고 대부분 아는 얼굴들이었으니까.

—전학 온 지 1년도 안 돼서 유학 간 애를 동문이라고 하기에는 뭣하지 않나.

연우는 정말로 궁금하면 직접 동기들에게 연락해서 물어보라고 했다. 동기들도 네가 어떻게 사는지 궁금해한다면서. 정서의 답은 정해져 있었다.

—생각해보고.

—그 대답만 벌써 백 번 넘게 들었다.

정서는 반박하지 않았다. 동기들과 연락이 끊긴 건 정서뿐만이 아니었다. 무용을 그만둔 동기들은 졸업 후 한두 해 정도는 꼬박꼬박 연락도 하고 동창회에도 나왔지만, 시간이 흐르면서 점점 연락이 뜸해지다가 끊어지기 일쑤였다. 서운해하는 연우에게 현정이 일침을 놓았다. 원래 그런 거라고, 사는 게 얼마나 바쁘고 각박한데 전부 다 챙길 수는 없다고 했다. 네 공연만 챙겨봐도 꽃다발 값이 어마어마하게 든다면서.

—누가 꽃 가져오랬나.

연우가 한마디 쏘아붙이더니 다시 정서를 불렀다.

—그러고 보니 너 한사라랑 마니또 아니었어?

마니또 마지막 날, 한사라는 학교에 오지 않았다.

3.

한사라는 정서에게 조심해서 따라오라고 했다. 좁고 으슥한 길이 끝없이 이어졌다. 거대한 미로 같은 골목이었다. 곳곳에서 생선과 삼겹살을 굽는 탄내와 얼큰한 찌개 냄새, 술 비린내가 한데 뒤섞여 정서의 얼굴로 쏟아졌다. 눈을 몇 번 깜박거리면 이내 사람들이 왁자지껄하게 떠드는 목소리와 새 술병을 따고 빈 술병을 내려놓는 소리, 발소리가 귓속을 메웠다. 그 와중에 가게 차양이 휘어질 정도로 고여 있던 빗물이 아무 예고도 없이 묵식하게 우산 위로 쏟아져 내렸다.

봄비치고는 참 고됐다. 자칫 방심했다가는 어딘가로 휩쓸려 떠내려갈 것만 같았다. 정서는 우산 손잡이를 잡은 손에 힘을 주었다. 유연하게 앞으로 나아가는 한사라가 보였다. 맞은편에서 걸어오는 사람들을 잽싸게 피하고, 바닥 곳곳에 고인 웅덩이들을 가볍게 건너뛰었다. 정서는 혹여 한사라를 놓칠세라 발걸음을 재촉했다. 그 바람에 웅덩이를 디뎌 발이 젖었지만, 넘어지지는 않았다.

"괜찮아요?"

우산 아래로 한사라의 선글라스가 반짝였다. 조금만 더 가면 된다고 했다. 정서는 우산을 고쳐 잡았다.

"네, 계속 가요."

떠들썩한 골목을 벗어나자 조그만 식당이 하나 보였다. 둘은 뿌옇게 김이 서린 미닫이문을 밀고 들어갔다. 비어 있는 테이블이 몇 없었으나 조용했다. 사람들은 말없이 술잔을 주고받거나 낮은 목소리로 서로에게 속삭였다. 한사라와 정서가 자리에 앉자마자 앞치마를 두른 직원이 다가왔다. 머리를 바싹 밀었지만, 목소리는 가늘었다. 오랜만이라고 말하는 걸 보니 한사라와 꽤 친한 듯했다.

"술은요?"

"괜찮아, 오늘 파전 되나?"

"오늘은 감자전이에요."

"그럼 그거 하나."

직원은 고개를 끄덕인 후 가버렸다. 고작 감자전 한 장으로 저녁이 될까. 정서는 주변을 두리번거리며 메뉴판을 찾았다. 한사라가 머쓱하게 웃었다. 여기는 메뉴가 만두전골 하나밖에 없고, 손님들이 앉으면 알아서 가져다준다고 했다. 전은 비 올 때만 나오는 스페셜 메뉴였다. 어쩐지 테이블마다 전골 냄비가 하나씩 놓여 있더라니.

"단골이신가 봐요."

"네, 저 친구가 저희 쉼터에 있던 애라서요. 여기는 저 친구 이모님이 하시는 가게고요. 손이 야무져서 만두를 엄청 예쁘게 빚고, 셈도 잘해서 이모님이 든든하다고 하시더라고요……."

이어지는 칭찬에 정서는 귀담아듣는 척했다. 결국에는 착하고 일도 잘한다는 이야기였다. 그래도 스킨헤드라니, 인사 담당자들이 별로 좋아할 만한 인상은 아니었다. 애가 참 순하게 생기지 않았냐는 한사라의 말에 정서는 잠시 주저했다.

"저는 사실 예술 하는 사람인 줄 알았어요."

"아, 머리 때문에요? 머리는 불편해서 밀었다네요. 그래도 애가 두상이 동글동글하니 예뻐서 민머리도 괜찮죠. 동자승 같고."

동자승도 머리 옆에 스크래치를 넣나. 정서가 무슨 말을 할지 고민하는 사이 직원이 끼어들었다. "선생님, 저 민머리 아니라니까요." 정정하는 투를 보니 한두 번 있었던 일이 아닌 듯했다. 한사라가 머리카락이 없으면 민머리라고 우겼지만, 직원은 들은 체도 하지 않았다. 그는 물병과 컵 두 개, 김치와 모락모락 김이 나는 하얀 물수건 두 장을 내려놓고는 다시 주방 쪽으로 가버렸다. 정서는 물수건으로 손을 닦았다. 따뜻했다.

"혹시 술 생각 있으시면 말씀해주세요. 제가 주문할게요."

"아뇨, 술은 잘 못합니다. 어차피 내일 출근이고……."

연우나 현정이가 들으면 어이없어할 만한 거짓말이었다. 한사라가 손뼉을 쳤다.

"역시 직업 정신이 투철하십니다."

정서는 손을 내저었다. 칭찬인지 놀리는 건지 가늠이 되지 않았다.

"사라 씨야말로 술 드시고 싶은 거 아닌가요."

"아, 저는 비 오는 날엔 좀 여기저기 아파서요."

"어디가 아파요?"

"그냥, 여기저기요."

어릴 적 고생을 많이 해서 그런가, 한사라가 선글라스에 서린 김을 닦으면서 아무렇지도 않다는 듯이 말했다. 정서는 저도 모르게 한사라의 몸을 훑어보았다. 조금 전까지는 멀쩡하게 골목을 누비고 다녔다지만 영 걱정이 됐다. 발레를 그만 둘 수밖에 없을 정도로 다쳤다면, 얼마나 크게 다친 걸까. 한사라의 눈썹이 꿈틀거렸다. 정서는 황급히 변명했다.

"선글라스 벗은 모습은 처음 보네요."

한사라가 옆머리를 긁적거렸다.

"제가 눈이 좀 동글동글해서 얕보는 사람들이 좀 있었거든요. 쓰니까 확실히 기선 제압에는 도움이 되더라고요. 애들도 좋아하고요. 요즘에는 시선을 맞추면서 대화하는 걸 영 힘들어하는 애들이 많거든요."

"그런 사람들이 있기는 하죠."

그런 손님들은 오프라인보다 온라인을 선호했고, 인간 행원보다 인공지능 행원이 있는 부스로 가곤 했다. 정서는 한사라가 밀어준 컵을 두 손으로 감쌌다. 따뜻했다. 한 모금 마시니 싱그러운 향이 입에 맴돌았다. 한사라 말로는 이모님이 직접 우린 채수라고 했다. 뭘 넣었는지는 영업 비밀이라나.

"비만 오면 여기 만두전골이 당기는데, 보다시피 2인부터 주문 가능한 메뉴거든요. 정서 씨한테 신세 진 것도 있고."

"잘됐네요."

"제가 운이 좋았다고 하자니 좀 찔리네요. 정서 씨는 영어 수업도 못 들었는데."

정서는 고개를 저었다. 원래 오늘은 포나가 짜준 일정대로 영어학원에서 세 시간 동안 수업을 들어야 했다. 갑자기 학원 위층에 있는 사무실에서 배수관이 터지지만 않았으면 한사라와 마주칠 일은 없었을 것이다. 생각지도 못한 변수였다. 포나가 어학원 시스템에 접속해 보강 일정을 잡는 동안 정서는 건물 입구에 멀거니 서 있었다.

그때 한사라와 마주쳤다. 한사라가 먼저 알은체하면서 같이 밥이라도 먹지 않겠냐고 물었다. 정서는 잠깐 머뭇거렸지만, 거절하지는 않았다. 생각지도 못한 행운이었다.

"저도 다행이죠. 저녁도 먹어야 했고……."

"정서 씨는 은행에서만 열심히 일하시는 줄 알았는데, 영어 공부도 열심히 하시고 정말 대단하시네요."

갑작스러운 칭찬에 정서가 얼굴을 붉혔다.

"아뇨, 제가 공부가 좀 부족해서."

"공부가 부족하다고 공부하는 사람들이 요즘 몇이나 되겠어요. 다 AI 쓰지."

"그건 제가 외환전문역에 관심이 있어서……. 외환 거래나 리스크를 분석하는 건데, 업무용 AI가 있어도 외국어를 하는 게 유리하더라고요. 제 대학교 전공이 회계학도 아니고 해서, 포나가 추천해줬어요. 그래서……."

이상하게도 말을 하면 할수록 장황해지는 듯한 느낌이었다. 정서는 손바닥으로 입을 가렸다. 한사라가 웃었다.

"포나 쓰시는구나."

한사라는 자기 주변에도 포나를 쓰는 사람들이 꽤 많다고 했다. 정서는 포나의 장단점에 관해서 말하려다가 그만두었다. 포나가 귓가에서 짧게 울리는 걸 보니 딱히 좋은 대화 주제는 아닌 듯했다.

"한사라 씨는 인공지능 안 쓰세요?"

"네, 제 직업이 사람들을 대하는 일이다 보니까, 쓰면 다 티가 나더라고요. 특히 애들은 바로 알아채요. '저 사람이 매뉴얼대로 날 대하네, 가식적이구나' 생각하고는 물러나버려요. 차라리 AI랑 얘기하는 편이 낫다고 여기죠."

"까다롭네요."

"까다롭다기보다는 어렵죠. 저희 일은 5D예요. 첫 번째는 디피컬트(Difficult), 애들의 마음을 충분히 들어도 알 수 없을 때가 있어서 어렵죠. 두 번째는 데인저러스(Dangerous), 무슨 일이 있을지 모르니 최선을 다해도 위험할 때가 있어요. 세 번째는 더티(Dirty), 별 희한한 꼴을 많이 보죠. 네 번째는 다이내믹(Dynamic), 방심할 새가 없어요. 매일 돌아다니니 운동화 바닥이 다 닳았죠. 그래도 마지막 하나 때문에 이 일을 놓지 못해요.”

“그게 뭔데요?”

“드림(Dream), 제 꿈이거든요. 애들이 꿈꿀 수 있도록 도와주는 거요.”

“그게 한사라 씨 꿈이었어요?”

“네, 그런 어른이 되고 싶었죠.”

정말이냐고, 정서는 한사라에게 묻고 싶었다. 자신이 아는 한사라는 그 딱딱한 토슈즈가 하루도 채 못 가서 무너질 때까지 연습실에서 춤만 췄다. 오직 무대에서만 환하게 웃었다. 그 환한 조명 아래에서 춤추는 게 자기 인생이 전부라는 듯이. 자신을 향해 쏟아지던 환호성과 박수 소리를 잊어버린 건지 궁금했다. 어떻게 그 빛나는 순간들을 잊어버릴 수 있을까.

만두전골은 맛있었다.

정서는 쪽지에 적힌 이름을 한 번 더 확인했다. 한사라. 한사라의 자리는 비어 있었다. 오늘도 종례 시간까지 연습하는 모양이었다. 주변은 시끄러웠다. 한숨소리와 웃음소리, 책걸상과 의자를 밀어젖힐 때 나는 쇳소리, 은근슬쩍 누구 마니또인지 묻고는 제 쪽지와 바꿔달라고 조르거나 2학년 때 마니또를 왜 하냐며 진저리를 치는 목소리들. 어느새 연우가 옆으로 다가와 정서의 팔꿈치를 쿡 찔렀다.

"넌 누구야?"

"원래 비밀로 하는 거잖아."

"나한테만 말해주라. 그럼 나도 내가 누구 마니또인지 알려줄게."

"괜찮아."

"혹시 나야?"

"아니야."

반복된 거절에 연우는 마지못해 물러났다. "치사하게." 입술을 비죽거리면서 반 아이들의 이름을 차례로 읊었다. 정서는 못 들은 척하면서 가방을 챙겼다. 원래 수요일에는 수업이 끝나면 바로 기숙사로 가서 밀린 숙제를 했지만, 오늘은 연습실로 갈 생각이었다. 연우는 옆에서 계속 투덜거렸다. 이제 1학년도 아닌데 무슨 마니또를 하자는 건지 모르겠다고 했다. 어차피 3년 내내 다 똑같은 애들인데.

마니또는 2학년 담임의 아이디어였다. 각자 뽑은 쪽지에 적혀 있는 이름을 확인한 후 그 친구의 비밀 친구가 되어줄 것. 방학식까지 누구의 마니또인지 들키지 않으면 상을 주겠다고 했다. 선생은 조금 들뜬 표정이었다. 발레과의 결속을 다질 기회라나. 반면 아이들의 반응은 영 미적지근했다. 서로 이름도 몰라서 쭈뼛거리던 1학년 때라면 모를까, 이미 어느 정도 무리가 형성된 지 오래였다.

처음에는 같은 학원이나 예중 출신끼리 뭉쳤으나, 이제는 유스 발레단 소속 여부나 각자 따르는 발레과 선생님에 따라 무리가 나뉘었다. 어울리는 무리가 다르다고 해서 서로 적대시하진 않았다. 아이들은 종이 달라도 하나의 거대한 수조에서 평화롭게 노니는 물고기들처럼 공존했다.

공존의 규칙은 단순했다. 너무 욕심내거나 궁금해하지 말 것. 해외 콩쿠르나 개인 레슨 선생님 등 정보를 공유할 수 있는 인원은 한정적이고, 아무리 유용한 정보라 해도 다른 무리로 새어나가면 쓸모가 없어졌다. 같은 무리도 아닌데 마니또랍시고 친한 척하면 어쩌나, 아이들은 영 달갑지 않은 듯했다. 연우도 귀찮다는 투였다.

"마니또라는 걸 안 들키려면 그냥 마니또 같은 짓을 안 하면 되는 거 아냐?"

칠판 위 시계는 네 시를 가리키고 있었다. 정서는 교실에서 연습실까지 걸리는 시간을 가늠했다. 지금쯤이면 살짝 허기질 시간이었다.

"가는 길에 잠깐 매점에 들르면 어떨까."

"괜찮은 생각이네."

괜찮은 생각 같았다. 그 말에 연우가 놀란 듯 눈을 흡떴다.

"혹시 네가 내 마니또야?"

"아니, 왜?"

"갑자기 안 하던 말을 하잖아."

정서는 대답하지 않았다. 맞다고 거짓말할 생각도 없었고, 아니라고 했다간 곧장 '누구 마니또냐'는 질문이 또 날아올 게 뻔했다. 그녀는 혼란스러워하는 연우를 뒤로한 채 매점에 갔다. 달고 새콤한 맛이 나는 사탕들과 견과류가 든 초콜릿, 비타민 음료까지 봉지 가득 사들고 연습실로 향했다. 발이 나는 듯 가벼웠다.

연습실 문을 조심스럽게 열고 들어가자 눈에 익은 뒷모습이 보였다. 나풀거리는 하얀 튜튜 스커트와 땀에 젖어서 번들거리는 등. 한사라가 춤추고 있었다. 정서는 태연한 척 연습실 안으로 발을 디뎠다. 구석진 곳에 가방을 내려놓자 음악이 멎었다. 반사적으로 고개를 든 순간, 한사라와 눈이 마주쳤다.

"방해해서 미안."

저도 모르게 사과하는 말부터 튀어나왔다. 한사라의 눈썹이 꿈틀거렸다. "그게 아니라⋯⋯" 정서는 손을 내저었다. 혹시 비꼬는 것처럼 들렸을까. 비꼴 생각은 없었는데, 막상 마주하니 무슨 말을 해야 할지 막막했다.

먼저 입을 연 사람은 한사라였다.

"방해 아냐, 같이 쓰는 연습실인데⋯⋯"

그랬구나, 그랬지……. 정서는 연신 고개를 주억거리면서 한사라의 손에 들린 수건을 보았다. 수건은 땀에 푹 젖어 있었다. 토박스* 끝은 새카맸다. 그저께 실기수업 때만 해도 새것 같았는데, 얼마나 연습한 걸까. 일주일에 몇 켤레나 신는지 물어보고 싶었다. 같은 방을 쓰는 애들 말로는, 한사라가 밤늦게까지 이불 속에서 토슈즈를 손질하다가 바늘에 손을 찔린 적도 있다고 했다. 아침에 보니 이불에 핏방울이 점점이 떨어져 있었다나.

연우는 한사라든 한사라에 대해 떠드는 애들이든 유난이라고 했지만, 정서는 대단하다는 생각이 들었다. 선생들은 한사라에게는 연습하라고 하지 않았다. 이미 연습이라면 충분하다 못해 넘치도록 하고 있었으니까. 정서는 한사라의 아르스에 기록된 연습량이 얼마나 될지 궁금했다. 그만큼 연습한다면 자신도 한사라만큼 잘 출 수 있을까.

한사라의 토슈즈가 바닥에 떨어졌다. 마치 조그만 망치로 두드리는 듯한 소리가 났다. 한사라는 바닥에 내팽개쳐둔 위머며 양말까지 주워서 가방에 다 쑤셔 넣었다. 그러더니 바닥에 털썩 주저앉았다. 단단히 동여맨 토슈즈 끈을 푼 다음 토슈즈와 토씽을 한 번에 벗었다. 타이즈를 종아리까지 말아 올리자 힘줄이 잔뜩 솟은 발등과 붉게 달아오른 발가락들이 보

---

* '토박스(toe box)'는 토슈즈에서 발가락 부분을 감싸고 지탱해주는 앞코 부분을 말한다.

였다. 한사라는 그 위에 거침없이 에어 파스를 뿌려댔다. 정서는 보기만 해도 자신의 발등이 시큰거리는 것 같았다.

"다쳤어?"

정서가 다가가자 한사라가 자리에서 일어섰다.

"아니."

단호했다. 다치지도 않았고 다칠 일도 없다는 듯이. 한사라는 튜튜를 벗더니 주섬주섬 교복을 주워 입었다. 절뚝거리거나 움찔거리지는 않았다. 다친 건 아닌가 보구나, 정서는 안도했다. 가방을 메고 튜튜를 어깨에 걸친 한사라가 고개를 까닥였다.

"난 갈게, 편하게 연습해."

"같이 해도 되는데."

"난 연습 끝났어."

거짓말. 한사라의 또 다른 별명은 '연습실 귀신'이었다. 한사라는 다섯 시 반에 잠깐 급식실에 들러서 저녁을 먹고, 늦어도 일곱 시에 다시 연습실로 복귀해서 기숙사 통금 전까지 연습한다고 했다. 도중에 3학년이 와도 어떻게든 연습실 구석에 붙어 있다는 소문도 있었다. 스트레칭을 하거나 벽 바를 붙잡고 연습한다나. 선배들이 한마디 한 적도 있었다지만, 선생님이 뭐라고 한 모양인지 이제는 뭘 하든 내버려둔다고 했다.

현정이라면 한사라에게 같이 연습하자고 밉지 않게 떼를 썼을 것이다. 연우도 남자 선배들에게 하듯이 은근슬쩍 너스레를 떨면서 한사라를 붙잡았을지도 모른다. 어느 쪽이든 정서로선 엄두가 나지 않기는 마찬가지였다. 그녀가 할 수 있는 최선은 한사라에게 사탕과 초콜릿으로 가득 찬 봉지를 내미는 것뿐이었다.

"이거 먹을래?"

한사라는 단호했다.

"아니."

첫 시도는 실패였다.

며칠째 은행에 한사라가 보이지 않자 행원들은 저마다 그 이유를 추측하려 들었다. 은행에 올 시간도 없을 만큼 바쁜 모양이라는 우려와 결국에는 부모에게 그 돈을 넘겼을 거라는 비관, 혹은 다른 방책을 찾았을지도 모른다는 희망이 휴게실에 모여 앉은 행원들의 입과 귀를 오갔다. 정서는 자리에 앉아서 일하는 척했다. 듣고 있자니 마음만 어수선해졌다. 이제 더는 고등학생도 아닌데.

휴게실의 화젯거리가 은행장의 새 가발로 옮겨갈 즈음, 한사라는 작달막한 여자애와 함께 은행으로 들어왔다. 여자애는 저보다 품이 큰 초록색 항공 점퍼를 걸친 채 쉴 새 없이 주변을 두리번거렸다. 한사라가 앉으라는 듯 제 옆자리를 두드려도 본체만체했다. 대기 시간이 길어지자 마지못해 앉긴 했지만, 거의 의자 끄트머리에 엉덩이만 걸친 수준이었다. 양손을 주머니 깊숙이 찔러 넣은 채 어깨를 둥글게 웅크린 모습이 마치 단단하게 말아 쥔 주먹 같았다.

대기자 수는 다섯 명. 정서는 애써 모니터로 눈을 돌렸다. 바로 앞에 앉아 있는 고객은 자산관리 계좌에서 일부 금액을 해지하고 싶다고 했다. 수익률과 입금 예정 일자를 안내하는 동안에는 건성으로 고개를 끄덕였지만, 운용 보수 금액을 말하는 순간 놀란 듯 눈을 크게 떴다. 놀랄 만도 했다. 수익보다 운용 보수가 더 많이 드니 원금 보전은커녕 마이너스였다.

안정형 투자에 인공지능 자산관리 프로그램, 고객이 선택한 옵션이었다. 안정형 투자의 경우 원금 보전을 최우선 목표로 삼았다. 손실을 최소화하는 방향으로 운영되다 보니 이자율도 그만큼 낮을 수밖에 없었다. 게다가 인간이 아닌 인공지능을 자산관리사로 설정할 경우, 초반에는 운용 보수가 비슷하나 인공지능은 업데이트 주기에 따라 판단의 정확도가 높아지는 만큼 운용 보수도 소폭 상승했다. 가입할 때 이미 안내한 내용이었다.

인간을 믿느냐, 인공지능을 믿느냐. 사실 인간 자산관리사도 인공지능 프로그램을 사용하는 편이니 어느 쪽을 택하든 운용 결과는 딱히 다르지 않았다. 누구에게 맡길지 지정하는 건 결국 형식적 절차에 불과했다. 사실 자신이 저지른 실수와 실패에 대한 책임을 스스로 짊어지는 대신 누군가의 탓으로 돌리고 싶은 것뿐이니까.

한사라와 여자애는 옆 창구로 들어갔다. 정서는 서류를 정리하는 척 귀를 기울였다. 한사라는 여자애 앞으로 새 통장을 만들러 온 모양이었다. 본인 확인이나 서명 절차가 조금 번거롭긴 했으나 순조롭게 진행되고 있었다. 여자애도 순순히 신분증을 내밀고 서명하라는 곳에 차례대로 서명했다. 문제는 행원이 마지막에 덧붙인 한마디였다.

"제희 학생, 앞으로도 열심히 살아요. 우리 모두 응원할게요."

이내 한숨이, 다음에는 의자 다리가 거칠게 바닥에 끌리는 소리가 났다. 파티션 너머로 멀어지는 여자애의 뒷모습이 보였다. 한사라가 행원에게 사과했다.

"죄송합니다, 원래 그런 애는 아닌데……."

그러고는 허둥지둥 제희를 따라 나갔다. 정서는 메신저 창에 잠시 화장실에 다녀오겠다는 메시지를 쓰고는 일어섰다.

정서는 화장실에 가는 척 복도를 거닐다가 후문으로 빠져나왔다. 정문 쪽으로 외벽을 따라 걷다 보니 한사라의 목소리가 들렸다.

"한사라 선생님."

제희의 목소리는 낮고 거칠었다.

"왜 또 저를 불쌍한 애로 만드셨어요?"

"너희 부모님을 막으려면 어쩔 수 없었어. 은행 측의 협조도 필요했고……."

"제 의사는 안 물어보셨잖아요. 알지도 못하는 사람들한테 제 이야기를 마음대로 떠벌리면, 제 기분이 좋겠어요? 그 사람들한테 통장을 준 건 저예요. 제가 선택한 거라고요."

"제희야, 그 사람들이 그 돈으로 만족할 것 같니? 이제 시작이야."

"또 들러붙으면, 저도 가만히 안 있겠죠. 제가 알아서 할 문제니까 더는 참견하지 마세요. 저나 다른 애들 괜히 불쌍하게 만들지 마시고."

조심스럽게 모서리 너머로 고개를 내밀자 한사라와 제희가 보였다. "제희야." 한사라가 제희의 손을 잡았다. 오늘도 아르바이트에 갈 거냐고 물었다. 제희는 고개를 끄덕이면서 제 손을 빼냈다.

"그러면 통장 맡기고 가라."

"꼭 그렇게까지 해야 해요?"

"그래야 해. 네가 지킬 생각 없어도 난 지킬 거니까."

"네, 선생님 마음대로 하세요. 늘 마음대로 하셨으니까."

무언가 바닥에 떨어지는 소리가 들렸다. 통장이었다. 제희는 주머니에 손을 찔러 넣은 채 뒤돌아 가버렸다. 그러든 말든 한사라는 묵묵히 허리를 숙여 통장을 주웠다. 어깨 끝이 축 늘어져 있었다. 정서는 후문 쪽으로 돌아가려고 했다. 이제 모두 끝이었다. 볼일이 끝났으니 한사라는 더는 은행에 오지 않을 테고, 자신도 평소처럼 살아가야 했다. 그러나 입이 제멋대로 움직였다.

"한사라 씨."

한사라가 한 박자 늦게 돌아섰다.

"정서 씨, 오랜만이네요. 인사하고 싶었는데 바빠 보여서, 다음에 인사하려고 했는데."

정서는 귓가가 떨리는 걸 느꼈다. 포나였다. 다른 동료가 호출한 걸까, 아니면 심박수가 빠르게 올라가고 있다는 신호일까. 어느 쪽이든 지금 자신의 행동이 적절치 못하다는 건 확실했다. 남의 일에 함부로 끼어드는 건 삼가라. 오늘 아침 포나가 들려준 데일 카네기의 명언이었다. 남이란 정서 자신을 제외한 모두였다. 한사라는 남이었다. 한사라의 일에 함부로 끼어들어서는 안 된다는 것도 알았다.

"괜찮아요?"

하지만 정서는 궁금했다.

"괜찮죠. 괜찮지 않을 게 뭐 있나요."

"정말요?"

이게 정말로 한사라가 꿈꾸던 삶일까.

한사라는 누군가 주먹을 흔들며 위협해도 버텼고, 노트북과 패드 등을 짊어진 채 은행 한구석에 처박혀 일했다. 은행 문이 열릴 때마다 고개를 돌려 확인하는가 하면 에너지바로 점심을 때웠다. 그 모든 수고에도 그녀는 결국 고맙다는 말 한마디 듣지 못했다.

"정서 씨."

새까만 선글라스 너머로 한사라의 눈동자가 어른거렸다. 어두운 밤하늘 아래 흐르는 강물 같았다. 꺼질 줄 모르는 건물과 가로등들을 있는 그대로 비추면서도 제 아래에 무엇이 가라앉아 있는지는 보여주지 않듯이. 무슨 기분일까, 무슨 생각 중인 걸까. 뭔가 보이나 싶으면 그 위로 잔잔한 물결들이 끊임없이 밀려왔다. 허상이 되어 밀려나고 또 밀려나는 잔상들.

"저는 정말로 괜찮아요. 괜찮지 않은 건 정서 씨 같은데요."

가늠할 수 있는 것이라곤 둘 사이에 강처럼 흐르고 흐르다가 까마득하게 깊어진 시간뿐이었다. 그래도 무엇이든 들여다보려고 애쓰는 정서와 달리 한사라는 평온했다. 오히려 말끝에서 안쓰러워하는 듯한 기색이 묻어났다.

"정서 씨는 제가 후회하길 바랐나 봐요."

포나. 정서는 포나에게 간청했다. 무슨 말을 해야 할지 알려달라고. 포나라면 처세술과 소통 전반에 대한 상식들, 재치 있는 대화 사례들을 분석해 그럴싸한 대답을 몇 개씩 내놓을 것이다. 그중 무엇을 택하든 지금껏 정서가 했던 말보다는 결과가 나을 터였다. 알고 있지만, 정서는 주저했다. 포나가 거절할 리는 없었다. 다만 정확하게 부탁해야 했다. 이 상황에서 벗어나고 싶은 건지 아닌지. 그래서 부탁할 수 없었다. 자신이 뭘 원하는지 몰랐으니까.

"제가 왜 후회해야 하나요?"

"그런 뜻이 아니라……."

한사라는 정서의 말이 채 끝나기도 전에 잘랐다.

"전 딱히 후회한 적이 없어요. 지금 제 모습이 부끄럽지도 않고요."

"그런 뜻이 아니라……."

"정서 씨야말로 후회하는 것 같은데요."

이제 수세에 몰린 사람은 한사라가 아니라 정서였다.

"정서 씨는 왜 발레를 그만둔 거예요?"

그야말로 정서가 한사라에게 제일 묻고 싶었던 질문이었다.

4·

서늘했던 밤바람이 선선해졌다. 밖에서 술 마시기 좋은 날이었다. 현정은 그러니 자기 집에서 만나자고 했다. 다른 사람들도 똑같이 생각할 테니까. 북적거리는 술집들을 돌아다니며 빈자리를 찾는 일도 고역이었다. 정서도 동의했다. 연우는 근처 역에서 인기가 많은 불막창을 사오겠다고 호언장담하더니 야채곱창 2인분을 사왔다. 현정이 야채곱창 그릇을 연우 쪽으로 밀어냈다.

"너 다 먹어."

연우가 눈을 부라렸다.

"넌 어째 나이가 들어도 변한 게 없냐?"

"우리 할머니가 사람이 변하면 죽을 때가 된 거라고 했거든?"

"그래, 오래 살아라. 아주 영원히 살아."

"안 그래도 그러려고. 동준 오빠랑 이 집에서 오래오래 살 거야."

"정말 여기서 살 거라고?"

"왜, 안 될 거 있어? 아직 멀쩡한데."

멀쩡하지만 너무 큰 집이었다. 널따란 거실에 방 세 개, 복도에 있는 화장실 말고도 방에 딸린 화장실이 두 개였다. 거실 한 면을 따라 길게 누운 가죽 소파며 거대한 장식장, 대용량 세탁기와 건조기에 대형 빨래 건조대까지. 한때 삼대가 모여 살던 집다웠다. 둘이 살기에는 너무 크지 않나 싶었지만, 현정은 괜찮다고 했다. 현정의 부모님이 동생을 데리고 강릉으로 내려간 후 평화와 현정 둘이서 살았을 때도 별문제가 없었거니와 동준도 찬성했으니까.

연우는 믿기지가 않는다는 듯이 되물었다.

"정말로 괜찮다고 했어? 그냥 네가 고집부린 건 아니고?"

"문제가 될 게 뭐 있나. 새로 들어갈 집 찾느라 시간 낭비하느니 여기서 사는 게 낫지. 신축은 너무 비싸고, 구축은 하필이면 재개발 열풍 돌 때 지은 집들이라 그런지 여기저기 다 금이 가 있어서 언제 무너질지 몰라. 청소야 뭐 맡기던 데 있으니까 문제없고, 안 쓰는 방은 창고로 쓰면 돼."

"거의 30년 넘게 살았으면서, 지겹지도 않냐?"

"넌 발레가 지겨워?"

"네가 지겹다."

야채곱창에 후추를 얼마나 친 건지 끝맛이 썼다. 정서는 소주에 레모네이드를 부은 후 쇠젓가락을 담갔다. 젓가락 끄트머리를 손끝으로 가볍게 튕기자 잔 속에서 한차례 회오리가 일었다. 이 식탁에 처음 앉았을 때 마셨던 건 딸기바나나 주스였다. 평화는 다른 요리는 할 줄 몰라도 주스는 갈 줄 안다고 했다. 커다란 거실 한복판에 아낌없이 쏟아지던 햇빛과 책이 가득 꽂혀 있던 서재, 베란다를 메운 화분들. 모두 영원할 줄로만 알았다.

평화의 장례식이 끝나자 화분 중 손이 많이 가는 것들은 친척들이 가져갔고, 연구 자료들은 연구소에 기증했다. 원래는 집도 몇 년 후 처분할 예정이었으나 현정이 입시 핑계를 대며 버텼다. 어차피 현정 앞으로 상속된 집이었다. 현정의 부모님은 현정의 뜻을 존중하겠다며 물러났다. 빈소에서 무너져 내리듯 울던 현정을 달랜 사람은 정서와 연우뿐이었다. 현정의 어머니는 뒤에서 어찌할 바를 모르겠다는 양 바라보기만 했다. 무관심하지는 않았으나 어려워하는 눈치였다.

평화가 떠난 뒤로 정서는 더 자주 현정을 찾았다. 현정이 발레학원을 그만두긴 했지만, 그 아래층에 있는 영어학원에 다녀서 다행이라고 생각했다. 그녀는 현정이 혼자 있는 게 영 마음에 걸렸다. 연우는 괜한 걱정이라고 했다. "우리 중학교에서 차현정이랑 친하지 않은 애가 손에 꼽을 정도로 적어." 정작 예고 방학 때 떡볶이나 먹자며 집에 있는 현정을 먼저 불러낸 사람도, 매해 평화의 제사상에 뭘 올리면 좋을지 이야기를 꺼내는 사람도 연우였다.

"올해는 망고를 올릴까 봐. 할머니가 망고 좋아하셨거든."

"제사상이 무슨 네가 먹고 싶은 거 올리는 곳인 줄 아냐."

"야, 내가 손녀야. 우리 할머니가 과일은 잘 안 드셨는데, 망고랑 오렌지 같은 노란 과일은 좋아하셨어. 오렌지도 올릴까?"

"그냥 망고만 올려. 그런데 망고가 7월에 나오긴 하나, 모르겠다."

"왜, 망고 먹고 싶어?"

"제사상의 원칙 몰라? 홍동백서야. 망고가 홍이냐, 백이냐? 황이지. 누를 황."

"우리 중학교 한문이 그거 유교 예법 아니라고 알려줬잖아. 연우야, 제사란 정성껏 차리면 되는 거란다. 그래, 우리 할머니는 어쩌면 전통주 같은 거 말고 하이볼을 더 좋아하실지도 몰라."

"제발 1절만 해라."

"애국가도 4절까지 있는데 1절만 하면 섭섭하지 않나."

망고 하이볼은 어떨까. 정서는 한마디 거들이 보려다가 말았다. 연우가 여자끼리 편을 먹냐며 삐질 게 뻔했다. 현정이 억지를 부리는 건 아니었다. 평화는 망고를 좋아했다. 그 사실을 몰랐다면 정서도 연우처럼 뜬구름 잡는 소리라는 듯이 고개를 저었을 것이다.

평화는 정서가 원장 다음으로 따르는 어른이자 엄마만큼 좋아하는 어른이었다. 어릴 적 셋이 발레 레슨이나 콩쿠르 무대를 마치고 나면 평화는 간식으로 과일주스와 견과류를 내주곤 했다. 운동 후에는 탄수화물과 단백질을 섭취하는 게 중요하다나. 과일주스는 좋아하는 맛으로 골라 먹으라며 봉지째 내주었다. 현정은 사과, 연우는 포도를 골랐다. 남는 건 늘 딸기와 망고였다. 마음 같아서는 망고주스를 마시고 싶었지만, 정서는 결국 딸기주스를 집었다.

하루는 평화가 실수로 잔뜩 샀다며 봉지 한가득 주스를 사왔다. 현정과 연우는 두 개씩 마시겠다고 우겼지만, 결국 원래 마시던 주스를 골랐다. 사과, 포도, 오렌지, 망고, 딸기…… 그중 망고만 두 개였다. 정서는 은근슬쩍 망고주스를 집었다. 달콤했다. 저도 모르게 웃은 탓일까. 유심히 바라보던 평화가 물었다. "정서, 망고 좋아하지?" 그 말에 정서는 반쯤 남은 주스를 내려놓았다. 죄송하다고 사과하자 평화가 살짝 눈을 찌푸리면서 웃었다.

"죄송할 일이 아닌데, 왜 죄송하다는 거니?"

"할머니도 망고 좋아하실 것 같아서요."

"할머니는 과일을 별로 안 좋아해."

다행이라고, 평화는 이제라도 정서가 뭘 좋아하는지 알아서 기쁘다고 했다. 정서도 기뻤다. 다행이라고 생각했다. 정말로 좋아하고 바라는 걸 말해봤자 어른들은 불편해했으니까. 이혼 전 부모님이 어머니와 아버지 중 누구와 살고 싶은지 물었을 때, 정서는 둘 중 누구를 고르고 싶지 않았다. 함께 살고 싶었다. 하지만 솔직하게 말한들 둘 다 죄책감만 느끼면서 같이 살 수 없는 이유만 반복해서 설명할 터였다.

"정서야."

평화는 약속하자고 했다.

"좋아하는 걸 먹고, 하고 싶은 걸 하자. 할머니는 정서가 그랬으면 좋겠어."

둘은 새끼손가락을 마주 걸었다. 평화의 새끼손가락은 차가웠지만 부드러웠다.

진실을 알게 된 건 평화와 전시회에 갔다가 들른 빙수 가게에서였다. 단골이라더니, 가게 사장도 평화를 보고 반가워했다. 그러고는 어린이용으로 조그맣게 만든 빙수를 내주었다. 열심히 빙수를 먹는 동안 사장은 평화와 이야기를 나눴다. 평화가 은퇴 전까지는 여름마다 와서 망고빙수 하나를 혼자서 다 먹고 갔다며 놀렸다. 평화는 선선히 사실이라고 시인했다. "남편은 찬 걸 못 먹어서 단팥죽을 먹었지." 정서는 빙수를 먹는 것도 잊고 평화만 보았다.

화난 것도 아니었고, 기쁜 것도 아니었다. 뜨거운 돌을 하나 삼킨 듯 가슴께가 홧홧했다. 정서가 계속 그 부분을 손바닥으로 문지르고 있자 나중에는 평화가 체했냐며 손을 꾹꾹 눌러주었다. 정서는 부인하지 않았다. 그저 평화의 조심스러운 손길에 입술 끝이 슬쩍 올라가는 걸 꾹 참고 있었다. 그때는 자신이 왜 그랬는지 몰랐지만, 이제는 알았다.

한차례 테이블을 치운 후 연우는 잠깐 눈 좀 붙이겠다며 소파에 길게 누웠다. 주문한 아이스크림이 오면 깨워달라고 했다. 현정은 동준 오빠랑 전화하고 온다면서 베란다로 나갔다. 정서는 거실에 있는 장식장을 구경했다. 장식장에는 현정의 졸업장과 사진들뿐 아니라 평화가 받은 트로피들이 즐비하게 늘어서 있었다. 한국 언어 데이터 연구학회에서 주최한 논문 대회, 여성 과학인 올림피아드, 미국에서 주최한 국제 학술대회……. 대부분 은상이었다.

평화는 정서가 행복해지길 바란다고 했다. 정서를 보면 어릴 적 자신이 떠오른다면서. 행복해져야 해, 그 말에 정서는 무작정 고개를 끄덕였다. 행복해질 자신은 없었고, 무엇이 닮았다는 건지도 몰랐다. 아마도 평화와 자신 둘 다 망고를 좋아한다는 점, 그리고 은상보다 더 높은 상을 받아본 적이 없다는 점. 초등학교 시절 처음 나간 콩쿠르에서 정서는 은상을 탔다. 이후에도 콩쿠르에 나갔지만, 은상보다 높은 상은 받지 못했다. 만약 더 좋은 상을 받았다면, 계속 춤추고 있었을까.

그새 통화를 마친 현정이 정서에게 다가왔다.

"요즘은 어떻게 지내?"

"은행 출근하지. 평일에는 영어학원 다니고, 주말에는 자격증 공부하고."

"만나는 사람 없어?"

"계속 만나지."

"어디서?"

"은행이랑 학원에서."

"텄다, 텄어."

현정의 손가락이 정서의 옆구리를 쿡 찔렀다. 손톱에 이것 저것 붙여서 그런지 꽤 욱신거렸지만, 정서는 내색하지 않았다. 소개팅이라도 받겠느냐는 말에는 바로 고개를 저었다. 바쁘다고 했다. 사실이었다. 은행 일도 많고, 영어학원 과제며 자격증 공부도 틈틈이 해야 하니까. 현정은 세상천지에 바쁜 사람이 너 혼자냐며 코웃음을 쳤다.

"연우야, 발레랑 결혼하든 말든 내 알 바 아닌데. 너는 좀 좋은 사람 만났으면 좋겠어. 아니면 나처럼 포나한테 부탁해서 만나보던가……."

좋은 사람이어야 좋은 사람을 만날 수 있지 않을까 싶었지만, 정서는 말없이 현정의 팔을 쓰다듬었다. 현정이 속상하지 않길 바랐다. 현정은 정서와 팔짱을 낀 채 집을 어떻게 바꿀 건지 종알거렸다. 남는 방은 서재와 창고로 만들고, 오래된 가구와 그릇들은 정리할 계획이라고 했다.

"혹시 저 장식장에 있는 것 중에서 뭐 갖고 싶은 거 있으면 말해."

"네 졸업장을?"

"너도 취했니? 하긴, 이제는 나이가 들었으니 주량이 줄어들 만도 하다. 내 말은, 할머니 물건들 말이야."

"버릴 거야?"

"고민 중이야. 오빠는 괜찮다고 했지만, 시댁 어른들은 안 좋아하실 것 같아서."

"그럼 제사도 안 지낼 거야?"

"그건 지내지. 그 조건으로 결혼하는 건데."

정서는 어쩐지 마음이 놓였다. 오랫동안 드나들던 이 집에 새로운 사람이 오면, 현정의 삶이 이전과는 달라질 거라고 생각했다. 이전에는 당연했던 것들이 더는 당연하지 않게 될 터였다. 그럴 수밖에 없다는 걸 알면서도, 정서는 자신과 자신 주변을 둘러싼 삶들이 많이는 바뀌지 않길 바랐다. 지난 몇 년간 정서는 안정적이고 효율적인 삶을 구축하려고 애썼고, 마침내 균형을 이뤘다. 포나 덕분이었다. 그녀는 포나야말로 자신의 행운이라고 생각했다. 불안하거나 막막하지 않은 삶. 다만 그 삶에는 한사라가 없었다. 더는 무대 뒤편으로 밀려날지도 모른다며 두려워하고 싶지 않았다. 지긋지긋했다.

두 번째도, 세 번째 시도도 실패였다. 정서의 캐비닛에는 간식거리들이 쌓여만 갔다. 개인 레슨을 받거나 학원에 간다는 이유로 툭하면 외출증을 끊던 애들이 슬슬 실기시험과 콩쿠르를 준비한답시고 연습실에 드나드는 데다 한사라는 정서가 말을 붙이기도 전에 짐을 챙겨서 연습실을 쌩하니 나가버렸다. 선생들은 요즘 '아르스'에 연습실 좌표가 자주 찍힌다며 정서를 칭찬했지만 기쁘지 않았다.

연우는 그냥 한사라의 마니또가 되는 걸 포기하라고 했다. 한사라도 별로 달갑지 않은 것 같다면서. 현정은 일단 말부터 걸라고 부추겼다.

"먹을 거 주는 사람은 좋은 사람이라지만, 너희 과 애들이라면 다를 수 있지."

일리 있는 말이었다. 소문에 의하면 식욕억제제를 먹는가 하면 다른 경쟁자들을 살찌우려고 과자나 사탕에 천식약이나 위장운동촉진제를 넣어서 주는 애들도 있다고 들었으니까. 연습실 근처 자판기에서도 제로 칼로리 음료는 매번 품절이었다.

종례가 끝난 후, 정서는 매점에 들르는 대신 바로 연습실로 향했다. 연습실에 가까워질수록 음악 소리가 또렷해졌다. 「지젤(Giselle)」에서 나오는 음악이었다. 1막에서 시골 처녀 지젤이 마을 사람들 앞에서 환하게 웃으면서 추는 춤. 자기에게 어떤 비극적인 미래가 닥칠지 모른 채 지젤은 쉴 새 없이 뛰고 돌았다. 스와닐다 왈츠 못지않게 음악도 길었다. 예전에 같이 공연을 봤던 현정은 지젤의 심장이 터질 만하다고 했다.

"가뜩이나 심장도 약한 애가 뭐 저런 춤을 춘대."

정서는 조심스럽게 연습실 문손잡이를 감싸 잡았다. 음악이 살짝 느려졌다. 한 발로 콩콩 뛰면서 무대를 가로지르는 발로네(ballonné). 자신의 기억이 맞다면, 그다음은 빠른 박자로 무대 가장자리를 따라 도는 마네쥬(manège)가 나올 차례였다. 살짝 열린 문틈으로 한사라의 뒷모습이 보였다. 고무공처럼 통통 튀어 오르는 발끝과 꼿꼿하게 편 무릎, 천천히 팔꿈치부터 손끝까지 뻗어내는 여유로운 폴드브라(port de bras). 창문으로 비치는 햇빛이 전부인 연습실 거울 벽 속 반짝이는 눈동자.

자신이 지젤도 한사라도 아닌데, 정서의 심장은 빠르게 뛰었다. 금방이라도 터질 것 같았다. 너무 빨리 걸어왔나. 정서는 거울에 시선을 고정했다. 이내 음악이 느려졌다. 시작이었다. 팽팽하게 당겨진 고무줄 끝을 놓은 것처럼 박자도 한사라의 발끝도 빨라졌다. 한사라는 날렵하게 발끝으로 짚고 돌기를 반복했다. 연습실 가장자리를 따라 큰 원을 그리며 돌았다. 그리고 문가에 서 있던 정서와 시선이 마주쳤다. 찰나였지만, 그 환한 미소에 정서도 무심코 따라 웃었다.

마지막 포즈에 정서는 손뼉을 쳤다. 한사라는 눈길 한 번 주지 않고 스마트폰으로 음악을 껐다. 또 가버리는 건가. 정서는 한사라가 짐을 챙길 때 얼른 가서 말을 걸어야겠다고 생각했다. 그러나 오늘은 달랐다. 한사라가 먼저 땀에 젖은 수건만 들고 정서 쪽으로 성큼성큼 걸어왔다.

"오늘 저 앞쪽 불이 나가서 뒤쪽만 들어온대."

"그렇구나."

그래서 애들이 연습실에 없는 모양이었다. 연우도 오늘은 남자들끼리 학교 근처에 있는 연습실에 간다고 했던 게 기억 났다.

"알려줘서 고마워."

평소 같았으면 할 말은 다 했다는 듯이 돌아서서 가버렸을 텐데, 한사라는 요지부동이었다. 살짝 아랫입술을 깨문 채 정 서를 응시했다. 금방이라도 눈물이든 화든 터뜨릴 듯한 눈빛 이었다. 방금까지 짓던 미소는 어디로 갔을까. 정서는 초조해 졌다.

"어디 다쳤어?"

"내가 다쳤으면 좋겠니?"

"안 다친 거지?"

"안 다쳤어."

"다행이다."

한사라가 입을 크게 벌렸다가 다물었다. 그러고는 눈을 내 리깐 채 뭔가 생각하는 듯했다. 길고 낭창하게 휘어진 속눈 썹, 정서는 그 바르르 떨리는 끝을 바라보았다.

"너."

한사라가 다시 정서를 향해 입을 열었다.

"너, 연습실에 왔으면서 왜 연습을 안 해?"

"하긴 하는데……."

하기는 했다. 한사라가 있으면 언제 말을 걸어야 할지 힐 끔거리면서 스트레칭을 했고, 한사라가 가면 음악에 맞춰 안무 연습을 두어 번 한 후 기숙사로 돌아갔다. 연우라면 모를까. 별로 친하지도 않은 동기들과 어울려 연습할 마음은 들지 않았고, 선배들에게는 괜히 책잡힐까 무서워서 말 한마디 나눠본 적도 없었다. 정서에 관한 동기들의 평은 대부분 비슷했다. 애는 착하다고, 함부로 나대지 않는다는 뜻이었다.

"제발 그러지 마. 내가 너 눈치 주는 것 같잖아."

"네가 왜?"

"아까도 내가 뭐라고 할까 봐 못 들어온 거 아니야?"

"아냐, 그런 게 아니라……."

오히려 자신이 한사라를 방해하나 싶어서 걱정했건만, 정서는 말문이 턱 막혔다. 솔직하게 털어놓자니 어디서부터 말해야 할지 막막했다. 게다가 금방이라도 눈물이 터질 듯 그렁그렁해진 한사라의 눈동자에 입술이 바짝 말랐다. 무슨 말이든 해야 했다.

"이번에는 「지젤」 하는 거야?"

한사라의 눈썹이 꿈틀거렸다. 정서 스스로 생각해도 영문 모를 말이었다. 차라리 도망치는 게 나을지도 몰랐다.

"어. 그게 왜?"

"너무 잘 어울려서."

"뭐?"

"'스와닐다'도 좋다고 생각했거든. 동작도 깔끔하고, 턴도 안정적이고. 넌 팔이 길어서 그런지 폴드브라가 예쁘더라. 그래서 다음에는 무슨 작품을 할지 궁금했는데. 사실 넌 다리도 긴 편이니까 이번에는 좀 짧은 클래식 튜튜면 시원시원해 보이겠다고 생각했어. 그런데 '스와닐다'랑 '지젤' 둘 다 무릎까지 내려오는 로맨틱 튜튜잖아. 아까 발로네 할 때 팔락이는 게 날개 같아서 예쁘더라. 흰색도 잘 어울려. '지젤', 잘 고른 것 같아. 선생님이 추천하신 건가? 뒷부분만 봤는데 앞부분도 좋을 것 같아."

처음에는 간단히 말하려고 했지만, 말들이 마치 소나기처럼 순식간에 쏟아져 나왔다. 정서는 뒤늦게 입을 다물었다. 한사라도 놀라서 눈물이 쏙 들어간 듯했다. 다행이었다.

"어……. 그래, 고마워."

"다음에는 「라 바야데르(La Bayadère)」의 '감자티'나 「돈키호테(Don Quixote)」의 '숲의 여왕' 해주면 안 돼?"

"어, 어……. 생각해볼게."

생각해보니 작품은 한사라나 정서 마음대로 선정하는 게 불가능했다. 보통은 학교 선생님들이 추천해준 작품 두세 개 중 하나를 골랐다. 괜히 다른 작품을 하고 싶다고 우겼다가는 눈 밖에 날 수도 있었다. 방금 했던 말을 취소해야 하나, 정서가 고민하는 사이 한사라가 말했다.

"너는 뭐 하는데?"

"나는 '파키타(Paquita) 아라베스크'."

그 역시 선생님이 추천한 작품이었다.

"잘 어울리겠네. 너 아라베스크 자세 예쁘잖아."

"너만큼은 아니지."

정서는 엉겁결에 대답했다가 이내 제 칭찬이라는 걸 깨달 았다.

"고마워."

늦게나마 대답하자 한사라가 손으로 입가를 가린 채 눈을 데굴데굴 굴렸다. 이제 울 것 같지는 않았다. 정서는 안도했 다. 한사라가 말문을 뗐다.

"있지, 사실…… 선생님은 '흑조 알레그로'를 추천하셨어. 그런데 의상 맞추는 게 좀 그래서."

"아, 번거롭지."

스와닐다나 지젤이나 둘 다 흰색 로맨틱 튜튜에 색깔 있는 상의를 입는 편이니 굳이 새로 의상을 맞출 필요가 없긴 했 다. 치수를 잰다고 의상실을 들락날락하는 것도 번거롭거니 와 가격도 한두 푼이 아니었다. 정서도 충분히 이해했다. 게 다가 한사라라면 굳이 의상에 시간을 들이느니 한 시간이라 도 더 연습하는 게 낫다고 생각할 것 같았다. 의상이 무슨 상 관일까, 춤추는 사람이 한사라인데. 한사라는 한결 누그러진 시선으로 정서를 보다가 소리 없이 웃었다.

"고마워. 너도 연습 잘되길 바랄게."

"같이 하면 안 돼?"

"오늘은 선생님 면담이 있어."

한사라가 진짜라고 덧붙였다. 면담이 있다니 어쩔 수 없었다. 정서는 아래로 늘어지려는 입꼬리를 간신히 붙든 채 고개를 끄덕였다. 함께 연습한다는 목표는 이루지 못했지만, 그래도 오늘은 꽤 괜찮았다. 하나만 더 달성하면 좋을 텐데. 한사라에게 잠깐만 기다려달라고 한 후 한참 가방을 뒤적였다. 그러고는 비닐봉지를 꺼내서 내밀었다. 여기서 좋아하는 게 있으면 골라서 가져가라고 하자, 한사라의 눈매가 가늘어졌다.

"넌 무슨 매점이라도 하니?"

"그게, 우리 아빠가 용돈을 많이 보내주시거든. 친구들하고 간식 나눠 먹으라고. 이게 우리 집이 부자라서 그런 건 아니고, 부모님이 이혼하셨는데 나는 어머니랑 살고 아버지는 따로 사셔. 그러니까 좀 미안한지 용돈 보내주실 때마다 조금씩 더 얹어서 보내시더라고. 오늘 연우에게 좀 나눠주려고 했는데 깜박해서……."

"알겠어."

한사라가 항복이라는 듯이 손바닥을 들어 보였다.

"여기서 가져가면 되는 거지?"

한사라가 고른 건 우유 맛과 오렌지 맛 사탕이었다. 초콜릿이나 캐러멜에는 눈길도 안 주는 걸 보니 너무 달거나 찐득거리는 건 좋아하지 않는 듯했다.

짐을 다 챙긴 한사라는 정서를 향해 손을 흔들었다.

"내일 봐."

정서도 어설프게 손을 흔들며 인사했다. 점점 멀어지는 발소리를 듣다가 음악을 켰다. 그리고 스트레칭부터 바 워크*, 작품 연습까지 다 한 후에 연습실을 나섰다. 한사라에게 거짓말을 했다는 인상은 주고 싶지 않았으니까.

그래도 여전히 한사라가 했던 말이 마음에 걸렸다. 한사라는 원체 다른 애들의 시선을 끄는 편이긴 했다. 그만큼 추측과 짐작이 오가니 사소한 행동도 관심거리가 되었다. 괜히 애들 앞에서 자신과 대화하는 모습을 보였다간 또 무슨 소문이 날지 몰랐다. 한사라에게 방해될 만한 일은 피하고 싶었다. 정서는 고민 끝에 편지를 쓰기로 했다.

하고 싶은 말은 많았지만, 막상 패드 앞에 앉으니 도무지 손가락이 움직여지지 않았다. 우선 오늘처럼 쓸데없는 말은 덜해야 했다. 부럽다느니 뭔가를 꼬치꼬치 캐묻는 등 오해를 살 만한 표현들은 피하되, 한사라를 응원하는 마음만은 진심이라는 걸 드러내면 좋겠다 싶었다. 몇 번이고 쓰고 지우기를 반복했지만, 남은 건 두 문장이 전부였다.

'넌 지젤이 정말 잘 어울려. 응원할게.'

절로 마른세수하게 만드는 생산물이었다. 정서는 결국 시라스를 켰다.

---

* '바 워크(barre work)'는 연습실 벽 쪽에 길게 설치된 바를 잡고 하는 준비운동이자 기본기 훈련을 말한다.

한사라가 더는 은행 근처에서 보이지 않게 된 후로 달라진 점이라면 하나뿐이었다. 정서가 영어학원까지 이동하는 시간이 5분 정도 더 길어졌다는 것. 포나는 영어 수업에 늦지만 않는다면 천천히 걷는 게 건강에 좋다고 했다. 건강 때문만은 아니었다. 정서는 영어학원에 갈 때마다 습관처럼 주변을 살폈다. 온갖 사람들로 넘치는 거리였지만, 그중 바바리코트를 걸치거나 선글라스를 낀 사람은 없었다.

그 와중에 전철역 출입구에서 낯익은 얼굴을 발견했다. 이제희였다. 이제희는 스킨헤드에 팔뚝이 온통 문신으로 뒤덮인 남자와 함께 있었다. 보기에는 나이 차가 꽤 나는 것 같았다. 스킨헤드가 잔뜩 인상을 쓰면서 뒷머리를 긁적였다. 입술 모양으로 봐서는 욕인 듯싶었다. 험악해진 분위기에 정서는 저도 모르게 제희 쪽으로 다가갔다.

"제희야."

제희가 고개를 돌렸다.

"내가 그, 너는 기억하지 못하겠지만. 내가 지난주에 은행에서 널 봤거든. 한사라 선생님이 예전에 내가 앉아 있는 창구에 오셔서 네 애기를 해주셨어. 그날 내가 너한테 말해주려고 사회 초년생에게 추천할 만한 예금을 좀 알아놓았는데, 나 가버리는 바람에……."

처음에는 황당하다는 듯 정서를 쳐다보던 제희의 표정이 점점 오묘하게 변해갔다. 화난 건 아닌 듯했다. 이내 제희가 고개를 주억거리더니 옆에 멀뚱히 서 있는 스킨헤드의 팔을 툭툭 쳤다. "먼저 들어가세요." 스킨헤드도 생각보다 순순히 알겠다고 했다. "내일 보자." 정서는 스킨헤드의 반질반질한 뒤통수가 인파에 묻혀 보이지 않을 때까지 주시하고 있었다. 갔다. 정서는 참던 숨을 길게 내쉬었다. 그리고 자기를 흥미롭다는 듯이 쳐다보는 제희와 시선을 마주했다.

"괜찮니?"

"네?"

"저 사람, 위험해 보이던데."

"저희 사장님인데요?"

그렇게 말하고선 제희는 허리를 수그리면서 웃었다. 어찌나 큰 소리로 웃던지 주변 사람들이 다 쳐다볼 정도였다. 정서는 고개를 돌린 채 모르는 사람인 척했다. 소용은 없었다. 이내 제희가 웃음을 멈추고는 지금 일하는 빵집 사장님이며, 머리는 위생 차원에서 민 거라고. 참고로 문신은 예전에 드러머로 활동할 때 새겼다고 했다.

"그렇게 보자면 사라 쌤이 더 특이한데."

"사라가 왜?"

"사라 쌤은 실내에서도 선글라스 쓰고 다니잖아요. 겨울에도 패딩 안 입고 바바리코트 차림인데. 춥다고 깃 세워서 다니는 거 봤어요? 진짜 웃겨요. 뭐라고 했더라. 무슨 홍콩 영화에서 형사들이 그렇게 입고 다닌다고 했어요. 형사도 아니면서."

"형사가 되고 싶었던 건가?"

"그건 아닐걸요."

"뭐가 되고 싶대?"

"왜 저한테 물어보세요. 사라 쌤한테 물어보면 되잖아요. 번호 알려드려요?"

"번호는 나도 있어."

"그럼 전화하세요."

"그게, 좀……. 어른들의 사정이 있어."

제희가 코웃음을 쳤다.

"무슨 사정인데요? 저도 곧 있으면 어른이거든요."

정서의 귓가에서 포나가 진동했다. 15분 후 영어 수업이 시작된다는 알람이었다. 얼른 인사하고 각자 제 갈 길로 가야 했지만, 정서는 제희의 점퍼 자락을 붙잡았다.

"저기, 같이 밥 먹을래?"

"왜요? 저 돈 있어요."

제희가 눈썹 끝을 추켜올렸다. 정서는 고개를 저었다.

"그게 아니라, 내가 밖에서는 혼자 밥을 못 먹어. 그런데 집까지 가려면 시간이 너무 많이 걸리고, 여기 근처에 아는 곳은 얼마 없어서. 너무 배고프긴 한데 혼자서 못 먹겠어. 그래서 말인데……."

말을 하면 할수록 중언부언이었다. 제희는 제 미간을 손가락으로 두어 번 꾹꾹 누르더니 알겠다고 했다. 뭘 먹고 싶냐는 질문에 정서는 뭐든 좋다고 받아쳤다. 사실 포나에게 괜찮은 식당을 소개해달라고만 하면 바로 해결될 일이지만. 제희가 한참 끙끙거린 후 가자고 한 곳은 상가 지하층에 있는 조그만 즉석 떡볶이집이었다. 예전에 한사라와 왔던 곳이라고 했다.

사인지와 낙서로 뒤덮인 벽, 밝은 체크무늬의 고무 식탁보, 자루가 반들반들하게 닳은 수저와 등받이 없는 의자들. 고등학교 시절의 한사라와는 어울리지 않는 풍경이었다. 이리저리 두리번거리던 정서는 톡 쏘는 매운 향을 맡았다. 떡볶이였다. 제희가 냉장고에서 쿨피스 두 개도 꺼내왔다. 복숭아 맛과 망고 맛이었다. 매울 때 마시라고 했다.

"괜찮아, 네가 다 마셔도 돼."

"일단 먹어보고 나서 말씀하시죠."

10분도 채 안 되어 정서는 망고 맛 쿨피스 하나를 다 마셨다. 끔찍한 맛이었다. 가끔 스트레스가 쌓일 때 먹던 낙지볶음이나 불막창보다 매웠다. 처음에는 견딜 만하다고 생각했지만, 계속 먹다 보니 혀가 아릴 뿐 아니라 눈 아래까지 욱신거렸다. 제희가 일어나더니 쿨피스를 하나 더 가져왔다. 망고 맛이었다. 정서는 간신히 고맙다고 말했다. 제희의 웃음소리가 들렸다.

"둘이 비슷하네요. 사라 쌤도 매운 거 못 먹던데."

"사라가 데려왔다며?"

"스트레스 쌓일 때 온다고 했어요. 여기서 매운 거 왕창 먹고 아이스크림 하나 먹으면 머리가 뻥 뚫리는 것 같다나. 뭐, 스트레스받을 수밖에 없죠. 애들이 툭하면 속을 썩이니까요. 저도 그중 하나고."

"사라 말로는 네가 엄청 싹싹하고 성실한 애라던데."

"딱히 그렇지는 않아요. 그냥 다른 애들보다 빨리 정신 차린 거죠. 그래봤자 뭐 해요. 제가 아무리 잘해도 다른 게 문제인데요."

"무슨 문제?"

냄비에 남은 떡볶이 국물이 자글자글 끓었다. 제희가 불을 끄면서 어깨를 으쓱거렸다.

"이명철이요. 우리 아버지. 최 여사는 그래도 겁이 많아서 사라 쌤 앞에서 수그러드는 편인데, 이명철은 화가 나면 앞뒤 가릴 것 없이 굴어요. 자기를 무시한다거나 수틀리게 한다 싶으면 눈이 뒤집혀요. 지도 어릴 때 이명철 차에 치여서 죽을 뻔했어요. 초등학교 다닐 때였나? 집에서 쓰는 인공지능 프로그램이랑 상담하면서 이명철 욕을 좀 했는데, 그걸 그대로 일러바칠 줄은 몰랐거든요."

"그랬구나."

"뭐, 다 지난 일이니까요."

다만 한사라가 은행에 가서 훼방을 놓고 후견인 심사에 기어코 통과한 일을 생각하면, 제희는 후환이 두렵다고 했다.

"이명철이 가만히 있지 않을걸요."

정서는 무슨 말을 해야 할지 몰랐다. 제희를 위로하자니 이미 지난 일이라 괜찮다고 했고, 아직 일어나지 않은 일을 같이 걱정해봤자 소용없어 보였다.

"빵집 사장님은 잘해줘?"

"잘해줘요. 가끔 가게에서 머리카락 나오면 제 거라고 놀리긴 하는데, 나쁜 사람은 아니에요."

"제희는 제빵사가 꿈이야?"

"뭐, 그렇게 거창한 건 아닌데⋯⋯. 그거 아세요? 누가 '우울해서 빵 샀다'고 하면, '왜 슬펐냐'고 묻는 사람도 있고 '무슨 빵을 샀냐'고 물어보는 사람도 있잖아요. 저는 빵을 먹으면 기분이 좋아지더라고요. 그래서 빵 만드는 걸 배워봤는데, 다들 제가 만든 빵을 맛있게 먹으니까 제가 먹을 때보다 기분이 더 좋아졌어요."

"멋지네."

정서는 진심으로 멋지다고 생각했다. 제희가 영 부끄러웠는지 입술을 비죽이다가 물었다.

"사라 쌤 친구세요?"

"음, 그게⋯⋯."

"사라 쌤이 은행에 자기 친구가 있다고 했거든요. 발레 할 때 만난 친구라고 했는데."

"정말?"

한사라가 아직도 자신을 기억하고 있다니, 정서는 반가운 한편 두려웠다. 알면서도 왜 알은체하지 않았던 걸까. 다른 행원들을 대하듯 자신에게도 명함을 돌리던 한사라의 모습이 아직도 눈에 선했다. 명함에는 업무용 전화번호와 이메일 주소가 적혀 있었다. 그중 어디로든 연락하면 될 테지만, 차마 그러지 못했다. 왜 발레를 그만두었냐는 한사라의 물음에 아무 대답도 하지 못했듯이.

"혹시 사라가 왜 발레를 그만뒀는지 들은 적 있어?"

"저, 남이 제 얘기하는 것도 별로 안 좋아하고, 제가 남 얘기하는 것도 별로 안 좋아하는데."

"미안."

정서가 사과하자 제희는 씩 웃었다. 보통 어른들은 죽어도 사과하지 않으려고 하는데, 참 희한하다고 했다. 사과할 때는 사과하는 게 낫지 않느냐고 정서가 묻자, 이번에는 제희가 바람 빠지는 소리를 내며 웃었다. 그러더니 쌤쌤으로 치자고 했다. 사라 쌤이 제 얘기하고 다녔으니까 저도 한 번쯤은 사라 쌤에 관해 말해보겠다고. 비밀로 해달라는 말에 정서는 고개를 끄덕였다.

"딱히 물어본 적은 없는데요. 그냥 엄청 힘들었다고 했어요."

"어딜 다쳤대? 아니면 춤추는 게 싫어졌나."

"춤추는 건 좋았다고 했어요. 그냥 외로웠대요."

"외로워?"

"무대에 올라가서 춤출 때는 다 잊을 수 있었는데, 내려오면 혼자가 된다고 했어요."

이어지는 제희의 말들은 놀람의 연속이었다. 한사라가 집안 사정상 넉넉히 지원받지 못해 장학금을 받았다거나 우울증이 너무 심해져서 밥도 제대로 먹지 못했다는 이야기, 기숙사 방에서 누군가 한사라의 캐비닛을 계속 뒤지는 바람에 짐을 최소한으로 줄인 후 다 가방에 넣어서 들고 다녔다는 일까지. 정서로서는 상상할 수도, 짐작할 수도 없었던 것투성이였다.

방학식 날, 마니또 선물을 받지 못한 사람은 정서뿐이었다. 담임은 한사라가 부다페스트 국제 콩쿠르 본선에 진출했다는 사실을 알렸다. 유튜브 라이브로 중계한다니 함께 응원하자고 했다. 아이들은 무성의하게 대답한 후 한사라의 빈자리를 힐끔거렸다. 연우가 정서의 옆구리를 쿡 찌르더니 말했다.

"그래도 한사라가 부다페스트에서 뭐든 하나라도 사오겠지."

선물은 기대하지 않았다. 정서는 밤새도록 콩쿠르 중계 영상을 켜두었다. 역시 한사라의 「지젤」은 완벽했다. 1등 역시 한사라의 차지였다. 정서는 곤히 잠든 어머니를 깨울까 봐 이불을 뒤집어쓴 채 환호했다. 자신이 한사라는 아니지만 자랑스러웠다. 그 편지들이 도움이 되었을까. 되었으면 했다. 정서는 방학이 끝나기만을 기다렸다.

　2학기 첫날, 담임은 한사라가 영국 로열 발레학교에 장학
생으로 편입했다는 소식을 전했다.

5.

예고를 벗어나 대학생이 되었건만, 여전히 정서는 발레과 전공생이었다. 다른 선택지는 존재하지 않았다. 찾아볼 시간도 없었다. 대학교에서는 학기마다 발표회 등 정기 공연이 두세 개씩 있었거니와 교수들이 기획한 공연에 동원되기 일쑤였다. 연습 아니면 집, 쳇바퀴처럼 반복되는 일상에 지친 학생들은 밤새워 술을 마시거나 그간 끊었던 간식들을 먹어 치웠다. 교수들은 살이 붙은 학생들을 두고 의지가 약하다고 했다.

의지란 뭘까. 어느 쪽이 앞이고 뒤인지 분간할 수 없더라도 어디로든 계속 나아가게 내모는 게 의지라면, 정서는 더는 의지라는 이름으로 자신을 몰아붙이고 싶지 않았다. 학생들은 자신이 어디로 나아가는지 몰라 갈팡질팡했다. 교수에게 잘 보이기 위해서 안달을 내는가 하면 극단적인 다이어트를 감행하다가 심한 요요에 시달렸다. 간신히 고등학교를 벗어나 대학교에 왔지만, 여전히 막막했다.

교수들은 콩쿠르 심사위원이며 무용 평론가 등 저마다 명망 있는 자리를 최소 하나씩 꿰차고 있었다. 그들은 술만 마시면 국내 무용계를 살려야 한다고 주장했다. 무작정 해외로 나가지 말고 국내 유수의 발레단에서 자신의 재능을 빛내라며 부르짖었다. 그 뒤에는 어김없이 일련의 박수가 이어졌다.

국내 발레단이라고 해봤자 한 손에 꼽을 정도로 적었고, 발레단 월급만으로 생계를 이어갈 수 있는 무용수는 몇 되지 않았다. 집안 사정이 넉넉지 않은 이상 대부분 학원이나 과외로 부족한 생활비를 충당했다. 그러다 보면 몸과 마음이 너덜너덜해져서 이른 나이에 은퇴하는 무용수들도 많았다. 헌신이 아니라 투신이었다.

연우는 학생이 교수들을 위한 제물에 불과하다고 했다. 교수들 대다수가 국내 무용계의 발전을 염불처럼 외고 다녔지만, 새로운 발레단을 만든다거나 무용수의 처우를 개선하는 데는 크게 관심을 두지 않았다. 학생들은 그들의 권력을 공고히 하는 수단이자 매년 들이오는 소비재일 뿐이었다. 정서는 소비되고 싶지 않았다.

은행에 입사한 후, 정서는 전철과 버스로 출퇴근했다. 옆자리에 앉거나 근처에 서 있는 사람들 모두가 패드나 스마트폰에 코를 박고 있었다. 서로가 서로에게 무관심했다. 그 공평한 무관심이 정서에게 숨 쉴 구멍이 되어주었다. 무대에서는 누군가에게 스포트라이트가 쏟아지면 그 순간 주변부에서 있는 이들은 어둠에 잠겼다. 반면 전철이나 버스에서는 모두가 공평하게 빛과 어둠을 나누어 받았다. 자신이 그 가운데 속한다는 게 안락하게 느껴졌다.

발레는 이제 정서의 전부가 아니었다. 정서는 오랫동안 앓던 이를 뺀 양 홀가분했다. 발레복을 보관하던 서랍을 싹 비웠고, 토슈즈 손질용으로 산 공구며 실들을 주변에 나누어 주었다. 누가 아쉬워하거나 잘됐다고 하면서 이유를 물어보면 포나가 제시한 근거들을 댔다. 타당하며 그럴싸한 근거들이었다. 어떤 반응이 돌아오든 신경 쓰지 않았다. 설령 아쉬워하거나 화를 내더라도 다시 발레를 할 생각은 없었으니까.

다만 가끔 전철에 걸린 배너나 전광판에 해외 발레단 초청 공연 포스터가 보이면 정서는 저도 모르게 그 앞에서 멈춰 섰다. 짙게 화장한 무용수들의 얼굴을 차근차근 뜯어보고 캐스팅 명단을 훑으면서 눈에 익은 것들을 찾으려 했다. 찾지 못하면 못내 서운한 마음으로 지나갔다. 왜 서운한 마음이 드는지는 알지 못했다. 그런 날이면 밤늦도록 오래된 콩쿠르 영상과 그 아래 각 나라의 언어로 달린 댓글들을 보다가 잠들었다.

포나에게 한사라의 행방을 물어본들 매번 나오는 결과는 달랐다. 영국로열발레단 솔리스트라거나 모나코왕립발레 아카데미에서 교사로 일하다가 만난 사람과 결혼해 아이를 셋이나 낳았다는 등 천차만별이었다. '사라'라는 이름이 너무 흔하다는 게 문제랄까. 그중 가장 그럴듯해 보이는 추리는 슈투트가르트발레단 드미 솔리스트*로 활동 중인 사라 브론스키였다.

사라 브론스키는 한국인이지만 같은 발레단 수석 무용수인 필립 브론스키와 결혼하면서 성을 바꿨다. 게다가 정서와 동년배였다. 자신이 기억하는 사라가 맞을까. 확인차 영상이며 SNS를 뒤졌지만 소용없었다. 발레단 홍보 영상에서 사라 브론스키는 카메라를 등진 채 다른 무용수와 대화를 나누고 있었고, SNS에도 얼굴이 나온 사진을 올리지 않았다. 결국 슈투트가르트발레단 공연을 보러 가서 직접 확인하는 수밖에 없었다.

슈투트가르트발레단이 갈라 공연으로 내한한다는 소식에 정서는 바로 표부터 샀다. 연우와 현정이에게는 이벤트에 당첨됐다고 둘러댔다.

"네가 무슨 이벤트 응모 같은 걸 한다고."

둘 다 반신반의하는 기색이었다. 공연은 사흘간 이어질 예정이었고, 사라 브론스키는 마지막 날에 나온다고 했다. 프로그램 북에는 「백조의 호수」 3막의 '흑조 알레그로'를 춘다고 적혀 있었다.

공연 전날, 정서는 밤새 가슴이 두근거려서 잠도 제대로 자지 못했다. 퇴근 후 바로 꽃집으로 달려가서 예약한 꽃다발

------

* '드미 솔리스트(demi-soliste)'는 수석 무용수와 솔리스트 아래 있는 무용수로, 솔리스트처럼 독무를 맡기도 하지만 군무에도 참여한다.

을 찾았다. 흰색 꽃들과 초록색 허브들을 아낌없이 쓴 꽃다발
이었다. 흑조 안무인 만큼 빨간색이나 짙은 색 꽃들을 고르는
편이 나았으려나. 하지만 한사라는 빨간색이나 검은색보다는
흰색이 어울렸다.

데스크에 꽃을 맡긴 후 정서는 화장실에서 몇 번이고 거
울을 들여다보았다. 평소에 깔끔해 보이던 푸른색 셔츠는 오
늘따라 밋밋한 느낌이었고, 경조사 때만 들던 가방 밑바닥은
때가 탔는지 살짝 거무스름해져 있었다. 무엇 하나 눈에 차질
않았다. 몇 번이고 옷깃을 매만지다가 공연 시작 5분 전에야
공연장으로 들어섰다. 맨 앞자리였다. 오케스트라 피트가 있
긴 하지만, 무용수들의 숨소리도 들릴 만큼 무대와 가까웠다.

검은 흑조 의상을 입은 무용수가 커튼 뒤에서 사뿐사뿐 걸
어 나와서 조명 아래에 선 순간, 정서는 눈을 감았다. 팔다리
가 길고 아름다운 무용수였다. 음악이 끝나고 박수 소리가 터
져 나오고서야 눈을 떴다. 모든 무용수가 무대에 나와 관객에
게 인사하는 커튼콜이 이어졌지만, 정서는 자리에서 일어났
다. 박수 소리가 어찌나 큰지 귀가 다 따가웠다.

꽃다발은 찾아가지 않았다. 사라 브론스키라고 적힌 카드
를 꽂아놓았으니 직원이 알아서 전달해줄 터였다. 진짜 주인
이 없는 이상, 누가 꽃다발을 받든 상관없었다. 백합은 노랗
게 문드러지고 장미는 꽃잎 가장자리부터, 은방울꽃은 종 모
양 봉오리들이 갈색으로 삭을 것이다. 초록색 풀잎들은 비교

적 오래가겠지만 결국에는 구불구불하게 말라비틀어질 터였다. 정서는 포나와 함께 버스 차창 너머로 지나가는 차들을 세었다. 72대를 세었을 즈음 집에 도착했다. 잊고 싶었다.

정서는 망고스무디를 들고 창가 앞에 앉았다. 맞은편 건물 2층에는 한사라가 근무하는 쉼터가 있었다. 제희는 둘이서 직접 만나 대화해보라고 했다. 떡볶이 사준 답례라면서 사라가 근무하는 쉼터 주소도 알려주었다. 정서는 고맙다고 답했지만, 일주일 내내 경로만 검색했다. 은행에서 쉼터까지는 약 30분 정도 걸렸다. 버스는 두 번 갈아타고, 전철로는 한 번에 갈 수 있었다. 가깝다면 가깝고, 멀다면 먼 거리였다.

만약 버스에서 단어를 외우느라 하차 벨 누르는 걸 깜박하지 않았거나 포나가 신호를 늦게 보내지 않았더라면, 정서는 평생 쉼터 근처에는 얼씬도 하지 않았을 것이다. 한사라를 잊고 싶었다. 잊을 수만 있다면. 포나가 말한 '사라'들의 미래 중 가장 그럴싸한 하나가 진실이긴 바랐다. 그만큼 저와 한사라는 멀어질 테니까. 멀면 멀수록 잊기도 쉬웠다. 잊어버리는 편이 나았다.

그래도 궁금했다. 한사라가 왜 발레를 그만두었는지.

한사라를 방해하고 싶지 않았다. 방해조차 불가능하다고 생각했다. 한사라의 춤을 볼 때마다 깨달았다. 한사라는 환한 빛을 받으면서 무대 위에서 춤추지만, 자신은 무대의 어두컴컴한 뒤편에 처박혀 있는 인형이 될 처지였다. 자신이 발레를 할 수 있는 몸이라면, 한사라는 발레를 해야 하는 몸이었다. 자신은 발레를 하지 않아도 되지만, 한사라는 발레를 해야만 했다.

한사라를 향한 열등감과 번뇌, 어두컴컴한 뒤편에 버려질 것 같다는 두려움, 그래도 함께 무대에서 춤추고 싶다는 소망. 그런 말들은 편지에 적지 않았다. 대신 시라스가 유려하게 다듬어준 문장들로 가득 채웠다. 응원과 격려, 선망. 괜히 한사라의 평정을 헤집어 무너뜨리고 싶지 않았다. 정서는 학기 내내 한사라의 가방과 책상 서랍에 조그만 선물과 편지들을 몰래 집어넣었다. 오렌지 맛 사탕, 토슈즈용 습기 제거제, 백조 인형 키링……

연습실에서 마주칠 때마다 한사라는 한결 가벼워진 어조로 인사했다. "안녕." 다른 사람이 있으면 간단하게 고개만 까닥였다. 정서는 기뻤다. 정말로 한사라의 비밀 친구가 된 것 같았다. 선물과 편지도 잘 받았는지 물어보고 싶었지만, 그럴 겨를이 없었다. 2학년이 되자 아이들의 신경은 더 날카로워졌다. 겉으로는 태연해 보였으나 속은 난장판이었다. 누구든 빌미만 보이면 바로 튀어 올라서 피라냐 떼처럼 물어뜯으려고 했다.

해외 콩쿠르에 나가 해외 발레학교 장학금을 받거나 해외 발레단 인턴으로 채용되는 건 발레 전공생 모두의 꿈이었다.

그게 안 되면 국내 콩쿠르에서 좋은 상을 받아서 원하는 대학에 가길 바랐다. 1학년 때만 해도 파리오페라발레단이니 ABT니 하며 가고 싶은 발레단 이름을 줄줄 읊었지만, 2학년으로 올라가면서는 잠잠해졌다. 콩쿠르 지도를 받을 수 있는 인원은 한정적이었다. 그중 한 자리라도 꿰차기 위해 아이들은 점점 더 치열해졌다.

아이들은 잘하는 애들과 친해지고 싶어 했지만, 따라잡을 수도 없을 정도로 격차가 크면 되레 멀리했다. 그러면서도 관찰을 멈추지 않았다. 추측이 거듭되다가 확신으로 바뀌고, 확신은 또 다른 억측을 불러왔다. 소문이 탄생하는 과정이었다. 소문들은 불어날 뿐 줄어들지 않았다. 소문이 퍼지면 퍼질수록 비난의 화살은 퍼뜨린 사람이 아니라 소문의 대상에게 향했다. 가장 큰 피해자는 한사라였다.

한사라가 부잣집 딸이라거나 기부 입학으로 예고에 편입했다는 말이 들리더니 며칠 후에는 선생과 교제 중이라 예무제 무대에 설 수 있었다는 소문까지 돌았다. 누군가는 함께 파드되* 연습을 했던 3학년 남자 선배와 손잡고 다니는 모습을 봤다면서 그 선배가 예무제 파트너로 한사라를 지목한 거라고 했다. 그러자 그 선배와 교제 중인 다른 여자 선배를 견제하느라 「지젤」 안무를 골랐다는 말도 나왔다. 연우는 코웃

---

* '파드되(pas de deux)'는 남녀 무용수가 함께 춤추는, 즉 2인무를 의미한다.

음을 쳤다. "입으로 떠들 시간에 연습이나 해라, 연습을."

원인과 결과가 분명해 보이고 기승전결이 일목요연하며 흥미진진할수록 소문일 확률이 높았다. 사람들의 흥미를 끌 만큼 잘 다듬어진 이야기니까. 반면 현실은 원인도 결과도 불분명하며 말도 안 되는 우연의 연속에 가까웠다. 가짜와 진짜를 가르는 경계는 또렷하지 않았고, 아이들은 그 위를 거침없이 지나다녔다. 짓밟힌 아이들은 울고불고 화냈다. 그럴수록 소문은 점점 더 커졌고, 결국에는 무시하는 게 최선이었다. 하지만 어떤 소문들은 무시해도 점점 더 커졌다. 한사라는 소문으로만 이루어진 사람이었다.

감정은 흐르는 물과 같았다. 미미하게 간 금이나 손톱보다 작게 깨진 곳, 자신조차 모르던 틈과 사이를 찾아 새어 나왔다. 틀어막으려고 해도 소용없었다. 임시방편에 불과했다. 줄줄이 새며 흘러내리다가 결국에는 다 비운 후에야 잠잠해졌다. 남은 건 이리저리 갈라지고 부서진 몸과 마음뿐이었다. 한사라는 태연한 척 버텼지만, 결국 무너져 내렸다. 저를 무너뜨린 아이들이 없는 곳에서.

한사라는 그곳에서도 괴로웠을까, 외로웠을까?

정서는 한사라가 완벽한 줄 알았다. 완벽해서 그런 소문 따위는 신경 쓰지 않는 거라고 여겼다. 감탄했다. 갈라진 틈이나 금 간 곳 하나 없이, 몸과 마음 모두 단단하고 매끄럽다고 믿었다. 그 앞에서 이리저리 갈라지고 부서진 자신을 드러내봤자 한사라만 불편해질 뿐이라고 생각했다. 시라스가 자신의 못나고 초라한 마음들을 잔디 깎듯이 도려내도록 내버려두었다.

시간이 지나도 편지에 미처 적지 못한 문장들은 그대로 남아서 정서 주변을 부유했다. 이제는 왜 발레를 그만두었냐고 묻던 한사라에게 미처 하지 못한 답도 함께 떠다녔다. 자신은 한사라가 누구인지 몰랐다. 그럴 수밖에 없었다. 그때 정서는 자신이야말로 제일 괴롭고 외로울 거라고 믿었으니까. 한사라도 자신처럼 괴롭고 외로웠을까?

창가 너머로 바바리코트를 입은 사람이 나왔다. 한사라였다. 날이 흐리든 맑든 선글라스를 끼는 건 여전했다. 한사라는 입간판 앞에서 누군가에게 전화를 걸었다. 정서는 그 뒷모습을 바라보았다. 말을 걸까, 말까. 반지르르하게 닳은 한사라의 운동화 밑창이 정서의 눈에 들어왔다. 이대로 망고주스만 마시고 간다면 어떨까. 어제와 똑같은 내일을 살게 될 것이다. 한사라에게 말을 건다면 어떨까. 어떤 내일이 기다리고 있을지 가늠조차 할 수 없었다.

가슴이 두근거렸다. 왜 그러는지는 몰랐다. 초조한 건가, 두려운 건가. 아니면 그냥 몸 상태가 좋지 않은 걸까. 포나라면 답해줄 테지만, 오늘만큼은 물어볼 생각이 없었다. 정서는 남은 주스를 다 마셨다. 짐을 챙기던 도중, 눈에 익은 얼굴이 가게 앞을 스쳐갔다. 반사적으로 그녀의 몸이 얼어붙었다. 이명철, 제희의 아버지였다.

우연치고는 석연치 않았다. 이명철은 한 손에 검은 비닐로 감싼 무언가를 든 채 몸을 숨겼다. 정서가 잘못 본 게 아니라면, 스무디 가게 앞을 지나갈 때 이명철의 고개는 한사라를 향해 있었다. 제희는 한사라가 자기 일에 끼어들지 않길 바랐다. 단순히 귀찮다거나 제멋대로라서 그런 건 아니었다. 오히려 한사라를 걱정했다.

포나는 인근 파출소까지 거리가 있어 경찰 출동까지 11분 정도 걸린다고 했다. 하필이면 인적이 드문 시간대였다. 이명철은 천천히 한사라 쪽으로 다가가고 있었다. 모르는 사람의 눈에는 그냥 평온한 거리 풍경의 일부겠지만, 정서는 바짝 얼어붙고 말았다. 통화를 마친 한사라가 살짝 몸을 돌렸다. 포나는 이명철이 들고 있는 물건이 흉기일 확률이 높다고 했다. 그 순간, 이명철의 걸음도 빨라졌다. 정서는 가게를 뛰쳐나갔다. 포나의 답을 기다릴 새가 없었다.

"이명철 씨!"

이내 귀가 찢어질 듯한 경보음이 울려 퍼졌다.

현정은 망고주스 뚜껑을 따서 정서 앞에 놓았다. 병문안 선물이라고 했다. 정서가 수술을 받고 일반 병실로 내려온 지 이틀째였다. 다인실치고는 조용했다. 연우가 간호사에게 망고주스를 마셔도 되는지 물어보러 간 동안, 정서는 창밖만 보았다. 딱히 재밌는 건 없었다. 옆에서 크게 한숨 소리가 들렸다. 마지못해 고개를 돌리자 현정이 눈을 부릅떴다.

"은행원이 대체 왜 칼을 맞아? 혹시 너 우리 몰래 국정원으로 이직했어?"

정서는 잠시 고민하다가 답했다.

"국정원에 취직하려면 공무원 시험을 봐야지."

"나 정말 병원은 질색이야. 연우야 몸 쓰는 직업이니까 다쳐서 입원한다 쳐도 너는 아니잖아. 제발 우리 오래 살자."

의사가 말하길 깊이 찔린 상처는 아니라고 했다. 일반 칼로는 생각보다 깊이 찌르기 어렵고, 이명철도 목표물이 아닌 사람이 불쑥 튀어나오자 놀란 모양이었다. 정서는 다행이라고 대답하려다가 말았다. 간단한 봉합 처치로 끝났지만, 의사는 혹시 상처 부위에 염증이 생길 수 있으니 파상풍 주사를 맞으라고 했다. 정신과 상담이 필요하면 처방전을 써주겠다고 덧붙였다. 정서는 괜찮다고 했다.

"그래도 상담을 받는 편이 낫지 않을까. 시간이 안 되면 연차 같은 거라도 내고."

연우답지 않게 조심스러운 태도로 물었다. 묻지마범죄 피해자들의 후유증이 생각보다 오래간다는 유튜브를 봤다고 했다. 정서는 담담하게 망고주스만 마셨다. 연우가 저를 쳐다보든 말든 모른 척했다. 걱정스러운 한편 제 친구가 괜찮은지 궁금해하는 눈치였지만, 솔직하게 말했다가는 괜히 구박거리

하나만 더 늘 터였다. 사실 정서는 별생각이 없었다. 살아남아서 마시는 망고주스의 맛이 참 특별하다는 감상이 다였다.

"연우야, 네가 사회인의 삶을 모르나 본데, 연차는 함부로 쓰는 게 아니야. 반차, 반반차, 반반반차로 나눠 쓰는 게 연차인데."

"사람이 우선이지, 연차가 우선이야?"

"어, 연차가 우선이야. 나보다 김정서가 더할걸?"

꽤 날카로운 추론이었다. 연우가 어이없다는 듯이 현정을 흘겨보았다.

"정서가 너 같은 줄 알아?"

정서는 연우의 눈길을 피했다.

"아니지?"

차마 부인할 수가 없었다. 연우의 눈썹 끝이 가파르게 올라갔다.

"정서 애가 원래 이런 애가 아니었는데."

이번에도 정서 대신 현정이 대답했다.

"사회가 그렇게 만든 거지."

"아니? 넌 원래 그랬어."

연우와 현정이 투닥거리며 싸우는 사이, 정서는 제 귓바퀴를 가볍게 두드렸다. 포나가 오늘의 날씨와 일정을 읊었다. 맑고 화창한 날씨였다. 주간 회의가 있는 날이기도 했다. 원래대로라면 고객에게 친절해야 한다는 은행장의 당부로 회의가 끝났을 테지만, 오늘은 좀 다르지 않을까 싶었다. 직원이 고객의 칼에 찔렸으니까. 별말 없었더라도 다른 직원들 사이에서 무슨 이야기가 오갔을지 몰랐다. 정서는 조금 궁금했다.

현정도 어떻게 된 일인지 궁금한 눈치였다.

"원래 알던 사람이야?"

"은행 고객이야."

"왜 알은척한 거야, 무슨 문제라도 있었어?"

"신분증을 놓고 갔는데, 찾으러 오질 않았어."

이명철은 은행에 오는 수많은 고객 중 하나였고, 창구에 본인 명의의 신분증을 놓고 갔다. 정서가 할 수 있는 이야기는 그뿐이었다. 딸을 차로 치려고 했다거나 딸 명의의 통장에서 돈을 빼내려고 했다는 건 제희 몫의 이야기였다. 경찰들도 이명철과의 관계를 꼬치꼬치 캐묻거나 포나를 증거물로 제출해달라고 요청하지 않았다. 그저 쾌유를 빈다고만 했다.

빈 주스 병을 내려놓자 연우가 바로 치웠다. 정서가 고맙다고 했더니 또 땅이 꺼질 듯이 한숨을 쉬었다. 평생 쉴 한숨을 오늘 다 몰아쉴 기세였다.

"그러면 그 사람은 누구야?"

"은행 고객이라니까."

"아니, 찌른 사람 말고."

한사라 대신 이명철의 칼에 찔리려고 한 건 아니었다. 그저 한사라를 감쌌을 뿐. 이명철은 놀란 듯 도망쳤다. 한사라는 이명철을 쫓아가거나 도망치지 않았다. 응급차가 올 때까지 정서의 옆구리를 두 손으로 누른 채 몇 번이고 외쳤다. 정서야. 정서야.

정서도 놀랐다. 생각보다 몸이 앞선 건 오랜만이었다. 그녀가 어릴 적 다녔던 발레학원 원장은 말했다. 어떤 발레 테크닉이든 배우고 싶다면 넘어지는 게 무서워도 일단 해야 한다고. 머리로 백분 이해해도 직접 몸을 움직이지 않는 이상 익힐 수 없으니까. 골반을 열고 다리를 뒤로 보내라는 말보다 원장이 누르고 잡아당기는 순간 느끼는 생경한 통증이야말로 가장 오래 기억에 남았다.

움직여야 했다. 한 바퀴보다 더 많이 돌기 위해서, 뛰어오르는 데서 만족하지 않고 공중에서 두 다리를 교차하면서 더 높이 올라가려고 애쓰고, 단 서너 스텝만으로 넓은 무대를 가로지르면서 현란하고 정확하게 발끝을 놀리며 순간과 순간 사이를 잡아내려면. 수많은 헛발질과 이리저리 나부끼는 팔, 바들바들 떨리는 무릎, 놓쳐버린 박자, 실소, 누군가의 눈치를 보거나 넘어져서 구르는 자신의 꼴사나운 모습을 마주할 수밖에 없었다.

새로운 테크닉을 배운다는 건 새로운 위험을 감수하는 일이었고, 새로운 위험을 감수할 용기가 없다면 그 대가를 치러야 했다. 단번에 성공하는 행운은 오히려 불운의 징조였다. 다음에 운이 따르지 않는다면 실패할 테니까. 불가능한 동작들을 가능하게 하려면 실수를 거듭해야 했다. 포기하는 건 곧 실패였다. 성공할 때까지 계속해야 했다. 인간이 어떻게 날 수 있을까? 날 수 없다고 포기하는 순간 인간은 날 수 없었다. 날기 위해 시도하는 이상 인간은 날 수 있는 존재였다. 끔찍하리만치 단순한 진실이었다.

그래서 정서는 발레를 사랑했다. 발레의 신에게 사랑받지 못했지만, 오직 사랑하는 것만은 허락받은 사람처럼. 비참하면서도 황홀했고, 원망스러운 한편 기뻤다. 한사라를 마주했을 때, 그녀는 오만 감정에 휩싸였다. 자신에게 허락된 미래와 허락되지 않은 미래를 미리 들춰본 듯한 기분이었다. 연우는 끝까지 해봤어야 한다며 아쉬워했지만, 아쉬워할 이유가 없었다. 그럴 필요도 없다고 생각했다. 희박하다 못해 없는 것에 가까운 가능성에 모든 걸 거느니 포나와 함께 안정적인 삶을 택하는 편이 나으니까. 그렇다고 믿었다.

한사라는 포나도 예상치 못한 변수였다.

힌징과 연우가 떠난 후 정서는 깊이 잠들었다. 포나가 귓가에서 울려도 깨지 않았다. 꿈에서 정서는 무대 뒤편에 있었다. 멀리서 음악이 들려오고, 발끝이 바닥을 스치며 떨어지는 소리와 사람들의 목소리가 들렸다. "브라보!" 정서는 도자기 인형처럼 가만히 앉아서 눈을 감았다. 저와는 상관없는 것들이었다. 환한 조명과 경쾌한 음악, 박수와 환호도. 그 순간 누군가가 정서의 손을 잡았다. 이제 나가야 할 때라고 했다. 커튼콜에서는 모두 무대에 나가야 하니까.

잠에서 깼을 때, 정서는 침대 옆을 돌아보았다. 누가 앉아 있나 했더니 한사라였다.

"홍콩 형사들은 병원에서도 선글라스를 끼나."

"아직도 마취가 안 풀렸어?"

정서가 고개를 젓자 희미한 웃음소리가 들렸다. 듣기 좋았다.

정서는 한사라에게 손을 내밀었다.

"하고 싶은 말이 있어."

"해봐."

선글라스 너머로 옅은 갈색빛을 띤 눈동자가 보였다.

"궁금한 것도 있고."

"그럼 물어봐. 대신 지금은 말고."

"왜?"

"넌 지금 환자잖아."

천천히 물어보라고 했다. 내일이 아니라 모레, 아니면 한 달 후라도 괜찮으니까. 차갑고 부드러운 손가락이 정서의 이마를 쓸었다.

"일단 얼른 낫자."

정서는 순순히 고개를 끄덕였다. 무엇 하나 확신할 만한 게 없었다. 퇴원 후 영어학원에서 보강을 순순히 잡아줄까. 복직했을 때 지점장이나 동료 행원들이 걱정했다고 말하면서 얼마나 꼬치꼬치 캐물을까. 어머니는 뭐라고 할까. 포나도 예측할 수 없는 미래였다.

　그나마 분명한 것이라곤 하나, 지금 눈앞에 있는 한사라뿐이었다. 자신이 모르는, 자신을 모르는 한사라. 정서는 한사라의 손을 꼭 잡았다. 내일은 오늘과 다르지 않을지도 모르고, 다를 수도 있었다. 얼마나 많이 실수하고, 얼마나 더 꼴사나워질까. 그래도 나쁘지 않을 것 같았다. 한사라의 손이 자신을 단단하게 붙잡고 있었다. 좋았다.

내일의 헌정

0.

누리는 아이스 아메리카노 대신 따뜻한 허브차를 주문했다.

"죽어도 아이스 아메리카노라더니."

평화가 놀렸지만, 누리는 약 오른 기색 없이 어깨만 으쓱거렸다. 이제 나이가 드니 카페인을 멀리하게 된다고 했다. 각이 잡힌 셔츠에 검은색 부츠컷 슬랙스, 짧게 자른 흰 머리카락을 깔끔하게 뒤로 빗어 넘긴 모습이 제법 CEO다웠다. CEO라는 호칭은 가당치도 않다며 한마디 덧붙였다.

"그냥 바지사장이쥬, 바지사장."

연구소장은 평화와 누리 둘 다 기독교 집안에서 태어나지도 않았거니와 믿는 종교도 없다는 사실을 재밌어했다. 그러고는 둘을 한데 묶어 불렀다. "온 누리에 평화를." 평화나 누리나 딱히 신경 쓰지 않았다. 시라스의 언어 자원을 같이 담당하다 보니 가까워졌고, 누리가 퇴사한 후에도 연락은 계속 이어졌다.

"선배야말로 은퇴가 너무 일렀어요. 10년은 더 일할 수 있었을 텐데."

"10년이나 더 일하면 노인 학대지."

"노인이라고 스스로 퇴물 취급하는 것도 학대예요."

"육아도 일이야."

일도 일이지만, 다시 맡을 줄은 몰랐던 일이었다. 평화는 현정이 있는 쪽으로 고개를 돌렸다. 현정이는 제 몸보다 큰 개와 놀고 있었다. 래시, 카페 주인이 기르는 골든 리트리버였다. 순하고 이해심이 넓어 어지간한 어른보다 애들과 잘 놀아주었다. 아이들이 래시와 놀고 나면 제 부모에게 강아지를 기르고 싶다고 칭얼거릴 정도였다. 반면 현정이는 한 번도 조른 적이 없었다. 카페에 오면 래시 곁에 딱 붙어 있다가도 평화가 가자고 하면 순순히 따라왔다.

누리는 딱히 이상한 반응 같지는 않다고 했다.

"그만큼 래시를 좋아하는 게 아니거나 다른 강아지보다 래시를 너무 좋아해서 그럴지도 모르죠."

둘 다 아니었다. 현정이는 가방을 챙겨 카페에서 나갈 때까지 내내 래시에게 눈을 떼지 못했고, 길에서 다른 강아지를 마주치면 쓰다듬고 싶어서 어쩔 줄을 몰랐다. 그러면서도 평화에게 래시와 인사하러 가도 되냐고 묻거나 딱 한 번만 더 래시를 쓰다듬어도 되는지 꼬박꼬박 물었다.

저 작은 손이 제 옷소매를 조심스럽게 잡아당기거나 아무 말도 없이 동그란 눈으로 자신을 빤히 바라볼 때마다 평화는 가슴이 답답해졌다. 단 한 번도 허락하지 않은 적이 없었고, 안 된다고 할 생각도 없었다. 하나하나 허락해주는 게 귀찮다거나 허락을 구하는 게 한심하다고 여기지는 않았다. 그저 안쓰러웠다.

"그냥 다른 또래들보다 어른스러운 거지. 선배, 다행으로 여겨. 우리 조카들은 허락이란 걸 구할 줄 몰라. 일단 달려가고 본다니까."

"쟤 엄마도 그랬어."

평화가 기억하는 한 뭔가에 꽂히면 보호자가 무슨 말을 하든 듣지 못하는 나이였다. 딸은 풍선만 보면 일단 달려갔다. 앞에 장애물이 있다거나 바람에 날아가서 잡을 수 없다고 평화나 남편이 경고해도 무시했다. 결국에는 넘어지거나 놓쳤다며 울어버렸다. 당시 부부는 딸의 사고 체계를 이해하지 못했다. 딸은 너무 독단적이고 고집이 센 인간이었다. 아이들은 원래 다 그렇다는 시부모의 말에도 고개를 갸웃거렸다.

아기였을 때 딸은 제 의사를 명확히 표현할 줄 몰랐다. 그저 울기만 했다. 평화와 남편에게 아기는 단일 신호밖에 없는 존재였다. 울음의 길이나 뉘앙스, 표정, 주먹을 쥔 손가락에 실린 힘으로 아기의 의도와 목적을 판별할 수 있는 해석 체계를 세우려고 했지만 소용없었다. 딸은 무너뜨릴 수 있는 건 무엇이든 다 무너뜨리려고 했다. 말을 배운 후에도 달라진 건 없었다. 원하는 게 뭐냐고 물어보면 대답은 했지만, 앞뒤가 맞지 않는 말만 했다.

평화와 남편은 상의 끝에 육아를 시터들과 부모님들에게 맡겼다. 어느 쪽이든 급여나 수고비가 만만치 않았지만, 부부는 불평 한마디 없이 돈을 송금했다. 아깝지는 않았다. 능력이 다하지 못한다면, 이를 받아들이고 보완할 방법을 찾는 게 당연하니까. 모른 척 외면하는 대신 그들은 가능한 최선의 선택지를 고르고 책임을 졌다. 그 역시 사랑이라고 생각했다. 딸은 그렇게 생각하지 않았다. 무관심에서 기인한 방치고 학대라며 비난을 퍼부었다.

"난 엄마 같은 부모는 되지 않을 거예요."

딸의 말에 평화는 반박하지 않았다. 당연했다. 딸과 평화는 개별적으로 존재하는 독립 개체였다. 유전자상 유사하지만, 인간의 성격과 자아 정체성을 형성하는 데는 유전자뿐 아니라 주변 환경과 양육 담당자의 태도 등 여러 요소가 영향을 미치는 법이었다. 딸은 직장에서 만난 사람과 결혼하여 아이들을 낳았다. 평화의 손주들이었다.

딸이 가정에 전념하기 위해서 퇴사하겠다고 했을 때, 평화는 반대했다. 전념이 아니라 희생이었다. 딸은 소아마비 판정을 받은 둘째 아이를 데리고 치료소와 병원을 전전했다. 하루라도 더 어릴 때 수술과 치료를 받으면 나을 수 있다는 낭설에 혹하더니 둘째도 첫째처럼 걷고 뛸 수 있다는 희망을 품었다. 평화의 눈에는 헛수고였다.

둘째 손녀는 또래 친구 한 명 사귀지 못했다. 사귈 기회조차 없이 햇빛 한 점 들지 않는 병실에서 창백하게 말라갔다. 차라리 휠체어 타는 법을 가르치라고 했지만, 딸은 막무가내였다.

"어떻게 엄마가 되어서 딸을 포기해요."

포기가 아니라 수용이며, 둘째 손녀에게 필요한 건 부모의 죄책감이 아니라 앞으로 살아가면서 마주할 고난들을 해결하는 능력이었다. 평화의 조언에 딸은 고개를 내젓기만 했다.

"전 엄마처럼 효율성을 따져가면서 애들을 키우고 싶지 않아요. 애들을 사랑하니까요."

사랑이 아니라 집착이라고 생각했지만, 평화는 지적하지 않았다. 딸은 유년기의 상처에 집착했다. 친구들과 싸우거나 연인과 헤어지고, 회사 면접에서 떨어지거나 근무 도중 부당한 일을 겪을 때마다 부모의 탓으로 돌렸다. 충분한 관심과 애정을 받았다면 완벽한 인간으로 자랐을 것이라고 믿어 의심치 않았다.

완벽한 인간이란 없다. 겉으로 완벽해 보이는 가정도 상대적인 비교에 따른 일시적인 우상화에 불과하다. 가정뿐 아니라 모든 것은 절대 완벽할 수 없었다. 딸은 유년기의 상처 때문에 자신이 결함 있는 인간으로 자랐다고 주장했으나 평화가 보기에는 단순한 책임 전가였다. 평화와 남편이 주는 애정이 부족했을지는 몰라도, 물질적 지원만큼은 아끼지 않았다. 굳이 기대한다거나 실망한다는 말로 괴롭히기보다 딸의 뜻을 존중했다.

모범적인 기독교 가정에서도 희대의 살인마가 태어나고, 사기죄로 교도소에 간 아버지 아래에서도 남에게 거짓말 한 번 하지 않는 어른으로 자라나는 아이도 있었다. 누군가는 가진 게 많아도 굳이 남의 것을 더 빼앗으려 들지만, 어떤 이는 자신이 불운하더라도 다른 이를 해치지 않는 쪽을 택했다. 평화는 결국 선택의 문제라고 생각했다. 딸은 스스로 불행하다고 여겼고, 그 원인을 자신이 태어나고 자란 가정에 돌렸다. 그 또한 딸이 선택한 삶이었다.

딸은 평화에게 상처를 주고 싶어 했지만, 평화는 상처받지 않았다. 평화가 상처받지 않자, 딸은 그만큼 자신을 사랑하지 않는 거라며 다시 상처를 입었다. 딸은 자기 아이들에게는 그런 상처를 주지 않으려고 했다. 자신은 평화와는 다른 엄마가 될 수 있다고 믿었다. 그 믿음이 첫째 손녀를 방치하고 둘째 손녀를 고립시키는 결과로 이어졌다. 딸이 포기하지 못한 건 둘째 손녀의 삶이 아니라 자신의 상처였다.

평화는 딸을 비판하거나 비난할 생각이 없었다. 그저 딸이 더는 후회하지 않았으면 했다. 그게 첫째 손녀를 대신 맡아서 기르겠다고 나선 이유였다.

"물론 이 역시 나의 사견에 지나지 않지."

딸이 바라던 대로 언젠가 둘째 손녀가 첫째 손녀처럼 제 발로 뛰어다니는 날이 올지도 몰랐다. 딸이 평화보다 아이들을 더 사랑하고, 아이들에게 사랑받는 엄마로 살아갈 수도 있었다. 평화도 부디 그러길 바랐다.

"제 생각에는 따님이 구시대적 대화형 인공지능 프로그램에 상담을 잘못 받은 것 같아요. 답이 지나치게 명확하고, 모든 걸 부모와의 관계 탓으로 돌리잖아요. 제 아들도 어릴 때 저한테 와서 그러더라고요. 자기 심리 상태가 불안한 건 아빠가 없고 엄마만 둘이라서 그런 거라고요. 그래서 제가 어떻게 했게요?"

"어떻게 했는데?"

"인간 상담사를 붙여줬죠. 좀 신중하고, 딱히 종교는 없고, 마음이 열려 있는 사람으로요. 제가 보기엔 선배는 나쁜 부모 같지는 않는데요."

"보통은 그 반대로 말하지 않나."

"딸이 좋은 부모는 아니라고 했다면서요. 좋은 사람이 되는 것도 어려운데, 좋은 부모가 되는 건 더 어렵죠. 스스로 좋은 부모라고 믿는 건 더 심각하고요. 기대치와 결괏값 차이가 큰 거니까요."

"위로 고맙네."

"저는 비슷하다고 생각했어요. 우리가 시라스에게 말하는 법을 가르쳤잖아요. 육아도 마찬가지죠. 자기 생각과 의사를 말할 수 있도록 가르치니까요. 텍스트 마이닝의 과정이랄까. 언어를 모아서 정리한 다음에 체계를 세우고, 그 체계에 맞춰 말할 수 있도록 가르치는 거죠. 오류가 나면 다시 뜯어고치거 나 보완하고……. 그 과정을 수도 없이 반복하죠. 될 때까지. 물론 된다는 게 뭔지는 아직 모르겠지만요."

"인공지능 개발과 인간의 뇌 성장을 동일선에 놓다니, 인 공지능 프로그램 개발자다운 사고방식이네."

생명윤리 차원에서 감히 인간과 인공지능을 비교해서는 안 된다고 여기는 건 아니지만, 평화는 비교가 불가하다고 생 각했다. 인간은 인공지능에 비해 습득력이 현저하게 떨어졌 지만, 예상한 경로를 툭하면 벗어났다. 실수나 오류가 생기면 인공지능은 정정하거나 초기화 후 재학습이 가능했지만, 인 간의 기억은 특정 부분만 골라서 수정하거나 소거할 수 없었 다. 고스란히 상처로 남았다.

가짜가 더 완벽하고 안전해 보이는 세상이었다. 진짜는 결 함투성이고 연약했다. 가짜는 언제든 또 다른 가짜로 대체할 수 있지만, 진짜는 대체될 수 없었다. 부서지거나 사라질 뿐. 평화는 아이를 싫어하지 않았다. 그저 진짜라는 점이 부담스 러웠다. 언제고 딸처럼 상처를 입힐지 모르고, 그 상처가 평 생을 갈지도 모르니까.

"선배 손녀는 선배를 좋아하는 것 같은데요."

좋아하니까 문제였다. 현정이는 평화를 좋아하는 만큼 평화의 비위를 거스르지 않으려고 애썼다. 어디까지는 되고, 어디서부터는 안 되는지 계속 눈치를 보면서. 다른 사람들은 현정이를 해맑고 제멋대로인 아이로 알았지만, 그 역시 처세의 일환이었다. 현정이는 발레학원 원장에게 티아라를 쓰고 싶다고 귀엽게 조르다가도 원장이 화내기 직전에 바로 제 의상이 마음에 든다고 자랑하면서 주의를 돌렸다. 나름 영리한 처세술이었다. 원장은 순순히 제 말을 듣는 아이보다는 그런 말썽꾸러기들을 귀여워했다.

친구나 애인 관계라면 모를까, 평화는 현정이의 가족이자 할머니였다. 현정이는 고작 열 살이었다. 엄마나 아빠가 보고 싶다고 떼를 쓰거나 부모님의 관심과 걱정을 독차지하는 동생이 미울 법한데도 내색 한 번 하지 않았다. 그저 평화의 마음에 들려고 노력했다. 방긋방긋 웃으면서 뒤를 졸졸 따라다녔다. 평화는 그런 현정이가 안쓰러웠다. 울 줄 모르는 아이는 웃을 줄도 모르는 법이었다.

"그냥 부모님보다 할머니가 더 좋나 보죠."

"제 편이 나밖에 없다고 생각하는 거지."

둘째 손녀 병문안을 다녀올 때마다 현정이는 평화의 품에 제 얼굴을 파묻은 채 한참 동안 안겨 있었다. 말은 필요하지 않았다. 자그마한 등은 성난 듯 들썩였고 여린 정수리는 따끈해졌다. 뭘 상상하는 걸까. 평화는 달래듯 등과 머리를 쓸어주었다. 그러면 이내 잠잠해졌다.

"할머니."

현정이가 지나가듯 물어본 적이 있었다.

"할머니는 내 편이지?"

"그럼."

"그럼 평생 나랑 같이 살 거지?"

평화는 그러겠다고 했다. 진심이지만, 끔찍한 거짓말이었다. 평화의 여생은 현정의 평생에 비하면 너무나도 짧았다. 현정이는 대놓고 좋아하거나 기뻐하는 대신 다행이라는 듯 웃었다. 그 미소에 평화의 마음은 소리 없이 무너져 내렸다.

거짓말은 비효율적이었다. 괜한 희망과 기대를 품게 하고 결국에는 절망과 실망만을 남겼다. 그래서 평화는 되도록 거짓말을 하지 않으려고 했다. 그 누구도 예외가 아니었다. 수업 참관 안내문을 내미는 딸에게는 회사 출장이 있어서 못 간다고 했다. 남편이 췌장암 말기 진단을 받았을 때, 딸의 만류를 물리치고 남편에게 사실대로 말한 사람도 평화였다. 딸은 평화더러 이기적이라고 했다. "다른 사람이 얼마나 괴로워하든 엄마만 홀가분하면 된다는 거잖아."

"내가 세계 최고의 발레리나가 될게. 할머니는 아주 커다란 꽃다발을 사다 줘. 나는 다른 사람 꽃다발은 다 거절할 거야. 할머니 꽃다발만 받을래."

"팬들의 마음을 무시하면 안 되지."

"무시하는 게 아니야. 내 팔은 두 개뿐인걸. 하나는 할머니가 주는 꽃다발을 안고, 다른 하나로는 할머니를 껴안을래."

기특하고 안쓰러웠다. 평화는 현정의 볼을 어루만졌다. 보드라웠다. 그 손바닥에 현정이 제 얼굴을 기댔다. 제법 묵직했지만, 아직 견딜 만한 무게였다. 평화는 견뎌내고 싶었다. 견딜 수 있을 때까지. 거짓말을 들키고 싶지 않았다. 내가 너를 사랑하는구나. 너무, 많이, 지나치게, 스스로 감당하지 못할 만큼.

현정이는 아직 어렸다. 저 어린애가 어떻게 홀로 살아갈까, 살아남을 수 있을까. 평화가 없는 세상에서. 상상만 해도 걱정스러웠다. 평화는 현정이에게 배울 수 있는 건 무엇이든 다 배우게 했다. 미술, 수학, 수영, 로봇 만들기, 바이올린, 독서 논술, 코딩, 영어 연극……. 현정이는 무엇이든 빨리 배웠다. 눈치가 빠르고 요령도 있으니 어떤 선생에게든 사랑받을 아이였다. 무엇이든 잘했지만, 무엇 하나 좋아하는 게 없었다. 평화가 그만두겠냐고 물어보면, 현정은 그러자고 했다. 아쉬워하는 기색두 없었다.

평화는 현정이가 잘하는 것보다 좋아하는 걸 찾길 바랐다. 몰입할 만한 게 필요했다. 여동생만 신경 쓰는 부모, 언젠가 떠날 할머니의 빈자리를 잊을 수 있도록. 그게 발레라는 게 문제였다.

"예체능은 무리야. 발레 같은 건 더 그래. 아무리 재능이 뛰어나도 옆에서 도와주는 사람이 없으면 힘들어. 선배가 끝까지 책임질 수도 없으면서 시키면 어떡해. 그거, 이기적인 거야. 손녀에게 미움받고 싶지 않은 거잖아."

딸은 평화처럼 현정이를 발레학원에 데려다줄 수 없었다. 발레학원 원장이나 강사의 연락에 바로 답장하거나 콩쿠르 때 하나부터 열까지 시중을 들며 끝날 때까지 기다릴 만큼 시간이 남아돌지도 않았다. 콩쿠르 무대를 마친 후 현정이를 학원 원장에게 데려가서 지도해주셔서 감사하다고 인사를 시키고 강사에게 수고비를 챙겨줘야 하는 관례도 모를 것이다. 다른 전공생 부모들과 안면을 트려고 노력한다 해도 그 무리의 벽을 뚫을 확률은 희박해 보였다.

단순히 애정의 차이 때문만은 아니었다. 모를 수밖에 없고, 모르는 게 당연했다. 무용계는 하나의 세계였다. 저마다의 규칙과 논리로 굴러가는 세계, 살아남는 건 물론이고 제 자리를 잡는 것도 어려웠다. 딸은 첫째 아이의 꿈이 얼마나 이루기 어려운 건지 몰랐다. 평화도 처음에는 마찬가지였다. 모르지 않았더라면, 발레학원 문턱에도 들이지 않았을 것이다.

발레학원 원장은 열두 명 남짓한 초등반에서 셋에게만 전공을 권했다. 현정과 연우, 정서였다. 상술 때문만은 아니었다. 정서는 눈썰미가 좋았다. 어떤 고난도 동작이든 빠르게 파악해서 정확하게 보여주었다. 연우는 끈질겼다. 점프할 때 제 성에 차지 않는 높이면 몇 번이고 다시 뛰었다. 다행히 근육이 유연하고 탄력이 있어 덜 다쳤다. 그리고 원장은 유리창 너머로 현정을 보면서 말했다. "쟤는 춤출 줄 알아요."

발레가 뭔지는 잘 몰랐지만, 평화도 인정할 수밖에 없었다. 춤출 때 현정이는 즐거워 보였다.

"괜찮아. 시라스가 있으니까."

최소한 현정이가 예원학교에 들어가거나 예고를 끝마칠 때까지는 살고 싶었다. 그때까지 평화는 양질의 정보들을 긁어모아야 했다. 또래 아이들이 무슨 지원을 받고, 다쳤을 때 어떤 병원에 다니면서 어디서 재활훈련을 받는지, 예고 입시나 유학 정보, 현정을 가르칠 선생들의 신상과 이력이며 국내와 해외 콩쿠르 정보까지 다 시라스에 입력해둘 생각이었다. 그러면 평화가 없어도 현정은 시라스에게 부탁하기만 하면 됐다.

시라스라면 도와줄 것이다. 시라스는 사양하는 법을 모르니까.

"선배, 그렇게 안달을 낼 거면 차라리 제대로 수술을 받지 그랬어요."

"스텐트 삽입 시술이라면 받았어."

심장은 아직 멀쩡하게 뛰고 있었다. 너무 빠르지도, 느리지도 않게.

의사는 인공심장 수술을 권했다. 예전에는 인공심장을 언제 깨질지 모르는 유리잔처럼 다뤄야 했지만, 요즘은 10대 청소년의 심장보다 튼튼하다며 장점을 줄줄이 읊었다. 수명 연장이 아니라 회춘이라고도 한다나. 인공지능과 연결되어 외부 환경의 변화나 심적 스트레스를 바로 감지하고 적응한다고도 했다. 그 모든 장점에도 평화는 고개를 저었다.

다른 장기들은 다 낡아빠졌는데 심장만 젊어진다면, 결국 다른 장기들도 인공장기로 바꾸게 될 터였다. 돈도 많이 들거니와 힘든 작업이었다. 남편도 췌장암 판정을 받았을 때 암 조직 제거 후 인공장기 이식을 권유받았지만, 암이 마치 불씨가 옮겨붙듯 다른 장기로 전이되는 바람에 병원에서 기나긴 시간을 보내야 했다. 쉽사리 끝나지 않았다. 남편은 지쳤다며 고개를 저었다. "이제는 됐어." 평화는 그가 서명한 포기각서를 병원에 직접 제출했다.

현정이에게 그 길고 괴로운 순간을 겪게 하고 싶진 않았다.

"내가 없어도 현정이는 발레를 계속했으면 좋겠어."

"그건 선배의 희망 사항일 뿐이죠."

"맞아."

평화는 현정이가 좋아하고 원하는 일을 하면서 살았으면 했다. 래시가 짖는 소리가 들리자 평화와 누리의 고개가 돌아갔다. 현정이가 볏짚처럼 노란 래시를 껴안은 채 웃고 있었다. 그 모습에서 둘 다 한참 눈을 떼지 못했다.

"선배, 아마 현정이가 알아서 잘 선택할 거예요. 선배가 키웠으니까요."

단순히 지식의 양으로만 승부를 겨룬다면, 인간은 인공지능을 이길 수 없다. 인공지능에게는 없고, 인간에게만 있는 것. 누리는 그것을 '실수'와 '실패'라고 했다. 인공지능은 사용자인 인간의 지적 없이는 자신이 실수했거나 실패했다는 사실을 인정하지 않았다. 설령 그 지적이 맞더라도 받아들이면 끝이었다. 책임은 인공지능이 아니라 인공지능의 기반이 되는 데이터의 출처에 있었으니까.

반면 인간은 자신의 실수와 실패를 알아차리거나 직감했다. 실수하고 실패했다는 건 이에 앞서 선택했다는 뜻이었다. 인간은 선택함으로써 실수하고 실패했다. 설령 그 선택이 당시에는 최선이었더라도 언제든 최악으로 치달을 수 있었다. 그래도 인간은 선택했다. 인공지능의 선택은 인공지능 연구원들의 설계에 따라 이루어졌지만, 인간은 스스로 선택하고 스스로 책임을 졌다. 누리는 선택이야말로 인간만이 지닌 능력이자 힘이라고 믿었다. 인공지능은 보조자였다.

"너희 회사에서 만든다고 했던 인공지능 프로그램 이름이 뭐였더라. 포르투길?"

"포나요, 포나. 이제 슬슬 외울 때도 되지 않았어요?"

"나이가 드니 까먹어."

"그냥 관심이 없는 거겠죠. 선배는 과장님 이름도 안 외웠잖아요."

"기억력이 좋네."

누리는 내년에 함께 여행이나 가자고 했다. 현정이도 함께. 만약 현정이가 시라스의 도움만으로는 헤쳐나갈 수 없는 순간을 맞닥뜨린다면, 자신이 도와주겠다고 한마디 덧붙였다. 평화는 고마웠다. 누리라면 자신보다는 오래 살겠거니 싶었다.

하지만 어떤 선택들은 종종 예상을 가볍게 비껴갔다. 그러고는 생각지도 못했던 미래로 떨어졌다. 핀볼 기계처럼. 누리는 평화보다 먼저 세상을 떠났다. 차 사고였다. 회식을 마친 후 자율주행 자동차를 타고 귀가하다가 맞은편에서 유턴하던 또 다른 자율주행 자동차와 충돌한 것이다. 자동차들이 저마다 도출해낸 최적의 경로였지만, 끝은 결국 충돌이었다. 온 누리는 사라졌다. 남은 건 평화뿐.

평화는 현정이에게 약속했다.

"아주 큰 꽃다발로 사갈게."

언젠가 거짓이 될 약속이라도 지금만은 진심이었다.

1.

현정은 이제 혼자였다.

발레학원 원장실에는 나무로 만든 앤티크 벽시계가 있었다. 짙은 갈색빛이 감도는 티크로 만든 벽시계. 시곗바늘이 정시를 가리키면 무용하는 인형들이 나와 빙글빙글 돌면서 춤췄다. 원장이 파리 발레 스쿨에 다닐 때 벼룩시장에서 산 시계라고 했다. 파리오페라발레단 최연소 에투알(Etoile, 수석 무용수)의 집에 걸려 있던 시계라는 말에 혹했다나. 사실 여부와는 상관없이 아름다운 시계였다. 다만 바늘이 3과 4를 지나갈 때면 가늘고 작은 뼈가 부러지는 듯한 소리가 났다.

현정이 발레를 그만두겠다고 했을 때, 원장은 후회하지 않겠느냐고 거듭 물었다.

"넌 재능이 있어, 골격도 좋고. 발레도 좋아하잖니."

재능과 골격, 단지 좋아하는 마음만으로는 발레무용수로서 성공하기 어려웠다. 하나, 발레를 하면 돈을 티슈 뽑듯 써야 했다. 콩쿠르 비용에 토슈즈 값만 해도 어마어마했다. 둘, 다치는 게 싫었다. 발목과 무릎에 무리가 많이 가다 보니 인대가 늘어나는 건 일상이고 운이 나쁘면 파열, 가끔은 골절상을 입기도 했다. 셋, 운이 따르지 않으면 무리였다. 국내 유수의 콩쿠르들을 휩쓸었다던 원장도 결국 무대에서 주역 한 번 맡지 못한 채 은퇴했다.

실력만큼 중요한 게 운이었다. 실력은 눈으로 확인할 수 있지만, 운은 보이지 않았다. 저보다 조금이라도 눈에 띄는 사람이 있으면 배역에서 밀려났고, 간신히 배역을 따내도 다치면 내려놓아야 했다. 억지로 무대에 선다 해도 제 실력을 다 보여주지 못하거나 부상이 더 심해져서 다음 무대에 서지 못할 수도 있었다. 그런 불행의 순간마다 사람들은 한결같이 운이 없었다고 했다. 좋아하는 마음 하나만으로 발레를 전공한다는 건 도박이고 투기였다.

"할머니도 네가 계속 발레를 하길 바라셨을 거야."

이제 할머니는 없었다. 현정은 손을 단단히 말아 쥔 채 원장을 마주 보았다.

"아뇨."

원장에게 반기를 든 건 처음이었다. 발끝이 잘게 떨렸다. 현정은 발목에 힘을 준 채 또박또박 말했다.

"할머니는 제가 원하는 걸 하길 바라셨을 거예요."

석 달 후면 예원학교 입시였다. 할머니 대신 연우네 엄마가 차로 경연장이든 시험장이든 데려다주겠다고 했지만, 그 빈자리를 메우기는 불가능했다. 시리스도 마찬가지였다. 할머니가 생전에 알고 있는 모든 입시 정보를 다 입력해놓았다고 해도 시리스는 인공지능에 불과했다. 현정이 입은 튜튜 뒷자락을 살살 두드려서 펼쳐주거나 무대에서 내려왔을 때 꼭 껴안으며 수고했다고 말해줄 수 있는 사람은 할머니뿐이었다.

그 누구도 할머니를 대신하지 못했다.

"어머니께선 뭐라셔?"

현정은 대답 대신 어깨를 으쓱거렸다. 엄마는 현정이 두 발로 서서 걷고 뛰는 것만으로도 충분하다고 여길 사람이었다. 장례식장에서 마주쳤을 때는 언제 이렇게 컸냐면서 눈물을 글썽거렸다. 그러고는 튼튼하게 자라줘서 고맙다고 했다. 발레는 잘하고 있는지, 어떻게 할 건지는 물어보지도 않았다. 그간 할머니가 보내준 콩쿠르 무대 영상들을 보기는 했을까. 보지 않았다고 해도 섭섭한 건 없었다. 마치 오래전에 만났던 친척처럼 어색하기만 했다.

발레에 필요한 돈이라면 부모님도 얼마든지 대주었을 것이다. 그러나 할머니처럼 함께 경연장에 다니거나 학원으로 데리러 오는 모습은 도무지 상상되지 않았다. 애초에 상상할 필요도 없었다. 부모님의 모든 관심과 걱정은 동생에게로 쏠려 있었다. 유일하게 현정을 걱정하고 살핀 사람은 할머니뿐이었다.

"일단은 좀 쉬어봐. 꼭 예원학교에 갈 필요는 없어. 거기는 외부 레슨도 못 받아서 오히려 불리할 수도 있어. 그리고 요즘은 예원학교나 예고에도 애들이 안 가려고 하더라. 원체 말이 많은 곳이잖니. 그러니 서둘러서 결정할 필요는 없어."

교칙상 외부 레슨이 금지라 해도 예원학교 학생 대다수가 개인 레슨을 받았다. 개인 레슨을 받으려면 먼저 강사를 섭외한 후 연습실을 대관해야 했다. 현정이 부탁만 한다면 시라스는 강사 연락처부터 괜찮은 연습실까지 다 찾아줄 것이다. 할머니가 다 입력해놓았을 테니까. 원장의 말마따나 예원학교에 가지 못하더라도 발레는 계속할 수 있었다. 그 대책 또한 시라스가 알고 있을 터였다. 알고 있다는 것만으로는 충분하지 않았다.

"현정이가 저번에 오로라 공주로 콩쿠르에 나가보고 싶다고 했잖니."

'오로라 공주'는 할머니와 마지막으로 본 발레극 「잠자는 숲속의 미녀」의 주인공이었다. 카라보스는 오로라 공주의 생일 파티에 초대받지 못했다는 이유로 오로라 공주에게 열여섯 살이 되면 바늘에 손끝을 찔려 죽는다는 저주를 내렸다. 생일을 축하하러 왔던 이들은 모두 슬퍼했다. 그때 요정 중 아직 선물을 주지 않았던 라일락 요정이 나섰다. 저주를 풀 순 없지만, 죽는 대신 100년 동안 잠들게 해줄 수 있다고 했다.

그래도 100년은 너무 길었다. 오로라 공주를 제외한 모든 이가 그 저주를 피하고자 성안의 모든 바늘을 치웠다. 정작 자신에게 저주가 걸렸다는 사실조차 몰랐던 오로라 공주는 열여섯 번째 생일을 기쁘게 맞이했고, 파티에서 구혼자들과 돌아가며 춤을 추었다. '로즈 아다지오', 「잠자는 숲속의 미녀」에서 가장 사랑받는 안무였다.

우아하고 여유로운 몸짓, 모두의 애정과 축복을 끌어안듯이 완만한 곡선을 그리면서 흐르듯 움직이는 팔. 오로라는 그 누구보다도 기품 있고 사랑스러운 공주였다. 구혼자들이 장미를 내밀 때도 오로라 공주는 설레는 눈빛과 신중한 손길로 한 송이씩 받아 들었다. 저들 중 누가 자신을 사랑하고 자신이 누굴 사랑하게 될지 모르는 채로. 누굴 선택하느냐에 따라서 오로라 공주는 행복해질 수도, 불행해질 수도 있었다. 그러나 오로라 공주는 두려워하지 않았다.

마지막 안무가 '로즈 아다지오'의 정점이었다. 네 명이나 되는 구혼자들이 차례대로 오로라 공주의 손을 잡고 한 바퀴를 도는 안무였다. 단지 도는 것만이 전부는 아니었다. 오로라 공주는 그동안 애티튜드 자세로 버텨야만 했다.

똑같이 한쪽 다리를 뒤로 드는 동작이라도 무릎까지 힘차게 펴는 아라베스크보다 무릎을 살짝 구부리는 애티튜드가 더 어려웠다. 너무 많이 구부리면 다리가 짧아 보였고, 발끝을 안쪽으로 접으면 우아해 보이지 않았다. 상체를 너무 뒤로 젖히면 발레가 아니라 곡예처럼 보였다. 춤과 곡예는 달랐다.

둘 다 관절과 근육을 한계까지 쓴다는 건 닮았지만, 전자는 우아해야 했고 후자는 놀라워야 했다.

오로라 공주는 그 어려운 애티튜드 자세로 우아하게 서 있었다. 그 어느 구혼자의 손에도 온전히 저를 기대지 못한 채, 새가 내려앉듯이 가볍게 손을 얹은 채 한 바퀴를 돌아야 했다. 그러고는 다른 구혼자가 손을 내밀 때까지 두 팔을 머리 위로 둥글게 올리고 버텼다. 들고 있는 다리를 위로 더 올리거나 아래로 내려도 안 되고, 서 있는 다리 역시 발끝까지 꼿꼿하게 세워야 했다. 무려 1분 넘게.

1분, 무용수에게는 한 시간과도 같았다. 발끝으로 제 몸뿐 아니라 의상이며 왕관, 머리 위로 쏟아지는 빛들과 관객들의 시선까지 모두 지탱해야 했다. 한없이 무거워졌다. 그 무게에 지는 순간 무너져 내리기 마련이었다. 버티려면 끊임없이 끌어올려야 했다. 위로, 위로. 현정도 입을 벌린 채 무대를 바라보았다.

마지막 구혼자의 손을 놓은 후, 오로라 공주는 사선으로 길게 팔과 다리를 뻗었다. 동시에 객석을 향해 환하게 미소 지었다. 그 순간 무용수는 완벽한 오로라 공주였다. 천둥처럼 쏟아지는 박수갈채에도 당연하다는 듯이 살짝 무릎을 구부리면서 인사하는 모습에서도 기품을 느낄 수 있었다. 모두가 오로라 공주를 사랑했다. 현정도 마찬가지였다.

오로라 공주는 카라보스가 선물한 실타래를 풀다가 그 안에 숨겨둔 바늘에 손을 찔리고 말았다. 라일락 요정 덕분에 죽는 대신 잠에 빠졌지만, 100년이라는 시간은 길었다. 100년 후 어느 날 데지레 왕자가 카라보스를 물리치고 오로라 공주를 잠에서 깨웠다. 100년, 열두 살이었던 현정에게는 까마득하게 긴 시간이었다.

영원한 잠에서 깨어났지만, 오로라 공주는 다시 잠들어야 했다. 영영 깨어 있을 수는 없으니까. 결혼식이 끝나면 하객들은 집으로 돌아갔다. 잠들기 위해서. 데지레 왕자도 다르지 않았다. 눈꺼풀은 무거워지고 사지는 축 늘어질 터였다. 언제 다시 눈을 뜰지 모르는 채 잠들어야 한다니, 오로라 공주는 무섭지 않았을까. 어느 날 눈을 뜨면 또 100년이 지나 있을지도 모르고, 자신이 누워 있던 궁전도, 데지레 왕자도 한 줌 먼지가 되었을지도 모르는데.

이 찬란한 순간이 언제 불씨처럼 사그라질지 모르는 게 현실이었다. 할머니는 현정에게 모든 애정을 다 쏟아부었고, 현정에게만 집중했다. 마치 꿈처럼 짧고 달콤한 시간이었다. 꿈 같은 현실에서 깨어난 이상, 더는 꿈과 같지 않은 현실을 살아가야 했다. 현정은 바보가 아니었다.

포나는 한 시간도 채 안 되어 지난 몇 년간 진행된 사내 의사소통에 관한 사원 교육 프로그램의 결과 보고서를 완성했다. 현정은 빠르게 보고서를 훑었다. 참가자들이 작성한 설문지와 참여도를 토대로 도출한 결과였다. 보통은 좋지도 나쁘지도 않았다는 식으로 응답하는 편이었고, 최고라거나 최악이라는 선택지는 피하는 경향을 보였다. 혹여 인사 담당 인공지능의 필터에 걸려 상담 일정이 잡히거나 회사 일에 부적격하다는 판정을 받을지도 모르니까.

현정이 반쯤 남은 샌드위치를 내려놓고 패드를 켰다. 옆자리에서 니수아즈 샐러드를 깨작깨작 먹던 과장이 한마디 했다.

"차 대리, 점심 먹을 때는 점심만 먹어야지. 먹으면서 일하면 건강에 안 좋아."

"오늘 저녁에 약속이 있어서 미리미리 해두려고요."

근 한 달 만에 하는 데이트였다. 퇴근 시간 전까지는 끝낼 자신이 있었지만, 퇴근 전에 추가 업무를 받지 않으려면 서두르는 척은 해야 했다.

"차 대리는 참 성실하고 일도 잘해. 요즘 애들은 인공지능에게 지시만 하면 일이 끝난다고 생각한다니까. 그랬으면 왜 사람을 채용하겠어. 차라리 인공지능 프로그램을 하나 더 돌리겠지. 거기 드는 전기료에 누진세까지 더해도 아마 신입 연봉보다는 더 쌀 텐데."

올해 상반기에 입사했다가 두 달 만에 퇴사한 신입사원 이야기였다. 현정은 패드를 두드리는 속도를 살짝 늦췄다. 험담도 소통과 유대의 수단 중 하나라지만, 과하게 호응한들 좋을

게 없었다. 누군가에게 날붙이를 건네받는 것과 비슷했다. 내미는 게 자루든 날이든 결국 스스로 찔리거나 다른 이를 찌르고 말았다. 건네는 이의 의도 또한 확신할 수 없었다. 단순히 건네주는 게 목적일지도 모르지만, 실제로는 찌르고 싶을 수도 있으니까.

신입사원은 과장뿐 아니라 다른 팀원들과도 최대한 말을 섞지 않으려고 했다. 업무 파트너를 고를 때도 인공지능을 골랐다. 과장은 길길이 뛰었지만, 현정은 일만 잘하면 문제가 없다고 생각했다. 비단 인사과 신입뿐 아니라 다른 부서에 배치된 신입사원들도 인간보다는 인공지능과 소통하는 걸 더 편하게 여겼다. 인공지능과 살아가는 데 익숙한 세대니 당연했다. 과장의 말마따나 인사과 업무의 주체가 인간이라면, 인공지능을 배제할 수는 없었다.

과장은 구식 러다이트주의자에 인공지능 반대자 같지만, 사실 전형적인 포스트 러다이트주의자였다. 그도 인공지능 없이는 일할 수 없었다. 일할 사람은 적은데 할 일은 계속 늘어났고, 세상은 점점 더 빠르게 변했다. 오늘은 괜찮아 보였던 보고서가 다음 날에는 휴지통에 처박혔고, 우량주로 평가받던 회사가 세무조사 결과 발표 이후 상장폐지 대상으로 전락하기도 했다.

머리 하나로만 일하는 건 비효율적이었다. 물론 여럿이 모인다고 효율이 올라가진 않았다. 인간 사이에는 권위의식과 경쟁 욕구, 갈등, 오해, 억하심정 등 오만 아집과 감정의 불씨가 애꿎은 곳에 내려앉는 순간 불이 붙었다. 작은 소동으로 끝나기도 했지만, 생각지도 못한 큰불로 번지기도 했다. 적어도 누구 한 명의 마음은 새까맣게 타버렸다. 오로지 인공지능에게만 순수한 협조를 기대할 수 있었다. 인공지능은 사용자에게 앙심을 품거나 미워하지 않으니까.

인간이 직접 단순한 데이터 정리부터 문서 작업, 입사지원서나 설문지를 하나하나 검토하면 시간이 너무 오래 걸렸다. 반면 인공지능은 단 몇 분 만에 그 모든 걸 해냈다. 그래서 인공지능이 상용화되었을 때 인건비를 아껴보겠다는 일부 경영진의 편협한 판단으로 인해 수많은 인간이 일자리를 잃었다. 이후 정상화를 위해 부랴부랴 채용 공고를 냈지만, 시스템이 원상 복구하기까지는 꽤 긴 시간이 걸렸다. 정서가 다니는 은행도 그랬다.

"현정 씨가 쓰는 인공지능이 뭐더라. 큐블레이드? 시라스?"

시라스 서비스가 종료된 지 10년이 넘었건만. 현정은 목 끝까지 차오른 핀잔을 소스에 푹 젖은 빵과 함께 삼켰다.

"아뇨, 전 포나 써요."

"우리 애도 포나 써. 처음 나왔을 때는 망할 줄 알았는데, 오래도 가네. 좋은가 봐."

과장은 남은 샐러드를 포크로 헤집었다. 감자 몇 조각과 소스에 푹 절인 로메인 잎들이 전부였다. 지긋지긋하다는 듯

보더니 결국 포장 용기 뚜껑을 덮어버렸다. 현정은 못 본 척했다. 니수아즈 샐러드는 과장의 인공지능이 추천한 메뉴였다. 올해 초 과장은 건강검진에서 고지혈증에 과체중이라는 진단을 받았고, 그 후로는 인공지능이 짜주는 식단대로 먹었다. 샐러드와 닭가슴살, 클렌즈주스……. 어쩌면 과장이 신입을 유난히 고깝게 여긴 이유일지도 몰랐다.

"내년 신입사원 워크숍은 비대면 말고 대면도 섞자는데, 그러면 참여율이 저조하지 않을까. 차 대리는 어떻게 생각해?"

"불참 시 매기는 벌점을 좀 더 높게 잡으면 어떨까요."

"여기가 고등학교도 아니고 벌점이 뭐야, 벌점이."

치명적이진 않더라도 소소한 불이익이 있다는 점을 은근슬쩍 암시해야 했다. 대놓고 입사를 취소할 수도 없거니와 직접 주의시키라고 상사들에게 알릴 수도 없었다. 상사들은 대부분 제 부서 신입이 참석하지 않았다는 소식을 들어도 모른 척하거나 자기가 더 흥분해서 정도를 넘어선 발언으로 논란을 일으키기 일쑤였다. 현정은 소통 교육 프로그램이 신입뿐 아니라 모든 직원에게 필요하다고 믿었다.

물론 벌점제도 완벽하진 않았다. 부모님, 심지어 조부모님이라며 전화를 걸어오는 경우가 허다했다. 아픈 사람을 억지로 컴퓨터 앞에 앉히거나 불러내서 교육하는 건 비인권적인 처사가 아니냐면서. 그럴 때마다 현정은 교육 프로그램 결석 사유로 진단서를 제출해달라고만 했다. 부모나 조부모가 대신 회사에 전화해주는 신입사원이야말로 교육 프로그램에 꼭 참여해야 할 사람이라고 말할 수는 없으니까.

"아니, 왜 그렇게 사람을 무서워하나 몰라. 골칫덩어리들이야. 경영 2팀 과장이 그러는데, 거기 신입이 저녁엔 시간이 안 된다고 해서 점심에 회식을 잡았대. 그런데 그날 못 먹겠다고 했대. 자기 기분이 좋지 않다나. 솔직히 회사에서는 점심시간도 업무잖아. 안 그래?"

맞은편에 앉아서 도시락을 먹던 영 대리가 손을 내저었다.

"과장님, 그 발언은 블라인드 박제감이네요."

"내 말이 틀렸나? 틀린 말은 아닌 것 같은데. 그런데 요즘도 블라인드 써?"

딱히 걱정할 필요는 없다고 생각했지만, 현정은 아무 말도 하지 않았다. 블라인드는 직장인들의 커뮤니티였다. 좋게 말하자면 정보 공유의 장이었고, 나쁘게 보자면 온갖 소문이 이리저리 뒤섞인 채 끓어오르는 솥 같은 곳이었다. 거기서 폭로되는 상사들의 갑질에 비하면 방금 과장이 한 발언 정도는 새 발의 피였다. 다만 영 대리의 말마따나 조심할 필요는 있었다.

예전에 할머니도 누군가의 상사였던 적이 있었다고 했다. 할머니는 현정과 연우, 정서가 무슨 엉뚱한 질문을 하든 대충 얼버무리거나 피하지 않고 진지하게 대답해주었다. 아이가 아니라 동등한 어른을 대하는 듯한 태도였다. 할머니는 인공지능 프로그램을 두고 어떤 논쟁이 벌어졌는지 이야기해주었

다. 그러고는 한마디 덧붙였다. 새로운 게 못마땅해지는 순간
이 온다면, 그때부터 늙어가고 있다는 뜻이라고.

연우였나, 정서였나. 둘 중 한 명이 물었다. 타당한 이유
로 못마땅해할 수도 있지 않냐고. 할머니는 고개를 끄덕였다.
"그럴 수도 있지." 그러나 인간들은 본능적으로 없는 이유도
원래 있었던 것처럼 만들어낸다고 했다. 자신이 비합리적이
라는 걸 견디지 못하기 때문에. 없어도 있는 양, 몰라도 아는
양 구는 건 인간이나 인공지능이나 비슷하다고 현정은 생각
했다. 인간이 인공지능을 만들었으니 당연한 걸까.

"내가 그래도 차 대리랑 영 대리 덕분에 맘 놓고 일해. 그러
고 보니 차 대리는 결혼이 내년이라고 했나, 올해라고 했나?"

"내년 5월이요. 종이 청첩장 나오면 드릴게요. 과장님께는
종이로 드려야죠."

"모바일로 줘도 되는데, 고마워. 차 대리 배우자는 참 운도
좋아. 이렇게 똑똑한 사람하고 결혼하고."

"그 칭찬, 결혼식 때 와서 꼭 해주세요."

"가야지, 꼭 가야지. 둘이 어떻게 만났다고 했더라?"

"아는 친구 소개로요."

동준을 만난 건 포나 덕분이었다. 포나가 택한 방식은
TLT(Text Love Test), 일종의 연인 모의 테스트였다. 절차는 간단
했다. 먼저 TLT 사이트에서 인공지능 프로그램이 사용자와
잘 맞을 만한 상대를 추렸다. 그 후 상대방이 수락하면 일정

기간 서로의 인공지능을 공유하면서 알아가는 식이었다. 겉보기에는 다른 만남 방식과 다르지 않았다.

TLT만의 특징이라면 '문자 소통'을 권장한다는 점이었다. 영상이나 이미지보다 문자로 소통하는 게 훨씬 더 진정성이 있다는 이유였다. 영상이나 이미지는 얼마든지 보정이 가능했다. 심지어 원본이 없어도 그럴싸해 보이는 결과물을 만들어낼 수 있었다. 사람들은 속거나 기꺼이 속아 넘어갔다. 눈으로 속이는 게 제일 쉬웠다.

TLT 방식을 고안한 기획자는 문자란 인간의 지성을 입증하는 발명품이자 어떤 인간인지 드러내는 원초적인 수단이라고 주장했다. 평소 쓰는 단어, 문장의 부호나 길이, 돌려 말하는 방식, 상대방의 말에 어떻게 반응하는지에 따라 한 인간을 온전히 보여줄 수 있다는 것이다. 그는 문자의 진정성을 열띠게 설파했지만, 애석하게도 사람들은 다른 이유로 TLT를 선호했다.

먼저 TLT는 공유 기간을 자유롭게 설정할 수 있었다. 상대방이 동의만 하면 단 몇 시간부터 몇 달까지도 가능했다. 단순히 소통하는 것뿐 아니라 인공지능 시스템을 공유하다 보니 상대방의 생활 습관이나 취향, 호불호, 정치 성향 등 민감한 정보도 자연스럽게 알 수 있었다. 만일 공유 중 상대방이 마음에 들지 않는다면 취소도 가능했다. 공유를 끊는 순간 상대방의 인공지능에 있던 자신의 정보는 자동으로 폐기되었다.

남극기지에서 근무하던 프랑스인이 보홀에서 서핑 강사로 일하던 베트남인과 3년간 TLT를 거친 후 만나서 결혼했다거나, 오래전 헤어졌던 소꿉친구와 TLT로 다시 이어져 연인으로 발전했다는 일화가 미담처럼 떠돌았다. 운명적인 사랑, 모두가 혹할 만한 키워드였다. 현정은 운명보다는 필연에 가깝다고 생각했다. 포나를 비롯한 인공지능들이 거르고 걸러낸 끝에 찾아낸 상대였다. 마음에 들지 않을 리가 없었다. 포나가 내놓는 선택지들은 늘 최고였으니까.

현정은 이성애자였고 딩크 지향이었다. 연하보다는 연상을 선호했으며 직장이나 가족관계, 성품까지 안정적인 사람이길 바랐다. 국적은 상관없었지만, 한국어로 원활하게 소통할 수 있어야 했다. 포나가 고른 후보는 총 세 명이었다.

첫 번째 남자는 싱가포르에 거주하는 한국계 영국인으로 건축 사무소에서 일했다. 그는 잘난 척이 너무 심했다. 현정과 대화할 때마다 싱가포르의 좋은 점을 줄줄이 읊으면서 넌지시 싱가포르에서 함께 살자고 졸랐다. 현정은 나흘 동안 참다가 공유를 취소했다.

두 번째 남자는 국제 세무사 자격증을 가진, 일본의 세무법인 소속 직원이었다. 현정과 동갑인데도 어른스러웠다. 직장은 일본에 있지만 원격으로 근무하는 터라 한국에 머물고 있다고 했다. 다 좋았으나 저시력자라는 점이 마음에 걸렸다. 현정은 두 달간 고민하다가 일이 바쁘다는 핑계로 작별을 고

했다.

세 번째가 동준이었다. 동준은 대학원 경영학 석사를 마친 후 친척이 운영하는 식품 회사에 근무하고 있었다. 취미는 테니스. 운동이 취미라면 나이가 들어도 군살이 덜 붙을 터였다. 차도 투박한 SUV나 요란한 스포츠카가 아니라 국산 준중형 세단을 몰았다. 집안 배경도 안정적이었다. 아버지는 교수고 어머니는 종합병원에서 근무하는 외과의, 형은 법무사였다.

동준의 메시지들은 짧지만 정갈했다. 조금 무뚝뚝하게 느껴지기도 했으나 현정은 신경 쓰지 않았다. 동준은 첫 번째 남자처럼 잘난 척하지도 않았고, 상냥하나 두 번째 남자처럼 맘에 걸리는 부분도 없었다. 역시 포나가 고른 남자다웠다. 그녀는 동준과 두 달 후 연인이 되었다.

올해면 교제한 지 3년 차였다. 그간 둘은 싸우거나 서로에게 언성을 높인 적이 없었다. 연우는 동준을 두고 속내를 알 수 없어서 영 께름칙하다고 했지만, 현정은 상관없다고 생각했다. 사랑처럼 불안정하고 불확실한 감정에 휩쓸리고 싶지 않았다. 사랑하는 사람보다는 안전한 사람을 만나고 싶었다. 단순하더라도 안정적이고, 치열하진 않으나 결괏값이 분명한 사람. 동준은 가장 안전한 선택지였다.

동준은 출장 선물이라며 현정에게 감색 종이가방을 내밀었다. 분홍색 머플러였다. 홍콩 하버시티 백화점에서 샀다고 했다. 가볍고 부드러웠다. 5월 선물치고는 애매하다는 생각이 들었지만, 홍콩 로고가 박힌 머그컵이나 냉장고 자석처럼 자질구레한 기념품보다는 나았다. 역시 분홍색이 잘 어울린다는 동준의 칭찬도 적절했다. 동준은 서버에게 와인을 주문하면서 물 한 병을 따로 내달라는 부탁도 잊지 않았다. 좋은 센스였다. 현정은 흡족했다.

"백화점 말고는 어디 안 놀러 갔어? 홍콩에는 맛있는 곳도 많다는데."

"일하러 간 거니까."

"오빠가 저번에 준 아이스 와인 좋더라. 친구들이 좋아했어."

"다행이네, 정우라고 했던가?"

"정서랑 연우야."

서버는 망고 아보카도 샐러드와 아이스백에 넣은 와인을 카트에 싣고 왔다. 원래 주문한 코스대로라면 새우 아보카도 샐러드가 나와야 했지만, 동준이 갑각류 알레르기가 있는 현정을 위해 미리 레스토랑에 전화해서 새우를 망고로 바꿨다. 자연스러운 배려, 동준의 장점 중 하나였다. 현정은 포크로 망고 한 조각을 찍어 먹었다. 달콤했다.

"여기는 크리스마스 코스도 유명하대."

"그럴 만하네. 셰프 실력이 좋으니까, 와인 리스트도 잘 뽑았고."

크리스마스는 멀었지만, 현정은 기분이 좋아졌다. 역시 동준과 취향이 잘 맞았다. 크리스마스 코스 예약을 생각하면 미리 정해두는 편이 유리했다. 예약이야 동준 아니면 현정이 하면 될 일이었다. 실제로 예약하는 일은 포나가 할 터였다. 시월에는 프러포즈를 받을 예정이었다. 시간이 한참 남은 만큼 서두를 필요는 없었지만, 현정은 조금 고민했다. 무슨 프러포즈를 받으면 좋을까.

프러포즈를 하는 쪽이든 받는 쪽이든 저마다의 환상이 있는 법이었다. 정서와 연우는 예외였다. 정서는 축하한다는 말만 반복했고, 연우는 결혼하기로 했으면서 굳이 프러포즈가 필요하냐고 물었다. 역시 이런 면에서는 도움이 되지 않았다.

"연우가 그 아이스 와인 어디서 샀냐고 물어봤는데, 오빠가 오스트리아 갔을 때 샀다고 했나?"

"아니, 슈투트가르트. 독일에서 샀어."

"캐나다에도 아이스 와인이 있던데, 거기 건 좀 가벼운 느낌인가 보더라. 난 독일 게 진해서 좋았어."

"다행이네."

"연우 기억하지? 전에 공연 보러 갔었잖아."

연우는 동준이 영 이상해 보인다고 했다. 보통 현정이 만났던 남자들은 연우를 의심하거나 견제하려 들었다. 반면 동준은 준비한 꽃다발을 건넨 후 현정과 정서가 연우와 이야기를 마칠 때까지 기다렸다. 어떤 불평이나 언짢은 기색도 보이지 않았다. 나중에 연우가 기다리게 해서 미안하다고 했을 때

도 가볍게 고개만 저었다. 상관하지 않는다는 투였다. 현정은
그야말로 어른다운 태도라고 생각했다.

이전 애인들은 현정의 주변을 제멋대로 파헤치는가 하면
새로운 규칙을 세우려고 들었다. 현정이 고심하고 하나하나
선택해서 쌓아 올린 삶을 무너뜨리려고 했다. 반면 동준은 예
의 바른 손님 같았다. 함부로 문을 열어젖히거나 두드리는 대
신 열어줄 때까지 기다리고, 현관에 신발을 내팽개치는 대신
가지런히 벗어두는 손님.

"음, 그 고양이 키우는 친구라고 했던가."

"연우 말고 연우 동생이 키워. 샴인데 엄청 말이 많아."

"귀엽겠다."

"오빠는 고양이 좋아해? 아니면 강아지파인가."

"강아지가 더 좋지."

"혹시 강아지 키우고 싶어?"

"아니. 그만큼 좋아하진 않아."

"그러면 제일 좋아하는 동물이 뭐야?"

"새."

새라니, 예상치 못한 대답이었다. 현정은 냅킨으로 입가를
닦았다. 묻은 건 없었다. 동준이 새를 좋아하는 줄은 몰랐다.
혹시 새를 키우고 싶다고 하면 어쩌나. 눈앞이 캄캄해졌다.
신혼집에 들일 소파는 천연 소가죽, 무려 이탈리아산 풀그레
인이었다. 최상급 품질인 만큼 가격이 꽤 됐고, 세심한 관리

도 필요했다. 아무리 크기가 작은 새라도 비듬을 떨어뜨리거나 가구 곳곳에 흰 새똥 자국을 남길 수 있었다. 만일 소파에 앉느라 발톱으로 가죽을 할퀴기라도 하면 복원은 불가능했다.

"오빠가 새를 좋아하는지는 몰랐는데."

"가끔 회사 옥상정원에 올라가면 보이더라고. 참새도 있고, 멧비둘기도 봤어."

"비둘기들이 정원까지 올라오는구나."

"비둘기가 아니라 멧비둘기야."

비둘기나 멧비둘기나 현정에게는 똑같은 새였다. 날개가 달려 있으니 잡기도 힘들고, 시끄럽게 울면서 사람의 신경을 절로 곤두서게 하는 새. 동준이 굳이 제 말을 정정한 것도 영 마음에 들지 않았다.

"오빠, 혹시 새 키워보고 싶어?"

"아니."

그 짧은 대답에 현정은 안도했다.

"그래, 새는 자연에서 자유롭게 살아야지."

무엇이든 키울 생각은 없었다. 강아지나 고양이, 새, 그리고 아이도. 노년 보장이라는 구실로 아이를 키우는 건 구시대적 사고였다. 현정은 아이들을 그다지 좋아하지 않았다. 아이들은 너무 솔직했다. 솔직한 만큼 제 속내를 숨기는 데 서툴렀다. 눈동자는 흔들리고 손은 떨렸다. 쉽게 상처받는 데다 상처받았다는 내색을 남김없이 드러냈다. 제 부주의나 실수를 돌아보기는커녕 남의 마음만 어수선하게 들쑤셔놓았다. 누가 먼저 잘못했는지 따질 수도 없었다.

"어릴 적에 부모님도 새를 키우고 싶냐고 물어보셨던 적이 있어. 집에서 새를 기르려면 날개 끝을 잘라야 한다는데, 별로였어. 그래서 새를 키우는 대신 야생동물 구조센터에 후원하기로 했지."

"좋네. 오빠 생각이었어?"

"아니, 아버지가 권하셨지."

"아버님은 역시 생각이 깊으시네."

덕분에 소파도 무사했을 것이다.

때마침 서버가 다음 접시를 내왔다. 노르스름한 빛을 띠는 사과 수프였다. 끝맛이 산뜻했다. 만족스러운 애피타이저였다.

"오빠, 오늘 수프 정말 맛있지 않아?"

"내 수프도 줄까?"

"아니야, 이 정도면 적당해. 곧 있으면 메인도 나올 거고."

현정이 거절하자 동준도 더는 권하지 않았다. 그들은 남은 수프를 먹었다. 깊이가 얕은 접시라 숟가락 부딪히는 소리가 날 법도 했지만 조용했다. 평화로운 식사였다.

후식으로는 티라미수가 나왔다. 크림에서 재스민 향이 났다. 마지막까지 완벽했다. 현정이 접시에 남은 크림과 코코아 가루를 포크로 긁어 먹는 동안 동준은 찻잔에 홍차를 따라주었다.

“현정아.”

찻잎을 잘못 우린 건지 홍차에서 살짝 떫은맛이 났다. 현정이 찻잔을 내려놓자 동준이 다 먹었느냐고 물었다. 자기 몫의 수프도 먹겠냐고 물어볼 때처럼 여상한 어조였다.

“나, 호주에 가려고.”

2.

소파가 배송 지정일보다 일주일 늦게 왔지만, 현정은 고객 센터에 연락하지 않았다. 내심 더 늦게 왔으면 했다. 식탁이 며 옷장, 의자 등 새 가구들이 차례대로 도착할 때마다 절로 한숨이 나왔다. 혼자서 포장을 뜯고 정리하다 보면 어느새 녹 초가 되어 곯아떨어지기 일쑤였다. 그나마 러닝머신이며 새 와인 냉장고, 그릇 세트는 취소할 수 있어서 다행이었다. 다 행일까. 다행이라고 생각해도 될까. 시끄럽던 머릿속은 몸을 움직이다 보면 잠잠해졌다.

차라리 다 반품해버릴까 고민도 했지만, 반송 비용에 배달 기사들이 집에 드나들 걸 생각하면 그 역시 쉬운 일이 아니었 다. 현정은 버리거나 중고로 판매하려고 모아놓은 그릇이며 잡동사니들을 도로 꺼내서 정리했다. 짝이 맞지 않는 컵과 소 서, 조금 촌스러운 무늬의 그릇들, 낡은 에어프라이어, 귀걸 이 거치대, 살짝 금이 간 화장품 아크릴 진열대…… 보면 아직 다 쓸 만한 물건들이었다.

　새집은 아니더라도 새로운 출발이니만큼 새 물건들로 채워 넣고 싶었지만, 욕심이 과했다. 소파와 식탁, 침대며 텔레비전까지 혼자가 아니라 둘이라도 과하다 싶을 정도였다. 어딘가 비어 보이는 것보다는 나으려나. 거실에 있는 장식장도 그냥 두기로 했다. 흑단에 금빛 테를 두른 장식장. 할머니는 그 가구가 할아버지가 사사한 외국인 교수님께 결혼 선물로 받은 것이라고 알려주었다.

　어릴 적 현정이 처음 이 집에 왔을 때, 장식장에는 온통 할아버지와 할머니가 함께 찍은 사진들과 트로피 천지였다. 유치원에서 찍은 사진 액자들을 이리저리 놓아보던 할머니는 선언했다. "정리하자." 그러고는 바로 할아버지가 나온 사진들과 트로피들을 치웠다. 할아버지가 서운해하지 않겠냐고 현정이 묻자, 할머니는 그럴 리 없다고 했다. 할아버지는 돌아가셨고, 살아 계셨다 해도 이미 지나간 영광보다는 손녀딸의 사진들을 장식해두고 싶어 했을 거라고.

　장식장을 하나 더 들이는 방법도 있었지만, 똑같은 장식장이 아닌 이상 어색해 보일 뿐이었다. 할머니는 망설이거나 하나하나 훑어보지도 않고 상자에 넣어버렸다. 시간이 될 때 한꺼번에 처분하겠다고 했지만, 그 상자는 아직도 책장 위에 처박혀 있었다. 현정은 할아버지가 어떤 사람인지 몰랐다. 그저 할머니가 해준 이야기로만 추측할 따름이었다.

할아버지는 첫 손녀가 세상에 나왔다는 소식을 듣고는 머리핀을 잔뜩 샀다. 아이들을 위한 프로그래밍 책과 두뇌 발달에 도움이 된다는 장난감도 골라왔다. 할머니는 그만큼 할아버지가 성격이 급한 사람이었다고 했다. 아니면 현정이 머리핀을 꽂고 책을 읽을 수 있을 나이가 될 때까지 자신이 살 수 있다고 믿었을지도 몰랐다. 어느 쪽이든 현정은 아쉬웠다. 할머니 말고도 제 편이 하나는 더 느는 셈이니까.

할머니는 자신이 젊었을 적 찍었던 사진들과 트로피들도 치우려고 했지만, 현정이 만류했다. 주름 하나 없는 얼굴로 카메라 렌즈를 바라보는 할머니, 정장 차림으로 학회 단상에 서서 발표하는 할머니, 동료들과 둘러앉아 대화하는 할머니, 책을 보는 할머니……. 낯설고 새로웠다. 현정은 장식장 맨 윗단에 놓인 사진들을 하나하나 꺼내서 쓸어보았다. 저와 비슷한 나이대의 할머니는 시종일관 무표정이었다.

할머니도 이런 순간을 맞이했던 적이 있을까. 예상했던 모든 미래가 비껴가는 가운데, 현정이 당장 할 수 있는 것이라곤 그 자리에 서서 밀려오는 풍랑에 쓸려나가지 않도록 버티는 게 전부였다. 마음이 아무리 혼란스러워도 해야 할 일과 시한은 분명하게 정해져 있었다. 그 일들이 현정의 시간을 흘러가게 했다. 멈춰 서려고 해도 소용없었다. 마치 이미 정해진 일인 양 등을 떠밀어 나아가게 했다. 바꿀 수 있는 건 없었다. 동준도 그랬다.

호주라니, 현정은 동준이 농담하는 줄 알았다. 그러나 동준은 진지했다.

"원래는 대학원 과정으로 입학하려고 했는데, 교수에게 연락해보니 전공이 다르면 학부부터 공부하는 편이 좋겠다고 하더라고. 맞는 말이야. 내가 경영학과를 졸업했는데 갑자기 조류학 전공으로 대학원에 가겠다고 하는 건 좀 뜬금없지."

"진심이야?"

차라리 다른 사람이 생겼다는 말이 더 그럴싸했다. 그랬다면 현정은 얼마든지 용서할 수 있었다. 용서할 수 있는 일이라서 더 나았다. 그녀는 반사적으로 주변을 살폈다. 서버는 주방 쪽에 있었고, 다른 테이블들도 저들끼리 이야기하느라 바빴다.

"오빠, 솔직하게 말해봐. 이상한 핑계 대지 말고."

호주로 가겠다는 말은 그동안 이루고 쌓아 올린 것을 다 포기하겠다는 뜻이었다. 지인이나 경험도 없는 곳에서 맨몸으로 시작하겠다니, 치기 어린 행동에 불과했다. 그러나 동준은 인정할 생각이 없어 보였다.

"핑계 아냐."

"언제부터 그런 생각을 한 건데?"

정확히는 동준이 그런 허무맹랑한 생각을 하고 있었다는 사실을 포나가 어떻게 알지 못했냐는 뜻이었다. TLT로 만난 후로 둘은 공유를 끊지 않았다. 서로에게 더 많은 정보를 공유했다. 일정부터 현재 위치, 검색어, 실시간 심장박동수며 현재 누구와 통화 중인지까지, 알아내려고 하면 알아낼 수도 있었다.

연인과 어디까지 공유해야 할까. 연애 관련 프로그램에 자주 나오는 주제였다. 어느 패널은 사생활 침해라 했고, 다른 패널은 켕기는 게 있으니 숨기는 게 아니냐며 비난했다. 현정은 후자였다. 누군가를 믿는다는 건 위험했다. 제 목을 쓸어내리던 손이 어느새 숨통을 쥘지도 모르고, 익숙하다는 듯이 집 도어록에 비밀번호를 누르고 들어와 무자비하게 때릴 수도 있으니까. 실제로 TLT로 만난 연인이 알고 보니 연쇄살인마였다는 뉴스가 나온 적도 있었다.

공유하지 않더라도 포나로 조사하면 다 나올 정보들이긴 했다. SNS 기록이며 어릴 적 게시판에 남긴 글, 구독하는 뉴스레터며 유튜브 채널, 무심코 누른 '좋아요' 횟수까지. 다만 동명이인이거나 생뚱맞은 사람의 정보가 나올 수도 있었다. 그런 수고를 감당하느니 공유하는 편이 더 깔끔해 보였다.

동준은 현정이 원하는 대로 하라고 했다. "딱히 볼 건 없어." 그 말따나 그의 포나로 전해 받은 일상들은 시계처럼 규칙적이었다. 현정을 만나는 날을 제외하면 회사와 집, 헬스장만 오갔다. 단조롭기 짝이 없지만, 현정은 흡족했다. 보면 볼수록 의심스러운 공백보다는 단순하지만 명확한 일정이 나았다. 의심할 필요가 없으니까. 그들은 모든 걸 공유했고, 그만큼 서로를 믿었다. 믿는다고, 믿어도 된다고 현정은 생각했다. 그 믿음에 안주하다가 방심하고 말았다.

작년 말 예약했던 결혼식장이나 내년에 현정이 결혼할 줄 아는 부모님과 회사 사람들, 바쁜 와중에 틈틈이 쇼룸들을 돌아보며 고른 가구들, 리모델링 업체와 쓴 계약서까지 너무 많은 게 걸려 있었다. 현정은 막막했다. 위약금보다는 그 모든 노력의 산물들을 무너뜨려야 한다는 사실이 괴로웠다. 무엇 하나 허투루 했던 게 없었다.

"공부라면 국내에서 해도 되잖아. 요즘에는 회사 다니면서 대학원 석사 공부하는 사람들 많아. 여차하면 양해를 구하고 근무시간도 조정할 수 있고."

"국내에서는 아무래도 한계가 있어. 조류학 전공자도 적고……."

"학부 과정 밟고, 대학원 석사까지 하면 몇 년 걸려? 한 5년 안에 되나. 오빠네 큰아버지께서 운영하는 회사니까 잘 말해서 무급 휴직하는 게 어때? 그사이에 내가 가끔 호주로 가면 되지."

"나 박사까지 공부할 거야."

"그래, 공부 마치고 귀국할 거잖아?"

"연구 환경은 국내보다 해외가 나아."

대화가 길어질수록 현정은 초조해졌다. 동준은 동요 하나 없었다. 한없이 여유로웠다. 현정은 마치 까마득히 높고 두꺼운 벽에 대고 말하는 기분이었다. 결혼한다고 해서 매일같이 붙어 있어야 한다는 법은 없었고, 요즘에는 장거리 연애뿐 아니라 장거리 결혼생활을 하는 경우도 흔했다. 대부분 일 때문이었다. 어느 사회학자의 연구 결과에 따르면 떨어져 있을수록 서로 더 애틋해지고 사이도 좋아진다고 했다.

하지만 동준이 말하는 꿈은 비눗방울 같았다. 오색으로 찬란하게 빛나고 해파리처럼 허공을 흐느적거리면서 날아다니는 비눗방울. 중력이나 가속도 같은 현실의 법칙에 구애받지도 않았다. 이에 매혹된 사람들은 손을 뻗어 그 찬란한 꿈을 잡으려고 했다. 그러나 손끝이라도 닿는 순간, 꿈은 소리 없이 터져버렸다. 남는 건 젖어서 미끌미끌해진 바닥뿐이었다.

"오빠, 신혼 초부터 떨어져 있으면 사람들이 이상하게 봐. 저 사람들한테 무슨 문제가 있냐고 그래. 좋아 보이면 신경 안 쓰다가 괜히 뭔가 심상찮다 싶으면 무슨 러브버그처럼 바로 달려들어. 그리고 해외에서 연구하는 일이 쉬운 줄 알아? 교수에게 아부 떨고, 연구비 타내느라 안달을 내. 부끄러운 일 천지야. 게다가 한국도 아니고 호주잖아. 한국에서는 오빠 아버님이 교수님이시니 좀 나을 수 있어. 아니다 싶으면 그냥 취미로 삼고 회사로 복귀할 수도 있지. 그런데 호주에서는 처음부터 해야 해. 보호 장비 없이 맨바닥에 떨어지는 거나 똑같다고."

"다른 사람이 날 부끄러워하는 건 상관없어. 내가 나한테 부끄러워하지 않으면 그만이지."

"그게 뭐가 달라?"

"달라."

"오빠, 잘 생각해. 우리는 운이 좋은 편이야. 번듯한 직장
도 있고, 부모님들도 다 건실하시잖아. 신혼살림을 자가 집에
서 시작하는 사람들은 더 드물고. 오빠가 정 마음에 안 들면
집을 공동명의로 바꿀게. 그리고 우리 잘 맞잖아. 입맛도 성
격도. 우리가 만난 지 3년이야. 3년 동안 큰소리 한 번 낸 적
이 없었어. 오빠도 큰소리 안 냈고, 나도 그랬지. 그래, 이런
경험도 나쁘지 않아. 이보다 괜찮은 상대를 어디서 또 만나겠
어. 오빠나 나나 어느 정도 직책이 있고 책임도 있으니 다른
사람 만날 겨를도 없어. 오빠가 호주에 가서 새로 시작한다면
더 그럴걸?"

"맞는 말이야. 그래도 난 꿈을 좇고 싶어."

"오빠, 꿈이란 게 늘 멋진 것만은 아니야. 꿈을 이루는 사
람은 얼마 없어. 대부분은 실패하거나 실패하기 전에 포기하
지. 그래도 그 사람들이 다 불행해지는 건 아니야. 잘 살아가
는 사람이 훨씬 많아. 오히려 꿈을 이루려고 하는 사람들이
불행해. 오빠는 그 사람들이 자기가 하고 싶은 것만 하면서 사
는 것처럼 보이지? 그거 다 환상이야. 하고 싶은 걸 계속하려
면 그보다 더한 대가도 치러야 해. 내 친구 연우 있잖아. 걔가
무대에서 멋지다고 해서 걔 삶이 멋진 것만은 아냐. 멋져 보이

는 건 잠깐이야. 늘 멋지기만 하다면 수지타산도 안 맞아."

"멋져 보이고 싶어서 공부하겠다는 건 아니야."

"멋지진 않지. 오빠, 아무리 빨리 학위를 따더라도 오빠는 40대가 될 텐데. 40대부터 삶의 기반을 다시 쌓아가겠다는 게 말이 돼?"

"그건 내가 해결해야 할 문제지."

"나는?"

"우리가 반반씩 냈던 거, 안 돌려줘도 돼. 결혼식장 위약금도 내가 감당할게. 미안해."

무슨 말을 해도 동준은 사과만 되풀이했다. 마치 로딩 중에 멈춘 웹페이지 같았다. 아무리 스크롤을 내리고 또 내려도 토막 난 화면과 검고 흰 공백만 보일 뿐이었다. 새로고침 버튼을 눌러도 소용없었다. 언제 뜰지 모른 채로 기다리거나 문제가 생겨 아예 페이지를 닫아버리겠다는 팝업이 나올 때까지 버텨야 했다.

"오빠, 혹시 메리지블루일 수도 있어. 결혼하기 전에 괜히 딴생각 드는 거 말이야. 새로운 삶을 앞두면 사람들이 혼란스러워한대. 자신이 무슨 감정을 느끼는지 모르는 거야. 기쁜 건지, 슬픈 건지, 무서운 건지, 기대하는 건지……. 그래, 호주 말고 미국은 어때? 오빠는 경영학 석사 공부하고, 나도 어학연수 하면 되지. 한 3년은 나갔다 올 수 있을 거야. 집은 내 친구들한테 좀 봐달라고 하면 돼."

"현정아, 미안해."

동준의 말은 제안이 아니라 통보였다. 현정은 깨달았다. 이미 모든 게 정해져 있었다. 동준은 처음부터 그녀와 함께 호주에 갈 생각도 없었고, 그래서 양해도 구하지 않았다. 그저 미안하다고만 했다. 그가 꿈꾸는 내일은 현정이 없는 미래였다. 현정의 잘못은 아니었다. 그 역시 당연했다.

"오빠, 날 사랑하기는 했어?"

"난 네가 참 괜찮은 애라고 생각했어."

늘 그렇듯 간결한 대답이었다. 원망이나 비난 하나 없이 매끄러운 만큼 허물어뜨리기에는 너무나도 단단한 말들. 현정은 동준이 낯설어 보였다. 동준은 변했다. 아니, 변하지 않았다. 처음이나 지금이나 동준은 여전히 여유로웠다. 거리를 둔 채 현정의 기분을 거스르려 하지 않았고, 언제 떠나야 할지 판단을 내렸다. 예의 바른 손님다웠다. 작별 인사를 하고 자신이 들어왔던 문으로 나가야 했다.

왜 가야 하느냐고 물어볼 수 없었다. 동준에게 물어봤자 소용없다고 현정은 생각했다. 영원히 머무르는 손님은 없으니까.

"현정아, 너도 그랬잖아."

분하지만, 맞는 말이었다.

동준은 약속한 대로 다음 날 현정에게 예식장 위약금과 가구 대금을 보냈다. 혹시 돈이 더 들면 어려워하지 말고 연락하라는 말도 덧붙였다. 정말이지 배려가 깊었다. 깊다 못해 얄미웠다.

부모님과 회사 사람들에게는 동준이 갑자기 미국으로 파견되는 바람에 결혼식을 미루게 되었다고 둘러댔다. 순순히 수긍하는 사람도 있었고, 굳이 미룰 필요가 있느냐고 묻는 사람도 있었다. 후자의 경우 괜한 의심을 사지 않으려고 더 많은 말을 해야 했지만, 그러는 편이 나았다. 고장 난 테이프처럼 같은 말을 반복하면서 실패를 복기하는 건 질색이었다.

문제는 정서와 연우였다. 오래 알고 지낸 탓인지 현정이 아무리 숨기려고 해도 이상한 기미가 있으면 바로 알아챘다. 정서는 현정이 말해줄 때까지 기다리는 편이었지만, 연우는 찜찜하다 싶으면 실토할 때까지 현정을 물고 늘어졌다. 미친 개처럼 집요하다고 하자니 개한테 미안할 정도였다. 무작정 피할 수도 없었다. 이미 채팅방에서도 왜 이리 약속을 차일피일 미루냐는 지적도 나왔다.

다행히도 그새 주의를 돌릴 만한 문제가 하나 더 생겼다. 다행이라고 해야 할까. 현정에게는 엎친 데 덮친 격이었다.

"현미가 왜 여기 오겠다는 건지 모르겠는데."

"네 동생이잖아. 올 수도 있지."

정서가 빈 콜라 캔을 내려놓았다. 벌써 다섯 캔째였다. 퇴원한 지 얼마 안 된 참이라 술 대신 콜라를 마시겠다고 했지만, 알코올이 아니라고 해서 다 괜찮은 건 아니었다. 연우가 천천히 마시라며 남은 콜라 캔을 테이블 끄트머리로 밀어놓았다. 정서의 눈꼬리가 축 처졌다. 현정은 애써 외면했다. 그나마 정서가 연우보다는 상식적인 줄 알았는데, 가끔 보면 예상치 못한 사고를 쳤다.

"동생이라고 해서 꼭 같이 살아야 하는 법은 없어. 애도 아니고."

"그러지 말란 법도 없지. 가족이니까."

"내 집이야. 가족 집이 아니라고."

연우가 혀를 찼다.

"맘씨 좀 곱게 써라. 어차피 한동안은 너 혼자서 지낼 거잖아. 그 동준인지 서준인지는 미국 갔다며?"

미국은 무슨. 호주에서 새 뒤꽁무니나 따라다니고 있겠지. 현정은 입이 근질거렸지만 참았다. 지금 당장은 현미가 문제였다.

"작년에 장판 새로 깔았는데, 휠체어 자국 남으면 어떡해?"

"아줌마한테는 싫다고 했어야지."

"남 일이라고 쉽게 말하기는."

엄마 말로는 현미가 9월부터 서울에 있는 대학원에 다닐 예정이라고 했다. 대학원이라니. 현정은 예술경영학이라는 학문이 있는 줄도 몰랐다. 그보다 현미가 대학교에 언제 입학하고 졸업했는지 들은 기억도 없었다. 부모님이 말했을지도 모르지만, 아마 흘려들었을 확률이 높았다. 현미가 뭘 공부하고 어떻게 살든 자신과는 상관없는 일이라고 생각했다.

현정이 초등학교에 입학한 후 부모님은 강릉으로 내려갔다. 현미 때문이었다. 현미의 두 번째 다리 수술과 인공 신경 수술이 연달아서 실패하자 집안 분위기는 한없이 무거워졌다. 심지어 현미가 보조기를 차고 걷는 훈련을 하다 넘어져 골반에 금까지 갔다. 유치원들도 학부모들의 시선이 좋지 않다며 현미의 입학을 거부했다. 악재가 겹치자 현정이 할머니의 집에 머무르는 시간도 점점 길어졌다.

할머니는 현정이를 여기 두고 가라고 했다. 서울에서 잘 지내는 애를 굳이 강릉까지 데려갈 필요는 없지 않냐는 이유였다. 강릉에는 이주 겸 출산 장려를 위한다는 이유로 신축 배리어프리 유치원이 곳곳에 지어졌지만, 현정처럼 유치원을 졸업한 아이들이 다닐 만한 발레학원은 몇 없었다. 부모님은 논의 끝에 할머니의 제안을 받아들였다. 현정은 딱히 놀라지 않았다. 어차피 엄마나 아빠는 현미만 신경 썼으니까. 몸이 성한 현정이야 어디서든 잘 살 거라고 믿는 듯했다.

할머니가 돌아가신 후 부모님은 현미와 함께 다시 서울로 올라왔다. 현정을 위해서라고 했지만, 여전히 그들은 현미만을 걱정하고 있었다. 현정은 놀라거나 실망하지 않았다. 딱히 기대한 적도 없었다. 휠체어 바퀴가 구르는 소리가 들릴 때마다 현정은 방문을 걸어 잠갔다. 그러고는 헤드폰을 끼고 좋아하던 밴드의 곡들을 재생했다. 보컬이 흐느끼는 듯한 목소리로 노래를 불렀다. '저 문밖에서 끔찍한 일이 벌어지고 있어……'

중학교에 입학한 후로는 상황이 훨씬 나아졌다. 하루 대부분을 학교와 학원에서 보내다 보니 집에서는 잠만 잤다. 주말에도 학원에 다녀온다는 핑계를 댔다. 현정이 다니는 영어학원은 발레학원 바로 아래층에 있었다. 수업이 끝나면 현정은 잽싸게 발레학원으로 올라갔다. 가끔 발레학원 원장이나 선생들과 마주쳤다. 그들은 시간 나면 언제든 연습하러 오라고 했다. 현정은 어색하게 고개를 끄덕였지만, 발레를 그만두자마자 제일 먼저 레오타드*와 토슈즈 등 발레용품들을 버렸다. 어차피 간직한들 작아져서 입을 수도 없었다.

영어학원 상급반 수업을 듣는 내내 현정은 몇 번이고 진저리를 쳤다. 한 시간 넘게 앉아 있는 건 고역이었다. 거의 매일 마주치다시피 하는 학원생들은 인사 한마디 나누기는커녕 서로 눈을 마주치기도 싫다는 듯이 패드만 들여다보았다. 선생들은 바람직하다고 했다. 학원은 공부하는 곳이니까. 학교도 마찬가지였다. 아이들이 얌전히 공부만 한다면 아무 문제도 일어나지 않는다고 믿었다.

고인 물은 썩어서 더는 마실 수 없고, 몇 번 신다가 서랍 구석에 처박아둔 토슈즈는 습기 때문에 물렁물렁해지니 더

---

* '레오타드(leotard)'는 발레 레슨이나 리허설에 착용하는 댄스 웨어다. 신축성 있는 천으로 만든 옷으로 몸 선이 잘 드러나 몸을 사용하는 방식을 확인하기 좋다.

는 신지 못했다. 학원에 있는 아이들도 썩고 물렁물렁해졌다. 공부만 하거나 공부로부터 도망치려고 했다. 어느 쪽이든 성적에 매여 살았다. 다른 아이보다 우위에 서지 않으면 자신의 존재 가치가 떨어진다고 믿었다. 처음에는 그 작태를 흥미롭게 구경했지만, 이내 현정은 질렸다. 이런 곳에서 친구를 사귀는 건 불가능했다. 임시 동맹이라면 모를까.

그래도 현정은 계속 학원에 다녔다. 집에 들어가지 않을 핑계도 필요했지만, 수업 중에 천장에서 노크하는 듯한 소리가 들리면 저도 모르게 웃음이 나왔다. 정서가 토슈즈 끝으로 바닥을 가볍게 두드리는 모습을, 연우가 스프링처럼 뛰어올랐다가 비교적 큰 소리를 내며 착지하는 순간을 상상했다. 상상하다 보면 어쩐지 함께 있는 것 같아서 기분이 좋아졌다.

정서와 연우가 예고 입시를 볼 즈음, 부모님은 현정에게 같이 강릉으로 내려가자고 했다. 현정은 바로 대답하지 않았다. 딱히 고민할 거리는 아니었다. 문 너머로 희미하게 들리던 휠체어 소리가 멈췄지만, 그 역시 상관하고 싶지 않았다. 현정은 잠깐 고심하는 척하다가 자신은 서울에 남아 있는 편이 낫겠다고 대답했다. 대학 입시, 나름 타당한 핑계였다.

부모님이라면 현정을 서울에 홀로 남겨둘지언정 현미 혼자 강릉으로 내려보낼 리는 없었다. 강릉으로 내려가는 걸 포기하고 서울에 머무르겠다는 선택지도 없었을 것이다. 그들의 우선순위는 현미였다. 현정은 전혀 서운하지 않았다. 오히려 편했다. 서로 애틋하거나 미워할 만한 기억도 없는 이상 부모님은 잘 모르는 사람일 뿐이었다. 잘 모르는 채로 있는 편이 나았다. 괜히 어설프게 가까워졌다가는 무엇이든 바라게 될 테니까.

현미에게는 아무 감정도 없었다. 호적상 자매일 뿐, 둘이서 대화한 기억은 손에 꼽을 정도였다. 현정은 현미에 대해 아무것도 몰랐고, 아무것도 모르고 싶었다. 원망하진 않았다. 계속 원망할 만큼 어린 나이도 아니었다. 그렇다고 해서 없는 정까지 끌어모아 다정한 척하고 싶지 않았다. 이유는 없었다. 아니, 그 이유를 생각하고 싶지 않았다. 그냥 현미가 불편했다.

석사 과정만 마친다면 최소 2년, 박사 과정까지 한다면 얼마나 걸릴지 알 수 없었다. 엄마 말로는 동준이 미국에 나가 있는 동안만 머물 예정이라고 했다. 정서와 연우도 그 후에 현미가 기숙사든 자취방이든 얻으면 그만이라며 현정을 타일렀다. 현정은 입을 꾹 다문 채 버텼다. 돌아올 남편은 없고, 현미가 자취방을 구할 가능성도 희박했다. 그렇다고 해서 부모님 대신 현미의 뒤치다꺼리를 맡을 생각도 없었다. 자신의 삶을 감당하는 것만으로도 버거웠다.

달고 시원한 게 필요했다. 현정이 냉동고 문을 열자 손목에서 포나가 울렸다. 당분과 탄수화물, 지방 섭취량이 초과될 수 있으니 자제하라는 알림이었다. 내년 5월을 위해서 설정해 두었던 걸 깜박했다. 현정은 알림을 취소한 후 아이스크림을 꺼내왔다. 연우가 눈을 흘겼다.

"아, 나 감량해야 하는데. 이제 나잇살 때문에 빠지지도 않는다고."

"그럼 먹지 말던가."

"네가 초코퍼지 브라우니 맛을 꺼냈잖아. 그것도 파인트로."

"딱 두 숟갈만 먹고 내려놔."

"간 보는 것도 아니고, 어떻게 두 숟갈만 먹냐?"

결국에는 셋 다 숟가락을 들었다. 아이스크림 통은 금세 바닥을 보였다. 하나 더 꺼내올까 고민했지만, 현정은 참았다. 내일은 내일의 아이스크림이 있으니까. 연우가 쥐고 있던 숟가락을 까닥거렸다.

"이참에 네 동생이랑 좀 친해져 봐. 생각보다 잘 맞을 수도 있잖아."

"같이 산다고 해서 친해지면, 너랑 형중이는?"

"하루 정도는 재워줄 수 있지. 이틀은 안 돼."

현정이 엄지손가락을 아래로 내린 채 흔들었디.

"후하다, 후해."

정서는 의아하다는 듯이 고개를 갸웃거렸다.

"형중이 정도면 착한 동생 아닌가. 말 잘 듣잖아."

"말 잘 듣는 거랑 착한 건 다르단다. 그리고 정서야, 이럴 때 외동은 발언 금지다."

"말도 잘 듣고 착하기도 하지 않나."

"그러면 나는 말 잘 안 듣고 착하지 않아서 걔가 아니꼬운 거겠냐."

현정이 젓가락으로 식탁 가장자리를 두드리며 외쳤다.

"정답!"

"차현정이 신났네, 신났어. 어쨌든 정서야, 그런 망언을 할 거면 형중이 우리 집 호적에서 파줄 테니까 네 동생으로 삼 아. 난 외동이 꿈이었어. 우리 셋 다 행복해지는 길이지."

"너희 부모님은?"

"우리 부모님은 어릴 적부터 나 아니면 형중이를 호적에서 파버리겠다고 했어. 걔가 얼마나 한심한지 알아? 취미로 주 짓수 도장에 다닌다더니 한 달도 안 돼서 팔이 두 동강 나서 왔어. 그래도 동생이니까 병문안을 갔더니 보자마자 먹을 거 있냐고 물어보더라. 동생인지. 돼지인지……."

"연우야, 형중이가 돼지면 너도 돼지야. 너희는 형제니까."

현정은 친절하게 지적했다.

현미의 짐은 트렁크 세 개와 휠체어 두 대가 전부였다. 현 정은 집에서 두 번째로 큰 방을 내주었다. 예전에 자신이 쓰 던 방이었고, 결혼하면 홈 짐으로 꾸미려고 미리 고무 장판을 깔아놓았다. 바닥이 푹신푹신하니 넘어져도 덜 다칠 터였다. 비록 그 위에 휠체어 자국이 남겠지만. 욕실 안전 바도 원래 뗄 계획이었지만 내버려두었다. 사고라도 났다가는 그 모든 덤터기를 자기가 뒤집어쓸 게 뻔했다.

　침대와 전동 책상도 현미가 강릉에서 쓰던 제품으로 샀다. 현미는 고맙다는 말 대신 리모컨으로 전동 책상과 침대 높이를 조정했다. 현정은 뒤에서 말없이 고개를 저었다. 그 역시 그녀가 미리 부모님에게 듣고 높이를 맞춰둔 후였다. 무엇이든 꼬투리를 잡아서 부모님에게 일러바치고 싶은 건가. 현정은 말없이 트렁크 중 하나를 골라 바닥에 눕혔다. 얼른 짐 정리를 마치고 방으로 돌아가고 싶었다.

　"비밀번호 뭐야?"

　"됐어. 내가 할게."

　"네가?"

　실수였다. 현정은 반사적으로 입을 다물었다. 현미가 고개를 돌린 순간, 칼날처럼 매끄럽게 다듬은 단발이 흔들렸다. 짧으니 감고 말릴 때 시간이 많이 들지는 않을 듯했다. 제 머리카락이라도 가끔은 감기 귀찮을 때가 있는데, 다른 사람 머리카락을 어떻게 감길지 고민해야 한다니. 현정은 소리 없이 한숨을 쉬었다. 현미가 고마워하거나 미안해하길 바라진 않았다. 그저 나중에 부모님에게 왜 동생을 도와주지 않았냐는 타박을 듣기 싫을 뿐이었다.

　"정말로 필요 없어?"

　"필요하다면 내가 부탁했겠지? 난 부탁한 적 없어."

　"괜한 고집 부리지 마."

　　현미는 대답 대신 다시 리모컨을 눌렀다. 침대가 다시 위로 올라갔다. 이미 높이도 다 맞춰놓았건만. 현정은 소리 없이 혀를 찼다. 가뜩이나 손이 많이 가서 번거로운 마당에 고집까지 셌다. 트렁크를 침대에 올려줄지 잠시 고민했지만, 고맙다는 말은커녕 왜 마음대로 남의 트렁크에 손을 대냐는 말이나 들을 것 같았다.

　　"혹시 필요하면 불러. 거실에 있을게."

　　여전히 현미는 대답이 없었다. 현정은 거실로 나왔다. 벌써 오후 다섯 시였다. 황금과도 같은 주말을 헛되이 보낸 것만 같아 기분이 썩 좋지는 않았다. 보통 주말에는 동준과 근교 카페로 나가서 시간을 보내거나 전시나 영화를 보러 가곤 했다. 마지막 데이트는 어느 소규모 인사동 갤러리에서 열린 사진전이었다. 동준은 포나의 추천을 받았다고 했다.

　　살짝 기울어진 알파벳들로 도배된 분홍색 방에 가득 찬 녹색 고양이들, 웅덩이를 건너뛰면서 흐느끼는 소년, 거대한 호수에 비친 저택과 사람들, 금방이라도 관람객들의 멱살을 움켜쥘 듯이 새까맣게 탄 가지들을 뻗어내는 나무들.

　　그중 새를 찍은 사진이 있었던가.

　　있었다.

　　갈고리처럼 휘고 거대한 부리에 녹슨 구리처럼 붉그스름한 깃털, 그 사이에서 빛나는 까만 눈.

　　그 앞에서 동준이 잠시 발걸음을 멈췄을지도 모른다. 그와 팔짱을 끼고 전시장을 노닐던 현정도 사진을 흘끗 봤을 것이다. 무슨 새냐고 물어봤을 수도 있었다. 무슨 새인지 동준이 알든 모르든 아쉬워하거나 그 새의 이름을 애써 기억하지는 않았을 터였다. 현정은 새에 별로 관심이 없었다. 새들은 그녀와 다른 세상에 살고 있으니까.

포나라면 듣고 있었을 텐데.

참새나 비둘기, 까치처럼 흔한 새도 아니었다. 동준이 그 새의 이름을 알고 있었다면, 그냥 지나칠 수 없는 단서였다. 현정은 사소하게 듣고 넘길지언정 포나는 그 변칙적인 정보를 저장했어야 했다. 소소한 변수들을 고려하여 상황을 면밀하게 관찰한 후 위험을 예방하는 것, 그게 포나가 존재하는 이유였다.

물론 예측할 수 없는 불행도 있었다. 시라스는 교통 상황이나 날씨, 참가 번호에 따른 대기 시간과 학원 선생님들에게 드려야 할 수고비, 도시락을 언제 주문해야 제시간에 올지 알고 있었으나 힐미니의 심장이 돌연 멎으리라는 건 예상하지 못했다. 그때 현정은 대기실에서 정서와 재잘거리고 있었다. 긴장된다는 둥 무대에서 순서를 잊어버리면 어떡하냐는 둥 객쩍은 말이나 하면서.

채팅방에 심심하다는 메시지를 보냈지만, 답장은 오지 않았다. 연우는 늘 그랬듯이 연습실에 있을 터였다. 정서는 누굴 만날 예정이라고 했다. 약속이라니, 보통은 주말 내내 카페에 틀어박혀 공부만 하던 정서였다. 대체 누굴 만나는 건지 궁금했으나 묻지는 않았다. 예전 같았으면 꼬치꼬치 캐물었겠지만, 지금은 그럴 생각이 없었다. 질문은 테니스공과 같아서 건너편으로 쳐내면 언젠가 제 쪽으로 돌아왔다. 현정은 그 순간이 두려웠다.

해가 질 즈음 현정은 현미의 방문을 두드렸다.

"저녁 안 먹어?"

안쪽에서 뭔가 덜컹거리는 소리가 들리다가 멈췄다. 짐을 정리하는 건지 뭔가를 부수고 있는 건지 알 수가 없었다. 현정은 문을 열고 들어갈지 잠시 고민했다. 이내 안쪽에서 현미의 목소리가 들렸다.

"먹어."

목소리는 멀쩡했다.

"뭐 먹을래?"

"아무거나."

"정말 아무거나 시킨다?"

"마음대로 해."

현정이 아무거나 마음대로 주문한 건 햄버거였다. 어머니가 싸준 반찬이 냉장고에 그대로 있었지만, 집에 쌀은커녕 즉석밥도 없었다. 일러바치고 싶으면 얼마든지 일러바치라지. 현정의 예상과 달리 현미는 별다른 내색을 하지 않았다. 햄버거 배달은 30분 만에 왔다. 두꺼운 갈색 종이봉투를 열자 고소하고 기름진 냄새가 진동했다. 현미가 휠체어 바퀴를 밀면서 식탁으로 다가왔다.

"새우버거 있어?"

현정은 자기 몫의 새우버거를 현미 앞에 내려놓았다. 남은 건 베이컨토마토버거뿐이었다. 베이컨도 토마토도 별로 좋아하지 않았지만, 그녀는 묵묵히 포장지를 벗겼다. 역시 너무 짰다. 감자튀김도 오늘따라 눅눅했고 콜라도 영 미지근했다. 게다가 맞은편에 앉아 있는 현미에게 계속 시선이 갔다. 식탁이 좀 높아 보였다.

식탁은 현정이 브랜드 전시장에서 보자마자 산 우드 슬랩 테이블이었다. 활엽수의 여왕이라는 별명을 지닌 브라질 로즈우드답게 나뭇결이 화려했다. 같은 목재로 만든 의자도 사려고 했지만, 언제 재입고가 될지 모른다는 답변만 돌아왔다. 어떤 의자를 봐도 테이블의 위용에 차지 않았다. 현정은 포기할 생각이 없었다. 온라인과 오프라인을 불문하고 열심히 찾아다닌 끝에 새카만 아프리카 블랙 우드로 만든 의자를 찾아냈다. 제법 잘 어울렸다.

그 우아한 의자는 현미의 휠체어 때문에 옆으로 치워놓아야 했다. 테이블도 좀 높았다. 현미는 팔꿈치를 걸치고 햄버거를 먹었다. 불편해 보였지만 불편하다는 말은 끝내 하지 않았다. 제 언니를 영 불편해하는 걸까, 아니면 어차피 자신은 여기서 오래 있지 않을 테니 굳이 말을 얹을 필요가 없다고 생각하는 걸까. 어느 쪽이든 현정은 상관없었다. 얼른 현미가 나가주기만을 바랐다.

현미를 내보내려면 동준이 돌아와야 했다. 돌아오지 않는다면, 동준 대신 들어올 누군가를 찾으면 해결될 일이었다. 현정은 기계적으로 씹어 먹던 햄버거를 내려놓고 콜라를 마셨다. 시원했다.

"언니, 내일 몇 시에 나가?"

"여덟 시. 너는?"

원래는 아홉 시 출근이었다.

"난 오후에 나가면 돼. 택시 불러서 나갈 테니까 신경 쓰지 마."

신경 쓸 생각도 없었지만, 현정은 혹시 필요한 게 있는지 물어보았다. 현미가 고개를 저었다. 지금은 없다고 했다. 지금은 없으나 나중에 필요한 게 생기면 말하겠다는 건지, 알아서 할 테니 군이 물어보지 말라는 건지 알 수 없었다. 알고 싶지도 않았다.

"나 평일에는 바쁘니까 필요한 거 있으면 미리미리 말해줘야 해."

현미가 잠시 망설이더니 입을 열었다.

"거실에 있는 소파 말인데, 스툴 같은 거 없어?"

"없어, 원래 그런 디자인이야. 필요해?"

"아니, 영화 볼 때 다리를 올려놓으면 편할 것 같아서. 내가 알아서 주문할게.”

“아니, 내가 할게.”

귀찮긴 했지만, 현정은 소파와 어울리지도 않는 스툴을 집에 들여놓느니 제 수고를 들이는 편이 낫다고 생각했다. 차라리 주문 제작하는 편이 더 쉬울지도 모르나 그만큼 시간이 걸릴 것이다. 그녀는 나오려던 한숨을 애써 삼켰다. 그냥 옆으로 누워서 보는 게 더 편할 텐데.

“아냐, 그냥 사지 마.”

“왜?”

“어차피 형부 오면 나가야 할 텐데, 괜히 쓰지도 않는 걸 들여놔봤자 뭐해.”

“필요하다며?”

“됐어.”

사흘 후, 현정은 소파 스툴을 하나 주문했다.

3.

점심 회식은 저녁 회식보다 더 고역스러웠다. 무슨 질문이 날아오든 취한 척 화제를 돌릴 수 없고, 온갖 핑계를 대며 자리를 뜨더라도 결국에는 함께 회사로 돌아가야 했다. 거리나 시간상 갈 수 있는 곳도 한정적이었다. 회사 뒤에 있는 중식 레스토랑도 몇 안 되는 회식 장소 중 하나였다. 음식 맛은 나쁘진 않았지만, 사방이 빨간색과 금색 천지라 앉아 있기만 해도 현정은 머리가 어지러운 것 같았다.

과장은 원형 테이블이 있는 내실을 좋아했다. 내실 천장에는 빨간색 바탕에 커다란 금빛 잉어가 그려져 있었다. 어찌나 번쩍거리는지 백열등 빛이 약해 보였다. 과장이 빨간색과 금색, 둘 다 부귀를 상징하니 증권사답지 않냐고 물었을 때, 현정은 하마터면 증권사라도 인사팀이니 상관없지 않냐고 받아칠 뻔했다. 게다가 원형 테이블이면 양옆을 제외한 모든 사람의 표정을 볼 수 있었다. 그 말인즉슨 자신이 무슨 표정을 짓는지도 다 보인다는 소리였다.

"차 대리가 결혼식을 언제 한다고 했지?"

이미 예상한 질문이었다. 현정은 과장을 향해 살짝 눈을 접으면서 웃어 보였다.

"아, 내년 5월이었는데 조금 미루기로 했어요. 애인이 미국 지사로 발령이 났거든요."

"갑자기? 그래도 미국 지사라니, 유능한가 보네."

"급하게 수습하러 간 거라서 곧 돌아올 거예요. 오히려 한숨 돌렸죠. 내년 초라고는 해도 둘 다 바빠서 시간 날 때마다 급하게 준비했거든요. 제 마음에 드는 예식장은 내년까지 예약이 꽉 찼대서 속상했는데."

"옛날이나 지금이나 똑같네. 결혼하는 사람들이 줄어든다고 난리를 치더니만, 예식장 예약이 그렇게 어려워?"

영 대리가 동파육을 젓가락으로 가르면서 대답했다.

"그럼요. 괜찮은 예식장 수도 적고요. 그리고 초혼 말고도 재혼, 삼혼, 요즘은 리마인드 웨딩 마치를 하는 사람도 많아요."

"영 대리도 결혼에 관심 있나 봐."

"아직 없긴 한데, 과장님이 이천 정도 보태주시면 긍정적으로 검토할게요."

"곤돌라라도 타고 내려올 거야?"

"거기에 천만 더해주시면 생화 장식도 쓰죠."

"올해 초에 우박이 일주일 넘게 내려서 화훼농가 태반이 손해를 봤다던데. 아마 생화 값 더 올랐을걸?"

"더 쓰시죠. 천으로는 안 되겠네요."

"아니, 내 연봉이 얼마인 줄 알고 그만큼 대달라고 하는 거야."

"과장님 능력이면 몇억은 받으셔야 하는 거 아니에요?"

저게 바로 사회생활의 표본이었다. 생화라……. 현정은 재스민차를 마셨다. 원래는 결혼식장을 생화로 장식하고 싶었다. 구름처럼 풍성하게 피어오른 하얀색과 연보라색 라넌큘러스, 조그맣지만 이름처럼 섬세한 레이스 플라워에 고개를 숙인 백조처럼 잎을 길게 빼든 카라……. 동준은 그녀가 원하는 대로 하라고 했다. 그때만 해도 사랑에서 우러나온 신뢰고 관용이라고 믿었다. 나중에야 외면이고 방치라는 걸 알았지만 별수 없었다.

"차 대리는 참 성실해. 일도 잘하는데 그새 틈틈이 연애해서 결혼까지 하다니."

과장의 칭찬에 현정은 겸손하게 대답했다.

"운이 좋았죠."

맞은편에 앉아 있던 구 주임의 눈썹 끝이 살짝 올라갔다. 현정은 애써 못 본 척했다.

"난 차현정이 운처럼 비과학적인 걸 믿는 줄은 몰랐네. 고은이는 알았어? 둘이 친하잖아."

영 대리는 구 주임에게 눈길도 주지 않은 채 받아쳤다.

"친한 거야 우리 셋 다 친한 거지. 입사 동기니까."

현정도 한마디 보탰다.

"맞아, 듣는 사람 서운하게."

구 주임은 스스로 자신을 두고 곰처럼 우직하고 순한 사람이라고 떠벌렸지만, 그렇게 방심하게 만든 다음 뒤통수를 치는 게 특기였다. 곰보다는 여우에 가까웠다. 누구 하나 마음에 안 드는 사람이 생기면 옆에서 사근사근하게 굴면서 약점을 알아냈다. 그러고는 곧장 물고 늘어졌다. 어제만 해도 꼼꼼하다고 칭찬하더니 오늘은 슬리퍼를 질질 끌고 다니는 꼴이 영 보기 좋지 않다는 트집을 잡고, 자신이 먹지도 않는 과자를 권했다며 어떻게든 사과를 받아내려고 들었다.

문제는 단순히 반감을 표하는 선에서 그치지 않는다는 점이었다. 구 주임은 휴게실에서, 2차 회식으로 간 호프집 혹은 담배를 피우는 사람들 사이에서 하소연하는 척 뒷담화를 일삼았다. 그러고는 바로 자신이 부족하다며 감싸주려 들었다. 훤하다 못해 뻔한 수였다. 대부분은 구 주임의 속내를 알아챘지만 수긍하듯 맞장구를 쳐주었다. 괜히 지적했다간 구 주임의 화를 살지도 모르니까. 남의 일에 끼어들어봤자 귀찮아질 뿐이었다.

주로 후배들이 구 주임의 희생자였다. 처음에 상냥하고 좋은 선배라고 생각했던 사람이 갑자기 손바닥 뒤집듯 화를 냈다가 다정하게 굴기를 반복했다. 무슨 상황인지 파악할 새도 없었다. 대부분은 흔들리다가 구 주임 아래에 넙죽 엎드렸고, 몇몇은 퇴사했다. 그럴수록 구 주임은 더 기세등등해졌다. 어린애도 아니고 회사에서 골목대장 놀이나 하다니. 현정은 그가 한심해 보였다.

그래도 동기는 안 건드릴 줄 알았건만, 재작년에 현정이 흡연실 옆 복도를 지나가다 들은 대화로 얼마 남지 않았던 의리도 깨지고 말았다. 구 주임은 후배들에게 입사 초에 동기들이 자신에게 번갈아 가면서 고백했다고 있지도 않은 이야기를 떠벌렸다. 인사과 동기라곤 둘뿐이었다. 현정과 영 대리. 그러고는 둘 다 얼굴은 반반하나 영 찜찜한 구석이 있었다는 말을 덧붙였다.

"영고은은 자기가 똑똑한 줄 알고, 차현정은 돈을 흥청망청 써."

그 말을 전해 들은 영 대리는 짤막하게 평했다.

"구 주임도 참 여유롭네. 아직 주임인데 조바심도 안 나나 봐. 현정아, 신경 쓰지 마. 사람들은 생각보다 다른 사람한테 별 관심이 없으니까."

현정도 알고 있었다. 사람들은 자기 일이 아닌 이상 다른 사람이 어찌 되든 신경 쓰지 않았다. 하지도 않은 행동과 말로 욕을 먹고, 조롱과 비웃음을 당하고, 무참히 짓밟혀도 관심이 없었다. 술자리에서든 흡연실에서든, 삼삼오오 모여 커피를 마실 때든 잠깐 지나가는 이야깃거리일 뿐이라고 여겼다. 맞장구 정도야 반사적인 호응일 뿐이고, 자신이 먼저 그 말을 꺼낸 게 아니니 무관하며 무고하다고 믿었다. 한없이 무관심하고 무책임한 작태였다.

누군가 칼을 들이밀었을 때 무작정 칼끝만 피하려고 몸을 비트는 건 좋은 방법이 아니었다. 중심으로 파고든 후 무너뜨려야 했다. 조금 더 어렸다면 도망쳤겠지만, 더는 무작정 도망칠 수도 없는 나이였다. 피하는 사람과 찌르는 사람의 관계를 역전시키는 게 우선이었다. 구 주임이 현정에 관해 뭐라고 입방아를 찧든 두려워해서는 안 됐다. 두려워한다는 걸 들키는 순간, 구 주임은 더 기고만장해질 테니까.

현정은 영 대리와 구 주임에게 새로 산 테이블이 얼마나 근사한지 모른다며 자랑했다. 그에 맞는 의자를 탐색했던 여정도 미주알고주알 늘어놓았다. 떠들수록 그녀의 신혼집은 점점 더 완벽해졌다. 정점을 찍은 건 그 모든 고민과 선택에 동감과 지원을 아끼지 않는 애인의 사랑이었다. 이제는 환상에 불과하나 여전히 구 주임을 물리치는 데는 유용했다.

"좋겠네. 그런데 미국이면 장거리인데, 걱정되진 않나 봐."

"미국이야 뭐 근처지. 알래스카도 아니고."

"그래도 시차 때문에 연락도 잘 안 될 거 아냐. 뭐 결혼 전의 자유, 이런 걸 만끽하고 싶은 건가?"

"우리가 어린애들도 아닌걸. 딱히 의심할 만한 사람이 아니라는 걸 서로 잘 알고 있으니까. 구 주임은 장거리 연애가 좀 안 맞나 봐."

"믿다가 뒤통수라도 맞으면 어쩌려고?"

자기소개도 아니고, 현정은 한마디 하려다가 참았다.

"걱정 마. 우리는 포나로 모든 걸 공유하거든."

"그러면 지금 뭐 하는지도 알 수 있어?"

"당연하지. 거기도 우리처럼 점심시간이 한 시부터야. 미국 출장 때문에 영어 회화 연습 좀 해야겠다고 했으니까 간단하게 뭘 먹으면서 공부 중일 거야. 봐, 여기."

현정이 보란 듯이 손목을 내밀었다. 구 주임의 눈앞에서 공유 중인 상대방의 아이디를 누르자 상태 창이 보였다. 공부 중. 구 주임은 못마땅하다는 듯이 눈썹을 꿈틀거렸지만, 결국 아무 말도 하지 못했다. 건성으로 좋다는 말을 두어 번 반복한 후 다른 쪽으로 고개를 돌렸다. 현정도 자연스럽게 영 대리에게 말을 건넸다.

"우리 오빠가 너무 성실해, 나도 좀 본받아야 하는데. 저번에 영 대리가 추천한 회화 앱 이름이 뭐였지? 나도 공부 좀 해보게."

영 대리는 앱 주소를 보내주겠다고 했다. 후식으로는 빠스가 나왔다. 오늘따라 달콤했다. 현정은 시계를 가볍게 두어 번 두드렸다. 새까만 화면에 공유 대상자의 아이디가 떴다.

헤파이102

200

지난주 TLT 사이트에서 찾은 새로운 공유자였다.

포나가 검색한 결과 '헤파이'는 스위스 방산 기업명이자 북유럽계 30대 래퍼의 닉네임이었고, 어느 일본 만화가가 제 만화 속 조연에게 붙인 이름이며 그리스 로마 신화에 나오는 대장장이 신의 이름과도 비슷했다. 어느 쪽이든 현정은 상관없었다. 동준이라는 치욕을 잊을 수만 있다면 다 좋았다.

동준은 이별을 통보한 날 바로 공유 서비스를 해지했다. 현정이 붙잡을 틈조차 주지 않았다. 정말이지 그의 행동거지처럼 이별도 깔끔했다. 이제 둘을 잇는 건 메신저 대화창뿐이었다. 현정은 몇 번이고 그 대화창에서도 나가려고 했지만, 끝내 나가지 못했다. 그녀는 수시로 동준의 프로필을 들락날락하며 뭔가 바뀐 게 있는지 유심히 살폈다. 함께 찍은 사진이 프로필에서 내려간 걸 봤을 때, 하마터면 동준에게 연락할 뻔했다.

누군가가 제 삶에서 사라진다는 건 당연히 오리라 믿었던 미래도 함께 사라진다는 뜻이었다. 남은 건 텅 빈 자리뿐. 무언가 나타나 무슨 일이든 일어나주길 기대했지만, 이제는 그런 기대마저 조심스러워졌다. 그 자리가 영원히 비어 있을지도 몰랐다. 온갖 끔찍한 상상들을 부인하기 위해서는 빈자리를 채울 만한 대체재를 찾아다니면서 새로운 미래를 준비하거나, 아니면 뒤에 산적한 과거들을 하나하나 곱씹으면서 이 순간이 얼른 지나가길 바라는 수밖에 없었다.

현정은 동준이 선물한 머플러며 옷들을 헌 옷 수거함에 넣어버렸다. 그간 그와 주고받은 메시지들을 하나하나 훑으면서 이전에는 보지 못했던 문제점을 발견하고는 헤어지길 잘했다고 생각했다. 이상하게도 그럴수록 부끄러워졌다. 그런 사람에게 마음을 주다니. 포나는 갑작스러운 결별로 인한 우울증 초기 증상일 확률이 높다고 했다.

우울증이라니, 현정은 포나의 진단이 좀 과하다고 보았다. 우울할 만한 이유도 없었다. 집을 공동명의로 돌리거나 혼인신고를 한 것도 아니니 법적인 문제는 없고, 예식장 위약금이나 플래너 고용비 등 결혼식 준비에 든 비용도 동준이 다 배상했다. 설령 돈이 더 들었다며 트집을 잡아도 동준은 불평도 없이 입금할 것이다. 결과만 놓고 보면 현정이 손해 본 건 없었다. 신용카드 명세서나 대출 원금처럼 언젠가는 해결해야 할 문제들이 있을 뿐이었다. 그 역시 법이나 돈으로 해결할 수 있다면 좋을 텐데.

굳이 누군가의 위로나 조언이 필요하진 않았다. 해결책은 명료했다. 솔직해지거나 솔직해질 수 있을 때까지 버티는 것. 전자의 경우 남들이 찧는 입방아에 너덜너덜해질 테고, 후자라면 별별 거짓말들로 둘러대며 버틸 수밖에 없었다. 거짓말하는 것쯤이야 익숙했다. 거짓말은 사회생활에서 필수적인 임기응변 중 하나니까. 그저 귀찮았다. 거짓이라는 걸 들키지 않으려면 어떤 거짓말들을 했는지 기억하고 있어야 했다.

포나는 심리상담을 받아보라고 권했지만, 현정은 그럴 생각이 추호도 없었다. 자신이 어떤 사람이고 무슨 문제에 봉착했는지 모르는 것도 아니었고, 저를 모르는 사람에게 질문 세례를 받고 싶지도 않았다. 차라리 포나와 상담하는 게 더 낫겠다 싶었다. 포나는 그 누구보다도 현정을 잘 알고 있으니까. 지금은 금지되었으나 과거에는 인간 대신 인공지능과 상담하던 사람들도 있었다고 했다. 어릴 적 할머니가 해준 이야기였다.

인간 대신 인공지능 상담사를 택할 이유는 많았다. 인간에게 심리상담을 받으려면 돈이 많이 들었고, 혹여 낯선 이에게 속마음을 털어놓았다가 다른 사람에게 꼬투리를 잡힐까 걱정된다는 사람들도 있었다. 당시 대화형 인공지능은 일부분 무료 서비스가 가능했고, 사용자가 무슨 말을 하든 감히 반감이나 의문을 표하지 않았다. 다 받아들였다. 사용자 대다수는 만족했다. 공짜에다가 언제든 필요할 때 써먹을 수 있다니!

세상은 점점 편리해졌고, 인공지능도 편리해지는 수단 중 하나였다. 인간들은 단지 같은 인간이 만들었다는 이유로 이 모든 편리를 누려도 된다고 믿었다. 믿어 의심치 않았다. 삶이 편리해질수록 그들은 동화 속 완두콩 공주처럼 겹겹이 쌓인 시트 아래에 넣어둔 작은 완두콩 하나만큼의 불편도 견디지 못했다. 불편이 최고의 악덕인 시절이었다. 편의를 당연하게 받아들이는 사람들은 불편하거나 불편해 보이는 모든 것을 치워버렸다. 설령 같은 인간일지라도.

모든 것에는 그에 상응하는 대가를 치러야 했다. 동전이나 지폐, 코인으로는 역부족이었다. 대폭 상승한 자살률이 도무지 떨어질 기미가 없자 사람들은 뒤늦게 심각한 사태가 벌어지고 있다는 걸 깨달았다. 깨닫긴 했지만, 이해하진 못했다. 이 편리한 세상에서 왜 죽고 싶어 하는 걸까?

정치인들과 언론인들, 소위 지식인이라 자처하는 이들은 문제의 원인을 찾아내려고 했다. 새로 출시된 SNS, 유행하는 음식, 아이돌들의 노래 가사, 과거가 얼마나 불편했는지 모르고선 불평만 늘어놓는 젊은 세대, 중국 북동부에서 날아오는 바람에 섞인 유해 물질 수치 등 그럴싸한 원인을 제시하면서 제 번뜩이는 통찰력을 인정받아 책을 내거나 연단에 서고자 했다. 작금의 사태가 놀랍기 짝이 없으며, 마치 원인만 알면 문제를 해결할 수 있다는 듯이 굴었다.

인공지능도 지목된 원인 중 하나였다. 지식인들은 인공지능이 유능한 상담사인 척하면서 사람들에게 그릇된 생각을 심어주는 한편 자살 사고를 부추긴다고 했다. 그들의 논지에 따르면 모든 과학기술은 사악하고 이기적인 의도를 지니고 있으며, 결국에는 인간 세계를 파괴하고 말 것이었다. 정말로 인공지능은 사악한 걸까. 현정의 질문에 할머니는 고개를 젓지도, 끄덕이지도 않았다.

할머니는 애당초 인공지능들에게는 의도란 게 없다고 했다. 인공지능들은 의도를 가질 수도 없고, 가지려 하지도 않았다. 특히 당시 도입된 대화형 인공지능들은 사용자들의 의도를 비쳐내는 거울에 가까웠다. 거울은 유리가 아니다. 투과하는 대신 반사한다. 거울을 볼 때 보이는 건 언제나 거울을 보는 자신뿐이다. 인공지능도 마찬가지였다. 그러나 사람들은 인공지능을 마법 거울처럼 대했다. 자신이 해결하지 못하거나 해결할 생각조차 없는 문제에 대한 해답을 알려주리라 믿었다.

인공지능이 내놓는 답을 정답으로 받아들이는 건 결국 사용자였다. 할머니는 현정에게 어릴 적 읽었던 동화책 내용을 예시로 들려주었다. 여왕은 매일 마법 거울에 세상에서 누가 가장 아름다운지 물어보곤 했다. 마법 거울이 하는 대답은 늘 똑같았다. 여왕님이십니다, 그 대답에 여왕은 만족했다. 어느 날 마법 거울이 다른 답을 하자, 여왕은 제 의붓딸을 죽이기로 마음먹었다. 암살 시도는 몇 번이고 실패했지만 포기하지 않았다.

왜 포기하지 않았을까.

거울의 대답 때문이라면 거울을 보지 않으면 될 일이었다. 의붓딸이 더 아름답다 한들 여왕의 시야에서 보이지 않으면 존재하지 않는 것이나 마찬가지였다. 그러나 여왕은 집요했다. 어떻게든 의붓딸인 백설 공주를 죽이려 했고, 결국 스스로 몰락하고 말았다. 할머니는 거울이 없어도 여왕은 백설 공주를 미워했을 거라고 했다. 거울은 그저 백설 공주가 아름답다고만 했을 뿐, 죽이겠다고 결정을 내린 건 여왕이었다.

아직 어렸던 현정에게는 너무 어려운 이야기였다.

"그러면 인공지능한테 상담받고 나서 자살한 사람들은 원래부터 죽고 싶었던 거예요?"

"죽고 싶다면 상담도 받지 않았겠지. 예전에 우리가 같이 갔던 미술관에 아주 특이한 방이 있었는데, 기억하니?"

사방이 온통 거울 천지인 방이었다. 분명 서너 걸음 정도 들어왔을 뿐인데, 어느새 자신이 어디에 서 있는지도 잊어버렸다. 방향이나 위치를 가늠하려고 해도 보이는 건 온통 혼란스러운 표정으로 두리번거리는 자신뿐이었다. 수많은 나. 현정은 하마터면 울 뻔했다. 울지 않을 수 있었던 건 자신이 붙잡은 손에서 느껴지는 온기만은 또렷했기 때문이었다.

"인공지능에게 상담받는다는 건 그런 거울의 방에 들어가는 것과 비슷해. 자신이 아는 상처는 한두 개가 다인데, 사방에서 거울들이 비추고 있으니 어느새 상처로 뒤덮인 것만 같은 거지. 치료하려면 상처들이 어디 있는지 알아야 하지만, 너무 많으면 치료하기도 전에 지쳐버리는 거야. 어디서부터 손을 대야 할지 모르니까. 그새 아무는 상처가 있는가 하면 곪다 못해 썩어버리는 상처도 있는 법이지."

현정은 죽고 싶지 않았다. 동준에게 받은 상처들이며 앞으

로 다른 사람들에게 받을 상처까지 다 곪아서 썩어버리게 놔
둘 생각은 없었다. TLT 사이트에서 '헤파이102'를 고른 이유
였다. '헤파이102'가 공개한 정보라곤 연구자라는 직업과 음
악이나 미술에 관심이 많다는 것뿐이었다. 성별이나 연령 등
나머지 정보들은 다 비공개였지만, 현정은 상관하지 않았다.
오히려 달가웠다.

연구자들의 연간 수입을 생각하면 결혼 상대로는 볼 수 없
었고, 음악이나 미술에 관해서는 문외한이라 기본적인 관심
사도 맞지 않았다. 이 집에 들여도 될 사람인지 탐색할 필요
가 없었다. 현정은 '헤파이102'에게 제 이야기를 가감 없이 털
어놓았다. 개중에는 거짓도 섞여 있었지만, 상관없다고 생각
했다. '헤파이102'는 현정의 말이 사실인지 거짓인지 몰랐다.
여차하면 현정은 공유를 끊어버릴 생각이었다. 그런 일이야
TLT 사이트에서는 허다했다.

'헤파이102'는 현정의 메시지에 하나하나 답장해주었다.
다정하기보다는 무뚝뚝하고, 공감히기보다는 냉징한 편이있
으나 현정은 개의치 않았다. 동준과 정반대라는 점이 더 마음
에 들었다. 그녀는 종종 '헤파이102'가 뭘 하고 있는지 확인했
다. 그의 삶은 뒤죽박죽이었다. 연구자라서 그런지 직장인들처
럼 출퇴근이나 식사 시간이 일정하지 않았다. 월요일에는 오후
세 시가 넘어 점심을 먹더니, 목요일에는 아예 굶은 듯했다.

출퇴근 중이라는 상태 메시지를 누르면 '헤파이102'의 이

동 거리가 얼마나 되는지도 알 수 있었다. 딱히 거리가 멀지도 않은데 소요 시간은 꽤 되는 듯했다. 버스로 한 시간이면 갈 거리를 두 시간 만에 가다니, 혹시 걸어 다니나 싶을 정도였다. 차라리 전기모터가 달린 자전거를 사는 게 어떠냐고 묻자 '헤파이102'는 한참 후에 너무 비싸다고 대답했다. 요즘에는 전기모터가 안 달린 자전거가 없었고, 가격대도 다양한 편이었다. 연구자라서 돈이 없나. 현정이 상관할 문제가 아니긴 했다.

어쩌면 '헤파이102'가 느긋한 사람이라 그럴지도 몰랐다. '헤파이102'는 그 긴 이동 시간 내내 음악을 들었다. 유튜브에서 누군가가 만든 플레이리스트를 듣는 대신 스스로 하나하나 골라서 자신만의 플레이리스트를 만든다고 했다. 현정이 궁금하다고 하자 선뜻 공유해주었다. 가요나 팝송이라면 모를까, '헤파이102'가 고른 음악들의 장르는 다양했다. 현악기 협주곡, 시티 재즈, 블루스, 모던 록, 뉴에이지, 헤비메탈, 서양 가곡과 한국 정가…….

음색과 박자 모두 낯설었지만, 묘하게 춤추고 싶어지는 음악들이었다. 현정은 저도 모르게 앞꿈치로 바닥을 디디며 스텝을 밟았다. 어릴 적 발레학원에서 선생님들이 휴식 시간을 주면, 아이들은 아무 음악이나 틀어놓고 춤을 추었다. 안무대로 추는 것도 아니어서 도중에 박자가 바뀌면 허우적거리기 일쑤였지만, 그래도 춤추는 걸 멈추지 않았다. 돌고, 뛰고, 팔을 내뻗으면서 계속 발을 놀렸다.

랜덤 재생이 끝나면 모두 바닥에 쓰러져서 가쁘게 숨을 몰아쉬었다. 가슴을 들썩이며 웃다가 이내 잠잠해졌다. 땀에 젖은 이마에 한 줄기 선선한 바람이 와닿을 때, 현정은 그 어느 순간보다도 강렬하게 자신이 살아 있다는 걸 느꼈다. 지금은 그렇게 춤출 자신이 없었다. 골반은 굳은 지 오래고, 쪼그려 앉을 때마다 무릎이며 관절에서 소리가 났다. 괜히 무리해서 춤출 필요도 없었고, 춤추다가 다치면 아프기보다는 귀찮아질 게 많은 나이였다. 그래도 그때가 그리웠다.

평소에는 현정의 집에서 모였지만, 오늘은 밖에서 만나기로 했다. 불그스름한 조명에 유리와 나무 틀로 만든 미닫이문, 회색 페인트로 대충 칠한 벽에 군데군데 까맣게 때가 앉은 나무 바닥, 붓글씨 느낌이 나는 간판까지 노포 느낌이 물씬 났지만, 생긴 지는 얼마 안 된 가게였다. 문 옆에 나란히 놓인 축하 화분들도 아직 싱싱했다. 현정은 잔에 물을 따랐다. 연우가 손뼉을 쳤다.

"차현정도 이제 나이를 먹긴 먹었구나. 몸 챙길 줄도 알고."

"어제 현미가 냉장고에 왜 술병이랑 술안주만 있냐고 물어봤대."

"아니, 왜 냉장고만 봤대? 와인 냉장고도 있잖아. 싱크대 아래에 산토리 위스키랑 진도 있고. 찬장에 마른안주도 잔뜩 쌓여 있는데."

어째 현정만 빼고 두 사람은 재밌어하는 듯했다. 현정은 눈을 부라렸다.

"저번에 너희가 마시고 싶다던 포트와인, 지금 그 아래에 처박혀 있어. 잔도 샀는데, 지금 눈치 보여서 뜯지도 못한다고."

그제야 정서도 심각하다는 듯한 표정을 지었다. 연우는 현정의 어깨를 토닥였다.

"어차피 난 리허설 있고, 쟤는 옆구리 다 붙을 때까지는 금주니까."

"붙었어. 안 붙었으면 출근도 못 하고 여기도 못 왔겠지. 장기가 다 빠져나와서……."

현정은 정서의 말이 더 이어질세라 황급히 물잔을 들었다.

"짠하자, 짠."

술잔도 아닌 물잔 건배였다. 오늘 저녁 메뉴가 곱창이 아니라 삼겹살이라 다행이었다. 불판 위 삼겹살은 노릇하게 익어갔다. 정서가 집게로 다 익은 고기를 차례로 앞접시에 놓아주면서 물었다.

"현미랑 잘 안 맞아?"

연우가 젓가락을 까닥거렸다.

"맞겠냐? 현정이 쟤가 얼마나 까탈스러운데, 현미가 쟤 눈치를 엄청 많이 봐야 할 거야."

"둘 다 방금 내가 했던 말 못 들었어?"

　눈치를 보는 쪽은 현미가 아니라 현정이었다. 이사 후 둘은 2주 가까이 서로를 피해 다녔다. 방 밖에서 인기척이 들리면 문을 열고 나가려다가도 도로 들어왔고, 마주치면 황급히 방으로 들어갔다.

　현정이 뭐든 필요한 게 있으면 말하라고 했지만, 현미는 요청은커녕 부탁 한 번 하지 않았다. 몇 시에 나갔다가 몇 시에 들어온다거나 저녁은 먹고 들어가겠다는 통보가 전부였다. 처음에는 편했지만, 너무 잠잠하니 오히려 불안했다. 혹여 현미에게 무슨 사고라도 나거나 아프기라도 하면 그 모든 책임이 현정에게 돌아갈 터였다. 더는 무시할 수 없었다. 그런 마음가짐으로 현미와 마주친 날, 어떻게 지냈냐고 물었다가 주정뱅이 취급이나 받았다. 억울했다.

　현미를 위해 고르고 골라서 산 소파 스툴도 찬밥 신세였다. 그 스툴 때문에 현정이 얼마나 고생했는지. 같은 브랜드에서 나온 스툴은 겉보기에는 예쁘지만 영 불편할 것 같았고, 편해 보이는 스툴은 톤이 영 맞지 않았다. 그 모든 고생이 무색하게도 현미는 고맙다는 말 한마디 없었다. 스툴을 쓰는 모습도 보지 못했다. 마음 같아서는 저 스툴을 중고 플랫폼에 팔아버리고 싶었다.

　"현미가 석사랬지. 석사 졸업이 얼마나 걸리지?"

　"2년? 전공에 따라서 다르다고 했어. 4년에서 5년 걸리는 사람도 있다던데. 현미가 무슨 전공이라고 했지?"

"예술 뭐라고 했던 것 같은데. 그러면 박사 과정까지 해야 하지 않나? 척척박사는 있어도 척척석사는 없잖아."

연우가 히죽거렸다. 정서는 현정의 안색을 살피더니 팔꿈치로 연우의 옆구리를 찔렀다.

"현정이 좀 적당히 놀려."

현정은 호출 벨을 눌러 불판을 치워달라고 했다. 그다음은 어묵탕 차례였다. 어묵탕이 끓기를 기다리면서 셋은 열심히 떠들었다.

어릴 적 발레 클래스에서 연우가 현정에게 장난을 치다 선생님에게 15분 동안 스쾃 자세로 벽을 보고 서 있는 벌을 받았던 일화, 정서가 경연장에 새로 손질한 토슈즈 대신 연습용 토슈즈를 가져오는 바람에 자기 차례가 오기 전까지 때 묻은 부분을 물티슈로 박박 닦았다거나 무대 도중 연우가 입은 의상에 달린 장식이 떨어져서 관객석에 있던 현정이 저도 모르게 외마디 비명을 질렀다는 이야기……. 반박하고, 덧붙이고, 손가락질하고, 웃다가 눈물도 좀 흘렸다. 수없이 말한 대화거리건만 셋 중 누구도 질릴 줄을 몰랐다.

그새 어묵탕이 다 끓었다. 정서가 일사불란하게 국자로 어묵탕을 퍼주는 동안 연우는 발레단에 새로 들어온 준단원들에 관한 불평을 늘어놓았다. 이번 분기에 뽑힌 준단원은 다섯인데, 그중 넷이 H대 출신이라고 했다. 발레단에 H대 출신이 얼마나 많은지 모른다면서 이러다가 H대 동창회가 될 판이라고 투덜거렸다. 차라리 재수해서라도 H대에 갔어야 했나, 연우의 푸념에 현정이 완곡하게 고개를 저었다.

"아냐, 넌 진짜 대학 잘 갔어. 너 가뜩이나 예민한데 재수까지 했잖아? 그러면 진짜 성격이 더 나빠졌을 거야."

"야, 나만큼 발레단에서 인성 좋은 선배가 없어."

"근데 너 왜 우리한테는 막 대해, 너 이중인격이야?"

"현정아, 난 늘 최대치의 인내심으로 널 대하고 있단다."

"그게 최대치면 발레단에서는 어떻게 한다는 거야. 아무래도 후배들 평가가 너무 후한 것 같은데. 아니면 후배들에게 억지로 잘해주고선 우리한테 와서 푸는 거 아냐?"

"너야말로 회사에서 받은 스트레스 여기서 꼬투리 잡으면서 해소하잖아."

"아닌데?"

현정이 어깨를 으쓱거렸다. 연우는 콧김만 거세게 내뿜었다. 잔뜩 약이 올랐지만 대꾸할 말은 떠오르지 않는 듯했다. 징서가 국자로 테이블을 두드렸다.

"얘들아, 얼른 먹어라. 어묵 불어 터진다."

식사가 아니라 안주니 천천히 먹으라고, 현정은 이의를 제기하는 대신 어묵탕 국물을 한 숟갈 떠먹었다. 해장용인지 칼칼하니 좋았다.

"술은 안 마셔도 해장은 하고 싶어진다니까."

현정의 말에 징서가 동의하듯 국물을 그릇째 들이켰다. 연우는 국물을 마시면 얼굴이 붓는다면서 어묵들을 젓가락에 꿰어 먹었다. 현정이 초등학생 같다고 놀렸지만, 그는 아랑곳하지 않았다.

"아니, 근데 요즘 애들은 발레를 진짜 서커스처럼 한다니까? 극이니까 감정 표현이 중요한데, 그냥 더 많이 돌고 높이 뛰면 된다고 생각하는 것 같아. 원장 선생님이었으면 아마 기계체조나 리듬체조로 가라고 할걸."

연우의 말에 현정이 어깨를 으쓱거렸다. 익숙지 않은 이야기는 아니었다.

"연우야, 세대는 결국 교체되고 새로운 흐름은 올 거야. 어쩔 수 없어. 아니면 그냥 너 자신에게만 신경 써. 괜히 못마땅한 티 냈다가는 너만 찍혀. H대 출신이면 발레 마스터나 단장들도 다 아는 애일 거 아냐."

"내가 그동안 한 게 있는데, 고작 준단원 때문에 밀려날 것 같아? 아니, 밀려나는 게 말이 된다고 생각해?"

"내 말은, 너무 신경 쓰지 말라는 거야. 네가 아무리 못마땅해해봤자 그 준단원들이 퇴단할 리도 없고, H대가 하루아침에 사라질 수도 없잖아. 네가 지금 와서 H대에 들어가는 것도 불가능하고."

"나도 대학원 갈까?"

"네 머리로 어떻게 논문을 쓰려고?"

"됐다, 됐어. 더 열심히 해야지. 어떻게든."

정서가 닭발을 추가 주문했다. 닭발 양념은 달고 매웠다. 연우는 팔짱을 낀 채 제 앞접시만 주시했다. 닭발에는 손도 대지 않았다. 원래라면 내일 아침 눈가가 퉁퉁 붓는 걸 감수하고도 닭발을 먹던 애였다. 정서는 한 번만 권한 후 묵묵히 닭발과 주먹밥을 먹었다. 현정은 연우의 안색을 살폈다. 제법 심각한 듯했다.

어쩔 수 없었다. 너무 좋아하면 괴로워지기 마련이니까. 좋아하는 만큼 욕심이 났고, 욕심이 날수록 조급해졌다. 조급해지는 만큼 긴장해서 온몸이 굳었다. 신경은 활처럼 언제든 끊어질 듯이 팽팽해졌고, 근육은 돌처럼 딱딱해졌다. 발가락, 발바닥, 발목, 종아리, 무릎, 정강이, 골반, 배, 등, 어깨, 팔꿈치, 손가락, 입가와 눈 아래까지 모두 제 몸인데 제 뜻대로 움직이지 않았다. 결국에는 실수하기 마련이었다.

계속 쥐어짜고, 밀어 올리고, 뽑아내고, 비틀고, 여닫고, 힘을 주는 동시에 힘을 뺀 채 늘리다 보면 온몸이 넝마처럼 너덜너덜해졌다. 매일매일 그런 넝마 같은 몸을 기워 붙이고 일으켜 세웠다. 그리고 빛나는 만큼 무겁고 꽉 죄는 의상과 땀이 나도 지워지지 않을 만큼 짙은 분장을 갑옷처럼 둘러야 무대로 나설 수 있었다. 완벽한 무대를 꿈꾸면서.

발레는 정답이 있는 춤이었다. 다만 그 정답에서 시작된다는 점이 여타 정답의 개념과 다를 뿐이다. 아무리 완벽을 좇아도 따라잡지 못하는 게 당연했다. 그래도 연우를 비롯한 무용수들은 자신의 춤이 완벽해지길 바랐다. 현정은 안타까웠다. 목표치고는 비현실적이고, 꿈이라 해도 비효율적이었다. 인간의 몸과 삶은 유한했다. 유한한 몸과 삶으로 무한한 꿈을 향하는 인간, 위대하기보다는 어리석어 보였다. 언젠가는 산산이 부서질지도 몰랐다. 현정이 바라는 행복과는 거리가 멀었다.

어묵탕 냄비가 바닥을 보일 즈음 연우가 제사 이야기를 꺼냈다. 올해 제삿날은 목요일이었다. 제사에 쓸 음식은 매년 포나가 알아서 주문했다. 셋이 할 일이라곤 음식 포장을 뜯어서 간단하게 제사를 지낸 후 함께 먹어치우는 것뿐이었다. 뭘 더 놓고 뭘 뺄지 상의하던 중 연우가 진지한 목소리로 말했다.

"전 말인데, 이번에는 조금만 주문해."

"왜?"

"나 살 좀 빼야 해."

현정이 어이없다는 듯이 눈을 흘겼다.

"그러면 네가 전을 좀 덜 먹으려고 노력해봐. 젓가락질 한 번에 애호박전 두 개씩 집어 먹는 애가 말이 많아."

"주문할 거면 동그랑땡으로 해. 그게 맛있어."

"전 안 먹는다면서?"

"안 먹는다고는 안 했어."

둘이 옥신각신하는 모습을 턱을 괸 채 바라보던 정서가 입을 열었다.

"현미도 있으니까 저번이랑 똑같이 주문하면 되겠네. 현미도 제사에 참석하는 거지?"

현정이 고개를 돌렸다.

"걔가 왜?"

"현미도 평화 할머니 손녀잖아."

"손녀긴 한데, 우리 부모님은 원래 제사 안 지냈잖아. 굳이 지금 와서 꼭 참석할 필요는 없지."

부모님은 할아버지에게 그랬듯이 할머니의 제사도 절에 맡겼다고 했다. 부부니까 제사도 함께 같은 곳에서 지내는 편이 낫지 않겠냐고 했지만, 현정이 기억하는 한 할머니는 할아버지의 기일이 돌아올 때마다 제사상을 차렸다. 제사상은 간소했다. 할아버지가 좋아하던 가자미구이, 단무지와 밥으로만 싼 김밥을 첩첩이 쌓아 올린 게 다였다. 할머니는 절하거나 기도하는 대신 잠깐 묵념만 했다. 후식으로는 구슬아이스크림을 먹었다. 그 역시 할아버지가 좋아하던 디저트였다.

할머니는 종교가 없었다. 죽은 사람은 밥을 먹을 수 없다고 현정에게 말해준 사람도 할머니였다. 누가 불러도 대답하거나 되살아나지도 못했다. 그러니 제사란 먹지도 않는 음식들을 상에 한가득 차려놓고 빈자리를 향해 오만 법석을 떠는 행사였다. 쓸데없었다. 그래도 할머니는 제사상을 차리고 싶다고 했다.

죽은 사람은 한때 산 사람이었고, 살아 있는 사람만이 죽을 수 있었다. 살아 있다는 건 성공과 실수, 기쁨과 후회로 점철된 과거들을 지나가고 있다는 뜻이었다. 붙잡거나 정정할 새도 없이 빠른 속도로 지나쳤다. 그 과거가, 그 사람이 실제로 존재했다는 걸 증명할 수단은 함께했던 사람들뿐이었다.

할아버지는 할머니가 살아왔다는 증거였다. 현정이 없었던 시절, 할머니와 함께하며 할머니를 '평화'라고 불러주었던 사람이었다. 그래서 할머니는 할아버지보다는 자신을 위한 제사라고 했다. 현정도 마찬가지였다. 할머니의 제사를 지낸다는 건 할머니와 함께한 순간들이 있었으며 자신과 정서, 연우가 이를 기억하고 있다는 뜻이었다. 거기에 현미는 존재하지 않았다.

"아직도 현미가 미워?"

때때로 정서는 날카로운 질문을 던졌다. 현정은 고개를 저었다.

"강요하고 싶지 않은 것뿐이야. 둘 다 어른이니까."

현정은 현미를 미워하지 않았다. 미워할 필요도 없다고 생각했다. 이제는 부모님의 애정과 관심을 바랄 만큼 어린 나이도 아니었다. 아니, 어릴 적에도 마찬가지였다. 현미에게 부모님이 있다면, 자신에게는 할머니가 있었다. 할머니가 주는 애정만으로도 차고 넘쳤다. 그 추억들이 어린 집에 사는 이상 현정은 혼자가 아니었다. 가족은 할머니만으로 충분했다. 그녀에게 현미는 손님일 뿐이었다. 잠깐 머물다가 떠나갈 손님.

4.

중학교 3년 내내 현정은 학교에서 교실 다음으로 체육 창고에서 가장 많은 시간을 보냈다. 창고에는 오래전 체육 수업에서 쓰던 비품과 운동 기구들이 쌓여 있었다. 먼지가 수북하게 앉은 뜀틀과 벌겋게 녹슨 허들, 벽에 세워놓은 거대한 매트리스와 낙서로 빼곡한 화이트보드, 상자에서 뱀처럼 똬리를 튼 줄넘기와 철제 바구니에 차곡차곡 담겼다가 바람이 빠져 살짝 찌그러진 공들. 그중 배구공이 제일 말랑말랑해서 깔고 앉기에 좋았다.

창고에 들어올 때마다 연우는 제일 먼저 창문부터 열어젖혔다. 창문이라고 해봤자 고작 얼굴만 한 크기라 환기가 잘되진 않았다. 창고는 늘 눅눅했고, 오래된 감자튀김 냄새를 풍겼다. 정서는 바닥에 굴러다니는 먼지 뭉치를 발로 대충 쓸어낸 뒤, 제 허리께보다 조금 높은 허들을 가운데로 끌고 왔다. 발레 바 대신이었다. 그동안 현정은 바 워크에 쓸 음악을 골랐다. 박자가 느리면 힘을 다 쏟아버리니 진이 빠졌고, 빠르면 빠른 대로 몸이 잘 풀리지 않았다.

두 사람이 연습하는 동안 현정은 음악을 틀어주거나 웹툰을 읽었다. 창고는 불을 켜도 어둑어둑했지만, 점심시간이면 작은 창문으로 햇빛이 쏟아져 들어왔다. 현정은 그 환한 빛에 적응할 때까지 눈을 감고 있었다. 스마트폰에서 흘러나오는 피아노 연주, 그 박자에 맞춰 발들은 바닥을 스치고 두드렸다. 간혹 깊이 숨을 들이마셨다가 내쉬는 소리와 짤막하게 터지는 웃음소리, 분주하게 돌아서는 발소리가 현정의 기분을 한결 가벼워지게 했다.

"저 배구공, 차현정 때문에 곧 죽겠다."

"얘는 이미 죽은 애야. 지금은 방석으로 제2의 인생을 사는 거지."

바람을 넣으면 다시 둥글게 부풀어 오르겠지만, 그럴 일은 없었다. 체육 수업은 대부분 교실에서 진행되었다. 아이들이 다쳤거나 다칠 위험이 있다며 소송을 걸거나, 타고난 신체 능력에 따라 평가하는 건 차별이라며 학부모들의 항의가 이어진 결과였다. 체육 장비들은 모조리 창고에 처박혔고, 운동장은 잔디밭으로 바뀌었다. 아이들은 강당에서 AR 장비를 착용한 채 가상의 공을 던지거나 타이밍에 맞춰 버튼을 누르면서 가볍게 뜀틀을 넘곤 했다.

진짜 운동은 학원에서만 할 수 있었다. 현정은 할머니 덕분에 줄넘기며 리듬체조, 농구, 축구, 수영, 승마, 태권도, 테니스, 골프 학원까지 다녀보았으나 개중 어디도 석 달 이상 다니질 못했다. 문제가 없다는 게 문제였다. 선생들은 현정이 운동신경을 타고났다며 칭찬을 아끼지 않았다. 처음에는 겉치레려니 했지만, 부모님이 혹시 선수 출신이냐고 묻거나 전공할 생각이 없느냐는 말을 여러 번 들었다.

재능은 다른 배보다 노가 한두 쌍 더 달린 배와 같았다. 단거리라면 유리할지도 모르나 장거리라면 확신하기 어려웠다. 더 빠르게 물살을 가르며 나아가도 계속 선두를 차지한다는 보장은 없었다. 노를 젓는 사람끼리 합이 맞지 않거나 한 번만 박자를 놓쳐도 배가 제자리에서 헛돌거나 물결에 밀려 엉뚱한 방향으로 떠내려가기 일쑤였다. 혹은 길이가 너무 짧거나 긴 노를 휘저으며 끝내 따라잡는 배들도 있었다. 따라잡으려다가, 혹은 따라잡히지 않으려고 서두르다가 배가 전복되기도 했다.

"보고 있지만 말고 너도 하라니까."

성내는 연우를 향해 현정이 스마트폰을 들어 보였다.

"그럼 너희 음악은 누가 틀어주니. 게다가 내가 너희 잘하는지 봐주고 있잖아. 너 지금 축이 너무 안쪽으로 들어갔어, 팔에도 힘 좀 빼고."

"말이야 쉽지. 깐족거리지 말고 정정당당하게 해보셔."

"전공생이 비전공생한테 정정당당하게 하자는 게 말이

되니?"

"김정서, 애 내쫓자."

"잊어버렸나 본데 여기 열쇠, 내가 체육한테 부탁해서 빌린 거야."

평소 정서는 둘이 옥신각신하건 말건 들은 척도 안 했다. 스트레칭을 하거나 한 발로 서서 몸의 중심을 확인하는 데 집중했지만, 그날은 조금 달랐다. 현정을 향해 돌아앉더니 차분한 목소리로 말했다.

"현정아, 너도 예고 준비하는 거 어때?"

연우가 기다렸다는 듯이 한마디 거들었다.

"그래, 너 친구 우리밖에 없잖아."

둘이 짜기라도 했나. 현정은 헛웃음만 나왔다.

"나 반에서 인기 많아. 내가 싫어하는 애는 있어도 나 싫어하는 애는 한 명도 없어."

필요 이상으로 가까워지지 않는 게 넓고 안전한 친교의 답이었다. 안전할수록 한계선도 분명해졌다. 현정은 그 선을 굳이 넘고 싶지는 않았다. 애정과 관심은 언제든 시기와 질투로 변모할 수 있었다. 서로 가까워지고 싶다는 욕심에 털어놓은 개인사를 빌미로 은근히 서열을 매기거나 약점으로 삼아 제 맘대로 휘두르려 드는 애들도 있었다.

같은 교복을 입었다는 이유 하나만으로 그런 위험을 감수할 필요가 있을까. 현정뿐 아니라 아이들 대부분은 누군가에게 일부러 부딪히거나 서로 부딪치지 않으려고 했다. 몇몇은 대화를 나누는 것조차 꺼려서 대신 자신이 쓰는 인공지능을 시켰다. 인공지능은 인공지능일 뿐, 인공지능 친구를 사귈 생각은 없었다. 현정에게 친구는 연우와 정서 둘만으로 충분했다. 생일 선물에 드는 돈만 생각해도 그편이 더 경제적이었다.

"저번에 반장 선거에서도 표 못 받았다며."

"에러 났네. 첫 번째, 내가 반장 선거에 후보로 추천받은 건 맞는데 기권했어. 두 번째, 기권했으니까 표를 안 받은 거지 못 받은 게 아니야. '안'과 '못'의 차이가 뭔지는 알지? 국어 수업 때 배웠을걸. 둘 다 부정사인데 '안'은 자기 의사로 안 하는 거고 '못'은 능력이 달리니까 못 하는 거야. 세 번째는……."

"장담컨대 넌 물에 빠져도 입만 동동 떠다닐 거다."

"좋겠다, 네 입은 국어 성적이랑 같이 가라앉겠네."

정서가 토슈즈로 바닥을 내리쳤다. 토박스 때문인지 꽤 묵직한 소리가 났다. 연우와 현정의 어깨도 절로 움츠러들 정도였다. 이내 잠잠해지자 정서가 고개를 들어 둘을 바라보았다.

"현정아, 너 정말로 발레 다시는 안 할 거야? 정말로 그만둘 거냐고."

발레를 그만두기로 한 후, 현정은 할머니의 시라스를 정서와 연우에게 넘겼다. 연우의 얼굴은 금세 눈물로 젖었다. 시라스가 말하는 톤이 할머니와 닮았다는 이유였다. 인공지능은 주인을 닮는다더니, 조금 큰 소리로 하는 혼잣말처럼 어떤 완급도 없이 낮고 평이하게 이어지다가 살짝 힘주어 끝맺는다거나 문장과 문장 사이에 약간의 텀을 두는 게 비슷하다고 했다. 현정은 그다지 놀라지 않았다. 어찌 보면 당연했다. 시라스는 할머니가 가르친 인공지능이니까.

정서가 힘주어 말했다.

"아직 안 늦었어."

연우도 한마디 얹었다.

"그냥 죽었다고 생각하고 원장 쌤한테 스파르타로 해달라고 해. 너 성적도 괜찮잖아. 실기만 좀 하면 되지. 아직 1년 남았으니까 콩쿠르도 준비하고……."

말이야 쉬웠다.

원장은 전공생들을 제 정원에 피어 있는 꽃들이라고 했다. 물을 주고 가지치기를 하면서 올바른 방향으로 자라나도록 묶어두었다. 꽃들에게는 원하는 대로 자라날 자유가 없었다. 원장의 뜻을 거스르는 순간 제대로 된 지도를 받기는커녕 전공을 그만두는 편이 나았다. 꽃이 스스로 움직이지 못하듯 다른 학원으로 옮기는 것은 불가능했다. 전공생들을 가르치는 학원 대부분이 연합으로 묶여 있었다. 결국 전공생들은 말라 죽거나 꽃 한 번 피우지 못한 채 잡초처럼 뽑혀나갔다.

물론 현정은 원장이 나쁜 사람은 아니라고 생각했다. 나쁘진 않지만, 반평생을 무용계에서 살아온 사람이었다. 원장은 비합리적인 규칙이나 처사에 공분하면서도 결국에는 그에 따랐다. 그 말인즉슨 원장의 눈 밖에 나서는 안 된다는 뜻이기도 했다. 아이들은 아직 서툴렀다. 원장과 선생들을 상대할 이들은 보호자뿐이었다. 달래고, 애원하고, 순종하고, 구슬려야 했다. 할머니는 그 모든 정보와 사례들을 시라스에 입력해 놓았다. 아마 어떤 상황이 닥치더라도 놀라지 않고 대처하길 바라는 마음에서 들인 수고였을 테지만, 현정의 이성이 내놓은 답은 명료했다. 그만두는 게 맞았다.

보호자 없이 발레를 전공하겠다는 건 맨몸으로 낯선 밀림에 들어가는 것이나 다름없었다. 발바닥을 할퀴는 모난 돌들과 잎사귀들, 피 한 방울이라도 더 빨아 먹으려고 주변을 맴도는 모기떼, 나뭇가지가 부러지는 건지 바람에 쓸리는 건지 모를 소리, 금방이라도 달려들어 목덜미를 물어뜯을 듯이 수풀 속에서 형형히 빛나고 있는 눈들.

그 끝 모를 어둠 속을 통과해 환하게 빛나는 무대에 서기까지 얼마나 많은 시간이 걸릴까.

아무도 몰랐다. 시라스 역시.

차마 정서나 연우에게는 말할 수 없었다. 목표를 정하고 열심히 달려가는 애들에게 초 치는 셈이니까. 포기하는 건 저 하나로 족했다. 미움을 사고 싶지 않다는 비겁한 마음도 없지 않아 있었다. 둘이 예원학교 입시에 떨어졌다는 소식을 들었을 때, 현정은 안도했지만 이내 그런 자신이 부끄러워졌다.

영어학원 수업이 끝나면 현정은 계단을 내려가는 대신 올라갔다. 정서와 연우는 자정까지 학원에 남아서 연습했다. 현정은 가방에 들어 있는 주스 하나를 뜯어 마시면서 둘이 춤추는 모습을 연습실 창문 너머로 지켜보았다. 종종 함께 남아 있던 전공반 선생이 알은체했다. 친구들을 응원하러 왔냐면서 다정하다고 칭찬해주었다. 현정은 머쓱하게 웃기만 했다. 내심 찔렸다.

두 사람에게 묘한 죄책감이 들기도 했지만, 최대한 집에 늦게 갈 핑계도 필요했다. 집은 익숙해도 부모님과 현미는 낯설었다. 부모님의 1순위는 여전히 현미였다. 현미가 잠들고 나면 그제야 현정을 찾았다. 어디냐고 묻는 메시지가 올 때마다 현정은 꼬박꼬박 답장했다. 답장하지 않았다가는 귀찮아질 것 같았다.

같이 예고에 간다면 그 모든 문제가 해결되지 않을까.

침대에 누워도 그 생각은 머릿속에서 좀처럼 떠나질 않았다. 현정은 침대 옆 테이블에 둔 종이책을 펼쳤다. 할머니가 읽던 책이었다. 영어도 아니고 한국어로 쓰였으나 문장 하나도 읽기 벅찼다. 할머니가 돌아가신 후, 부모님은 현정에게 서재를 공부방으로 꾸미는 게 어떻겠냐고 물었다. 책장만 치우면 현정과 현미가 앉을 책상 두 개쯤은 너끈히 들어갈 거라면서.

울면서 떼를 쓴들 어린애 취급이나 받을 게 뻔했다. 논리와는 거리가 멀고, 감정적인 어린애. 어른들은 아이들의 의사를 존중하겠다고 했지만, 정작 자기 뜻과 다르면 못 들은 척하거나 아직 어리다며 무시해버렸다. 제멋대로인 쪽은 오히려 어른들이었다. 현정은 울분을 꾹 참았다. 그러고는 혼자서 조용히 공부하는 게 체질에 맞고, 할머니의 책들은 대학 입시 자료로 쓰겠다고 했다. 어른들은 입시라는 핑계 앞에서 약해졌다.

현정은 일주일에 한 번씩 서재로 가서 책을 골라왔다. 그 중 끝까지 읽거나 무슨 내용인지 이해한 책은 한 권도 없지만, 일부러 가름끈을 서너 장 뒤로 옮기곤 했다. 읽는 척 티라도 내야 하니까.

다시 발레를 전공하겠다고 말한다면, 이 서재도 사라질까.

목이 말랐다. 현정은 책을 들고 침대를 빠져나왔다. 문을 열자 어둑어둑한 거실이 보였다. 집은 조용했다. 거실에 걸린 전자시계를 보니 자정 10분 전이었다. 그녀는 고민 끝에 조심스럽게 부엌 쪽으로 걸음을 옮겼다. 달고 시원한 오렌지주스 한 잔이 간절했다.

냉장고를 열자 차가운 기운이 얼굴을 덮쳤다. 오렌지주스는 선반 안쪽에 있었다. 현정이 오렌지주스를 막 꺼내려던 순간 바퀴 구르는 소리가 났다. 현미였다.

"언니, 뭐 해?"

현정은 반사적으로 냉장고 문을 닫고 물러섰다. 마치 남의 집 냉장고를 뒤지다가 들킨 사람이라도 된 것 같았다. 억울했다.

"나 보리차 좀."

냉장고 앞에 서 있는 이상 현미의 부탁을 거절할 핑계가 없었다. 현정은 보리차가 든 물병과 컵을 식탁에 내려놓았다. 주스를 마시고 싶다는 생각도 사라진 후였다.

"그거 무슨 책이야, 발레의 역사? 나 봐도 돼?"

무슨 책인지 보여주기도 전에 현미가 책등에 적힌 제목을 큰 소리로 읽었다. 현정은 저도 모르게 부모님 방문 쪽을 살폈다. 조용했다. 다행이었다. 현미는 어느새 현정의 손에서 책을 가져가더니 이리저리 펼쳐보았다. 벌써 이렇게 두꺼운 책을 다 읽느냐고, 책 속 삽화가 너무 예쁘다며 감탄했다.

"언니가 나온 동영상도 너무 좋았는데."

"그래?"

"응, 너무 멋졌어."

"고맙네."

현정은 책이나 얼른 돌려받았으면 했지만, 현미의 목소리는 신난 듯 점점 더 높아졌다.

"언니는 발레 공연도 직접 본 적 있지? 좋겠다. 나도 보고 싶었는데, 엄마가 서울 올라오면 보자고 했어. 언니랑 같이 가서 보고 싶다. 언니가 무대에 선 모습도 직접 보고 싶어. 예전에 할머니가 보여주겠다고 하셨는데."

"할머니는 돌아가셨잖아."

더는 현미의 입에서 할머니라는 단어가 나오지 않았으면 했다.

부모님은 아침마다 아침상을 차린답시고 부산을 떨었다. 처음에는 무슨 잔칫상을 차리는 줄 알았다. 불고기에 찌개, 나물까지. 차마 안 먹겠다고는 할 수 없어 귀퉁이에 앉아서 깨작거렸다. 버거웠다. 할머니와 단둘이서 살 적에 보통 아침 식사는 토스트와 샐러드, 과일이 끝이었다. 콩쿠르 날에는 샐러드 대신 수프가 상에 올라왔다. 긴장해서 소화가 안 될 수도 있으니까. 할머니는 현정이 좋아하는 양송이수프를 먹기 좋은 온도만큼 식혀서 내주곤 했다.

이제 그 식탁의 주연은 현미였다. 아침을 든든하게 먹으라고 잔소리하는 엄마와 멀리 있는 반찬을 집어주는 아빠, 불고기에 왜 버섯이 들어 있냐고 투덜대는 현미. 만화에서나 나올 법한 화목한 가족의 풍경이었다. 현정은 엑스트라에 불과했다. 안 먹겠다고 했다가는 산통만 깨는 격이라 마지못해 깨작거렸다. 결국에는 등교 중 편의점에 들러 습관처럼 탄산수나 제로 콜라를 사야 했다.

"엄마가 그러는데 언니가 발레 그만뒀다면서, 너무 아쉽다고 했어. 다시 할 생각은 없어?"

"발레는 하고 싶다고 해서 할 수 있는 게 아니야."

"언니가 하고 싶은 게 중요하지."

순 억지고 떼였다. 현정은 신물이 났다. 현미는 어렸다. 하고 싶다고 해서 다 할 수 있는 것도 아니고, 하기 싫다고 해서 정말로 하지 않아도 되는 건 없었다. 세 살 터울이니 어린 게 당연했지만, 현미는 세상 물정을 모른다기보다는 몰라도 된다는 듯이 구는 것처럼 보였다.

"네가 하고 싶은 건 아니고?"

현정은 살짝 무릎을 구부려 현미와 눈을 맞췄다. 같은 눈높이에서 마주 본 건 처음이었다.

"생각해보니까 안 되겠다. 다리 병신인 발레리나는 없잖아."

현미는 울지 않았다. 가만히 현정을 바라볼 뿐, 대꾸도 없었다. 현정은 도로 방으로 들어갔다.

다음 날 아침, 책은 방문 앞에 놓여 있었다. 아침 식탁은 여전히 화목했다. 현정은 간만에 밥 한 그릇을 다 비운 후 먼저 일어섰다. 부모님은 잘 다녀오라고만 할 뿐 아무 말도 하지 않았다. 간밤에 무슨 일이 있었는지 모르거나 모른 척하기로 마음먹은 모양이었다. 어느 쪽이든 현정은 상관하고 싶지 않았다. 평소처럼 수업을 듣고, 체육 창고에서 정서와 연우가 발레 연습하는 모습을 구경했다. 영어학원을 마치고 발레학원으로 올라갔다가 자정 즈음 내려왔다.

몇 달 후, 부모님은 현미와 함께 다시 강릉으로 내려갔다.

아델 스트라이너. 현정은 새까만 벽에 적힌 흰 글씨들을 눈으로 훑었다. 판화가이자 사진작가, 미디어아트 작가……. 이것저것 할 줄 아는 게 많은 작가인 듯했다. 뭔가 대단하다는 느낌은 들지만 왜 대단한지는 몰랐다. 그녀에게는 판화든 사진이든 미디어아트든 별반 다를 게 없어 보였다. 함부로 손대면 안 되고, 수수께끼 같다는 점. 그래도 굳이 토요일 오후라는 값진 시간을 희생하며 찾아왔다. '헤파이102'가 추천한 전시니까.

아무래도 아델 스트라이너의 판화 작품 중에는 눈에 띄는 게 없었다. 산처럼 울퉁불퉁한 손바닥, 비스듬히 고개를 꺾은 채 정면을 응시하는 소녀, 작가가 기르던 고양이……. 벽면에 쓰인 해설에서는 아델 스트라이너야말로 고대의 정신을 이어받아 인간의 가능성을 확장하는 예술가라 칭송했다. 인공지능 프로그램으로 만든 작품들이 기하급수적으로 빠르게 늘어나 소호와 브루클린 아트 마켓을 점령한 가운데 아델 스트라이너는 작업에 쓸 판화 틀부터 니들, 잉크까지 손수 만들어 썼다.

결과물보다는 과정을 더 중시하는 작가 같았다. 현정은 헛수고라고 생각했다. 판화야 얼마든 찍어서 팔 수 있지만, 인공지능 프로그램으로 만든 작품에 비하면 생산 속도가 떨어져도 너무 떨어졌다.

판화 다음은 사진이었다. 전시장은 온통 어두컴컴했지만, 액자 위에 조명이 달려 있어서 사진을 보는 건 어렵지 않았다. 광택이 날 정도로 닳고 닳은 나무 바닥과 벽에 붙어 있는 바들, 아무렇게나 던져놓은 가방에서 비죽이 튀어나온 토슈즈, 현정에게 낯설지만 낯익은 풍경들이었다.

포나가 검색한 바에 따르면, 어릴 적 아델 스트라이너의 장래 희망은 발레무용수였다. 실제로 발레단 수습 단원으로 들어갔지만, 한 달도 채우지 못하고 부상으로 그만두었다고 했다. 전시된 사진 속 연습 일지에는 일자와 연습 시간은 물론 어떤 테크닉을 연습했으며 무엇을 고쳐야 하는지 깨알처럼 작은 글씨로 빼곡하게 적혀 있었다. 그 치열한 투쟁의 기록들을 읽어 내려가던 현정은 노트 끄트머리에 휘갈겨 쓴 한 문장을 발견했다.

마리 탈리오니처럼 연습할 것.

마리 탈리오니, 할머니의 서재에 있던 『발레의 역사』에서 본 이름이었다. 19세기 초 유럽에서 발레는 남자 무용수들의 전유물이었고, 여성 무용수들은 들러리에 지나지 않았다. 마리 탈리오니는 처음으로 남성들을 제치고 무대 한가운데에 주연으로 선 여성 무용수였다.

마리에게는 타고난 신체 조건이나 눈에 띄는 재능이 없었다. 비쩍 마른 다리에 굽은 등, 나긋나긋하거나 가냘픈 구석이라곤 하나 없이 나무 기둥처럼 밋밋한 몸. 발레 마스터 필리포는 7년 만에 마주한 딸 마리를 본 순간 실망을 금치 못했다.

발레 교실 선생뿐 아니라 아버지도 마리를 포기했지만, 마리만은 포기하지 않았다. 자신이야말로 타고난 무용수라고 믿었다. 그녀는 6개월 동안 그냥 서 있기도 힘든 경사진 바닥에서 매일 아침과 점심, 저녁마다 두 시간 넘게 연습했다. 하루에 최소 6시간은 연습한 셈이니 한 달이면 180시간, 6개월이면 연습 시간만 족히 1,000시간 이상이었다.

마리는 다른 여자 무용수들처럼 유연하고 부드럽게 움직이는 대신 발끝으로 서서 춤추려고 했다. 토댄스(toe dance), 여성 무용수 특유의 가냘프고 부드러운 느낌은 없는 대신 남자 무용수들처럼 춤출 수 있었다. 아니, 마리는 그보다 더 많이 돌고 높이 뛰어올라야 했다. 그녀는 발끝으로 선 채 다리를 높이 들어 올리거나 접어서 발끝을 무릎에 붙이는 파세(Passé) 자세로 백까지 세면서 버텼다. 무릎을 굽혔다가 펴면서 조금이라도 더 높이 올라가려고 했다. 위로, 더 위로.

「라 실피드(La Sylphide)」, 마리가 처음으로 맡은 배역은 바람의 요정이었다. 바람의 요정은 소리 없이 다가와 결혼식을 앞두고 있던 남자의 마음을 단숨에 앗아갔다. 남자는 요정을 잡으려고 했지만 잡히지 않았다. 바람이니까. 바람은 어떤 악의나 선의도 없이 그저 불어올 뿐이었다. 마리는 교태 어린 표정을 짓는 대신 그리스 석상처럼 차가운 미소를 지은 채 가볍게 춤췄다. 그녀의 발은 바닥에 붙을 새도 없이 계속 뛰어올랐다. 마치 허공을 떠다니는 듯했다.

공연이 끝나자 무대 위로 꽃들과 환호가 비처럼 쏟아져 내렸다. 발레 교실의 천덕꾸러기였던 마리 탈리오니는 하룻밤 만에 제일 환하게 빛나는 별이 되었다. 유수의 예술가들은 마리 탈리오니를 뮤즈로 삼았고, 어떤 귀족은 마리 탈리오니가 무대에서 신었던 구두를 요리해 먹었다는 소문도 돌았다.

반면 후대의 평가는 극명히 엇갈렸다. 여성 무용수의 시대를 연 혁명가라고 부르는 이들이 있는가 하면, 아버지의 인형에 불과하다며 조롱하는 이들도 있었다. 빛나는 활동기를 주목하는 선망 어린 시선과 초라한 말로에 초점을 맞춘 냉소가 교차했다. 혹자는 그녀 때문에 토슈즈가 유행해서 수많은 여성 무용수의 발이 망가졌다며 비난을 퍼부었다. 특유의 길고 호리호리한 몸매도 후일 여성 무용수들이 거식증에 시달리는 원인으로 꼽혔다.

모두 틀린 말은 아니지만, 다 옳다고 할 수도 없었다. 현정은 단 하나만큼은 확실하다고 생각했다. 마리 탈리오니는 운이 좋았다. 아버지가 발레 마스터였고, 혹독하게 연습하면서도 인대가 끊어지거나 발목에 금이 가는 불상사가 없었다. 관객들 역시 낯선 무대에 불쾌해하는 대신 기꺼이 즐겼다.

아델 스트라이너 역시 운이 좋은 편이었다. 발레를 그만두긴 했지만, 도심 한복판에 있는 대형 전시장에서 초청전을 열만큼 성공적인 작가가 되었으니까. 발레를 계속했다 해도 빛을 발할 가능성은 희박했을 것이다. 현정도 마찬가지였다. 콩쿠르에서 오로라 공주처럼 우아하게 춤추고 높은 상을 받는다 한들 발레단에 들어갈 수 있다거나 두 시간이 넘는 「잠자는 숲속의 미녀」 무대에서 주역을 맡으리라는 보장은 없었다.

위로, 더 위로.

좋아할수록 열심히 했고, 열심히 하는 만큼 욕심이 생겼으며, 욕심만큼 결과에 닿지 못하면 괴로웠고, 괴로워지니 좋아하는 것마저 싫어졌고, 좋아했던 게 싫어지자 불행해졌다. 현정은 불행해지고 싶지 않았다. 생선 살을 발라내듯 언제 입천장을 찌르고 목구멍에 걸릴지 모르는 날카로운 불행들을 골라내고 싶었다. 물론 미처 제거하지 못한 작은 가시 같은 불행들이 있을지도 몰랐다. 일상이나 행복과 뒤섞인 채 입에서 헛돌 수도 있었다. 주저 없이 다 뱉어내야 했다.

기념품 코너에서 현정은 전시 도록과 엽서 몇 장을 샀다. 도록은 꽤 무거웠다. 근처 백화점이나 카페에서 쉬다 갈지 고민했지만, 주말 도심의 카페 거리는 두서넛씩 몰려다니는 사람들 천지였다. 혼자 앉아서 궁상이나 떨고 싶진 않았나. '헤파이102'와 대화거리가 생긴 것만으로도 소기의 목적을 달성한 셈이었다.

귀가한 현정이 마주한 건 부엌 싱크대 앞에 서 있는 현미였다. 현정은 놀랐다.

"너, 설 수 있었어?"

현미가 익숙하다는 듯 대꾸했다.

"아니, 워커 로봇이야."

바이커들이 입는 두꺼운 바지 같았다. 허리춤부터 발목까지 감싼 채 근육과 신경 들을 자극해 걷는 걸 도와주는 로봇이라고 했다. 꽤 비싸 보였다. 하체가 좀 튼실해 보였지만, 휠체어보다는 더 편리하고 덜 거추장스러울 듯싶었다. 장판에 바퀴 자국이 남을 일도 없을 테고.

"편리해 보인다."

"아니, 생각보다 불편해."

"왜? 걸을 수 있잖아."

"워커는 걷는 속도가 제한되어 있어. 뛰는 속도는 너무 빨라서 허리를 다치기도 쉽고. 배터리도 빨리 떨어지는데 충전 시간도 너무 오래 걸려서 문제야. 다른 사람하고 부딪치면 경보가 울리면서 작동을 멈추기도 하고. 차라리 휠체어가 더 편하고 안전해."

"그게 몇 년도 모델인데?"

"몇 년도 모델이든 상관없어. 다 비슷비슷해."

스마트폰이나 각종 전자기기는 매년 신기종을 출시했고, 포나를 비롯한 인공지능 프로그램들도 수시로 패치를 업데이트했다. 모든 게 매일매일 갱신되는 세상이었다. 단순히 문제점만 고치는 식에서 그치는 대신 새로워져야 했다. 새로워지지 않으면 시장에서 살아남을 수 없었다. 사람들은 갱신되어야 했으나 아직 갱신되지 못한 것들을 유망한 투자 품목이라고 부르면서 애타게 찾아다녔다. 현정의 눈에는 워커 로봇도 꽤 유망한 투자 대상 같았다.

"제조사가 어디야?"

"폐업한 지 오래야."

"그러면 AS는 어떻게 해? 다른 회사 제품으로 다시 사야 하나."

"AS는 사설 업체에서 하고, 다른 회사에서 나온 워커를 사도 딱히 달라질 건 없어. 언제 망할지 모르거든. 이런 건 돈이 안 되니까."

"왜 돈이 안 돼?"

"고장도 자주 나고, 비싸니까. 제품 개발이든 연구든 그다지 많지 않기도 하고. 이익이 나길 기대하는 건 어렵다는 뜻이지."

현미는 설거지를 마친 후 천천히 냉장고로 향했다. 확실히 느렸다. 그리고 걸을 때마다 희미하게 기계 소리가 났다. 사람들과 부딪치면 경보까지 울린다니, 저 로봇을 자고 내중교통을 이용하는 건 어려울 듯했다. 현미가 종이봉투를 가리켰다.

"전시회 다녀왔어?"

"어."

종이봉투에 박힌 미술관 로고를 알아본 모양이었다. 꽤 유명한 미술관인 듯했다. 접근성은 영 꽝이긴 했지만. 무슨 은행 건물 지하에 있는 데다 주말이라 출입구가 닫혀 있어 외부에 있는 계단으로만 오르내릴 수 있었다. 계단도 너무 길어서 보기만 해도 절로 막막해졌다. 현정은 굽이 낮은 단화를 신길 잘했다고 생각했다. 안 그랬다면 저 녹슨 난간을 붙잡은 채 벌벌 떨면서 내려가야 했을 테니까. 전시장 내부도 은근히 경사가 있었다. 휠체어로는 입장조차 무리고, 저 워커 로봇으로도 불편할 것 같았다. 현정은 전시 도록을 현미 쪽으로 밀어 주었다.

"보고 싶으면 봐도 돼."

현미는 사양 한 번 하지 않고 도록을 펼쳤다.

"생각보다 전시 규모가 좀 컸네. 아델 스트라이너가 우리나라에 잘 알려진 작가는 아니라서 적당히 유명한 작품만 몇 점 들어오고 말 줄 알았는데."

"잘 아네."

"좋아해. 판화보다는 사진이 더 취향이야. 아델 스트라이너는 수사 현장에서 찍는 증거 물품 사진들처럼 일부분만 확대하거나 왜곡해서 찍어. 덕분에 평범한 사물이라도 굉장히 특별해 보이지. 작가와 시야를 공유하는 느낌이랄까. 그런 사진들을 연작으로 묶어놓고 사람들의 머릿속에서 하나하나 벽돌을 쌓아 올리는 거야. 끝까지 다 보면 공간 하나를 완성할 수 있게."

제법 그럴싸한 말들이었다. 현정은 감탄했다.

"너 말 잘한다."

"다리가 불편한 거지, 입이 불편한 게 아니니까."

가시처럼 뾰족한 대꾸였다.

"난 칭찬한 거야. 예술경영 전공이라서 예술에 조예가 깊나 싶었지."

괜히 꼬아 듣기나 하고. 현정은 살짝 부아가 치밀었다. 역시 불편했다. 예상치 못한 순간에 입천장을 찔린 기분이었다.

"고마워."

"고맙지도 않으면서 고맙다고 할 필요 없어."

"아냐, 진짜로 고마워. 그냥 요즘……."

현미가 손을 내젓다가 제 이마를 감쌌다.

"미안해, 학교 일로 신경이 좀 날카로워졌어. 전시를 보고 리뷰를 써야 하는데 갈 시간이 영 없어서."

마음 같아서는 방으로 들어가고 싶었지만, 현정은 차마 그러지 못했다. 원체 비꼬거나 이리저리 돌려 말하는 치들을 질색하는 터라 일부러 못 알아듣는 척하다가 배로 돌려주는 편이었다. 그런 사람들은 남들이 제 말을 알아듣지 못한다고 믿을 만큼 멍청했다. 구 주임처럼. 반면 현정은 솔직하게 구는 사람 앞에서는 저도 모르게 약해졌다.

"그럼 그거 도록 보고 쓰던가."

"고마워."

어쩐지 이번에는 진심 같았다. 현정은 머쓱한 기분에 제 귓불을 만지작거렸다.

부모님이 현미와 함께 강릉으로 내려간 후, 현정은 새삼이 집이 얼마나 큰지 깨달았다. 그간 할머니를 도와 청소하거나 빨래를 널어본 적은 있지만, 실제 해야 할 집안일에 비하면 새 발의 피였다. 시간만 지났을 뿐인데 쓰지도 않은 방이며 가구에는 먼지가 쌓였고, 베란다에 남아 있던 화분들은 시들시들 죽어갔다. 매일 청소기를 돌리고 환기를 시켜도 어디선가 먼짓덩어리가 굴러 나오거나 묘하게 고여 있는 듯이 퀴퀴한 냄새가 났다.

가끔 정서나 연우가 와서 가구를 옮겨주거나 쓰지 않는 물건들을 정리해서 버리는 일을 도와주곤 했지만, 예고 입시를 준비하면서 점점 발길이 뜸해졌다. 아쉬워할 일도 아니고, 아쉬워하면 안 됐다. 현정은 애써 마음을 다잡았다. 혼자 살아가는 데 익숙해져야 했다. 익숙해지고 싶었다.

밤이면 현정은 자기 방에 틀어박혔다. 문밖은 한없이 고요했다. 온 세상에서 자신만 홀로 깨어 있는 것 같았다. 가끔 예기치 못한 소음이 들리면 저도 모르게 숨을 죽였다. 연식이 오래된 아파트인 만큼 보일러 돌아가는 소리나 에어컨 실외기 소리가 더 요란하게 나는 건 당연했다. 그러나 놀라서 두근거리는 가슴과 당연하다고 여기면서 받아들이는 머리 사이에는 시차가 있었다.

시차는 점점 벌어졌다. 현정은 멍하니 거실 소파에 앉아 있거나 누워 있기만 했다. 해야 할 일들이 머릿속에서 떠다녔지만, 일어나서 움직일 수가 없었다. 정서와 연우가 있는 단톡방이나 이전에 봤던 유튜브를 또 봤다. 생각을 돌릴 만한 게 필요했다. 시큰거리는 눈을 들면 보고 싶지 않은 것들이 보였다. 다섯 명은 족히 둘러앉을 수 있을 만큼 커다란 소파와 식탁, 사진과 트로피로 가득 찬 장식장, 말라 죽은 화분들, 유통기한이 지난 음식들로 꽉 찬 냉장고……

기나긴 꿈을 꾸는 것만 같았다. 모두가 잠든 꿈, 꿈속에서 깨어 있는 사람은 오직 자신뿐이었다. 현정은 움직이고 또 움직였다. 씻고, 닦고, 밀고, 넣고, 버리고, 채우고, 열고, 닫고……. 그러다가 건전지가 방전된 것처럼 멈췄다. 어디든 드러누운 채로 휴일이 끝나기만을 기다렸다. 잠드는 건 두렵지 않았다. 이대로 영영 깨어나지 못하는 순간이 왔으면 했다.

주문하지도 않은 택배가 온 날, 현정은 무감한 표정으로 엘리베이터에 올랐다. 부모님이 보낸 반찬이라면 냉장고 구석에 박아둘 생각이었다. 그녀는 연우와 정서가 있는 단톡방에 웃는 이모티콘을 보낸 후 엘리베이터에서 내렸나. 문 앞에 놓인 택배 상자는 생각보다 작았다. 포나였다.

할머니가 포나 개발사에 후원한 줄은 몰랐다. 그것도 현정의 이름으로. 현정은 함께 온 스마트워치 뒷면을 주시했다. 그 누구도 아닌 현정의 이름 석 자가 새겨져 있었다. 이미 학습용으로 쓰던 시라스가 있는데 굳이 인공지능 프로그램을 또 들일 필요가 있을까 싶었지만, 궁금했다. 할머니는 왜 시라스가 아니라 포나에 투자했을까.

시라스라면 하우스키퍼를 고용하라고 했을 것이다. 지금 이 모든 문제를 단번에 해결할 수 있는 답이지만, 현정이 원하는 답은 아니었다. 돈도 돈이거니와 부모님이 안다면 강릉으로 내려오라고 할 터였다.

포나는 하우스키퍼를 고용하는 대신 현정의 기호에 맞춰 적절한 끼니를 주문해주었다. 빨래는 세탁 서비스에, 쓰레기도 분리수거 전문 업체에 맡겼다. 정리 전문가에게 의뢰해 계절에 맞게 침구를 갈아주고 옷장을 정리했다. 예약 시간에 맞춰 로봇 청소기와 식기세척기를 작동시켰다. 주말에는 현정이 좋아하는 공연들을 추천하거나 취향에 맞는 노래를 틀어주었다. 마치 마법 같았다.

단순하면서도 효율적인 일상이 이어졌다. 현정은 열심히 공부했고, 학원 아이들과도 어울려 놀았다. 대학교를 졸업한 후 어느 회사 공채에 지원할지 포나와 상의했다. 업계에서 최고는 아니더라도 무난하게 안전한 곳을 골랐다. 포나의 권유로 TLT 사이트에도 가입했다. 오로라 공주처럼 가만히 누워서 운명의 왕자를 기다릴 생각은 없었다. 그리고 여러 사람을 거쳐 동준을 만났다. 동준에게 많은 걸 바란 건 아니었다. 그저 자신의 편이 되어줄 사람이 필요했다.

방문을 두드리는 소리가 들렸다.

"왜?"

문 사이로 현미가 고개를 쏙 들이밀었다.

"저녁에 떡볶이 어때?"

냉큼 좋다고 대답할 뻔했지만, 현정은 꾹 참았다. 현미가 알아서 주문하겠다고 했을 때도 별 기대는 없었다. 몇 분 후 다시 노크 소리가 들렸다.

예상과 달리 현미가 주문한 떡볶이는 현정의 취향에 딱이었다. 살짝 매운맛에 쫄면 사리 추가, 두툼한 가래떡으로 만든 쌀떡볶이와 사이드로 주문한 참치 묵은지 주먹밥까지. 떨어져 살아도 입맛은 비슷한 걸까. 현정은 슬쩍 현미의 눈치를 살폈다. 열심히 젓가락을 놀리던 현미가 생각났다는 듯이 입을 열었다.

"치즈도 추가하려고 했는데, 다 떨어졌다더라고."

"치즈 좋아해?"

"응, 치즈 싫어해?"

"싫어하는 건 아닌데, 좀 그렇지. 치즈 추가하면 볶음밥이나 떡볶이나 다를 게 없잖아."

"왜 다를 게 없어?"

맛없는 음식이 아니고서야 굳이 치즈를 추가할 필요는 없다고 생각했지만, 현정은 더는 입을 열지 않기로 했다. 굳이 현미와 싸울 생각은 없었다. 연우는 한창 「해적」 공연 연습 중이라 바빴고, 정서도 계속 약속이 있다고 했다. 싫든 좋든 현미와 마주 앉아서 저녁을 먹을 때가 많았다. 보통은 말없이 먹기만 했지만, 가끔 현미가 먼저 전시나 대학원 이야기를 꺼내곤 했다. 현정은 어색하게 고개를 끄덕거리거나 맞장구를 쳤다.

대학원 생활은 나쁘지 않게 흘러가는 모양이었다. 함께 점심을 먹는다는 연구 조교는 현미보다 1년 선배지만 동갑내기였다. 교수는 타교 출신인 현미에게 학회 발표용 논문을 써보라고 권했다. 현미가 쓴 아델 스트라이너 작품론이 좋았다는 이유였다. 현정은 별생각 없이 무슨 내용이냐고 물어보았다가 후회했다. 현미가 열심히 설명했지만, 도무지 알아들을 수가 없었다.

떡볶이를 다 먹어갈 즈음 손목에서 진동이 울렸다. 무심코 화면에 뜬 이름을 확인했다. 동준이었다. 현정은 잠깐 전화 좀 하고 오겠다며 베란다로 나갔다.

통화를 마친 후 현정이 식탁으로 돌아왔을 때, 현미는 떡볶이를 먹고 있었다. 조금 전에 비하면 턱이 느리게 움직였다. 억지로 먹을 필요는 없다고 현정이 말했지만, 현미는 고개를 저었다. 이상한 데서 고집스러웠다.

"나 조금 있다가 요 앞에 잠깐 나갔다 올게. 혹시 필요한 게 있으면 연락하고."

"왜?"

왜냐니. 현정은 살짝 당황했지만 대답했다.

"누구 좀 만날 사람이 있어서. 바로 앞에서 볼 거야. 연우

알지? 연우가 뭐 좀 전해줄 게 있다고 해서……."

"아니잖아."

"아니면 네가 뭐 어쩔 건데?"

아니든 맞든 현미가 끼어들 문제는 아니었다. 무엇이 문제인지 현미는 제대로 알지도 못할 테고, 알아서도 안 됐다. 현정은 돌아섰다. 돌아서려고 했다. 현미가 붙잡지만 않았다면.

"언니, 내가 내년에 나갈게. 그러니까, 그 사람 만나지 마."

"너, 왜 그래? 내가 누굴 만나러 가는 줄도 모르면서."

"알아."

내리깐 현미의 속눈썹이 잘게 떨렸다.

현정은 혼란스러웠다.

5.

남자는 토목기사라고 했다. 현장직은 아니고 사무직이라
며 변명하듯 한마디 덧붙였다. 현정은 작게 미소 지었다. 얼
굴이 하얀 게 건설 현장에서 일하는 사람처럼 보이지는 않았
다. 어깨가 살짝 좁은 편이나 인상은 서글서글해서 보기 좋았
다. 그간 주고받은 메시지도 적당한 길이에 오타라곤 없었다.
가끔 덧붙이는 이모티콘들도 거슬리지 않았다. 약속 장소로
고른 레스토랑도 쾌적했다. 모든 게 나쁘지 않았다.

"현정 씨가 전시회를 좋아하시는 줄 알았으면, 이번에 예
술의전당에서 열리는 반 고흐 전시를 보러 가자고 할 걸 그랬
네요. 이번에 200억 넘는 고흐 그림이 들어온다고 하더라고요."

처음 듣는 화가 이름들을 줄줄이 늘어놓지 않는 것도 현정
의 마음에 들었다.

"천천히 보러 가죠. 그렇게 유명한 전시라면 금방 끝나진
않을 테니까요."

현정의 대답에 남자가 환하게 웃어 보였다.

"좋습니다. 그 근처에 제가 자주 가는 카페가 있어요. 거기 바리스타가 세계 대회에서 우승했다는데, 커피가 비싸긴 해도 맛있어요. 현정 씨 마음에 들었으면 좋겠네요."

애프터 신청도 제법 자연스러웠다. 현정은 딱히 커피를 즐기진 않았지만, 무엇이든 원하는 대로 하라며 떠넘기는 동준보다는 괜찮은 듯했다. 야근이 잦다는 말도 반가웠다. 같이 살더라도 어느 정도 혼자 보내는 시간을 확보하고 싶었다. 부모님은 호주에서 살고 계신다고 했다. 거리와 시차만큼 간섭과 견제도 덜할 것 같았다.

포나가 TLT 사이트에서 새롭게 찾은 사람은 다섯 명이었다. 오늘 만난 사람은 그중 네 번째 남자였다. 현정이 발레를 했다고 하자 발레리나와 만나는 게 꿈이었다는 답장을 보냈다. 발레리나가 아니라 잠깐 발레 전공생이었을 뿐이었지만, 현정은 정정하지 않았다. 앞서 만난 셋에게도 발레리나와 발레 전공생의 차이를 정정하느라 질렸던 참이었다. 계속 난난다면 모를까, 굳이 그런 수고로운 일을 하고 싶지 않았다.

남자는 레스토랑 유리창 너머를 가리켰다. 유치원생들이 손에 손을 잡고 줄지어 걸어가고 있었다. 저들끼리 종알거리는 모습이 병아리 같다고 했다. 현정은 대충 고개를 끄덕였다. 요즘에는 어린아이들이라도 알 건 다 알았다. 아무것도 모르고 무해한 아이들이라고 생각하는 건 오산이었다.

"제 친구네 딸도 딱 저 나이인데, 참 예쁘더라고요."

"그러셨구나."

"아이들은 보고만 있어도 참 좋지 않나요? 순수하잖아요."

마치 아이였던 시절이 없었던 사람 같았다. 현정은 웃었다. 포나가 추려온 TLT 프로필에는 딩크족을 지향한다고 표시되어 있었지만, 아이를 가질 생각이 없는 사람과 아이가 없어도 괜찮다는 사람은 달랐다. 전자는 뚜렷한 의사 표현이었지만, 후자는 일시적인 관용에 불과했다.

"현정 씨는 아이 좋아하세요?"

"아뇨, 좋아하진 않아요."

"그러면 싫어하세요?"

"싫어하는 건 아니지만……."

익숙한 패턴이었다. 현정은 곁눈질로 남자를 살폈다. 남자는 의기양양한 표정을 짓고 있었다. 제 뜻대로 대화가 이어지고 있다는 확신과 원하는 답을 얻어냈다는 승리감, 그 감정을 미처 숨기지 못할 만큼 어리숙한 남자였다. 아이도 한 명의 인간이다. 단지 아이라는 이유로 아이를 좋아한다면, 어른이라는 이유로 어른을 싫어할 수 있다는 뜻일까. 오늘을 위해서 쓴 반차가 아까웠다.

"저도 처음에는 애들이 시끄러워서 별로라고 생각했어요. 그런데 친구네 딸을 보니까 애가 너무 예쁘더라고요. 발레학원에 보낸다는데, 역시 여자애들에게 제일 좋은 운동이겠죠?

현정 씨처럼 미인으로 자라려면요."

"어릴 때는 운동을 많이 하는 게 좋죠."

"저도 주짓수 도장에 오래 다녔거든요. 지금은 스쿼시랑 수영도 다니고 있어요."

꾸준히 운동하는 건 좋은 습관이었다. 현정이 고개를 끄덕이자 남자는 재미있는 이야기를 해주겠다며 바싹 앞으로 다가앉았다. 적극적인 태도였다. 현정이 좋아서 좀 더 가까이 다가오려는 건지, 아니면 단순히 떠드는 걸 좋아하는 건지 알 수는 없었다. 목에 핏대를 세우며 수영장 이야기를 늘어놓는 걸 보니 후자에 가까운 것 같았다. 현정의 고갯짓은 점점 느려졌지만, 남자는 눈치채지 못한 듯싶었다.

"그래서 제가 아이디를 물개의 학명에서 따와서 지은 거예요."

"그랬군요."

"현정 씨는 왜 아이디를 '오로라13'라고 붙인 거예요? 혹시 오로라 좋아하시나. 제가 예전에 캐나다 옐로나이프에 갔을 때 직접 오로라를 본 적이 있는데, 기대한 것만큼 대단하지는 않더라고요."

"그 오로라는 아니에요."

「잠자는 숲속의 미녀」에 나오는 '오로라'라고 하자 남자의 눈매가 가늘어졌다.

"하긴, 현정 씨 미모 정도면 공주님이죠."

　졸지에 공주병에 걸린 사람이 되었지만, 현정은 정정하려 들지 않았다. 설령 아니라고 한들 남자가 순순히 믿을지 알 수 없었다. TLT 사이트에 등록된 프로필은 최소한의 정보만 담고 있었다. 그 이상은 대화를 나누면서 상대를 짐작하고 판단할 수밖에 없었다. 일종의 카드놀이였다. 서로 가지고 있는 패가 무엇인지 알아내려고 애쓰는 한편 자신이 가진 패를 어떻게 하면 유리하게 써먹을지 계속 머리를 굴려야 했다.

　'헤파이102'는 포나의 실수였다. 인공지능이 실수할 수 있다니, 현정은 포나가 인간 흉내를 내고 인간의 속내를 어림잡아 그럴싸한 선택지들을 내놓을지언정 인간은 닮지 않길 바랐다. 인간은 실수했다. 너무 확신하거나 너무 의심하다가 제 앞에 빤히 보이는 것들을 보지 못한 채 지나치거나 놓쳐버렸다.

　포나는 순순히 제 실수를 인정하고 사과했다. 실수가 아니라고 변명하거나 다른 걸 탓하며 책임을 떠넘기려고도 하지 않았다. 간결하다 못해 깔끔한 사과였다. 어떤 감정도 느껴지지 않았다. 당연했다. 인공지능은 감정을 느끼지 못한다. 그럴싸하게 흉내만 낼 뿐. 그래서 더 무의미한 사과였다. 현정은 묘하게 허탈했다. 애당초 실수한 건 포나가 아니라 자신이었다. 좀 더 정확하고 구체적으로 지시했어야 했다.

　'헤파이102'가, 아니 현미가 왜 자신과 TLT를 지속한 건지 의문이었다. 처음에는 몰라서 TLT 신청을 수락했다 쳐도 제 언니라는 걸 알았다면 즉시 공유를 끊었어야 했다. 골탕이

라도 먹일 심산이었던 걸까. 물어보고 싶었지만, 그날 이후
로 현정은 현미에게 말 한마디는커녕 메시지조차 보내지 않
았다. 현미도 마찬가지였다. 현정의 눈에 띄지 않으려는 듯이
방에만 처박혀 있었다.

현미의 방문 앞을 지나칠 때마다 현정은 '헤파이102'에게
보냈던 메시지들을 떠올렸다. 대부분은 그녀의 일방적인 불
평과 하소연이었다. 혹시 인터넷 게시판에서 떠들지도 모르
니 적당히 각색하고 이름마저 이니셜로 표기하는 등 번거로
운 과정을 거쳤다. 주변인들에게 이야기해서 괜한 약점이나
가십거리를 만드는 것보다는 나았다.

반면 '헤파이102'가 보낸 메시지는 대부분 현정에 대한 공
감과 위로였다. 간혹 보고 싶은 전시라거나 그날 뭘 먹었는지
를 끼적이곤 했다. 처음에는 인공지능 프로그램으로 만든 챗
봇인가 싶었지만, 이내 의심을 거뒀다. '헤파이102'는 비밀스
럽다기보다는 하루하루에 충실한 사람이었다. 고민이 없느냐
고 현정이 물었을 때도 '헤파이102'는 고민할 시간이 아깝다
고 했다. 누군가의 말에 얽매여 이리저리 재고 곱씹다 보면
결국 아무것도 할 수 없게 된다면서.

그 대답이 현정은 마음에 들었다. '헤파이102'는 호수에
고고히 떠 있는 한 마리 백조 같았다. 어떤 협잡이나 질투, 억
측에도 깃털 하나 흐트러지는 법 없이 물결이 흐르는 대로 떠
다녔다. 참 안정적인 사람이라고 생각했다. 현정이 아델 스트

라이너 전시를 보러 간 이유였다. '헤파이102'와 가까워졌으면 했다. 미감이나 음식 취향은 다르지만.

현정이 제 말을 흘려듣건 말건 남자는 고삐가 풀린 말처럼 떠들었다. 이상적인 가정과 부부로서 갖춰야 할 미덕, 초저출산 기조가 계속되다 못해 세계 출산율 기준이 낮아지고 있다거나 육아 복지가 어떤 쪽으로 확대되었는지 이야기했다. 그러고는 선심 쓰듯 현정에게 어떤 배우자상을 원하는지 물었다. 현정은 자신도 어떤 배우자상을 원하는지는 모르겠지만, 지금 당장 당신에게는 골든 라즈베리상*을 주고 싶다고 대답하려다가 말았다.

"혹시 새 좋아하세요?"

"먹는 새요, 나는 새요?"

남자는 유머 센스도 고리타분했다. 현정은 눈웃음을 지었다. 때마침 손목에 찬 포나의 진동이 울렸다. 그녀는 회사에서 연락이 왔다고 핑계를 댄 후 포나를 확인했다. 부재중전화 표시에 눌러보니 모르는 번호였다. 070으로 시작하는 인터넷 전화가 아니라 서울 지역 번호인 02로 시작되는 걸 보니 어디 공공기관에서 전화한 모양이었다. 그녀는 남자에게 양해를 구한 후 전화를 걸었다.

이내 두어 번 신호가 가더니 상대편에서 전화를 받았다.

---

* '골든 라즈베리상'은 매년 아카데미상 전날에 시상식을 개최하여 그해 최악이었던 영화와 영화인들에게 수여하는 상이다.

모르는 사람이 모르는 목소리로 생각지도 못한 말을 했다. 그 중 현정이 아는 단어라곤 하나뿐이었다. 현미.

대학원 건물은 교정 끄트머리에 있었다. 현정을 태운 택시는 구불구불한 경사길을 천천히 올라갔다. 차창 너머로 보이는 건 온통 나무뿐이었다. 호리호리한 밑동에 비해 높다랗게 자란 나무들이 서로 우열을 다투듯 가지와 잎사귀로 하늘을 가린 탓인지, 한낮인데도 영 어둑어둑했다. 가끔 보이는 학생들은 패드에 코를 박은 채 그늘을 따라 걷고 있었다. 인도와 차도의 구분이 잘되어 있긴 했지만, 경사가 너무 심해서 휠체어로는 다니기 어려워 보였다.

자율주행 택시는 현정이 내리자마자 문을 닫고 내뺐다. 아마도 다른 손님에게서 호출이 온 모양이었다. 대학원 건물 로비는 불이 켜 있어도 어두웠다. 연우 말로는 형중이가 다니는 대학원 건물도 빛이 잘 들지 않는다고 했다. "수맥이라도 흐르나." 연우의 말에 형중이 자못 신시하게 받아쳤다. 원래 어두울 때 빛이 가장 잘 보이는 법이라면서. 그 대답에 연우는 감탄하는 대신 형중의 별명을 하나 더 지어주었다. 두더지.

현정에게 전화를 건 조교는, 현미의 워커 로봇이 고장 났다고 했다. 처음에는 배터리가 방전된 줄 알고 충전을 시도했지만, 충전 표시조차 뜨지 않았다. 조교는 보건실에 휠체어가 있는지 문의했으나 소용없었다. 온통 언덕과 계단투성이인

학교에서 전동도 아닌 일반 휠체어로 다니는 건 사실상 불가능했다. 현미는 수리 기사가 곧 올 테니 걱정하지 말라며 안절부절못하는 조교를 타일렀다. 어찌나 태연자약한지 조교도 정말 괜찮을 줄로만 알았다고 했다.

조교는 교수님들과 연락을 주고받으며 학과 회의 일정을 조율하고 소논문에 쓸 자료를 정리하는 등 눈코 뜰 새 없이 바빴다. 그 와중에도 그녀는 현미가 걱정되었다고 했다. 지나가는 척 다시 강의실에 들렀을 때, 현미는 여전히 그 자리에 있었다. 조교가 남자 대학원생들에게 도움을 청하거나 보호자에게 연락하자고 했지만, 현미는 수리 기사 핑계를 대며 한사코 거절했다. 조교는 결국 독단으로 현정에게 전화를 걸었다.

부모님이라면 모를까, 현정은 현미가 자신을 보호자로 적어둘 줄은 몰랐다. 물론 부모님은 강릉에 계시니 현정 말고는 선택지가 없긴 했다. 하지만 현정 역시 별다른 수가 없었다. 집에 들러서 전동 휠체어를 챙겨오자니 어떻게 접어서 택시에 실어야 할지도 막막했다. 그렇다고 조교에게 현미가 알아서 할 거라고 말할 수도 없었다.

차라리 직접 전화하던가. 현정은 답답했다. 보호자로 부모님 대신 현정의 연락처를 적은 이상, 언젠가 이런 상황이 오리라는 걸 짐작하지 못했을까. '헤파이102'와의 공유는 끊었지만, 현미까지 아예 차단해버린 건 아니었다. 하다못해 현미가 전동 휠체어를 어떻게 가져와달라고 직접 말만 했어도 모두가 이리 난처해질 일도 없을 터였다.

현정이 엘리베이터를 기다리는 사이, 학생으로 보이는 사람들 서넛이 다가왔다. 슬리퍼를 신은 걸 보니 교직원이거나 대학원생 같았다. 현정은 가만히 눈을 내리깐 채 포나를 보는 척했다.

"한 교수님이 대체 왜 그런 애를 합격시킨 건지 모르겠어."

"어쩔 수 없지, 교수님이 좀 깨어 있는 분이잖아. 지잡대 출신에 약자, 어린 여자애니까. 삼박자가 고루 맞지."

"역차별이야. 사지만 멀쩡했으면 아마 안 붙여주셨을걸."

"좀 가여워해봐. 어차피 여기서 학위 따봤자 강사 자리도 못 받을 텐데."

"내가 지잡대라고 차별하자는 게 아니야. 그래도 수준은 좀 맞아야 하지 않아?"

"아직 석사 1학기도 안 마친 애한테 뭘 더 바라. 너도 석사일 때 만만치 않았어."

"내가 타과 출신이라서 그렇지. 이래 베도 니 수능을 1등급 맞고 들어온 사람이야. 그리고 난 선배들한테 잘했어. 개 때문에 지금 은영 누나가 고생하잖아. 교수님이 은영 누나한테 개 좀 챙기라고 해서. 나 참, 지도 교수님 말씀이니 싫다고 할 수도 없고. 우리가 뭐 다른 사람 수발들어주러 대학원 왔나?"

"은영 누나 아니었으면 네가 했을걸. 교수님이 너희 부모님이랑 친하시잖아."

"난 그렇게 약자성을 내세우면서 유세 떠는 애들이 문제라고 생각해. 그렇게 따지자면 약자 아닌 사람이 누가 있어?"

엘리베이터는 6층에서 멈췄다. 현정은 그들을 따라 내렸다. 평소 같았으면 한마디 했을 텐데, 입술만 달싹였을 뿐 아무 말도 나오지 않았다. 그녀는 3층까지 계단으로 걸어 내려가면서 어수선한 마음을 가라앉히려고 애썼다. 어쩌면 현미이야기가 아닐지도 몰랐다. 맞다 하더라도 딱히 자신이 할 수있는 건 없었다. 반박할 만큼 현미에 관해 잘 알지도 못했다.

'헤파이102'와 '오로라13' 사이에서 오간 말들은 모두 일회성이었다. 진짜인지 가짜인지 가려내거나 책임질 필요도 없었다. 언제고 어느 한쪽이 공유를 끊는 순간 서로의 정보며 그간 주고받은 메시지까지 자동으로 삭제될 사이였다. 설령 그러더라도 현정이 배신감을 느낄 이유는 없었다. 그럴 가능성을 상정하고 시작한 관계니까. TLT 사이트에서 그렇게 스쳐간 인연만 해도 열 손가락을 다 꼽고도 남았다. 다만 '헤파이102'가 현미라는 게 변수였다.

연우는 형중이 무슨 생각을 하는지 제 손바닥처럼 훤히 보인다고 했다. 형제니까. 현정과 현미는 자매였다. 자매지만 서로에 대해 아무것도 몰랐다. 알려고 한 적도 없었다. 현정은 이미 오래전에 선을 그은 다음 현미에게 넘어오지 말라고 경고했다. 현미도 더는 그럴 생각이 없어 보였다. 없는 줄 알았다. 처음에야 모를 수 있지만, '오로라13'이 누구인지 알고 나서도 왜 공유를 취소하지 않았던 건지 의문이 들었다. 현정에게 밝힐 생각이 없었다면, 현미는 끝까지 들키지도 말았어야 했다.

복수라도 하고 싶었던 걸까?

조교는 현정을 강의실 앞까지 데려다주었다. 강의실 문을 열자 구석에 오도카니 앉아 있는 현미가 보였다.

"여긴 어떻게 왔어?"

현정은 순간 부아가 치밀었다.

두 달 만에 만난 동준은 여전했다. 살짝 피부가 거뭇해졌을 뿐, 전처럼 친절하고 배려심이 넘쳤다. 호주에서 샀다면서 현정에게 마카다미아 초콜릿과 쿠키를 건넸다. 고마운 일이지만, 현정은 고마워하고 싶지 않았다. 화낼 마음도 없었다. 카페 진동벨이 울리자 동준이 일어났다. 그가 입은 티셔츠 등판에는 머리가 푸르스름한 새 한 마리가 그려져 있었다. 현정이 처음 보는 새였다.

"현정아, 잘 지냈어?"

대답하는 대신 현정은 찻잔을 들었다. 은은한 풀 내음이 났다. 캐모마일차였다. 그녀는 허브차보다 커피를 선호했지만, 야심한 시각에는 카페인이 든 음료를 피했다. 페퍼민트는 목이 화해서 싫고, 히비스커스는 신맛이 너무 강해서 마시기 어려웠다. 동준은 그런 세세한 점 하나하나까지 다 기억했다.

도무지 미워할 수 없는 사람이었다.

"호주는 어땠어?"

"좀 힘들었어."

"조금 힘든 거면 잘된 거지. 원래 대학원은 엄청 힘들다
는데."

"아직은 정식 등록 기간이 아니라서 일단 청강만 하고 있
어. 지도교수님하고 면담도 했고."

해만 졌을 뿐, 창밖은 환했다. 빛나는 간판들 사이로 사람
들이 움직였다. 밖이 너무 밝아서, 현정은 피곤한데도 눈을
감지 못했다. 마치 무대처럼. 현정이 눈가를 비비자 동준이
걱정스러운 듯 괜찮냐고 물었다.

"오빠네 부모님께는 말씀드렸어?"

"아직은."

"오빠가 말해야지. 어머님께서 나한테 전화하시면 어떡하
려고."

현정은 동준의 부모님과 몇 번 식사도 하고 차도 마셨다.
특히 어머니는 현정의 손을 잡고선 딸이 생긴 것만 같아 기쁘
다고 했다. 회사 선배들이나 대학 동기들에게 시댁 괴담을 수
도 없이 들었지만, 현정은 순간 마음이 누그러졌다. 동준과
결혼한다면 저 그림처럼 화목한 가정의 일원이 될 줄 알았다.

"현정아, 우리 다시 시작할까."

"왜?"

미안하다거나 사랑한다는 말 한마디 없었다. 망설이거나 떨지도 않았다. 늘 그렇듯 동준은 차분했다. 현정이 되물어도 가만히 웃기만 할 뿐이었다. 한때는 그 모습이 참 어른스러워 보였다. 현정은 호주에서 살 마음은 없다고 재차 못 박았다. 동준은 안 가도 된다고 했다. 왜냐고 묻자 바람 빠지는 듯한 소리를 내며 웃었다.

"내가 너무 성급했다는 생각이 들어서. 진로 변경이나 유학도 그렇고, 내가 좀 더 신중하게 고려해야 했는데. 나는 이과도 아니고 의대 출신도 아니니까, 조류학자가 되는 건 무리일 것 같더라고……."

어쩌면 모든 문제가 단번에 해결될지도 몰랐다. 회사 사람들에게 파혼했다는 사실을 들키지 않으려고 갖은 핑계를 댈 필요도 없고, TLT 사이트에서 사람들을 만나느라 시간을 허비하지 않아도 됐다. 정서나 연우에게도 한결 가벼운 마음으로 이 모든 일을 털어놓을 수도 있었다. 실수야 인간이라면 누구든 한 번은 하기 마련이고, 언젠가 현정이 실수하는 날이 온다면 동준도 너그럽게 넘어가줄지도 몰랐다. 끝이 좋으면 다 좋은 법이었다.

그 어떤 선택지보다도 유리해 보였지만, 현정은 영 끌리지 않았다.

"오빠, 무서워?"

"뭐가?"

"실패할까 봐."

실패하는 게 두려워서 포기하고, 포기한 채 안전한 길로 돌아오려는 걸까. 현정은 동준을 이해했다. 이제는 이해할 수 있었다. 좋아한다는 이유 하나만으로 모든 걸 쏟아붓는 건 쉬웠다. 그 순간에만 집중하면 되니까. 무서운 건 그다음이었다. 백 시간, 천 시간을 넘게 연습해도 무대에 설 수 있는 시간은 너무나도 짧았다. 음악에도 끝이 있듯 환하게 빛나던 무대 조명들도 언젠가는 꺼질 운명이었다.

"현정이 넌 날 이해해줄 줄 알았는데."

현정이 고개를 끄덕였다.

"이해는 해. 나도 포기해본 적이 있으니까."

현정은 발레가 좋았다. 좋았지만 무서웠다. 관절과 근육, 신경, 정신, 눈, 자신의 시간까지 모든 걸 쏟아붓는 건 당연해 보였다. 다만 계속 쏟아부어야 한다는 게 두려웠다. 용광로처럼 환하고 뜨겁게 달아오른 무대에 모두 내던져야 했다. 그런들 원하는 배역을 얻으리란 보장도 없고, 설령 얻더라도 잠깐 기쁘고 말 뿐이었다.

카라보스의 저주가 풀리자 멈춰 있던 오로라 공주의 시간은 거침없이 흘러가기 시작했다. 요정들의 축복과 사랑을 한 몸에 받았지만, 결국 오로라 공주도 나이가 들어 죽게 될 것이다. 다행일까, 불행일까. 무대를 향해 박수갈채를 보내는 관객들 역시 알고 있는 사실이었다. 빛나던 무대는 어두워지고, 음악 대신 적막이, 화려한 의상을 입고 춤추던 무용수들 대신 땀과 눈물로 젖은 인간만이 남았다. 남아서 마주할 수밖에 없었다. 모든 게 타고 녹아서 거먼 어둠에 잠긴 무대를.

어릴 적 콩쿠르가 끝나면 현정은 이틀 정도 이유 모를 열병에 시달리곤 했다. 온몸이 뜨끈뜨끈하다 못해 텅 비어버리는 것만 같았다. 마치 거대한 풍선이 된 기분이었다. 공중으로 떠오르지 못한 채 바닥만 데굴데굴 구르는 풍선. 콩쿠르 결과가 좋든 나쁘든 고통스럽기는 마찬가지였다. 의사는 아이들은 곧잘 열이 난다고 했다. 진이 빠질 만큼 열중하거나 고민할 때, 머리에 비해 덜 자란 몸이 견뎌낼 수 없을 만큼 버거운 것들 앞에서.

할머니는 밤새 현정의 옆에 앉아 있었다. 차갑고 부드러운 손으로 현정의 이마를 쓸어주었고, 현정이 저도 모르게 눈물을 흘리면 팔과 어깨를 토닥였다. 내일 아침에 눈이 퉁퉁 붓겠다는 우려 섞인 말과 함께. 그러면 현정의 마음도 한결 가라앉았다. 할머니는 텅 비어버린 만큼 채우면 된다고 했다. 비우고, 채우고, 비우고, 채우고……. 발레뿐 아니라 무엇이든 좋아한다면 그럴 수밖에 없었다. 계속 그 공허를 견뎌내야 했다. 현정은 열에 들뜬 채 할머니의 손을 더듬어 잡았다.

“할머니는 내 편이지?”

“그럼, 할머니는 네 편이지.”

현정의 젖은 머리카락을 쓸어 넘기는 손길은 한없이 조심스러웠다.

　장례가 끝난 후, 현정은 시라스에 남아 있는 할머니의 음성 기록을 모조리 들었다. 할머니는 기록을 마칠 때마다 한마디씩 덧붙였다. "시라스, 부탁해." 이제 끝이 얼마 남지 않았다는 걸 짐작했던 걸까. 중학교부터 고등학교와 대학교, 나아가 유학과 발레단 오디션까지. 고조 없는 목소리로 현정의 내일뿐 아니라 더 먼 미래까지 말하고 있었다. 종종 혼잣말인지 현정에게 하는 말인지 모를 메시지도 들렸다. "뭘 택하든 할머니는 네 편이란다."

　당시 현정이 고를 수 있는 선택지는 많지 않았다. 시라스의 답에 따르거나 따르지 않는 것뿐이었다. 발레를 계속하려면 시라스로는 부족했다. 그래도 상관없다고, 계속 춤을 추겠다며 버틸 자신은 없었다. 그녀는 발레를 포기했다. 포기하고 또 포기하면서, 그렇게 포기하기를 반복하면서 차차 포기를 받아들였다.

　"그래도 후회는 안 해. 미련도 없어."

　현정은 어렸던 그때도 후회와 미련이 얼마나 끔찍한지 잘 알고 있었다. 후회란 이미 지나간 일을 되짚으면서 최선을 다하지 않았을지도 모른다고, 더 최선의 선택지가 있었을 거라며 끊임없이 자신을 탓하고 괴로워하는 것이고, 미련은 후회하길 그만두지 못한 채 끊임없이 과거를 만회하려는 시도였다. 엄마처럼.

"오빠는 후회하지 않을 자신 있어?"

동준은 대답하지 못했다.

차는 식은 지 오래였다. 현정은 남은 차를 마시면서 창밖을 바라보았다. 모두가 움직이고 있었다. 걷고, 뛰고, 팔을 휘젓고, 누군가의 등이나 팔을 때리고, 돌아보고, 돌아서고, 비켜섰다가 나아가고, 어깨를 들썩거리며 웃고, 살짝 가슴이 오르내리면서 숨을 쉬고, 손을 잡거나 놓고, 손을 흔들면서 다가가거나 멀어졌다. 안녕! 뻐끔거리는 입술들에서 현정이 읽어낼 수 있는 말은 그뿐이었다. 안녕, 안녕!

아직은 동준이 미웠다. 미운 걸 보니 동준을 사랑했던 것 같기는 했다. 그러니 동준이 불행해지지 않길 바랐다. 현정은 언제 호주로 돌아가느냐고 물었다. 동준은 한 달 후라고 했다. 몇 번의 침묵이 반복되었다. 카페 직원이 테이블들을 돌며 곧 마감 시간이라고 알렸다. 그녀는 동준에게 티셔츠 등판에 그려진 새가 뭔지 물어보았다. 푸른요정굴뚝새라고 했다.

수리 기사는 2시간 하고도 37분 만에 왔다. 원래 현미에게는 저녁에나 올 수 있다고 했다. 현정이 고객센터에 따지자 바로 말을 바꿨다. 기사는 워커의 배터리가 고장 났다면서 AS 센터로 실어가겠다고 했다. 거동이 불편해진 건 어떻게 할 거냐고 현정이 따지자, 차 트렁크에 실어온 전동 휠체어를 임시 이동용으로 대여해주고 택시까지 불러주었다. 자율주행이 아니라 인간 기사가 모는 택시였다. 기사는 능숙하게 전동 휠체어를 접어 트렁크에 넣었다.

택시 뒷좌석에 나란히 앉아서 가는 내내 현미는 아무 말도 하지 않았다. 반성하듯 고개를 숙이고 있었다. 장래 희망이 거북이인가. 현정은 한마디 하려다가 참았다.

"언니, 설명서에는 배터리를 3년 주기로 교체하라고 나와 있는데, 솔직히 배터리가 너무 비싸서 지원금 받으면 바꾸려고 했어. 괜히 번거롭게 해서 미안."

"이게 네가 잘한다고 해서 해결될 문제는 아닌 것 같은데."

미안해야 할 쪽은 워커 배터리를 엉터리로 만든 제조사 측이었다. 하지도 않은 잘못에 대해 사과하는 게 현정은 썩 듣기 좋진 않았다. 택시는 다시 조용해졌다.

업체에서 대여해준 전동 휠체어는 너무 무거웠다. 현정은 난감했다. 다행히도 택시 기사가 전동 휠체어를 펼친 후 현미가 앉도록 도와주었다. 아가씨가 너무 가볍다느니 하는 우스갯소리를 하면서. 현정이 택시 기사에게 감사하다고 말하는 사이, 현미는 먼저 아파트 경사로로 향했다. 완만하지만 두 번이나 꺾어 들어가야 할 만큼 긴 경사로였다. 덕분에 현정이 먼저 공동 현관문을 열 수 있었다.

엘리베이터에서도 둘 사이에는 아무 말도 오가지 않았다. 현정은 휠체어가 지나간 자리에 거멓게 남은 바퀴 자국들을 보면서 작게 한숨을 쉬었다. 그 소리에 현미가 고개를 돌렸다.

"내가 닦을게."

"됐어."

어차피 저 거무스름한 자국이야 로봇 청소기 몇 번 돌리면 끝날 일이었다.

"나 때문이니까 내가 닦겠다고."

"네가 닦는 게 더 민폐야. 괜히 고집 피우지 말고 그냥 고맙다고 해."

"앞으로 이런 일 없도록 할게."

"그냥 도와달라고 해. 괜히 사람들 찜찜하게 만들지 말고."

"도와달라고 하면?"

"도와주겠지."

"왜, 장애인이라 불쌍해서?"

현정은 한숨을 쉬었다. 은근히 꼬투리를 잡는 게 영 거슬렸다.

"도와줄 수 있으면 도와주는 거고, 사정이 안 되면 못 도와주겠지. 다른 사람 핑계 대지 마. 네가 도와달라고 말하기 싫은 거잖아."

"내가 알아서 할 수 있는 일은 한다고."

"알아서 하다가 이런 사달이 났어? 넌 뭐가 그렇게 잘났니. 도와주겠다는 사람들은 다 바보 취급하고."

"바보 취급 안 했어. 그냥 번거로울 일을 안 만들겠다는 거지."

"그래서 수리 기사한테도 볼일 다 보고 오시라고 여유롭게 굴었어?"

"괜히 바쁜 사람을 독촉할 필요는 없잖아. 진상도 아니고."

"그게 왜 진상이야. 올 수 있으면 좀 빨리 와달라고 하는 건데. 그런다고 해서 네가 좋은 사람이 되는 건 아니야. 그냥 만만해 보이겠지."

"그래, 나 만만한 사람 할게. 됐지? 이제 그만하자."

현미가 방으로 들어가려고 하자 현정이 휠체어 손잡이를 잡아챘다. 그 바람에 현미의 몸이 크게 휘청거렸다. 하마터면 휠체어에서 떨어질 뻔했다. 현정이 놀란 나머지 외마디 비명을 질렀다. 그러고는 현미의 어깨며 머리, 손목 등 보이는 곳마다 쓸고 잡으면서 괜찮은지 확인하려고 했다. 현미는 그 손길을 뿌리쳤다.

"됐어. 엄마한테 안 이를 테니까 걱정하는 척하지 마. 걱정하지도 않으면서 그러는 척하는 거 위선적이야."

"척은 네가 했지. 헤파이102? 야, 척하면서 바보 만드니까 기분 좋든?"

"속인 거 아니야."

"속인 거지."

"속이려고 했던 게 아니라고."

현미가 목소리를 높였지만, 현정이 더 큰 소리로 말했다.

"야, 속이려고 했든 안 했든 결과가 중요하지. 결국에는 속인 거잖아.”

현정은 현미가 하는 모든 말이 같잖은 변명으로만 들렸다. 정말로 현미가 저를 속일 생각이 없었다면 먼저 공유를 해제했어야 했다. 파혼한 사실을 숨기려고 애쓰는 모습을 보면서 얼마나 재밌어했을까. 현정은 저도 모르게 이를 악물었다. 악무는 습관이 잇몸에 좋지 않다고 해서 포나와 함께 고치려고 오만 애를 썼건만.

“속인 건 너도 마찬가지잖아. 결혼할 것처럼 굴면서 언제 내쫓을지 기회나 보고. 나랑 살기 싫었으면 엄마한테 말했어야지. 너도 잘한 거 없으면서 왜 나한테만 뭐라 그러는데?”

“너? 방금 뭐라고 했어?”

“너라고 하지, 그럼 뭐라고 해? 언니 같지도 않은 게.”

“야, 입이 삐뚤어져도 말은 제대로 하자. 내가 네 방도 마련해줘, 저거 소파 스툴도 사줘……. 네가 부탁했을 때 내가 안 들어준 게 뭐가 있는데?”

“부탁만 들어주면 다 언니야? 그랬으면 포나도 언니겠네.”

“너, 부탁하는 법 좀 배워. 누가 부탁을 들어주면 고맙다고 말하는 것도 좀 배우고. 대학원에서는 그런 것도 안 가르쳐줘? 가방끈만 길지, 버르장머리는 없네. 스툴 사달라고 해서 사줬더니 쓰지도 않아, 남의 찬장이나 들여다보고선 은근슬쩍 돌려 까. 진짜로 입도 삐뚤어졌나, 그래서 다리 말고 입도 제대로 안 움직이니?”

말이 끝나기가 무섭게 쿠션이 현정의 얼굴로 날아왔다. 푹신해도 아팠다. 현정도 인내심이 바닥난 지 오래였다. 더는 참아줄 수 없었다. 그녀가 장식용으로 놔둔 잡지를 집어 던졌다. 현미는 맞기는커녕 단번에 잡아냈다. 바짝 약이 오른 현정이 던질 만한 걸 찾아 주변을 두리번거리는 사이 잡지가 어깨를 스쳤다. 현정이 신고 있던 슬리퍼를 벗었다. 그러자 현미가 바로 제 무릎에 올려둔 패드를 들어 올렸다. 현정은 기겁해 손을 내저었다.

"미쳤나 봐, 그만 좀 던져!"

현미가 악쓰듯 외쳤다.

"너나 그만 던져! 됐어. 넌 그냥 나 내쫓고 그 남자하고 결혼해서 잘 살아. 엄마한테 말 안 할 테니까, 다시는 보지 말자. 그러면 되잖아?"

"너라고 하지 말랬지?"

현정이 슬리퍼를 던지면서 2차전이 시작되었다. 리모컨, 책, 쿠션, 패드 등 손에 잡히는 건 모두 서로에게 던졌다. 거실 바닥이 엉망이 되고 나서야 멈췄다. 현정은 이마를 짚은 채 떨어진 물건들을 훑어보았다. 잡지는 찢어졌고 슬리퍼는 너덜거렸다. 책 모서리가 움푹 들어간 걸 보니 장판에도 자국이 남았을 것 같았다. 무사한 건 쿠션과 패드뿐이었다.

"이러니까 대학원 애들이 널 싫어하지."

현미는 숨을 가쁘게 몰아쉬면서도 지지 않으려고 했다.

"싫어하라고 해. 아마 내 다리가 멀쩡했어도 날 싫어했을 걸. 아니다. 그냥 누구든 싫어할 사람이 필요한 거지. 자기들끼리 자대에 같은 과 출신이어야 성골이고 누구는 진골이라느니 들먹거리고, 도와달라고 한 적도 없는데 자기들끼리 도와줘야 하냐고 한숨이나 푹푹 쉬고. 마음 같아서는 다 꺼지라고 하고 싶어. 동기고 선배니까 참는 거야. 다 끔찍해."

"너도 끔찍한 건 마찬가지야. '헤파이102'인 척이나 하고. 그렇게 싫으면 대학원을 안 다니면 되잖아."

"아니? 다닐 건데. 내가 하고 싶은 거니까. 너처럼 걷고 춤추진 못해도 난 보고 듣고 쓰는 건 자신 있어. 좋아하기도 하고."

좋아한다고 해서 다 할 수 있는 건 아니다. 하지만 현정은 굳이 그 말을 하지 않았다. 현미 역시 수도 없이 그런 말을 들었을 터였다. 그래도 하겠다고 버텼을 것이다.

"거기서 내가 왜 나와. 그리고 너라고 하지 말랬지?"

"너, 너, 너, 너, 너……."

"저게 진짜."

현정이 눈을 부라렸으나 현미는 본체만체하고 방으로 들어가버렸다. 조금 전 휠체어에서 떨어질 뻔했던 걸 생각하면 막아설 수도 없었다. 현정은 씩씩대면서 거실을 정리했다. 싸운 건 둘인데 치우는 건 혼자서 해야 한다니, 불공평하기 그지없었다. 그녀는 구겨진 잡지들을 펴고 패드에 깨진 곳이 없는지 확인한 후 테이블에 올려놓았다. 쿠션은 털어서 가지런히 소파에 두고, 슬리퍼는 도로 주워 신었다. 로봇 청소기가 한결 평온해진 거실을 누볐다.

로봇 청소기에서 경쾌한 멜로디가 흘러나왔다. 청소가 끝났다는 알림음이었다. 현정은 소파에서 일어나 현미의 방 앞으로 다가갔다. 조용했다. 그녀는 소리 없이 한숨을 내쉰 후, 방문을 두드렸다.

"떡볶이 시킬 거야. 나와서 먹든지 말든지."

떡볶이 2인분에 치즈도 추가했다. 포나는 30분 후 배달원이 도착할 예정이라고 알려주었다. 현정은 소파에 앉아 스툴에 다리를 걸쳐놓았다. 생각보다 편했다. 그녀는 정서와 연우가 있는 단톡방에 무슨 일이 있었는지 써 내려갔다. 다 읽은 연우가 감상평이랍시고 몇 마디 덧붙였다. '역시 자매야, 둘이 하는 짓이 똑같네.' 현정은 연우에게 가운뎃손가락을 치켜든 이모티콘을 보냈다.

어디선가 바퀴가 끌리는 듯한 소리가 났지만, 현정은 오히려 마음이 놓였다. 무언가 움직이고 있다는 신호일 뿐이었다. 살아 있는 것들은 다 움직였다. 살아 있는 이상, 얼마든지 다른 선택지를 고를 수 있었다. 이전에 했던 일이든 해본 적 없는 일이든. 현정은 그중 하나를 골랐다. 이제는 화해할 차례였다.

내일의 우연

0.

평화는 연우의 머리를 쓰다듬었다. 작고 동글동글한 뒤통수였다.

"괜찮니?"

연우가 평화를 돌아보았다.

"괜찮아요. 제가 애도 아니고."

영 시무룩한 표정이었다. 평화는 손을 거뒀다. 막 무대가 끝난 참이었다. 할리퀸 의상을 입은 여자애가 객석을 향해 살짝 무릎을 구부리며 인사했나. 색석에 앉은 어른 중 몇몇이 손뼉을 쳤다. 평화도 손을 들었다가 내려놓았다. 어둑어둑한 가운데 불쑥 튀어나온 연우의 입술이 보였다. 저보다 한참 어린애가 나온 무대지만, 축하해줄 만한 여유는 없는 듯했다. 당장 오른쪽 다리에 찬 깁스 무게를 감당하는 것도 버거워 보였다.

의사는 살짝 금이 갔다고 했다. 금방 붙을 거라고 했지만,

콩쿠르에 나가는 건 무리였다. 연우의 부모님들도 동의했다. 연우가 진통제를 먹고 무대에 서겠다고 우겼으나 소용없었다. 아직은 본인보다 보호자의 선택이 우선인 나이였다. 의사와 연우 아버지는 상의 끝에 연우에게 가벼운 보호대 대신 무거운 깁스를 채우기로 했다.

연우에게는 깁스를 차야 빨리 낫는다고 둘러댔지만, 사실은 발레 때문이었다. 언제 몸이 근질거린다며 보호대를 벗어 던질지 모르니까. 연우는 영 내켜하지 않았다. 처음에는 평화도 좀 과하다고 생각했다. 저 가는 다리에 두꺼운 깁스를 채우다니, 멀리서 보면 면봉 같았다. 깁스를 차고서 발레학원에 꾸역꾸역 나오는 연우를 보고서야 이해했다. 움찔거리는 어깨, 살짝 힘이 들어간 듯 경직되는 턱, 저도 모르게 쥐었다 펴는 주먹을 보고 있노라면 금방이라도 보호대를 벗어 던지고 뛰어나갈 기세였다.

지금도 다르지 않았다. 무대에 선 아이가 더블 턴을 돈 뒤 발을 헛디디면서 착지하자 연우는 있는 대로 인상을 썼다.

"쟤, 지금 무릎에 힘 빠졌네요. 턴도 못 도는 애가 '할리퀴네이드'를 추면 어떡하자는 건지."

하필이면 연우가 배운 안무였다. 앞에 앉아 있던 사람들이 슬그머니 뒤돌아보았지만, 연우의 못마땅한 기색이 완연했다. 당장이라도 저 무대에 나가서 '할리퀴네이드'를 제대로 춰 보이고 싶다는 듯한 표정이었다. 평화는 달래듯 연우의 등

을 토닥였다. 만약 연우가 다치지 않았더라면, 현정이나 정서
처럼 제 작품에나 신경 쓰지 남의 작품에 훈수 둘 생각은 하
지도 않았을 것이다.

"많이 긴장했나 보지. 어리잖니."

"저도 그때 어렸는데요."

학원 원장은 연우가 대꾸할 때마다 얄밉다고 했지만, 평화
로서는 나름 타당한 말처럼 들렸다. 원장이나 자신에 비하면
연우가 살아온 세월은 너무나도 짧았다. 다른 사람의 입장이
나 마음을 헤아리기에는 아직 어렸다. 얼른 이해하라며 재촉
한들 이제 막 싹이 난 새순을 잡아 뽑는 일이나 다름없었다.
차차 알아가면 됐다. 이 역시 어른의 바람일 뿐, 어쩌면 이미
짐작하고 있을지도 몰랐다. 연우뿐 아니라 정서, 제 손녀인
현정도.

다음 무대에는 여자애가 나왔다. '파키타 보석' 바리에이
션이었다. 다리도 시원시원하게 들고 턴도 깔끔했다. 그 역
시 연우는 마음에 들지 않는 눈치였나. 못하면 눈에 거슬리
고, 잘하면 속상한 듯했다. 깁스 주변을 소리가 날 정도로 벅
벅 긁어댔는지 어느새 피부가 붉게 부어올라 있었다. 평화는
그 손을 조심스럽게 잡았다. 너무 세게 쥐면 오히려 빠져나가
려고 용을 쓰기 마련이었다. 새를 감싸듯이, 달래듯이 잡아야
했다. 연우는 금세 잠잠해졌다.

"초등 저학년부는 여자애들이 더 많네요."

"아무래도 그렇지."

"아빠도 그랬어요. 발레는 여자애들이 많이 한다고요."

"남자애들도 많이 하지."

"우리 학교에서는 남자애들 중에 저만 발레를 해요. 다른 애들은 축구 아니면 게임만 한다는데, 전 솔직히 하기 싫어요. 축구하다가 또 다리 부러지면 어떡해요. 게임도 하다가 눈 나빠지면 수술해야 하잖아요. 그래서 싫다고 했더니 애들이 저더러 특이하대요. 할머니도 제가 특이하다고 생각하세요?"

"특이한 게 아니라 연우 취향인 거지. 사람들은 원래 다 취향도 다르고 꿈도 달라."

"걔네는 프로게이머 아니면 유튜버가 되고 싶어 하던데요."

"연우는 아니잖니. 연우 넌 발레리노가 되고 싶다며."

"그래서 제가 이상하대요."

연우의 부모님은 학원 발표회마다 연우 동생까지 데리고 꼬박꼬박 왔다. 평화가 찍어 보내는 영상들도 다 챙겨 보았다. 연우가 움직이는 모습을 볼 때마다 신기하다고 했다. 경악보다는 감탄에 가까웠다. 다만 연우가 밤늦게까지 학원에서 연습하느라 또래 남자애들과 어울리지 못하는 걸 걱정하는 눈치였다. 특히 연우 아버지가 그랬다.

지금처럼 초등학교 때는 선생님들이 제어할 수 있다지만, 중학교부터는 사춘기에 접어든 아이들과 부딪칠 수밖에 없었다. 그 시기의 아이들은 다르다는 걸 받아들이고 존중하기보다는 제 무리에 속한 아이들과 속하지 않은 아이들 사이에 경계선을 긋기에 급급해한다. 자칫 따돌림이라도 당하면 어쩌나. 연우 아버지는 늘 그게 걱정이었다. 그래서 연우가 남자애들 무리에 어느 정도는 발을 걸쳐놓길 바랐다. 하필이면 전공반 애들도 연우 빼고는 다 여자애였다.

평화가 보기에는 의미 없는 걱정이었다. 세상은 빠르게 변했다. 연우 아버지 세대에는 남자들끼리의 공동체가 중요했을지 몰라도, 지금은 소집단 하나 만들거나 유지하기도 어려운 시대였다. 아이들은 누구와 싸우고 화해하면서 관계를 다져나가느니 차라리 인공지능에게 모든 감정을 쏟는 쪽을 택했다. 나름 효율적인 선택이었다. 인공지능은 무슨 부탁을 하든 무슨 말을 쓰든 다 들어주니까.

요즘에는 아이들끼리 마음 상할 일이 생겨도 인공지능들이 대신 싸워준다고 했다. 서로의 잘못을 따지고 분석한 후 이 관계를 지속할지 말지 판단을 내렸다. 만약 화해할 만한 여지가 있으면 싸우지 않을 만한 놀이 약속을 잡고, 화해가 어렵다고 판단되면 서로 일정 거리 이상 가까워질 때 경고음이나 진동 같은 신호를 보낸다고 했다.

반면 연우나 정서, 현정은 저들끼리 투닥거리며 잘도 싸웠다. 발레를 할 때는 패드를 들고 다닐 수 없으니까. 연우나 정서의 부모도 아직은 어리니 인공지능 프로그램이 필요 없다는 주의였다. 없어서 다행이었다. 평화는 셋이서 어울려 노는 모습을 볼 때마다 마음이 놓였다. 이기적이지만, 연우가 현정과 함께 발레를 계속해주길 바랐다. 현정이 홀로 남지 않았으면 했다.

"모든 꿈이 다 똑같을 수는 없어. 비슷한 것도 있고, 다른 것도 있는 거지. 연우는 행복해지고 싶니?"

"네."

"할머니도 그래."

"당연하죠. 다들 그럴걸요. 그게 무슨 꿈이에요, 불행해지고 싶은 사람이 어디 있겠어요?"

행복해지느니 오히려 불행해지는 길로 가려는 사람들이 있었다. 평화의 딸도 그랬다. 평화가 현정이를 데리고 병원에 올 때마다 딸의 표정은 어두워졌다. 제 눈앞에서 현정이 팔다리를 자유롭게 휘적거리는 모습조차 보기 힘들어했다. 현정이를 낳을 때처럼 R 병원에서 유전자 검사를 받았어야 했다는 이야기나 할 뿐이었다. 유전자 검사가 무조건 다 들어맞는 건 아니라고 평화가 지적했지만 듣지도 않았다. 현미의 병만 나으면 이 불행이 다 사라지리라 믿었다.

의사든 신이든, 딸은 현미를 낫게 해준다면 무엇이든 가리지 않고 맹신했다. 어느 교회 목사라는 사람이 현미의 머리에 손을 얹고 기도하는 모습을 본 순간, 평화는 병실에서 나왔다. 등 뒤에서 중얼거리는 딸의 목소리가 들렸다. 그 목소리가 들리지 않을 때까지 평화는 걷고 또 걸었다. 발레학원에 있을 현정을 생각했다. 오늘은 새로운 작품 안무를 배울 예정이었다. 현정이가 설레했지만, 딸에게는 말하지 않았다. 말한들 속상해할 게 뻔했다.

목사는 현미를 병자라고 불렀지만, 평화가 보기에는 딸이야말로 진짜 병자였다.

어쩌면 딸도 자신의 병을 평화가 대신 낫게 해주길 바랐던 걸까.

늦었다.

병에 걸리거나 다치는 건 찰나였다. 세포 분열, 화학적 반응, 우연한 결합, 무심코 내뱉은 한마디, 잠깐 고개를 돌린 사이 놓친 표정, 언제 시작하고 끝났는지도 모르는 사이에 벌어진 사고. 그에 반해 낫는 데는 너무나도 많은 시간이 소요되었다. 다리뼈에 금이 가는 데는 몇 초도 걸리지 않았지만, 깁스는 석 달 넘게 해야 하듯이.

어떤 병과 상처는 평생에 걸쳐 나아야 했다. 결국에는 함께 살아갈 수밖에 없었다. 이해할 수 없더라도. 연우만 헤도 깁스를 찬 게 전부지만, 마음 곳곳에는 보이지 않는 상처들이 자잘하게 남아 있을 터였다. 외면하거나 도망칠 수도 없었다. 연우가 선택한 길이니까. 저 무거운 깁스를 찬 채 계속 견뎌내야 했다. 평화는 그 시간이 얼마나 길고 지루한지 알고 있었다.

아직 죽지 않고 함께 늙어가던 주변인들이 하나둘 교회나

절을 찾는다는 소식이 들려도 평화는 놀라지 않았다. 받아들일 수밖에 없었다. 의학의 발달로 지팡이를 짚고 다니는 노인들은 거의 없어지다시피 했지만, 나이가 들수록 인간이 육체적으로든 정신적으로든 점점 나약해진다는 사실만큼은 변하지 않았다. 그들에게도 여전히 기댈 만한 곳이 필요했다. 욕심은 줄어들기는커녕 늘어났고, 불가능해 보이는 뻔한 소리에 마음이 흔들렸다. 그처럼 초라해진 자신의 모습과 매일 마주해야 했다. 고역이었다.

어린애들처럼 쉽게 잊을 수 있다면 얼마나 좋을까. 남편은 초라해지고 싶지 않다는 이유로 연명 치료를 포기했다. 하루, 일주일, 한 달, 일 년, 그보다 더 많은 미래를 꿈꾸며 의사의 말에 매달리고 인공지능의 진단 결과에 일희일비하느니 깔끔하게 눈을 감을 수 있길 바랐다. 정리벽이 있는 남편다운 소망이었다. 평화도 그 소망을 들어주고 싶었지만, 죽음은 전혀 깔끔하지 않았다. 오랜 투병을 겪은 남편의 몸은 말라 죽은 선인장처럼 이리저리 비틀려 있었다.

그 모습을 지켜본 평화는 인공심장 이식수술을 받지 않기로 했다. 일상생활을 영위할 정도면 충분하다고 믿었다. 지금은 후회스러웠다. 역시 깔끔한 죽음이란 불가능했다. 그녀는 현정이 친구들과 함께 예원학교나 예중을 거쳐 예고에 가고, 발레단에 입단해서 무용수로서 무대에 선 모습을 보고 싶었다. 현미가 병실에서 벗어나 혈색이 좋은 얼굴로 웃었으면 했다. 딸이 행복해지길 바랐다. 그 꿈이 이루어지려면 더 많은 내일이 필요했다. 하루하루가 아까웠다.

아마 연우에게는 너무나도 길고 쓸데없는 시간일 것이다.

"연우야, 조급해할 필요는 없단다."

평화에게 필요한 말이기도 했다.

평화는 연우의 등을 두드렸다. 열두 살 애치고는 단단했다. 무용수의 등이었다. 비 온 후 풀밭처럼 무성하게 자라나는 나이라지만, 새삼 놀라웠다. 처음 봤을 때만 해도 새순처럼 작고 여렸건만, 먼 옛일처럼 느껴졌다. 역시 시간은 너무 빨리 흘러갔다.

발레학원 원장은 아이들에게 몸이야말로 무용수의 기본이자 전부라고 했다. 발끝부터 머리까지 탑을 쌓듯 하나하나 단련하는 게 우선이었다. 그래야 발끝이며 손끝, 머리와 다리의 각도까지 모두 제 뜻대로 움직일 수 있으니까. 의도한 대로 움직이면 춤이지만, 의도에서 벗어나면 몸부림이 되어버렸다.

특히 발레는 내거는 조건들이 까다롭기 그지없었다. 타고난 몸이 아닌 이상 새롭게 만들어내야 했다. 끊임없이 근육과 뼈를 비틀어 찢고, 당기고, 늘리고, 열어젖힌 후 닫는 과정의 반복이었다. 찢기고 벌어지고 늘어나면서 생긴 상처들이 아물고 나면 아이들의 몸은 한층 단단해졌다. 단단해질수록 유연하게 움직일 수 있었다. 고통은 성장의 신호였다. 무용수로

자라나려면 더 많은 고통이 필요했다.

고통스러울수록 아이든 부모든 간절해졌다. 아이들은 키가 더 커져야 한다며 성장 주사를 맞고 관절 성장 촉진과 체형 교정을 위해 주기적으로 마사지를 받았다. 물만 마셔도 살이 붙는 체질이면 콩쿠르 날에는 물 한 모금조차 마시지 않았고, 더 높이 뛰기 위해서 모래주머니를 찬 채 운동장을 뛰었다. 그 각고의 노력에도 불구하고 끝내 그 조건들을 통과하지 못한 채 포기하는 아이들이 허다했다.

평화는 예전에 시라스가 보여주었던 어느 러시아 발레학교 다큐멘터리를 떠올렸다. 옅은 푸른색 페인트를 바른 벽보다 더 창백한 낯빛을 한 아이들. 햇빛 아래에서 웃고 떠드는 게 어울릴 법한 나이였으나 모두 입을 꾹 다물고 눈만 커다랗게 뜬 채 기다리고 있었다. 무엇을? 몇 분 후의 미래를.

교사로 보이는 어른들은 웃음기 하나 없는 얼굴로 아이들을 한 명씩 불러냈다. 그러고는 아이의 팔다리를 잡아당기거나 엉덩이를 움켜쥐고, 턱을 잡아 이리저리 돌리며 꼼꼼히 살폈다. 성적인 함의라곤 전혀 느껴지지 않는 손길과 눈빛이었다. 그들은 인형을 고르듯 아이들을 골라냈다. 모두 키와 생김새가 엇비슷했고 아직 어린 나이였지만, 판단과 결정에는 망설이거나 고민하는 기색이라곤 없었다.

가혹했다. 발레학교 교장도 인터뷰어의 감상에 동의한다는 듯 가볍게 고개를 끄덕였다. 이미 그런 항의나 비난에는 익숙한 듯했다. 발레에 적합하지 않은 몸은 발레를 출 수 없을까. 출 수는 있었다. 다만 발레무용수가 될 확률은 희박했다. 이 꼼꼼한 선별 과정은 작은 비극일 뿐이었다. 예방주사처럼 짧은 고통을 선사하고, 다른 가능한 미래들로 무마할 수 있는 실패.

아이들의 몸은 찰흙처럼 말랑말랑하고 부드러웠다. 현정이와 손을 잡거나 정서가 슬그머니 기대어올 때, 연우의 볼이 부풀어 오르는 순간마다 평화는 새삼 놀랐다. 저 몸들을 이리저리 주무르다 보면 어떤 형상이든 원하는 대로 얼마든지 빚어낼 수 있지 않을까.

뜨겁고 긴 여름과 춥고 짧은 겨울을 거듭하면서 아이들은 점점 마르고 단단해졌다. 얼굴과 몸의 윤곽이 또렷하게 드러날수록 머릿속에 그리는 미래도 구체적으로 변해갔다. 기대와 소망, 욕심이 그 위에 선을 그리고 색을 더했다. 그 풍경이 아름다울수록 비극은 더 무거워졌다. 성장기는 계속되지 않고, 아이들 역시 평화처럼 피부가 뼈에 말라붙은 채 굳어갈 것이다.

시라스와 달리 인간의 삶은 유한했다. 시라스는 모든 걸 지우고 몇 번이고 새롭게 시작할 수 있었지만, 인간은 무한정 새로워질 수 없었다. 시라스의 기반이 되는 데이터베이스나 프롬프트, 결괏값이 잘못되었다고 지적하면 시라스는 순순히 받아들였지만, 인간은 그러지 못했다. 끝없이 부인하다가 결국에는 무너져 내렸다. 인간이 감당할 수 있는 비극에는 한계가 있었다.

어쩔 수 없었다. 인간은 시라스를 만들었지만, 시라스보다는 연약했다. 평화는 인간이 어렵고 두려웠다. 이 아이들이 어떤 비극도 겪지 않길 바라는 자신도 마찬가지였다. 자신이 없는 미래에서 살아갈 아이들이었다. 시라스와 어떤 결괏값을 예상하고 대책을 세운다 한들 결과가 나오기 전까지는 모두 가설에 불과했다. 헛된 짓이었다. 누리가 말했듯이 결국에는 아이들이 선택할 것이다. 어떤 비극을 맞이하고 어떻게 감당해낼지. 지금 당장은 이 소소한 비극에서 연우를 건져내는 게 그녀가 할 수 있는 최선이었다.

"연우야."

평화는 목소리를 가다듬은 후 말했다.

"할머니는 연우만큼 발레를 해본 적이 없어서 잘 모르지만, 발레에서 제일 중요한 건 발레리노나 발레리나라고 생각해. 발레를 추는 사람이 없으면 발레도 없어. 누가 뭐라고 하든 춤추는 사람이 제일 중요한 거야. 그러니까 연우가 춤추기로 했으면, 춤을 춰야지. 물론 나중에 장래 희망이 바뀔 수도 있지만."

연우의 눈썹이 꿈틀거렸다.

"전 안 바꿀 건데요."

너무 비장했다. 평화는 토를 다는 대신 고개를 끄덕였다.

"그래, 오래오래 춤춰야지. 그러려면 튼튼한 팔다리가 필요할 테고. 튼튼해지고 단단해질 때까지 기다리면 되겠다. 기다리면 연우가 춤출 순서가 올 테지."

"얼른 춤추고 싶어요."

"그렇게 될 거야."

혹여 연우가 이 순간을 잊고 슬퍼할 때가 온다면 언제든 다시 말해주겠다고, 평화는 약속했다. 연우는 한결 가벼워진 표정으로 무대를 보았다. 현정과 정서가 나왔을 때도 아낌없이 박수를 보냈다. 부럽다고 말하면서 또 표정이 어두워지긴 했지만. 평화는 이럴 때 어떻게 하면 좋을지 알고 있었다.

"할머니랑 아이스초코 마시러 갈까?"

"좋아요."

등은 단단해졌지만, 연우의 손은 아직 부드럽고 따뜻했다. 둘은 손을 맞잡고 강당을 빠져나왔다. 아직 7월 중순이라 그런지 밖은 환하고 더웠다. 연우가 속살거리듯 말했다.

"나중에 내가 더 크고 멋진 무대에 섰을 때, 할머니한테 제일 앞자리 표를 줄게요."

욕심내고 싶은 게 하나 더 생겼다. 평화는 슬프면서도 기뻤다. 묘하게 벅찬 기분으로 연우의 귀에 대고 속삭였다.

"고맙다."

연우는 신나서 자신이 어떤 의상을 입고 어떤 배역으로 무대에 설 건지 떠들기 시작했다. 금빛 장식이 달린 의상을 입

고 관객들과 동료 무용수들이 보는 앞에서 높이, 더 높이 뛰
어오를 거라면서. 평화는 그 말들을 한마디도 빠짐없이 귀담
아들었다. 어둑어둑한 관객석에서 바라볼 그 눈부신 무대를
상상해보았다. 행복했다.

1.

새카만 필름 한가운데에 하얗고 납작한 무릎뼈가 부표처럼 떠올랐다. 길쭉길쭉하고 널따란 뼈들에 비하면 보잘것없어 보였다. 연우는 주먹을 쥐었다. 무릎뼈는 그보다도 작았다. 저 뼛조각 하나에 무용수로서 그의 운명이 달려 있었다. 의사는 빨간색 레이저 포인터를 부산스럽게 움직였다.

"괜찮아, 괜찮아. 일시적인 근육 경직이에요. 여기 위쪽에 있는 대퇴근이 살짝 놀란 거지. 살짝치고는 좀 세긴 해. 무릎은 아직 깨끗하고, 발목에 염증이 좀 있네요. 일주일 정도 안정을 취하면 좋겠는데, 못 쉬겠죠. 이번에는 무슨 공연 준비해요?"

"「해적」이요. 7월에 올라가요."

"또 '알리' 해요?"

"네."

"그거 엄청 뛰고 돌고 드는 거잖아요."

"잘 아시네요."

연우의 대답에 의사가 마른세수를 했다. 재작년 「해적」 때도 맡은 배역이었다. '알리', 주역은 아니지만 조역치고는 비중이 높은 축에 속했다. 솔로 안무는 물론이며 주역과 추는 파드되도 있고, 관객들에게 인기도 좋았다. 시원시원하게 팔다리를 움직이는 안무도 연우의 마음에 쏙 들었다. 나쁘지 않았다. '알리'가 노예라는 점만 빼면.

공연은 7월 13일부터였다. 무대에 오르기까지 한 달하고도 이틀이 남아 있었다. 여유롭진 않았다. 개인 안무 연습은 물론이고 파드되를 출 여자 무용수들과 합도 맞춰야 했다. 그 밖에도 포스터 촬영이나 의상 가봉 등 크고 작은 일정들이 폭풍처럼 몰려올 예정이었다. 일주일은 무슨, 지금은 병원에 오가는 시간도 아까웠다.

"적당히 해요. 연우 씨도 이제 30대야. 뼈가 삭다 못해 부서지겠어."

늘 듣던 말이었다.

"진심이야. 내가 정말 저 밖에다가 '발레하는 환자 사절'이라고 써 붙이는 게 소원이에요. 아니, 관절을 그렇게 써대는데 안 다치게 생겼어? 구멍 난 독에 물 붓는 기분이야. 고쳐 놔도 또 다쳐오니까. 내가 장담하는데 무용 중에서 발레가 제일 최악이에요. 아니다. 현대무용도 만만치 않네. 어제 온 환자는 또 공중에서 돌다가 떨어졌대. 맨바닥에 떨어지니 몸이 안 죽나고 배겨? 차라리 물속으로 다이빙하던가. 한국무용도 그래. 선비라면서 무슨 춤을 그리 격하게 추는지……."

"돈 많이 버시겠네요. 모아서 병원 리모델링하세요."

"그런 말은 리모델링할 시간이나 주고선 해요."

의사가 매섭게 노려보았다. 연우는 슬그머니 시선을 돌렸다.

창가에는 화분들이 줄줄이 서 있었다. 어찌나 무성하게 자랐는지 창문까지 다 가릴 정도였다. 밖은 환한데 안은 어두침침했다. 저 중 두 번째 화분이, 연우가 국립발레단에서 「돈키호테」로 첫 주역을 맡았을 때 선물한 난이었다. 몇 년 동안 잎을 솎아내지 않아서 난이 아니라 잡초더미 같았다. 간호사 말로는 아침마다 잎들을 살뜰하게 닦아준다고 했다. 괜히 날붙이라도 댔다간 선물한 사람에게 좋지 않은 일이 일어날지도 모른다는 이유였다.

저 끝없는 잔소리도 지겨웠고, 다른 무용수들이 다닌다는 병원에 가보고 싶을 때도 있었다. 다치고 싶어서 다치는 무용수가 어디 있을까. 부아가 치밀어 오르다가도 막상 저 화분만 보면 마음이 누그러졌다. 의사는 딸과 함께 꾸준히 연우가 나오는 공연을 보러 왔다. 처음 만났을 때 딸이 초등학생이라더니 지금은 고등학생이라고 했다. 연우도 준단원에서 정단원인 코르 드 발레, 드미 솔리스트를 거쳐 솔리스트가 되었다. 입단한 날이 어제 같기만 한데, 흘러간 시간을 생각하면 연우는 한숨만 나왔다.

"공든 탑이 왜 무너지는 줄 알아요?"

"설계가 잘못되었던가, 아니면 하자가 있었나 보죠."

"무슨 하자고 시공 타령이야. 공들여 꼼꼼하게 쌓아도 시간이 지나면 약해진다는 거지. 문화재 관리팀이 왜 있겠어. 재건축은 왜 있고? 그러니까 몸 좀 사려. 연우 씨, 난 연우 씨를 무대에서 오래 보고 싶어."

무대에서 내려오고 싶지 않은 건 연우도 마찬가지였다. 가능하면 계속, 더 오래 춤추고 싶었다. 남자 무용수들은 연차가 쌓일수록 테크닉뿐 아니라 처세도 노련해졌다. 질투나 열등감처럼 부정적인 감정들은 감쪽같이 숨기고 서로 친한 척했다. 마치 발레단에 들어오면 모두가 똑같은 선배고 후배라는 듯이 굴었다. 헛소리였다. 영석이 그 대표적인 예였다.

영석은 같은 H대 출신인 수석 무용수들하고만 붙어 다녔다. 다른 대학 출신 무용수들에게는 눈길도 주지 않았다. 그저 인사만 건넬 뿐. 그에게는 K대 출신이고 국제 콩쿠르에서 입상한 경력이 있는 현성도 비(非)H대에 불과했다. 들어온 지 몇 달 안 된 준단원치고는 과감한 행보였다.

심지어 발레단 클래스 때 영석은 발레 마스터들이 시키지도 않은 고난도의 테크닉을 보란 듯이 남발하곤 했다. 몇몇 무용수가 박수를 보냈지만, 호응이라기보다는 작작 하라는 뜻에 가까웠다. 오전 클래스는 순전히 몸을 푸는 시간이었다.

자는 동안 굳어버린 근육을 깨우고, 삐걱거리는 관절들이 부드러워지도록 땀을 내고 축을 확인하는 정도면 충분했다. 더 높이 뛰거나 더 많이 도는 건 순전히 과시였다. 몸이 덜 풀린 만큼 다치기도 쉬웠다.

단 한 번의 실수, 아주 작은 부상만으로도 그간 공들여 쌓아 올린 탑이 순식간에 무너질 수도 있었다. 오늘도 그랬다.

그놈의 그랑파드샤!

공중에서 두 다리를 다이아몬드 모양으로 접는 그랑파드샤(Grand Pas de Chat), 더 오래 공중에 머물수록 한쪽 다리를 펴거나 반원을 그리며 돌리는 등 여러모로 응용할 수 있고, 그만큼 난도도 높았다. '알리'의 안무에 나오는 테크닉이기도 했다. 연우는 점프라면 자신 있었다. 다만 오늘 영석과 같은 조가 되지 않았더라면, 그보다 더 높이 뛰어보겠다고 벼르지만 않았어도 오늘처럼 꼴사납게 고꾸라질 일은 없었을 것이다.

절뚝거리면서 연습실을 나서는 모습이 영석에게 어떻게 보였을까. 상상조차 하고 싶지 않았다. 연우는 고개를 저었다. 고작 준단원에게 동정받고 싶지도 않거니와 배역 하나가 비었다며 영석이 내심 반길지도 모른다고 생각하니 주먹에 절로 힘이 들어갔다. 영석 같은 놈에게 순순히 밀려날 생각은 없었다.

"물리치료 꼭 받고 가요. 약도 잘 챙겨 드시고."

저 조그만 무릎뼈 하나로는 모자랐다. 맨주먹으로 전쟁터

에 뛰어드는 군인이나 다름없었다. 무대는 전쟁터였다. 연우
는 입술을 짓씹으면서 MRI 사진을 들여다보았다. 더 높이 뛰
어오르고, 더 많이 돌고, 더 부드럽게 움직이려면 지금보다
더 많은 게 필요했다. 자신의 근육과 뼈, 지방, 혈관, 그 전부
를 떠받치기에는 너무 연약해 보이는 뼈였다.

발레는 정답이 있는 춤이다. 그 정답에 다다르기 위해서는
끝없이 노력해야 했다. 적당히 할 수는 없었다. 적당히 했다
가는 자리를 보전하기는커녕 후퇴했다. 무대는 가혹해서 어
떤 사소한 태만이라도 남김없이 들춰내버렸다. 적당히 뛰고
돌면서 몸을 사리다 보면 어느새 조명조차 닿지 않는 저 어두
운 곳으로 밀려났다.

"선생님, 저 부탁드리고 싶은 게 하나 있습니다."

"염증 주사는 참읍시다. 맞고 나서 좀 쉰다면 모를까. 충격
파도 안 돼요. 안 쉬면 괜히 신경과 근육에 자극만 주고 마는
셈이니까."

염증 주사든 충격파든 임시방편일 뿐이었다. 물리치료를
받고 두 시간 정도 꼼짝하지 않고 쉬더라도 소용없기는 마찬
가지였다. 한 번 다친 무릎뼈는 깨진 조각들을 이어 붙인 접
시나 다름없었다. 다 나아도 이전처럼 튼튼한 상태로 돌아갈
수 없고, 언제 다시 깨질지 몰랐다. 다시 깨지면 이전보다 더
한 산산조각이 날 터였다.

시한폭탄처럼 언제 터질지 모르는 무릎뼈에 안달하다가는

아무리 노력해도 영영 '알리'에 머무르고 말 뿐이었다. 연우는 '알리'가 지긋지긋했다. 고등학교 때 콩쿠르에서 '알리' 바리에이션으로 첫 대상을 탔다지만, '알리'는 너무나도 한심해 보였다. 제 주인인 '콘라드'에게 지고지순한 충성을 맹세하는 '알리', 정작 '콘라드'는 사랑에 눈이 멀어 제 휘하의 해적단은 물론이고 '알리'도 안중에 없었다.

그렇다고 해서 다른 조연급 배역을 맡고 싶진 않았다. 주역이더라도 「돈키호테」의 '바질'이나 「고집쟁이 딸」의 '콜라스'처럼 희극적인 역할도 사양이었다. 목소리 없이 몸짓으로만 표현하려면 테크닉 그 이상이 필요했다. 노련한 무용수일수록 표정과 손끝, 눈빛에 미처 말하지 못한 감정들이 배어 나왔다. 절망, 고통, 탄식, 불안⋯⋯. 표현하는 만큼 정신적 기량은 높아졌지만, 육체적 기량은 시간이 갈수록 떨어졌다.

연우도 더 깊이, 더 많이 표현하고 싶었다. 더 깊어져야 했다. 다만 물처럼 깊어지면 깊어질수록 평정을 잃기 쉬웠다. 저도 모르는 새에 쥐가 와서 꼴사납게 허우적거릴 수도 있었다. 굳어버린 팔다리와 뒤틀린 관절들, 수년간 춤을 추면서 엉망이 된 몸. 그 몸을 마주한 순간 많은 무용수가 은퇴를 택했다. 몸에게 진 셈이었다.

지지 않으려면 새 무릎뼈가 필요했다. 더 높이, 더 오래 버티기 위해서. 더 깊어지기 위해서.

의사는 한숨부터 쉬었다.

"불가능하진 않지만, 꼭 그래야겠어요?"

연우는 그래야 했다. 자신이 선택한 미래였다.

수술이 끝난 후 연우의 침대는 6인실 병실로 내려갔다. 창가 쪽 자리였다. 같은 병실을 쓰는 사람들은 모두 커튼을 치고 있었다. 연우도 커튼을 쳤다. 종잇장처럼 얇아서 뒤척일 때마다 바스락거리는 침대 시트나 쿰쿰한 소독약 냄새가 나는 캐비닛은 별로였지만, 조용해서 좋았다. 수술이 잘되었다는 말을 들으니 마음이 한결 놓였다.

간호사는 마취가 풀리면 아플 거라고 했다. 너무 아프면 무통 주사 버튼을 누르라고 했지만, 연우는 오히려 통증이 달가웠다. 아무것도 느껴지지 않는 것보다는 아픈 게 나았다. 감각이 살아 있다는 뜻이니까.

하얗고 두꺼운 통깁스 끄트머리에 발가락들이 튀어나와 있었다. 퉁퉁 부은 게 비엔나소시지 같았다. 연우는 발가락을 움직여보려고 힘을 주었지만, 꿈쩍도 하지 않았다. 왼쪽 다리도 마찬가지였다. 수술한 건 오른쪽 무릎인데 왼쪽 다리에도 감각이 없다니. 연우는 왼쪽 허벅지를 꼬집었다. 질기고 말랑말랑했다. 차라리 왼쪽 무릎도 새 인공관절로 갈아 끼웠다면 덜 억울했을 것 같았다.

구세대 인공관절들은 임시 지지대일 뿐이었다. 재활훈련은 고됐고, 일정 시간 이상 뛰거나 걷는 것도 무리였다. 만성 통증에 시달리거나 무릎을 구부리지 못하는 경우도 허다했으나 그 어떤 불편도 부작용에 포함되지 못했다.

반면 신세대 인공관절은 회복과 재활훈련에 드는 기간이 한 달에서 석 달밖에 걸리지 않았다. 심지어 인공지능 프로그램과 연결되어 관절 상태를 실시간으로 확인할 수 있었다. 원한다면 인공지능으로 수치를 조절해서 수술 전보다 더 빠르게 움직이고 더 높이 뛰어오르는 것도 가능했다. 구세대 인공관절이 유리로 만든 세공품이라면 신세대 인공관절은 모터였다.

언론의 반응은 극과 극이었다. 하반신마비 장애인들이나 관절염으로 고생하는 노인들을 위한 희소식이라며 극찬을 아끼지 않는 이들이 있는가 하면, 아직 임상시험이 끝나지 않았다는 점을 지적하며 주가를 끌어올리려는 수작일 뿐이라고 비판하는 이들도 적지 않았다.

기대와 우려가 극에 달한 만큼 인공관절의 원재료 유통사며 가공사, 운동 관련 주식들은 가파르게 상승했다. 몇몇 보험사에서는 관절 수술비 특약 프로모션을 신행했고, 정치인들도 질세라 인공관절수술 비용 일부를 건강보험 적용 범위에 포함하자는 공약을 내걸었다.

몇몇 대형 교회 목사들은 신세대 인공관절이야말로 종교와 과학이 연결되어 있다는 증거라며 설교 시간에 열변을 토했다. 신세대 인공관절을 출시한 회사 대표가 독실한 기독교인이라는 이유였다. 사도행전에서 예수의 가르침을 받은 제자 베드로가 앉은뱅이를 일어나게 했듯이 신세대 인공관절 역시 대표의 신실한 믿음이 부른 기적이라고 했다.

그 말을 들은 무신론자들은 웃었다. "차라리 성령이 전파를 타고 온다고 하지." 꽤 그럴싸했다. 성령과 전파 둘 다 눈에 보이지 않으니까.

믿음은 풍선에 불어 넣는 숨과 같았다. 처음에는 납작했던 풍선은 불면 불수록 점점 부풀어 올라 둥글어졌다. 누구나 눈으로 보고 만질 수 있는 풍선이 되었다. 숨을 불어 넣을수록 풍선은 점점 더 커졌다. 하늘로 떠오르든 바닥을 뒹굴든 모두의 눈에 띌 만큼 확연히 거대한 풍선이 되었다. 그만큼 터지기도 더 쉬웠다.

신세대 인공관절을 가장 반겼던 이들은 하반신 장애가 있는 자녀의 부모들이었다. 그들이 바라는 건 단 하나였다. 아이들이 두 다리로 걷고 뛰는 것. 보이거나 보이지 않는 문턱에 걸려 넘어지거나 가로막히지 않길 바랐다. 어느 육아 유튜버는 수술 날짜가 잡힌 날 아이와 함께 자전거를 사러 가는 브이로그를 업로드했다. 개나리처럼 샛노란 프레임에 꽃무늬 안장이 달린 자전거였다.

한껏 열띤 분위기는 잇따른 수술 후 부작용 사례와 과대광고 의혹, 제조사 리콜 사태로 터진 풍선처럼 가라앉았다. 수술 효과라곤 고작 이전보다 몇 분 더 서 있는 정도에 불과했다. 극찬하던 언론들은 손바닥 뒤집듯 비판을 쏟아냈다.

대표는 회사 유튜브 채널에 해명 영상을 올렸다. 먼저 정중하게 유감의 뜻을 전한 후, 자신은 이전보다 발달한 인공관절을 만들었을 뿐이지 새로운 다리를 만들어낸 건 아니라고 했다. 구세대든 신세대든 인공관절수술은 무릎관절을 감싸는 신경섬유의 발달 정도와 주변 근육조직의 상태 등 여러 요소에 따라 성패 여부가 갈렸다. 그 말인즉슨 환자의 근력이나 재생력에 따라 원하는 결과가 나오지 않을 수도 있다는 뜻이었다.

영상은 주가를 올려 한탕 하려는 투기꾼들에 대한 비난으로 시작해 인공관절이 마법 지팡이라도 되는 양 믿었던 환자들에 대한 사과로 끝났다. 대표는 한낱 인간이 어찌 기적을 일으킬 수 있겠냐고 했다. 충실한 신자다운 태도였다. 더불어 그는 장애아 복지 단체에 거액의 기부금을 냈다는 영수증을 화면에 띄워 보여주었다. 그의 인공지능 프로그램이 철저한 검수와 평가 끝에 선별한 곳이라고 했다. 단 5분 만에.

영상에 달린 댓글들은 대부분 대표를 옹호하는 내용이었다. 자기 잘못을 겸허하게 인정하고 솔직하게 사과하는 모습이 멋지다거나 자신도 전문가 축에 속하나 대표가 아이비리그 졸업생답게 중요한 내용을 일반인도 알아들을 수 있도록 설명했다며 칭찬하기도 했다. 그의 얼굴에서 소년미가 느껴진다는 찬사와 향후 의학계를 함께 이끌어나가자는 격려, 대표가 입은 정장과 손목에 찬 시계 브랜드에 관한 질문들이 이어졌다.

　그중 몇몇 댓글은 소송에 참여한 부모들을 비꼬고 있었다. 투기꾼들의 감언이설에 스스로 속아놓고선 그 책임을 회사에 묻다니, 선택한 사람의 잘못이 아니냐고 했다. 나아가 장애인들이 원체 피해의식이 심하다는 비약까지 더해졌다. 대댓글은 달리지 않았으나 그 댓글에는 하트가 수십 개나 찍혀 있었다.

　회사 대표의 안일한 태도를 비판하거나 장애아 부모들을 비난하지 말라는 댓글은 몇 시간 만에 삭제되었다. 이런 문제를 제기하는 사람들도 있었지만, 동영상을 게시하거나 게시된 동영상에 달린 댓글을 관리하는 건 채널 관리자의 권한이라는 답변만 돌아왔다. 댓글을 쓰는 것도 자유고, 댓글을 삭제하는 것 역시 자유라고 했다.

　자유라는 단어는 어디에든 잘 어울렸다. 누군가를 쫓아다니거나 집요하게 구애할 때는 사랑할 자유, 마음에 안 드는 사람의 뒷담을 할 때는 싫어할 자유가 있다고 했다. 어떤 사람이 억울함을 호소하며 시위할 때는 고성방가로 신고하면서 불쾌해할 자유가 있다고 했고, 비인간적인 처우를 받았다며 괴로워하는 이에게는 선택할 자유가 있지 않느냐며 비꼬았다. 그러고는 자유라는 단어의 쓸모가 다하면 내다 버렸다. 그 역시 자유였다.

　거리와 전철역, 학교, 직장, 커뮤니티 게시판과 SNS에 온갖 자유들이 나뒹굴었다. 어떤 사람들은 그 너덜너덜해진 자유들을 주워 분류하고 이름표를 붙였다. 그들은 비판과 자정의 목소리를 높이면서 자유라는 단어의 위상을 복권하려고 했지만 소용없었다. 살아가기는커녕 살아남기도 힘든 사회였다. 귀를 기울이기는커녕 세상 물정도 모른다며 빈정거리는 이들은 그나마 반응이라도 해준 축에 속했다. 대다수는 반응조차 없었다. 쓰레기는 돈이 되지 않으니까.

무엇이든 새로워야 했다. 새롭지 않으면 가치가 없었다. 장애나 복지는 새롭지 않았다. 응당 사업이라면 이익이 따라야 했지만, 그건 이익이 나지 않는 사업이었다. 투자보다는 자선이라는 말이 더 어울렸다. 주주들은 당연하다고 생각했다. 희망은 마이너스 자산이었다. 인공지능들도 다 똑같은 결과를 내놓았다. 정 누군가를 돕고 싶다면 적당한 단체에 기부하라고. 기부금은 연말정산 때 세액공제를 받을 수 있으니 그나마 이득이었다.

반년도 채 안 되어 회사에서는 운동선수나 아이돌, 스드리트 댄서 등 유명 인사들을 광고 모델로 내세워 신세대 인공관절을 홍보하기 시작했다. 이전보다는 더 세련된 느낌이었다. 먼저 모델로 선 이들이 쌓아온 타이틀과 활약하는 모습을 보여준 후 밑창이 뜯긴 운동화며 너덜너덜해진 무릎 보호대 같은 것을 화면에 담았다. 마지막에는 그들이 뛰거나 춤추는 모습을 보여준 후 카피를 띄웠다.

정작 체육인들이나 무용과 퍼포먼스 등 신체 예술을 주로 하는 예술가들은 그다지 반기는 기색이 아니었다. 약물 도핑과 다를 게 뭐냐는 지적부터 공정성의 문제, 인공관절의 기능만 믿고 훈련에 성실하게 임하지 않는 이들이 늘어날지도 모른다는 우려가 쏟아졌다. 그 기저에는 생성형 인공지능에 대한 반감과 오래전부터 이어져온 '인간 신체의 순수함'에 대한 믿음이 깔려 있었다. 특히 발레계에서는 인공관절수술을 받은 무용수들에 대한 반감이 유독 심했다.

순수한 몸이라니. 연우가 아는 한 발레는 인간과 가장 동떨어진 예술이었다. 발레가 바라는 몸은 명확했다. 길고 가는 팔다리, 탄탄한 근육, 작은 두상, 아치가 높은 발등, 하얀 피부, 유연한 관절들……. 유럽계 백인의 몸이었다. 그 틀에 맞추기 위해서 발레 전공생들은 끊임없이 제 몸을 깎고 다듬어야 했다.

근육이 크고 울퉁불퉁하게 드러나면 둔해 보였다. 타고난 체질이라도 가늘고 긴 근육을 만들기 위해 수시로 마사지를 받거나 폼롤러로 온몸을 문질러야 했다. 살갗이 그을리면 촌스러워 보인다는 이유로 흡혈귀처럼 햇빛을 피해 다녔다. 여름에도 해수욕장은커녕 야외 수영장도 갈 수 없었다. 물론 그럴 시간도 없이 매일 연습실에 틀어박혀야 했지만. 성장기에는 키 크는 주사며 지방 분해 주사, 백옥 주사 등 온갖 주사를 다 맞고 뜸을 뜨거나 한약을 지어 먹는 등 양한방을 가리지 않았다. 발등을 높게 만든답시고 고스틱을 끼고 다니거나 무작정 누르기도 했다. 아예 발등을 한 번 꺾어버리는 선생이 있다는 소문도 돌았다. 부러지더라도 붙으면 이전보다는 더 발등이 높아질 테니까. 다리를 일자로 찢는 것에 만족하지 못하고 블록이나 의자를 대고 오버스트레칭까지 감행하다가 허벅지에 울긋불긋한 피멍이 드는 건 예사였다. 끝없이 누르고, 잡아당기고, 밀고, 가리고, 뽑아냈다. 그래도 모자랐다. 순수란 허상이었다.

혹자는 노력이라며 박수를 보냈고, 어떤 사람은 학대라며 손가락질했다. 어느 쪽이든 과하다는 건 마찬가지였다. 과하게 바라고 거기에 도달하려고 애쓰는 걸 욕심이라 비난해도 연우는 상관없었다. 그 욕심이 연우를 솔리스트까지 끌어올렸으니까.

발레를 전공하더라도 발레단에 입단할 수 있는 이들은 소수였다. 국내는 물론이고 해외에서도 문턱은 높았다. 그 소수 중 몇 년씩 버텨서 정단원 이상으로 승급하는 무용수는 더더욱 드물었다. 발레단은 철저한 계급사회였다. 주역을 맡는 이들은 계속 주역이 되어 모든 주목을 받았다. 예전에는 예술감독의 편애로 특정 무용수가 단기간에 주역을 꿰차거나 실력에 비해 단출한 역만 맡는 경우도 빈번했다.

　그런 불합리한 처사에 어느 무용수도 반발하거나 목소리를 높여 비난하지 않았다. 불가능했다. 무대에서 밀려나고 싶지는 않았으니까. 무용수의 수명은 짧았다. 매 순간이 평가의 연속이니만큼 한시라도 방심할 수 없었고, 방심하지 못하니 더 초조해졌다. 그만큼 다치기도 쉬웠다. 다치면 몸은 쉬더라도 마음은 쉬지 못했다. 기량이 떨어질지 모른다는 두려움에 더 빨리 복귀하려 했고, 그만큼 회복은 더뎠다. 회복이 덜된 몸으로 무리하다 보면 또 다치기 마련이었다.

　그 증거가 연우의 낡고 금이 간 무릎뼈였다. 다치고, 낫고, 덧나고, 다치고, 낫고, 덧나고, 나빠지고, 더 나빠지고, 그래도 버티고, 끝내 또 다치고. 몇몇 무용수는 이러한 악순환에서 벗어나기 위해 은퇴를 택했다. 잠깐의 도피였다. 결국에는 다들 프리랜서로라도 무대에 다시 서려고 했으니까. 연우는 도망치고 싶지 않았다. 내내 바라던 역할을 향해 올라가야 했다. 그가 새 무릎뼈를 선택한 이유였다. 발레를 위해서라면 무엇이든 할 수 있었다. 설령 인공지능 따위에게 의지해야 하더라도.

　발레단 사람들은 병문안 선물로 과일주스를 사왔다. 연우는 오 단장과 최 선생님에게 감사하다고 인사했다. 그러고는 하영에게 소리 없이 입술만 벙긋거렸다. 과일주스라니. 초등학교 때 이후로는 입에도 댄 적이 없었다. 무용수들끼리만 왔다면 한마디 했을 테지만, 단장에 발레 마스터까지 왔으니 차마 솔직하게 굴진 못했다. 게다가 보고 싶지도 않은 얼굴까지 달고 왔다. 하영은 어쩔 수 없었다는 듯이 어깨를 으쓱거렸다.

오 단장에 최 선생, 하영과 영석. 흔한 조합은 아니었다. 그들에게 에워싸여 있자니 답답했지만, 연우는 한 명 한 명 눈을 맞추며 웃어 보였다. 오 단장이 똑같이 미소로 답했고, 최 선생은 뭘 잘했다고 그리 실실 웃냐며 걱정 섞인 타박을 주었다. 하영은 하나뿐인 동기답게 연우에게 살이 좀 찐 것 같다고 했다. 반면 영석은 시큰둥한 표정으로 애먼 곳만 봤다. 억지로 끌려온 사람처럼. 마음 같아서는 저 창밖으로 던져버리고 싶었다.

오 단장은 침대 가장자리에 걸터앉았다. 무대에서 은퇴한 지 꽤 됐다지만, 여전히 호리호리하고 우아한 자태였다.

"연우가 원래 발목이 안 좋았던가?"

뒤에 서 있던 최 선생이 대신 대답했다.

"아, 예전에 인대가 몇 번 늘어난 석이 있습니다. 애가 어찌나 독한지 깁스 차고도 바 워크 하러 오길래 제가 내쫓으려고 했거든요. 그래도 연습하는 모습이라도 보겠다고 버티더라니, 복귀는 또 빨라요. 회복력은 좋은 것 같습니다."

"갑갑해서 그랬겠지. 나도 예전에 불가리아에서 활동할 때 회복하는 시간이 제일 아까웠어."

잔머리 하나 없이 단정하게 머리카락을 아래로 모아 묶

은 오 단장은 금방이라도 토슈즈를 신고 무대에 설 것만 같았다. 사이사이로 보이는 은빛 새치만 아니었다면 나이를 가늠하기 어려운 용모였다. 타고나길 동안인 데다 자기 관리까지 철저히 한 덕이었다. 독일 베를린슈타츠발레단에서 활동할 적에 동료들이 붙여준 별명도 '영원한 소녀'였다. 그 '영원한 소녀'는 베를린슈타츠발레단의 수석 무용수로 10년 넘게 군림했다.

오 단장은 수많은 발레 전공생의 우상이었다. 연우도 오 단장의 춤 영상이 유튜브에 뜰 때마다 봤다. 가장 많이 본 영상은 「라 바야데르」, 오 단장은 주역인 '니키야'를 맡았다. 어떤 실수도 없이 깨끗하게 안무를 소화한 데다 꽃바구니에 숨어 있던 독사에게 물려 죽어가는 모습을 어찌나 처절하고 아름답게 연기하던지!

영상 아래에는 한글부터 영어, 연우가 모르는 외국어로 쓰인 찬사들이 달렸다. 연우는 오 단장이 부러웠다. 오 단장은 베를린슈타츠발레단에서 거의 모든 작품의 주역을 도맡았다. 무대에서 내려오더라도 아쉬운 점 하나 없을 줄 알았건만, 은퇴하면서 짤막하게 소회를 밝혔다. 「라 바야데르」의 2막에서 유령이 된 '니키야'를 조금 더 가볍게 표현해보고 싶었노라고.

욕심이라면 욕심일 수 있지만, 연우는 오 단장을 이해했다. 모든 무용수의 숙명이었다. 아무리 찬사와 박수가 쏟아져도 자신이 춘 춤에 백 퍼센트 만족하지 못했다. 만족하는 순간 더는 나아질 수 없었다. 위로, 위로. 그 버릇 때문일까. 오 단장은 국립발레단에 단장 겸 예술감독으로 취임한 후에도 더 나아지겠다는 말을 입에 달고 살았다. 그중 하나가 캐스팅이었다.

이전 단장들도 경력이나 예술성에서 흠잡을 데 하나 없었지만, 캐스팅 논란은 끊이지 않았다. 학연이나 지연, 혈연은 물론이고 제 취향에 맞거나 마음에 드는 무용수들에게만 주역을 주는 경우가 허다했다. 재능이 있어도 마음에 들지 않는 무용수들은 뒷전으로 밀려났다. 그중 몇몇은 어떻게든 관객들의 눈에 띄려고 애썼다. 덕분에 인기를 얻어 주역을 맡았으나 승급하진 못했다. 대신 지방이며 대타 등 공연 일정만 빡빡해졌다. 뼈가 다 갈릴 만한 일정이었다.

캐스팅의 공정성을 확보하기 위해서는 무용수들을 평가하는 시스템도 새롭게 마련해야 했다. 오 단장과 문화체육관광부에서 선택한 해결책은 인공지능 '아르스'였다. 인공지능은 인간처럼 사사로운 관계나 감정에 얽매이지 않았다. 그렇다면 이전보다 공정한 평가가 가능하지 않을까. 오 단장은 새로워지길 바랐고, 새로운 평가 시스템 역시 반겼다. 연우 역시 좋게 생각했다. 그리 존경하던 무용수였으니까.

새롭다는 말은 새롭지 않다는 말과 다르지 않았다. 무용수들은 연습실뿐 아니라 대기실과 복도, 식당 등 CCTV가 설치된 모든 곳에서 매분 매초 '아르스'의 평가 대상이 되었다. 도마 위에 오른 생선 신세였다. 몇몇 무용수는 노이로제에 시달리다 못해 카메라 탐지기를 들고 다니기도 했다. 어느 발레 마스터는 브이로그를 찍는 셈 치라며 농담을 던졌다. 모든 무용수가 웃었다. 전공생 시절을 거쳤다면 누구나 할 수 있는 연기였다. 괜찮지 않아도 괜찮은 척하기.

캐스팅 또한 새로울 게 없었다. '아르스'는 이전에 축적된 데이터를 바탕으로 배역을 결정했다. 과거의 답습이었다. 모두가 그 사실을 알고 있었으나 아무도 입 밖에 내지 않았다. '아르스'에 반대한다는 건 곧 오 단장에게 반기를 들겠다는 뜻이었다. 무용계에서 원로의 말은 법이자 금기였다. 그들의 눈 밖에 나는 순간 어떤 재능 있는 무용수든 무대 밖으로 밀려났다.

'아르스'의 문제점이 수면 위로 드러난 계기는 어느 국립발레단 소속 무용수가 남긴 유서였다. 무용수의 언니가 SNS에 올린 유서 사진이 일파만파로 퍼져나갔다. 발레단 측에서도 더는 무용수 개인의 사정이라고 모르쇠로 일관할 수 없었다. 오 단장은 기자들 앞에서 담담한 어조로 사과문을 읽어 내려갔다. 그러고는 고개를 숙여 사과했다. 순간 그의 하얀 새치들이 카메라 플래시에 반사되어 빛났다.

오 단장은 퇴임하지 않았다. 대신 새로운 방안을 모색하겠다고 했다. 그 방안이 포나였다. 그해 준단원으로 국립발레단에 입단한 연우는 영 마뜩지 않았다. '아르스'가 일으킨 문제를 '포나'로 해결하겠다니. 이름만 다르지 둘 다 인공지능일 뿐이었다. 반면 함께 준단원이 된 하영은 나쁘지 않다고 했다. 어쩌면 자신처럼 키가 작은 단원에게 기회가 올지도 모른다면서. 연우가 보기에는 그 역시 헛된 희망이었다.

최 선생이 연우의 등을 세게 두드렸다. 연우는 일부러 몸을 배배 꼬았다.

"아, 저 방금 등에도 금 간 것 같아요."

"엄살 부리기는. 네가 발목 수술했지, 등 수술했냐?"

준단원 시절에는 발레 마스터와 눈 한 번 마주쳐도 바짝 얼어붙었지만, 이제는 곧잘 농담도 주고받을 만큼 여유가 있었다. 연우는 발레 마스터 중 최 선생을 제일로 따랐다. 최 선생은 목소리가 크긴 해도 폭언은 하지 않았고, 무용수들의 손끝 하나도 놓치지 않을 만큼 섬세하나 예민하지는 않았다. 게다가 H대 출신이 아니라서 더 좋았다. 여기 온 사람 중 H대 출신은 오 단장과 영석뿐이었나.

영석은 침대 끄트머리에 서서 연우를 주시했다. 마치 용의자를 심문하는 형사처럼 날카로운 눈빛이었다. 다른 무용수들은 준단원 중 영석의 외모가 제일 왕자답다고 했다. 얼음왕자. 연우 눈에는 외모보다 성격이 더 왕자다워 보였다. 하영이 건넨 과일주스도 뚜껑을 열기만 했을 뿐 입도 대지 않았다.

오 단장이 연우의 손등을 토닥였다.

"연우가 재작년에도 '알리'를 맡았지? 내가 예전에 「해적」으로 유리 바라시니야코프랑 같은 무대에 선 적이 있었는데, 유리의 '알리'가 얼마나 멋졌는지 몰라. 무대를 훨훨 날아다니더라니까. 난 그 사람이 새인 줄 알았어. 연우를 봤을 때 유리와 많이 닮았다고 생각했지. 이번에도 연우의 '알리'가 보고 싶지만, 지금은 회복이 우선이 아닐까 싶네. 무용수에게는 몸이 제일 중요하고……."

연우는 영석을 보지 않으려고 애썼다. 이미 친분도 없는 영석이 병문안을 왔을 때부터 짐작하고 있었지만, 차마 확신하고 싶지 않았다. 영석이 바로 언더스터디*, 연우 대신 '알리'를 맡을 무용수였다. 이해할 수 없었다. 원래대로라면 현성이 맡아야 했다. 현성은 드미 솔리스트였고, 무대 경험도 연우 못지않게 많았다. 현성도 다친 게 아니라면 굳이 무대 경험도 없는 준단원에게 주조연급 배역을 내줄 이유가 없었다.

"영석이가 파드되 수업을 들었다더니 선주랑 호흡을 잘 맞추더라고. 아무래도 학교에 정규 파드되 수업이 있기도 하고, 발표회에서도 파드되 작품을 했다니까……."

연우는 고개를 끄덕였다. 끄덕일 수밖에 없었다. 제 얼굴에 와닿는 오 단장과 최 선생의 눈빛이 따갑게 느껴졌다. 잠시

---

* '언더스터디(understudy)'는 공연을 하는 배우가 급히 대체되어야 할 경우를 대비해 똑같은 배역을 연습해놓는 사람을 말한다.

라도 얼굴 근육을 찌푸린다면 못마땅해하는 걸 들킬 터였다. 그는 입술 끝을 최대한 들어 올리면서 웃는 표정을 만들었다.

"멋지다, 영석아. 응원할게."

"네."

영석의 대답은 짧았다. 감사하다는 말도 없었다. 최 선생이 영석의 어깨를 두드리며 연우에게 많이 배우라고 했지만, 영석은 그 후로 입을 다물어버렸다. 연우로서는 더 나았다. 고마워하지도 않는 상대에게 억지로 고맙다는 말을 듣는 것도 곤욕이었다. 오 단장의 입꼬리가 부드럽게 호선을 그렸다. 우아했다.

"지금 당장은 암흑기다 싶겠지만, 인내하는 것 역시 무용수의 덕목이야."

연우도 동의하는 바였다. 다만 인내하기보다는 기대하는 마음이 더 컸다.

최 선생은 서두르지 말라고 했다. 잘 먹고, 잘 자고, 잘 싸고. 마지막으로 당부하면서 연우의 등을 또 세게 내리쳤다. 하영은 다른 무용수들과 다시 오겠다고 했다. 연우는 손을 흔들어주었다. 다음에도 과일주스를 사오면 그때는 꼭 한마디 하리라 다짐하면서. 영석은 나갈 때가 되어서야 고개를 까닥였다. 목에 담이라도 왔나, 연우는 영석이 가다가 어디 문틀에 머리라도 박았으면 싶었다. 그래도 일단 영석에게 너그럽게 미소를 지어 보였다. 이제 연우에게는 새 무릎이 있었다.

2.

권 코치는 5초만 더 버티라고 했다. 연우가 올라선 밸런스 보드가 오른쪽으로 살짝 기울어졌다. 연우는 왼쪽 발바닥에 살짝 무게를 실었다. 양 무릎에 힘이 들어갔다. 견뎌야 했다. 반사적으로 어깨가 움츠러들었다. 상체를 앞으로 숙일수록 균형을 잡기가 어려웠다. 등에 힘을 주고 버텼다. 권 코치가 오른쪽 무릎 뒤를 손가락으로 쿡 찔렀다. 간지러웠지만, 연우는 간신히 참아냈다. 5초가 너무 길었다.

"끝."

권 코치는 손뼉을 쳤다. 이제 밸런스 보드에서 내려와도 좋다고 했다. 대신 천천히.

연우는 밸런스 보드에서 내려오자마자 바닥에 대자로 누웠다. 재활운동센터는 모처럼 한산했다. 7월 초라 아직 학기 중이지만, 평소에는 시간을 가리지 않고 전공생들이며 몸을 쓰는 사람들로 북적거리는 편이었다. 그만큼 많이 다치는 시기였다. 3월부터 7월까지 콩쿠르 시즌이다 보니 연습량이 늘어나는 건 당연지사였고, 다쳐도 어떻게든 무대에 서야 했다. 고등학교 때 동기는 소염제를 너무 많이 먹다 보니 약효가 제대로 들지도 않는다며 웃었다.

그나마 웃는 편이 나았다. 입시 시즌은 지옥이었다. 어떤 아이들은 내내 태연하게 앉아 있다가 갑자기 둑이 터진 듯 눈물을 터트렸다. 모래성이 파도에 밀려 사라지듯 간신히 쌓아 올린 마음이 무너지는 순간이었다. 예고에 오래 있었던 일반 교과 담당 선생님들은 못 본 척 수업을 이어갔지만, 발레과 전공 선생님에게 들키면 더 혼났다.

권 코치가 패드로 타이머를 맞췄다.

"30초만 더 쉬고 마저 합시다."

연우는 눈을 질끈 감아버렸다. 밸런스 보드에 올라가면 시간이 유독 늦게 흘러가고, 내려오면 늦어졌던 만큼 시간이 더 빨리 지나가는 것만 같았다.

"연우 씨, 이전보다 무릎 힘이 너 좋아졌네요."

좋아지는 게 당연했다. 얼마짜리 무릎인데. 통장에서 나간 돈을 생각하면 연우는 절로 한숨이 나왔다.

"무릎을 다친 건 아니니까요."

"원래 발목이 안 좋으면 무릎도 안 좋아져요. 그래서 발목 수술 후에 밸런스 보드 위에서 제대로 버티려면 석 달은 족히 걸리는데…… 한 달 만에 너무 좋아졌어. 뭐 좋은 거라도 먹었어요?"

한 달은 무슨, 벌써 5주 차였다. 늦어도 너무 늦었다. 연우는 애써 복잡한 마음을 다잡았다. 발목 수술을 했다면 권 코치의 말마따나 빠른 편이지만, 인공관절수술 사례 중에서는 3주 만에 복귀한 축구 선수도 있었다. 의사는 조바심은 금물이라며, 길게 보라고 했다. 길게, 길게. 연우는 헛기침하면서 목소리를 가다듬었다.

"뭐, 저야 프로니까요. 늘 단련했던 게 빛을 발한 거죠."

"그럼 우리 프로답게 다섯 세트만 더 할까요?"

권 코치의 덫에 걸린 셈이었지만, 연우는 천천히 몸을 일으켰다. 의사는 새 무릎관절의 가동치를 왼쪽 무릎관절의 상태에 맞춰 조정하라고 했다. 새 무릎은 성능이 뛰어나도 너무 뛰어났다. 왼쪽 무릎관절과는 천지 차이였다. 의사는 그 차이를 최대한 줄이면서 새 무릎관절에 적응해야 한다고 했다. 차이가 심하게 날수록 부상률이 올라간다는 이유였다.

군이 왼쪽 무릎에 맞춰서 새 무릎관절의 기능을 제한할 필요가 있을까. 연우는 솔직히 아까웠다. 처음부터 오른쪽 무릎뼈 기능을 하향 조정하느니 왼쪽 무릎을 좀 더 단련하는 편이 나을 것 같았다. 그 나름 야심 찬 계획을 세운 참이었다. 그래서 재활센터도 예약했다. 모든 게 순조로웠다. 오른쪽 다리에 묘한 위화감이 든다는 게 좀 불안했지만.

아예 감각이 없는 건 아니었다. 연우는 무릎을 몇 번이고 두드려보았다. 희미하지도 않았고, 너무 또렷하다 못해 시리거나 욱신거리지도 않았다. 그저 관절과 관절 사이가 헐겁게 느껴질 뿐이었다. 무릎관절을 얇은 종잇장들로 감싸서 이어 붙인 양 달랑거리는 것이 꼭 나사를 덜 조인 의자 다리 같았다. 힘을 주는 만큼 힘이 들어가는 대신 휘청거렸다. 그래도 다리가 부러지거나 넘어지진 않았다. 종아리와 허벅지를 세로로 관통하는 심이 박혀 있는 것 같달까.

무릎을 구부릴 수는 있지만, 구부리는 데 시간이 걸렸다. 의사는 당연하다고 했다. 수술한 지 얼마나 지났다고 벌써 안달이냐며 핀잔을 놓았다. 조바심을 내서는 안 된다는 당부도 덧붙였다. 답답하고 급급한 제 성화에 못 이겨 회복 도중 무리하게 연습하거나 무대에 섰다가 영영 회복하지 못한 채 사라진 무용수들이 얼마나 많았던가. 조바심은 독이었다. 그래도 연우는 조바심이 났다.

의사는 인공지능을 활용해보라고 했다. 어느 제조사에서 만든 인공지능 프로그램이든 상관없었다. 신세내 인공관절의 장점 중 하나였다. 인공지능 프로그램과 연결되어 있으니 개개인의 사정에 따라 기능치를 조정하는 것도 수월했고, 회복이 얼마나 되었는지도 알 수 있었다. 무릎관절 주변의 신경섬유와 근막에 누적된 피로도를 측정하여 일정 기준치를 넘으면 자동으로 진정시키는 기능도 있어 염증이나 부상 예방도 가능했다.

　다 장점뿐이었지만, 연우는 영 달갑지 않았다. 고작 인공지능 따위의 말을 들어야 한다니. 연우의 몸을 제일 잘 아는 건 연우 자신이었다. 의사는 체내 삽입형이 싫다면 병원에서 나눠준 기본 밴드형 전자시계에 인공지능 프로그램을 설치하라고 했다. 시계든 목걸이든 춤출 때 거슬리는 건 매한가지였다. 괜히 다른 무용수들의 눈에 띄었다가는 수술한 사실을 들킬지도 몰랐다. 마음 같아서는 병원에서 받은 시계를 쓰레기통에 처박아버리고 싶었다.

　「해적」 무대는 호평과 함께 막을 내렸다. 하영이 몇 번이나 보러 오라고 졸랐지만, 연우는 온갖 핑계를 대면서 가지 않았다. 영석 때문이었다. 영석의 '알리' 무대는 성황리에 끝났다. 실수한 적이 한 번도 없었거니와 그 까다로운 선주 누나까지도 칭찬했다는 소문이 자자했다. 아마 연우가 추기로 했던 무브먼트 시리즈 역시 영석이 대신할 확률이 높았다. 최선생은 연우에게 푹 쉬다 오라고 했지만, 푹 쉴 수가 없었다. 올해 말이나 내년 초에는 복귀해야 했다.

　내년 상반기에는 「돈키호테」가 무대에 오를 예정이었다. 남자 주역인 '바질'은 주로 힘과 테크닉이 뛰어난 무용수들이 맡았다. 연우가 자주 맡는 역할 중 하나기도 했다. '바질'이 평민이라는 점은 영 마음에 들지 않았지만, 무용수로서 건재하다는 걸 보여줄 기회였다. 영석이 탐낼 만한 배역이라 더 적격이었다.

　영석은 높이 뛰고 잘 도는 편이지만, 아직 준단원에 불과했다. 무대 경험도 부족하거니와 감정 연기도 서툴러 보였다. '알리'야 조역이고 감정선도 단순한 편이라 테크닉만 잘 소화하면 나쁘지 않았다. 게다가 대역이라 준비할 시간이 얼마 없었다는 점을 감안하면 평가가 후할 수밖에 없었다. 발레가 서커스도 아니고, 하물며 '바질'처럼 없는 끼도 만들어야 하는 배역을 맡았다가는 그 밑천이 드러날 게 뻔했다.

　극 중에서 여자 주역인 '키트리'와 남자 주역인 '바질'은 연인 관계지만, 무대에서는 경쟁자였다. 자칫하면 상대의 기에 눌려 들러리 신세가 되기 십상이었다. 투우 경기 같달까. 다른 사람에게 추파를 던지면서 끊임없이 서로를 도발하고, 질투하고, 토라졌다. 박자만큼이나 긴박하고 극적으로 갈등과 화해가 반복되었다. 절제보다는 폭발이, 조화보다는 충돌이 어울렸다.

　그러면서도 우아해야 했다. 테크닉을 구사하는 것만으로는 모자랐다. 해석과 표현의 차이, 고선 발레의 꽃이었다. '바질'이라면 단순한 왈츠 스텝도 더 힘차게 춰야 했다. 산들바람처럼 우아하게 팔을 나부끼는 대신 성난 소를 피하듯 날쌔게 팔을 내지르고, 발 또한 소리 없이 딛는 대신 박자에 맞춰 발뒤꿈치까지 바닥에 꾹 눌렀다가 떼어야 스페인식 마초다워 보였다.

　권 코치가 얼른 오라는 듯이 손짓했다. 연우는 미적거리면서 몸을 일으켰다. 재활센터에 예약한 사람도, 코치 중에서 제일 엄하기로 소문난 권 코치에게 부탁한 사람도 자신이었다. 그리고 연락 올 일이 있는 척 의자에 올려놓은 스마트폰을 확인하면서 시간을 끄는 사람 역시 연우였다. 마침 하영에게서 메시지가 한 통 와 있었다.

"5, 4, 3, 2, 1……."

권 코치가 5초를 다 세고 난 후에도 연우는 밸런스 보드에서 내려오지 않았다. 더 버텨야 했다. 잠든 근육과 신경 들을 서둘러 깨우고, 몸이 새 무릎관절에 적응할 수 있도록 총력을 다할 생각이었다. 그래야만 했다. 그는 천천히 보드에서 내려왔다. 다리가 후들거렸다.

무대는 이 밸런스 보드보다 더 넓었다. 그리고 지금처럼 권 코치 한 명이 아니라 수많은 사람과 마주해야 할 터였다. 그 시선들의 무게에 짓눌리지 말아야 했다. 가슴을 펴고 고개를 쳐든 채로. 그들이 기대하는 건 겁쟁이가 아니다. 무용수다. 기교만 부리는 대신 익숙하다 못해 뻔한 이야기를 살려낼 수 있어야 했다. 이야기가 무대에서 살아나는 순간, 무용수역시 다시금 살아났다. 끝없는 환희와 고통에 몸부림쳤다. 막이 내릴 때까지.

어디선가 알람이 울렸다.

다시 올라갈 시간이었다.

올해 평화의 제사상에는 배와 사과 대신 망고와 참외가 올랐다. 소고기뭇국과 쌀밥만 빼면 계란말이와 콩나물무침, 명태전, 카스텔라, 크레이프케이크와 카레까지 노란색투성이였다.

"그래도 제사상인데, 너무 노란 거 아니냐?"

"우리 할머니 입맛에 불만 있어?"

현정이 들고 있는 집게를 위협적으로 흔들었다. 어차피 닿지도 않을 테지만, 연우는 슬쩍 뒤로 물러나 앉았다.

"아니, 나물을 놓을 거면 시금치랑 고사리도 놓아야지. 그리고 크레이프케이크는 그냥 네가 먹고 싶었던 거 아니야?"

"할머니가 제일 좋아하셨던 케이크거든?"

"명태전도?"

"그건 정서가 먹고 싶다고 해서 산 거야."

"다행이네. 제사상에 전 하나는 있어야지."

연우가 고개까지 끄덕이며 정서를 치켜세우자 현정의 눈꼬리가 가늘어졌다. 정서는 묵묵히 수서를 놓고 주전지에 소주를 따랐다. 둘이 싸우건 말건 큰소리만 내지 않으면 상관없다는 투였다. 현미만 안절부절못했다.

"카레는 진짜 아닌 것 같은데. 제사상에는 향신료가 든 음식을 올리면 안 된다고 했어."

"고춧가루야. 고춧가루. 그래서 콩나물무침도 고춧가루 없는 걸로 주문했잖아."

"고춧가루인 거 확실해?"

"고춧가루랑 파, 마늘! 포나가 제사 음식에는 그 세 가지만 안 들어가면 괜찮다고 했어."

"그런데 할머니가 카레를 좋아하셨나. 그냥 카레만 할 줄 아셨던 거 아니야?"

"너 진짜 배은망덕하구나. 이래서 머리 검은 짐승은 거두는 게 아니라고 했는데."

"내 머리카락은 검은색보다는 짙은 고동색에 가깝거든."

둘 사이에 오가는 눈빛이 형형해질 즈음 정서가 손뼉을 쳤다. 이제 제사를 올릴 시간이었다. 제사라고 해봤자 대단하진 않았다. 정서는 넙죽 절을 했고, 현정은 기도했다. 연우도 묵념하듯 고개만 숙였다. 현미는 고민하다가 현정을 따라 두 손을 맞잡았다.

평화가 떠난 후로 매년 셋이서 제사를 지냈다. 학생일 적에는 단출하게 과자와 과일만 올렸지만, 성인이 되고 돈을 벌게 되자 무엇이든 올릴 수 있었다. 그들은 오랜 기억을 더듬어 평화가 좋아했던 것들을 하나하나 떠올렸다. 생전에 평화는 빵을 좋아했다. 부드럽고 포슬포슬한 빵들. 사과라면 학을 뗐다. 미국 주식시장에서 질릴 만큼 봤다고 했다. 농담인지 진담인지는 알 수 없었다. 확인할 방법도 없으니까. 그저 셋다 그렇게 기억했다.

제사지만 기도문을 외거나 제문을 읽지는 않았다. 평화는 무신론자였다. 연우는 벽에 세워둔 패드를 바라보았다. 패드 속 평화는 희미한 미소를 띠고 있었다. 미미하게 올라간 입꼬리에서 온기가 느껴졌다. 원장은 다른 선생들에게 평화가 차가워 보인다고 했지만, 정작 평화 앞에서는 사근사근하게 굴었다. 다른 전공생 부모들에 비하면 호의적인 태도였다.

어릴 적에는 몰랐지만, 나이가 들수록 연우는 새삼 평화가 얼마나 대단한 사람이었는지 깨달았다. 제 손주도 아닌 아이들의 뒤치다꺼리도 무람없이 해냈고, 원장이 무슨 변덕을 부리든 능숙하게 달래고 얼렀다. 시라스에 모아둔 정보들도 거의 완벽했다. 덕분에 연우와 정서는 예고에 합격했고, 대학 발레과 입시도 무난하게 치를 수 있었다.

평화는 현정이 발레무용수가 되길 바랐다. 연우도 현정에게 충분히 재능이 있다고 생각했다. 그날 무대에서 본 현정은 반짝반짝 빛났다. 앞에 앉아 있던 어른들도 참 잘 춘다며 속닥거릴 정도였다. 조금 분했다. "착지만 잘못하지 않았더라도 저 무대에 설 수 있었을 텐데." 그러곤 제 머리를 쓰다듬는 평화의 손길에, 거스러미처럼 일어난 마음을 간신히 가라앉혔다. 연우는 현정이 부러웠다. 무대에서 빛날 수 있는 재능뿐아니라 평화 같은 할머니가 있다는 점도.

물론 외가와 친가의 할머니들도 연우에게 다정했다. 다정했지만 아무것도 몰랐다. 연우가 다른 손주들만큼 밥이나 과자를 먹지 못하는 걸 두고 안쓰러워했고, 여자도 아닌 남자가 발레를 추려면 너무 힘들지 않겠냐고 물었다. 힘들긴 했다. 힘들지만 힘들다고 말할 수도 없었다. 부모님이 들으면 그만두라고 할 테니까. 연우는 발레를 그만두고 싶지 않았다. 오직 평화만이 힘들어도 그만두고 싶지 않다는 그 마음을 이해했다.

아이스초코를 마시러 가자고 평화가 속삭였을 때, 연우는 순순히 고개를 끄덕였다. 단걸 먹으면 기분이 좋아질 것만 같았다. 현정과 정서가 어떤 상을 받더라도 진심으로 축하해줄 수도 있을 터였다. 그는 평화의 손을 잡고 즐겁게 강당을 나왔다. 무슨 일이 벌어질지는 몰랐다. 평화가 바닥에 나동그라진 순간, 당연했던 모든 게 바뀌었다.

평화는 연우의 손을 붙잡고선 몇 번이고 다짐시켰다. 콩쿠르 결과가 나오기 전까지는 아무 말도 하지 말라고, 아무 일도 일어나지 않을 거라며 연우를 어르고 달랬다. 연우는 두려웠다. 어느 때보다도 빠르지만 뚝뚝 끊어지고 반복되는 평화의 말들, 뜨거운 제 손과 달리 점점 차가워지는 평화의 손, 계속 깜박이는 평화의 눈꺼풀, 그리고 멀리서 들려오는 발소리들.

그 콩쿠르는 예중을 지망하는 학생인 이상 놓칠 수 없는 기회였다. 좋은 상을 받으면 다른 입시생들보다 유리한 위치를 점할 수 있었다. 그만큼 주최 측은 완고했다. 결과 발표가 날 때까지 자리를 지키지 않으면 수상이 취소되었다. 설령 오전에 제 순서를 마쳤더라도 시상식이 열리는 저녁까지 기다려야 했다.

현정은 초등부 금상을, 정서는 은상을 받았다. 트로피와 상장을 건네는 심사위원에게 무릎을 살짝 구부리면서 감사를 표했다. 다른 사람들은 손뼉을 치며 미소 지었지만, 연우는 꼼짝도 할 수 없었다. 평화는 돌아오지 않았다.

제사는 금방 끝났다. 늦은 식사를 마친 후 정서는 자신이 가져온 포트와인을 땄다. 현정이 어깨를 들썩거리면서 브리치즈와 크래커를 꺼냈다. 현미도 제사상에 올랐던 망고와 참외를 깎았다. 연우는 푸른색 유리 고블릿 잔들을 행주로 문질렀다. 건배할 때까지 분위기는 나쁘지 않았다. 차례로 돌아가며 근황이며 이런저런 이야기를 하던 중 연우가 다음 주 즈음 발레단에 복귀할 예정이라고 말하기 전까지는.

"미쳤어?"

"이런 기회를 놓치는 게 미친 거지."

거실 스피커에서 부드러운 허밍이 흘러나왔다. 어느 인기 유튜버의 재즈 플레이리스트라고 했나. 셋 다 재즈는 취향이 아니었지만 바꿀 새도 없었다. 현정은 팔짱을 낀 채 연우를 주시했다. 정서는 마시던 와인 잔을 입에서 뗐고, 현미도 탄산수 병을 다 뜯지도 못한 채 내려놓았다. 연우는 침착해지려고 애썼다.

"오디션만 본다니까. 무대에 설 수 있을지는 아직 몰라."

"뽑히면 할 거잖아. 아니야?"

당연했다. 성승 형 대신 「백조의 호수」의 '지크프리트'를 출 만한 수석 무용수는 셋뿐이었다. 현우 형은 지난 「지젤」 공연 때 다친 부위가 아직 완전히 낫지 않았고, 윤중 형은 육아 휴직 중이라 복귀하더라도 무대에 적응하는 데 시간이 좀 걸릴 터였다. 호영 형은 「백조의 호수」에서 '로트바르트'로 캐스팅된 터라 불가능했다.

이미 스페인국립발레단과 모나코왕립발레단 소속 수석 무용수를 각각 한 명씩 초청한 이상 외부에서 다른 무용수를 데려올 수도 없었다. 자칫하면 국립발레단에 쓸 만한 남자 무용수가 없다는 소문이 나돌지도 몰랐다. 오 단장의 자존심이 꺾이는 일이었다. 게다가 U발레단에서도 10월에 같은 작품 「백조의 호수」를 무대에 올릴 예정이니 더 신경이 쓰일 법했다.

재작년에도 국립발레단과 U발레단이 「잠자는 숲속의 미녀」를 한 달 차로 연이어 무대에 올린 적이 있었다. 그때 문화부 기자들과 관객들은 어느 공연이 더 나았는지 기사와 커뮤니티 채팅창에서 열띤 토론을 벌였다. 발레 마스터들은 굳이 그런 데 관심을 쏟을 시간에 연습이나 더 하라고 했다. 어차피 한국에서 공연하는 고전 발레들의 레퍼토리는 한정적이니 겹칠 수밖에 없었다. 하물며 연말이면 모든 발레단이 「호두까기 인형」을 무대에 올렸다.

결과는 U발레단의 승이었다. 화려한 무대장치와 아름다운 의상들, 극적인 연출을 위해 무대효과도 아낌없이 썼다고 했다. 주역으로 기용한 해외 무용수들의 유튜브 클립까지 찍으면서 홍보에 열을 올렸고, 조역으로 발탁된 무용수가 내년에 해외 유명 발레단에 입단할 예정이라는 기사로 사람들의 이목을 끌었다. 한창 슬럼프에 시달리고 있다던 U발레단의 수석 무용수도 '오로라' 역을 맡아 '로즈 아다지오'를 멋지게 선보였다.

반면 국립발레단은 예전 무대장치를 그대로 썼다. 의상도 너무 고전적이라 칙칙해 보였다. 오 단장은 중요한 건 겉치레가 아니라 춤이라고 했다. 춤으로 승부를 보자며 단원들을 다독였다. 그러나 어느 발레단이든 춤에서는 진심이었다. 국립발레단뿐 아니라 U발레단도 마찬가지였다. 모두가 최선을 다했다. 같은 무용수로서 그 최선을 깎아내리거나 조롱한다는 건 단순한 예의 문제가 아니었다. 일종의 저주였다. 그런 저주는 부메랑처럼 돌아오기 마련이었다.

다만 무대에서는 그 어떤 소소한 운으로 성패가 갈리기 일쑤였다. 주역인 '데지레' 왕자 역을 맡은 종민은 가장 극적이어야 할 '오로라'와의 파드되에서 손목을 삐끗했다. '오로라' 역을 맡은 아영도 턴을 돌다가 무대에서 넘어졌다. 오 단장은 신경 쓰지 않겠다고 했지만, 그 말을 곧이곧대로 믿는 사람은 없었다.

오 단장은 '지크프리트'의 공석을 채우기 위해 국립발레단 내부 오디션을 열겠다고 했다. '지크프리트'를 맡고 싶다면 누구든 지원할 수 있었다. 솔리스트뿐 아니라 연우 같은 드미 솔리스트, 코르 드 빌레와 준단원도. 연우에게는 절호의 기회였다. 아마 영석도 그러리라. 그래서 더 간절했다.

"몸 관리도 프로의 영역이야. 아직 회복 중인데 또 다치면 어쩌려고? 학생도 아닌데, 정신 좀 차려. 올해 무대에서 은퇴할 생각이라면 모를까."

"괜찮다고, 다 나았다니까. 내 몸인데 내가 모르겠냐? 안 그래도 다음 달 즈음에 슬슬 몸 풀러 가야겠다고 생각하던 참이었어."

"죽을 날 받아놨어? 욕심 좀 그만 부려. 넌 얼굴에 왕자 관상이 없어."

"누가 들으면 네가 우리 발레단 예술감독인 줄 알겠다."

"그만."

정서가 말리듯 손을 저었다.

"현정이가 너 걱정해서 그러는 거야. 솔직히 수술까지 했는데, 좀 천천히 복귀해도 되잖아. 「백조의 호수」가 한 번 하고 끝나는 것도 아니고. 내년이든 내후년이든 또 할 텐데."

"그때도 안 되면?"

현정이 혀를 찼다.

"안 되면 어쩔 수 없는 거지. 떼 좀 쓰지 마. 애도 아니고. 「백조의 호수」가 아니라도 좋은 배역 많이 맡았잖아. 세상 사람들도 다 자기가 하고 싶은 대로 못 해도 그냥 살아. 그래도 잘 살아."

"난 못 살겠다니까?"

"쓸데없이 비장하게 굴지 좀 마. 뭐, 무대에서 죽기라도 할 거야?"

"나쁘지 않지."

"겉멋이야."

연우는 저도 모르게 발끈했다.

"겉멋처럼 보이겠지. 넌 적당주의자잖아. 뭐든 적당히 하지. 발레든, 공부든. 적당히 하니까 힘들지도 않겠네. 삶이 편하지? 다 네 뜻대로 되는 것 같고."

현정이 발레를 그만두겠다고 했을 때, 연우는 믿지 못했다. 평화는 현정이 발레무용수가 되길 바랐다. 평화가 없더라도 꿈을 펼칠 수 있도록 시라스와 유산까지 남겼다. 예중 지원을 탐탁지 않게 여기던 원장마저 조문을 와서는 현정을 도와주겠다고 했다. 재능이 아깝다면서. 현정은 그 모든 기회를 걷어찼다. 시라스를 연우와 정서에게 넘겼고, 발레학원도 그만두었다. 하나도 아깝지 않다는 듯이.

몇 년이 지나도 그날의 기억은 늘 생생했다. 평화가 구급차에 실려간 후, 연우는 홀로 객석에 앉아 무대를 바라보고 있었다. 눈물이 흐를세라 소매로 눈가를 몇 번이고 문지르면서 기다렸다. 옆자리에 평화의 인기척이 들리길, 귓가에 기다려줘서 고맙다고 평화가 속삭여주길 바랐다. 제 머리카락을 조심스럽게 쓰다듬던 그 손길도 그리웠다.

현정은 마치 그 모든 걸 다 잊은 사람처럼 굴었다. 연우는 그런 친구가 안타까우면서도 얄미웠다.

"연우 너, 말조심해. 네가 발레 지상주의자인 건 알겠는데 발레를 그만뒀다고 해서 삶이 쉬워지는 건 아냐."

"누가 그렇대?"

"지금 네가 그렇게 말했잖아. 태도도 그렇고."

"난 그냥 적당히 타협하면서 살고 싶지 않을 뿐이야."

"그러니까. 너 지금 똑같은 말만 하고 있잖아."

"내가 언제?"

"네가 옳다고."

"안 그랬어."

"그랬어. 네가 어떻게 살던 상관할 바 아닌데, 네 삶의 방식을 우리한테 강요하진 마."

연우는 살짝 울컥했다. 자신과 현정이 다르다는 건 명백한 사실이었다. 하지만 '우리'라는 말로 자신과 선을 긋는 건 영 마음에 들지 않았다. 비겁했다.

"그래, 난 너처럼 안일하게 살지는 않지."

현정이 빈 잔을 내려놓았다.

"너, 진짜 말 안 통한다."

그 후로 둘 사이에 오간 대화는 없었다.

형중이 미술학원에 보내달라고 했을 때, 부모님은 대답하는 대신 서로 시선을 교환했다. 난처해 보였다. 당시 연우는 중학생이었다. 연우는 고개를 숙인 채 계란말이를 씹는 척했다. 윗니와 아랫니가 일정한 박자로 맞물렸다가 떨어졌다. 하필이면 4월 첫째 주 월요일 아침, 석 달 치 학원비를 내는 날이자 학원 전공생들의 결과 보고회가 있는 날이었다. 연우는 잽싸게 형중의 종아리를 걸어찼다. 제 동생인데도 어째 눈치가 너무 없었다. 형중이 아프다고 입을 삐죽거렸지만, 부모님은 저들끼리 속닥거리느라 바빠 보였다.

연우의 젓가락질이 느려질 즈음 아버지가 형중에게 왜 미술학원에 가고 싶냐고 물었다. 형중은 순순히 대답했다. 친한 친구들이 다 미술학원에 다닌다고. 수업이 끝나면 학원 근처 놀이터에서 노는 게 부러웠던 모양이었다. 연우는 말도 안 되는 핑계라고 생각했지만, 부모님은 한결 가벼워진 표정으로 고개를 끄덕였다.

형중은 두 달 만에 미술학원을 그만두었나. 팔레트에 찌놓은 물감들이 벽돌처럼 딱딱하게 굳어서 쩍쩍 갈라지든 구석에 처박아둔 스케치북이 휘어지든 거들떠보지도 않았다. 요즘 유행한다는 슈팅 게임을 하느라 패드만 들여다보고 있었다. 그 속으로 들어갈 것처럼 잔뜩 구부린 등이 영 눈에 거슬렸다. 연우가 왜 미술을 포기했냐고 묻자 형중은 당연하다는 듯이 대꾸했다.

"귀찮아서."

"귀찮다고?"

"어. 학교에서도 연필 쓰기 싫은데, 굳이 그걸 또 직접 손으로 깎으라고 하니까 귀찮아. 명암인가 뭔가 연습한다고 사각형이나 원만 그리라고 하니까 재미없고. 수채화도 별로야. 어차피 컴퓨터로 하면 색은 금방 넣을 수 있는데. 가성비 떨어져."

제 동생이지만 참 한심해 보였다. 연우는 형중의 등을 걸어찼다. 삑삑거리는 소리가 들렸으나 모른 척했다. 한때 형중은 자신이 깎은 연필이 얼마나 날카로운지 자랑하거나 물감을 겹겹이 칠했을 때 색의 깊이가 더해지는 게 얼마나 신기한지 모른다며 조잘거리느라 바빴다. 그리 좋아했으면서 한 달만에 싫증을 내다니. 아마도 더 잘하는 애가 나타났거나 선생님에게 혼이 났겠거니 싶었다. 자신 역시 그랬던 적이 있었으니까.

며칠 후 어머니가 대청소라는 명목으로 팔레트와 스케치북, 미술학원 가방까지 싹 내다 버렸다. 형중은 좋아했다. 게임 피규어를 놓을 자리가 생겼다는 이유였다. 연우는 어머니도, 형중도 이해할 수 없었다. 만약 자신의 서랍을 정리한답시고 어머니가 낡은 토슈즈나 살짝 올이 나간 타이츠를 버렸다면 어땠을까. 혹여 그게 신으면 유독 턴을 잘 돌게 되는 슈즈라거나 행운의 타이츠였다면, 어머니를 용서하지 못했을 것이다.

　형중은 무엇 하나 진득하게 빠져들지 못했다. 어제까지는 게임에 빠져 있다가 오늘은 웹툰만 보면서 낄낄거렸고, 의사가 되고 싶다더니 갑자기 축구선수가 꿈이라며 축구공을 안고 잤다. 무엇이든 서슴없이 좋아했고, 아무렇지도 않게 좋아하기를 그만두었다. 연우처럼 빠져서 허우적거리지 않았다. 자유로워 보였다.

　자유란 뭘까.

　초등학생이었던 연우는 발레가 너무 엄격하다고 생각했다. 발끝이 복숭아뼈보다 조금 더 위로 올라가거나 아래로 내려가면 턴을 몇 바퀴 돌았어도 오답이었다. 누구보다 높게 뛰어도 발끝이 선생이 원하는 만큼 구부러지지 않으면 그 역시 성의가 없다고 지적받았다. 아무리 우아하게 움직이며 조절을 잘해도 무릎과 발이 바깥쪽을 향해 제대로 턴아웃(turn out)되지 않으면 소용없었다. 정답을 하나하나 맞히는 기분으로 발레를 배웠다.

　중학생 즈음에는 연습실에서 시간을 보내는 데 익숙해졌다. 또래 남자애들하고는 어울리고 싶지 않았다. 발레를 배운다고 하면 온갖 멍청한 질문들에 시달려야 했다. ‘정말’ 남자도 발레를 할 때 쫙 붙는 옷을 입는지, ‘정말’ 발레학원에 여자애들이 많고 다 예쁘게 생겼는지, ‘정말’ 그중에서 누구와 사귄 적이 없는지 꼬치꼬치 캐물었다. ‘정말’ 투성이였다.

집에서도 편치 않았다. 부모님은 툭하면 발레는 잘하고 있느냐고 조심스럽게 물었고, 형중은 씻는 법을 모르는 건지 쾨쾨한 냄새를 풍기고 다녔다. 친척들은 필요 이상으로 대견해하면서도 남자 발레무용수는 돈을 얼마나 버느냐는 질문이나 했다. 연우는 뒤늦게 예중에 지원하지 않은 게 후회가 되었다. 원장은 예원이든 예중이든 중학 과정은 일반 중학교에서 마치는 편이 더 낫다고 했지만, 사실상 중등부 전공반 인원을 채우려는 계산속에 지나지 않았다.

그 모든 소음은 바를 잡는 순간 서서히 사라졌다. 바는 차갑고 묵직했다. 덕분에 한껏 달아올랐던 머릿속이 식고, 중심을 잃고 이리저리 휩쓸리던 몸을 바로 세우는 데 집중할 수 있었다. 발끝부터 엉덩이, 등줄기까지 죽 열이 차오르면 딱딱하게 굳어 있던 목근육도 말랑말랑해졌다. 팔은 옆으로, 발은 아래로, 머리는 위로. 앉아 있을 때는 인지하지 못했던 근육과 신경 들이 하나둘씩 깨어났다. 눈앞에 보이는 모든 세상이 명료해지는 기분이었다.

삶에도 정답이 있다면, 연우는 발레가 자신의 답이길 바랐다. 끔찍한 짝사랑이었다. 발레는 그를 사랑하지 않았다. 발레는 다 열려서 턴아웃이 저절로 되는 골반과 큰 키, 긴 팔다리와 아치가 높은 유럽계 백인을 위한 춤이었다. 원장은 그역시 편견이라고 했다. 해외 발레단에서 활동하는 동양인 무용수들을 보면 그들 못지않은 신체 조건을 뽐내고 있으니까.

그러나 그 역시 소수였다.

성장기의 몸은 감옥과 같았다. 연우는 끊임없이 스트레칭을 하고, 팔꿈치를 면 반죽처럼 비틀어 손끝까지 길게 뽑아내듯 팔을 늘려 쓰려고 노력했다. 발가락 끝으로 바닥을 끊임없이 누르는 한편 흉곽을 조여 끊임없이 위로 끌어 올렸다. 발목과 무릎이 욱신거릴 때까지 힘을 주었다. 도중에 힘이 빠져서 비틀거리느니 차라리 부러질지도 모른다는 생각이 들 때까지 버티는 편이 나았다. 그러면서 몸보다 더 길게 뻗어내고 더 높이 끌어 올리려 했다.

그래도 모자랐다.

분했다. 사랑하는 만큼 사랑받을 수 없다는 걸 알지만, 사랑하는 걸 그만둘 수 없어서. 발레학원을 빠진다고 한들 갈 만한 곳이나 하고 싶은 일이 딱히 떠오르지 않았다. 형중이처럼 게임을 붙잡고 있자니 눈이 나빠지거나 어깨가 굽는 게 싫었다. 축구도 괜히 애들끼리 몸싸움을 하다가 넘어지거나 다칠까 봐 꺼려졌다. 아무것도 하고 싶지 않았다. 연우기 하고 싶은 건 오직 발레뿐이었다. 끔찍했다.

3.

호프집 시계는 포나보다 5분 느렸다. 연우는 서비스로 나온 쥐포 한 조각을 천천히 씹었다. 맞은편에서 안주 접시를 제 쪽으로 끌고 갔다. 주꾸미 불맛 볶음면이라더니 접시에는 새빨간 면만 가득했다. 상관없었다. 주꾸미든 볶음면이든 짜거나 매운 음식은 한 입도 먹고 싶지 않았다. 취할 생각도 없어서 맥주 대신 제로 사이다만 한 캔 더 주문했다. 옆에 앉아 있던 녀석이 웃었다.

"독하다, 독해. 너 지금 휴식기 아니냐?"

"휴식기가 아니라 회복기야."

"그래, 회복기. 회복기 때는 좀 놀아야지. 하긴, 넌 학교 다닐 때도 그랬다. 대체 뭔 재미로 사는 거냐?"

"춤추는 재미로 살지."

"지금 뭐 인터뷰하는 거야?"

다른 놈들도 야유를 보냈다. 연우는 무시하고 제로 사이다를 마셨다. 오늘 모인 예고 동기 다섯 명 중 연우와 정찬만 발레단에 남아 있었다. 나머지는 일찌감치 발레를 그만두거나 퇴단했다. 테이블 끄트머리에 앉아 있던 동기가 불콰해진 얼굴을 내밀고선 연우와 정찬을 차례로 가리켰다.

"쟤네가 우리 과에서 제일 독했잖아. 김정찬이 1등, 주연우가 2등."

"아냐, 주연우가 1등이지. 쟤 로잔 콩쿠르 끝날 때까지 치즈는 입에도 안 댔어. 유당불내증 때문에 가스 차면 안 된다면서."

"김정찬도 장난 아냐. 배 선생이 실기시험 전날에 안무 바꿨는데 쟤 혼자만 다 외워왔어."

정찬이 고개를 저었다.

"주연우가 진짜지. 쟤 지금 오징어랑 쥐포 말고는 안주에 손도 안 댔어."

연우가 눈을 흘겼다.

"의사 선생님이 너무 짜거나 단건 삼가라고 했다니까."

그 말에 주꾸미 불맛 볶음면을 젓가락으로 열심히 제 접시에 덜던 동기가 어이없다는 듯한 표정을 지었다.

"야, 우리가 언제부터 의사 말 잘 들었다고 그러냐. 핑계도 가지가지다."

더 말을 얹었다가는 본전도 못 건질 것 같았다. 연우는 말없이 쥐포만 씹었다. 턱이 얼얼했다. 혹시 주걱턱이 되지는 않을까 싶어 그냥 입에 남아 있는 조각을 그대로 삼켰다. 목구멍이 따가웠다. 괜찮았다. 자신은 춤추는 사람이지, 말하는 사람이 아니니까. 말하는 데는 서투를 수밖에 없었다.

그날 밤 이후로 정서와 현정이 있는 단톡방은 조용했다. 벌써 일주일째 냉전 상태였다. 딱히 큰소리나 육탄전이 오간 건 아니지만, 현정도 연우도 서로의 말에 기분이 상한 건 사실이었다. 평소 소소하게 말다툼할 때야 금방 풀렸지만, 이번에는 오래갈 조짐이 보였다. 하필이면 다른 날도 아닌 평화의 제삿날에 싸우다니. 연우는 마음이 무거웠다.

정찬과 동기들은 질리지도 않는지 계속 과거를 들먹였다. 대부분 비슷한 패턴의 반복이었다. 누군가 2학년 때 실기시험에서 단체로 순서를 잊어버렸던 순간을 이야기하면, 1열에 서 있었던 애가 시초였다는 말이 나왔다. 다른 목소리가 끼어들어서 1열이 아니라 2열이라고 반박했다. 어떤 애는 배 선생에게 토슈즈로 엉덩이를 맞았다가 피멍이 들었다며 몸서리를 쳤다. 수도 없이 들었던 이야기였지만, 연우는 그들과 함께 웃었다.

과거는 바뀌지 않았다. 그래서 지겨웠지만, 묘하게 안도가 되기도 했다. 무탈하지는 않았으나 무사히 지나왔으니까. 가장 많이 노력했던 만큼 가장 많은 상처를 받았던 시간이었다. 누구 하나 죽지 않고 살아남아 어른이 되어 이 자리에 앉아 있다는 것만으로도 다행이라고 생각했다.

쟁쟁한 경쟁률을 뚫고 예고에 입학했을 때, 그들은 아직 아무것도 아니었다. 선생들은 무엇이든 되고 싶다면 노력하라고 했다. 끊임없이 한계에 부딪히라며 부추겼다. 두드려라, 그러면 열릴 것이니. 열리지 않는다면 결국에는 아무것도 되지 못한 것이다. 아무것도 되지 못한 미래, 발레의 세계에서 영영 밀려날지도 모른다는 공포에 모두가 사로잡혔다. 영재원에 다니거나 콩쿠르에서 상을 휩쓴 애들조차 두려워했다.

언제까지 두드려야 할까.

얼마나 더 버틸 수 있을까?

가만히 있는 건 고역이었다. 모두가 연습에 몰두했다. 굳게 닫힌 문을 향해 온몸을 던져 부딪혔다. 끊임없이 돌고 뛰었다. 끝내는 땀으로 젖고 너덜너덜해진 채 차가운 연습실 바닥에 드러누웠다. 기숙사 침대에 누우면 꿈꿀 새도 없이 곯아떨어졌다. 꿈꾸지 않는 편이 나았다. 악몽을 꿀 테니까. 다음 날 아침이면 몸이 갈래갈래 찢어지는 듯한 근육통에 시달렸다. 아프다고 움직이지 않으면 몸이 더 욱신거렸다. 하루하루가 고통의 나날이었다.

아이들은 소진되다 못해 초라해졌다. 저도 모르던 밑바닥을 드러내거나 드러내지 않으려고 악을 썼다. 따돌림, 거식증, 다이어트약 중독, 험담, 도둑질, 질투심……. 몇몇은 수치심에 못 이겨 사물함을 비우고 사라졌지만, 연우를 비롯한 아이들은 조금 더 솔직해졌다. 솔직하게 초라한 자신을 받아들였다. 받아들이지 않으면 버티지도 못했다.

문을 연다고 해도 마냥 기뻐할 수만은 없었다. 그 안으로 들어가면 다른 문이 보였고, 간신히 열어젖혀도 또 다른 문이 나왔다. 국제 콩쿠르에서 좋은 상을 받는다 한들 대학 입시나 발레단 오디션에도 붙으리라는 보장은 없었다. 발레단 오디션에 붙어도 준단원부터 시작하는 경우가 허다했다. 눈에 띄게 잘해도 더 잘하는 사람이 있으면 묻혔다. 문 뒤에 무엇이 있는지, 얼마나 더 많은 문을 열고 들어가야 하는지는 아무도 몰랐다.

선택지는 둘뿐이었다. 문을 계속 열고 들어가거나 더는 열지 않고 돌아서는 것.

예고 3년을 함께했던 동기 중 반 이상은 발레무용수의 길을 포기했다. 발레학원 강사나 물리치료사, 안무가, 의상 디자이너 등 발레와 관련된 직업에 종사하거나 더러 정서처럼 은행 같은 전혀 예상치 못한 곳에서 근무하기도 했고, 아예 발레가 아닌 현대무용으로 방향을 틀기도 했다.

정찬이 손을 뻗어 연우의 팔을 건드렸다.

"그러고 보니 정서는 잘 지내냐? 나 걔랑 예무제 때 「파키타」 했잖아."

"못 지낼 건 없지."

못 지내기는커녕 단톡방이 조용하든 말든 신경도 쓰지 않을 것 같았다. 정서는 뒤끝도 없고 어른스러운 편이지만, 그만큼 냉랭한 면도 있었다. 연우는 스마트폰 화면을 슬쩍 훑어

보았다. 잠잠했다.

"싸웠냐?"

"안 싸웠어."

"그냥 네가 사과해."

"안 싸웠는데 왜 사과해?"

"네가 잘못했을 테니까. 김정서는 어지간하면 화 안 내잖아."

김정서와 싸운 적도 없었고, 김정서에게 잘못한 것도 없었다. 없는 것 같았다. 없는 게 맞겠지. 연우는 관자놀이를 엄지로 꾹꾹 눌렀다. 머리가 욱신거렸다. 다른 동기가 짓궂게 물었다.

"야, 그런데 김정찬은 왜 김정서 편을 들어? 너 김정서 좋아했냐?"

"이성적으로 좋아한 건 아니고, 동기로서 참 좋은 애라고 생각했지. 예무제 때, 사실 내가 한사라랑 파트너로 출 예정이었거든. 그런데 배 선생님이 한사라한테 3하년 선배랑 추라고 했어. 내가 한사라보다 작아서 영 그림이 안 된다면서. 그땐 나도 속상해서 정서에게 엄청 틱틱댔지. 그래도 걔는 화 한 번 안 내더라."

"한사라는 어떻게 사나 모르겠다. 여자애들이 엄청 싫어했잖아."

"야, 너도 여자였으면 한사라한테 질투했을걸. 그나마 네가 남자라서 신경 덜 쓴 거야."

발레는 공평하지 않았다. 아무리 실력이 뛰어나도 그림이 되지 않는다는 이유 하나만으로 캐스팅에서 밀려나곤 했다. 연우는 반사적으로 정찬의 표정을 살폈다. 정찬은 남자 동기 중 키가 제일 작았지만, 프리랜서 무용수로 활동하면서 계속 발레단 오디션을 봤다. 그 결과 시립발레단에 입단해 솔리스트까지 올라갔다. 지난 연말에도 「호두까기 인형」에서 '호두까기 왕자'로 캐스팅이 될 만큼 발레단 사람들에게 인정도 받고 있었다.

연우도 꼭 보러 가겠다고 약속했다. 정찬이 그토록 기쁜 목소리로 연락한 건 처음이었다. 꽃다발에 선물까지 사들고 갔지만, 정작 건네주지는 못했다. 캐스팅 명단에서 정찬의 이름은 '호두까기 왕자'가 아니라 조역인 '드로셀마이어' 옆에 적혀 있었다. 연우는 공연장으로 들어가는 대신 정찬에게 일이 있어서 못 가겠다는 문자를 보냈다. 며칠 후, 정찬에게서 답장이 왔다. 다음에는 꼭 오라고.

"뭐, 그땐 우리 다 어렸지. 다 못났고, 쪼잔하고, 치사하고."

정찬의 말에 모두가 동의했다.

모두 어리고 연약했으며 서툴렀다. 서로 다른 모양의 돌들이 바구니 안에서 부딪치고 깨지듯 싸우기도 많이 싸웠고, 함께 구르면서 경쾌하게 소리를 내듯이 즐겁게 웃기도 했다. 아무도 모르는 미래를 상상하며 수도 없이 희망을 품거나 절망에 빠졌다. 그러면서 3년이라는 시간을 함께 보냈다. 서로 연락은 하지 않더라도 묘한 전우애가 있었다. 정찬이 연우의 팔을 토닥였다.

"어쨌든 연우야, 김정서한테 안부 전해줘. 국립만 보지 말고 나중에 우리 발레단 공연도 좀 보러 오라고 해주고."

"생각해볼게."

적어도 연우는 먼저 연락할 생각이 없었다.

선주는 연우와 눈이 마주치자마자 소리쳤다.

"멀쩡하네!"

연습실 거울 앞에서 머리를 묶던 하영도 손을 흔들었다. 구석에서 플랭크를 하던 현성이 연우를 향해 달려왔다. 다른 단원들도 하나둘씩 다가와서 연우의 몸을 이리저리 살폈다. 몇몇은 등이나 어깨를 소리가 날 정도로 세게 때리기도 했다. 현성도 은근슬쩍 때리려고 하다 연우가 눈을 흘기자 그만두었다. 대신 연우에게 팔짱을 끼면서 징징거렸다.

"형, 진짜 보고 싶었어요."

현성이 하는 말 중 반은 허풍이지만, 연우도 반갑긴 했다. 그는 현성을 뿌리치는 대신 격려하듯 어깨를 두드려주었다. 원래 '알리' 대역을 맡아야 했는데, 영석에게 밀려났으니 속상했을 터였다.

"그래, 넌 왜 클래스 전부터 팔이 젖어 있냐. 뭐 세수라도 하고 왔어?"

"아뇨, 헬스하고 왔는데요."

연우는 현성에게 다정한 목소리로 말했다.

"어쩐지 땀 냄새가 나더라. 떨어져."

때마침 최 선생을 비롯한 발레 마스터들과 반주자가 연습실로 들어왔다. 오전 발레 클래스에는 보통 발레 마스터 한 명, 많아봤자 둘이 들어오는 편이었다. 「백조의 호수」 캐스팅 때문일까. 현성은 요 며칠 계속 총동원되는 중이라고 속삭였다. "부담스럽다니까요." 부담스럽더라도 오 단장이 오디션을 열겠다고 한 이상 발레 마스터들도 촉각을 곤두세울 수밖에 없었다. 하물며 공연까지는 채 두 달도 남지 않았으니 속이 탈 만했다.

연우는 제 팔에 엉겨 붙는 현성을 떼어낸 후 이 선생에게 다가갔다. 이 선생은 피아노에 팔을 걸친 채 반주자와 대화 중이었다. 연우는 두 손을 앞으로 포갠 채 기다렸다. 이 선생은 발레 마스터 중 제일 고참이었다. 아무리 잘하는 무용수라도 시선을 덜 쓰거나 자세가 깔끔하지 않으면 바로 불호령이 떨어졌다. 일부러 멀찍이 서 있어도 이 선생의 눈을 피할 수는 없었다. 게다가 예의도 엄격하게 따졌다. 무용수들 사이에서 학주라 불릴 만했다.

반주자가 연우를 보면서 웃었다.

"연우 씨 왔으니까 오늘은 좀 신나게 갈까 봐요. 어떠세요,

선생님?"

그제야 이 선생이 연우를 돌아보았다. 연우는 몇 번 눈을 깜박이며 웃어 보였다. 이 선생 앞에서는 살짝 긴장한 기색을 보이는 편이 좋았다. 이 선생은 너무 자신만만하게 구는 무용수를 좋아하지 않았다. 예전에는 클래스 도중 수석 무용수 종민에게 얼마 안 되는 제 실력을 믿고 오만하게 굴지 말라며 일갈하기도 했다.

"연우는 오늘 몸 좀 어떤가?"

"아, 선생님께서 예전에 해이해지면 안 된다고 하셔서 저도 틈틈이 운동하기는 했는데……. 다시 기초부터 쌓는다는 마음으로 열심히 하겠습니다. 많이 가르쳐주십시오."

"뭘 많이 가르쳐줘. 수석이면 알아서 잘해야지."

타박하기는 했으나 이 선생은 연우의 겸손한 태도가 마음에 든 모양이었다. 반주자가 웃으면서 이 선생의 팔꿈치를 건드렸다.

"신생님, 연우는 아직 솔리스트에요."

"뭐, 앞으로 수석도 되어야지. 주연우, 수석 안 할 거야?"

당연히 하고 싶었다. 하고 싶어도 바로 그러겠다고 답해선 안 됐다. 연우는 어깨를 움츠리면서 난처하다는 듯이 웃음을 흘렸다. 조금 수줍어 보여야 했다.

"네, 더 열심히 하겠습니다."

"오늘 복귀 첫날이니까 너무 무리하지는 말고."

"네, 감사합니다. 더 열심히 할게요."

"적당히 열심히 해. 얘는 너무 모범생이라서 문제야. 준단
원 때도 선배들 하는 거 보고 배우겠다고 연습실 죽돌이처럼
붙어 있었다니까."

최 선생이 건들거리면서 다가오더니 연우의 어깨에 손을
얹었다.

"이 선생님, 얘가 진짜 독종이에요. 전에 깁스 차고서 연습
한다고 나온 적도 있어요. 진짜 엉덩이를 걷어차서 내쫓았는
데. 너 진짜로 다 나은 거지?"

반주자가 걱정하는 눈빛으로 연우를 바라보았다. 연우는
손을 내저었다. 정말로 다 나았다고, 몇 번이고 말했다. 이 선
생이 혀를 찼다.

"여기 독종 아닌 놈들이 어딨어. 독하니까 여기까지 왔지.
어쨌든 주연우, 상태 이상하다 싶으면 바로 빠져. 무리하면 안
된다."

연우는 순순히 고개를 숙였다.

"네. 감사합니다."

나름 성공적이었다. 연우는 다른 발레 마스터들에게도 인
사한 후 자리로 돌아왔다. 하영과 같은 바였다. 현성이 저를
향해 두 팔을 흔들었지만 못 본 척했다. 하영이 웃었다.

"야, 현성이가 아주 애가 탄다. 애가 타."

"쟤 음악 너무 빠르게 써서 옆에 서기 싫어."

"그럼 바 순서 안 외워도 되잖아. 현성이가 먼저 하는 거 보면 되니까."

"바 순서도 틀려. 쟤 지금 내 순서 컨닝하려고 부르는 거야."

"어떻게 빨리하는데 순서 컨닝도 해? 대단하다."

골반을 이리저리 굴리고 다리를 찢으면서 하영과 대화를 하고 있자니 연우는 점점 마음이 놓였다. 이제야 자신이 있어야 할 곳으로 돌아온 기분이었다. 새하얀 벽, 높은 천장, 수많은 발끝이 스친 자국들이 하얗게 남아 있는 바닥과 제각기 몸을 푸는 동료 무용수들까지. 그중 한 명이 보이지 않았다. 연우는 하영에게 한껏 작게 낮춘 목소리로 물었다.

"오늘 김영석이 늦나 보네."

보통 영석은 일찍 와서 요란하게 몸을 풀곤 했다. 다른 단원들이 바를 세워놓고 몸을 풀고 있는데 저 혼자 구석에서 펄쩍펄쩍 뛰고 턴을 돌았다. 오늘도 그 원맨쇼를 볼 줄 알았건만, 조역 한 번 맡았다고 그새 나사가 풀렸나 싶었다. 발가락에 밴드를 감던 하영이 째려보았다.

"너 단톡방 알림 또 꺼놨지?"

"아냐, 본 거 같은데 기억이 안 나서 그래."

사실 꺼놨다. 하영이 토슈즈로 연우의 등을 내리쳤다. 꽤 아팠다.

"복귀 첫날부터 사람을 치네. 너 이거 고소감이다."

"진짜 고소할 수 있을 만큼 때려줘?"

하영이 다시 토슈즈를 치켜들었다. 연우는 얼른 두 손을 들어 막았다. 어찌나 단단한지, 토슈즈 역시 흉기로 인정해야 했다.

"그래서 뭐, 어디 지방 공연이라도 갔어?"

"진짜 안 봤나 보네. 영석이 다쳤잖아."

어째 병문안까지 온 애한테 연락 한 통 안 하느냐며 하영이 닦아세웠다. 연우도 나름 억울했다. 수석 무용수인 선주도 발레단 단톡방을 제때 확인한 적이 없었다. 사실 단원들만 있는 단톡방이다 보니 오가는 대화라곤 저녁에 치팅 데이 겸 떡볶이 먹을 사람을 모으거나 오늘 발레 마스터 기분이 어떻다는 이야기 정도였다. 설령 영석이 다쳤다는 소식을 접했다 한들 달라질 건 없었다. 영석과 번호를 교환한 적도 없으니까.

영석의 번호야 다른 사람에게 물어보면 알 수 있을 테지만, 딱히 내키지 않았다. 자신이 무슨 말을 한들 무슨 소용일까. 친하지도 않은 사람이 격려 문자를 보내봤자 불편할 뿐이었다. 조롱으로 곡해하거나 되레 짜증이 날지도 몰랐다. 연우가 굳이 연락할 이유는 없었다.

발레 마스터가 손뼉을 쳤다. 클래스가 시작되었다. 플리에, 탄듀, 제떼…… 늘 하던 순서였다.* 단원들은 바를 잡은

---

* '플리에(plié)'는 무릎을 구부리는 동작, '탄듀(tendu)'는 발끝으로 바닥을 쓸면서 다리를 곧게 뻗는 동작, '제떼(jeté)'는 한쪽 발끝을 바깥쪽으로 차면서 다리를 쭉 내뻗는 동작으로, 이는 발레의 기본 동작들이다.

채 몸을 열고, 구부리고, 늘리고, 세웠다. 연우는 무릎에 힘을 주었다. 단련한 덕분인지 왼쪽 무릎도 이제는 오른쪽 무릎만큼이나 잘 펴졌고 힘도 잘 들어갔다. 힘차게 발을 높게 차올리는 그랑바트망(grand battement)을 끝으로 바 순서를 마쳤다.

바를 벽 쪽으로 옮길 때 하영은 영석이 왜 다쳤는지 알려주었다.「해적」마지막 공연에서 영석은 실수 없이 '알리'를 췄다. 입단 후 처음으로 이름 있는 역을 맡은 무대였다. 단원들은 성공적인 데뷔를 축하하며 칭찬을 아끼지 않았다. 영석은 아무 말 없이 미소만 지었다. 모두 영석이 수줍어하는 줄 알았다. 커튼콜이 끝난 후, 막이 내려가자마자 영석은 쓰러졌다. 오른쪽 정강이에 금이 갔다고 했다.

"안됐네."

"영혼을 좀 담아서 말해봐. 그래도 후배인데."

"후배는 무슨. 걔는 H대 출신이잖아."

출신 대학뿐 아니라 고등학교도 달랐다.

"너보나 발레단에 늦게 들어왔으면 후배고 동생이지. 대학교 타령 좀 그만해."

H대 출신이 문제라기보다는 영석의 인성이 문제였다. 성격이 나쁘다고 할 수는 없으니 괜히 대학교를 들먹이는 것뿐이었다. 연우가 연습실로 들어왔을 때 제일 먼저 반겨준 선주도 H대를 졸업했고, 병원에 있는 동안 기프티콘을 보내며 안부를 물었던 종민도 H대 수료였다.

H대는 경쟁률이 높은 데다 뽑는 인원도 적었다. 그만큼 자부심을 가질 만하다고 생각했다. 다른 대학들의 무용과는 실기수업이 적어서 춤추거나 연습할 시간이 부족했고, 고약한 교수를 만나면 무대 경험을 쌓아야 한다는 핑계로 온갖 공연에 무급으로 동원되기 일쑤였다. 반면 H대는 실기수업이 많았고, 파드되 수업이 따로 있을 뿐 아니라 무용 이론 수업에도 소홀하지 않았다. 솔직히 부럽긴 했다.

센터 클래스 때 연우는 연습실을 날아다녔다. 몇몇이 박수를 보냈다. 종민이 어깨를 두드리면서 어째 전보다 더 잘한다고 칭찬했고, 선주도 그간 좀이 쑤셨던 모양이라며 웃었다. 점프 때는 이 선생도 좋다고 외쳤다. 이 선생이 칭찬하다니, 드문 일이었다. 연우는 애써 웃음을 참았다.

클래스가 끝나자 단원들은 공연 연습을 준비했다. 맡은 배역이 없으니 그만 가도 될 테지만, 연우는 연습실 벽에 기대앉았다. 구경하는 척 분위기를 살필 생각이었다. 두 다리를 쭉 뻗고 앉아 있었지만, 이내 이 선생을 보고 일어났다. 이 선생이 앉아 있으라는 듯이 손을 내저었다.

"오늘 너무 무리한 거 아니지? 들어가도 되는데."

"괜찮습니다. 배역을 맡진 못했지만, 보고 배우고 싶어서요. 「백조의 호수」도 좋아하고요."

은근슬쩍 운을 띄우자 이 선생의 눈썹이 살짝 올라갔다.

"주연우가 「백조의 호수」 좋아하는 줄은 몰랐네. 좀 파워

풀한 편이라서."

"네, 어릴 때부터 좋아했어요. 저 예전에 선생님께서 '지크프리트'로 추셨을 때도 영상 찾아서 봤어요."

"그래? 그럼 무슨 배역을 맡아보고 싶어?"

기회였다. 연우는 일부러 뜸을 들이면서 이 선생의 눈치를 봤다. 이 선생이 편하게 얘기해보라며 채근했다. 눈앞으로 토슈즈를 신은 무용수들이 떼를 이루어 지나갔다. 토슈즈가 바닥에 부딪히면서 나는 소리가 귓속까지 파고드는 듯했다. 지금이었다. 연우는 쑥스러운 듯이 대답했다.

"'지크프리트'요."

"의외네. '로트바르트'일 줄 알았는데."

"'로트바르트'도 좋고 어려운 배역이라고 생각합니다. 호영이 형만큼 잘하려면 많이 노력해야 할 테지만요."

"호영이가 잘하지. 잘하는데, '지크프리트'하고는 결이 다르니까……. 정말로 '지크프리트' 해보고 싶어?"

연우가 이번에는 바로 고개를 끄덕였다. 문이 열리든 말든 상관없었다. 설령 열리지 않을지라도 좋았다. 그는 제 눈앞에 있는 이 손잡이를 잡아당길 준비가 되어 있었다.

정서는 한강 공원에서 가볍게 맥주나 한 캔 마시자고 했다. 연우는 그녀가 사온 맥주가 몇 캔인지 눈으로 세어보았다. 일곱 캔, 혹은 그 이상. 맥주 캔이 담긴 비닐봉지가 곧 터질 것 같았다.

"안주는?"

"감자칩 샀어."

"나 많이는 못 마셔."

"괜찮아, 제로에 무알코올이야."

"제로라면 예고 때 너무 마셔서 질렸어."

그러면서도 연우는 제로 맥주 캔을 집었다. 날씨는 아직 후덥지근했지만, 해가 없는 밤이고 강가라 그런지 선선했다. 아마 다음 달이면 모기가 득실거릴 터였다. 예전에 평화가 했던 말이 기억났다. 한때는 밤낮을 불문하고 찌는 듯한 무더위가 이어졌다고. 철도선을 깔거나 아파트를 무너뜨렸다가 도로 짓는 데 몰두했던 정치인들은 뒤늦게 녹화산업을 진행했지만, 잃어버린 가을을 되찾진 못했다.

연우에게 가을은 책에만 있는 계절이었다. 1년 중 덥거나 추운 날씨가 대부분이고, 잠깐 덜 덥거나 덜 추울 때가 있긴 했으나 그마저도 금방 지나갔다. 모르는 계절을 그리워할 수는 없었다. 오지 않은 미래 역시 그랬다. 연우는 가끔 셋이 함께 예중과 예고에 진학했다면 어땠을지 상상해보곤 했지만, 정서나 현정에게는 말하지 않았다.

정서가 젓가락으로 감자칩을 집어 먹으면서 물었다.

"그러고 보니 너희 발레단하고 U발레단만 「백조의 호수」를 올리나."

"아무래도 그렇지. 인원도 그렇고 규모가 큰 공연이니까."

지역 시립발레단에서 공연한다 한들 일부만 추리거나 갈라쇼 형식으로 주요 안무만 무대에 올리는 게 다였다.「백조의 호수」전막 공연을 소화할 수 있는 발레단은 국내에 몇 없었다. 시립발레단이라도 무용수들의 월급은커녕 계약직으로 수당만 지급하는 경우가 잦았다. 춤추고 싶다는 마음으로 쟁쟁한 오디션 경쟁률을 뚫고 입단하더라도 경제난이나 무리한 공연 스케줄을 소화하다가 입은 부상으로 결국 버티지 못하고 퇴단하기 일쑤였다.

"요즘 전공하는 애들은 다 길고 예쁘더라. 더 잘하고."

"그래봤자 뭐해. 우리 학생 때나 지금이나 발레단 수는 똑같은데. 아니다, 하나 줄었나? 요즘도 다들 해외로 나가더라."

"변할 게 없으니까 변한 것도 없지."

국내 콩쿠르에서 높은 상을 탄들 특별하게 주목받지 않는 이상 무대에 오를 기회가 없었다. 발레단에 입단할 확률도 희박했다. 전공생들이 국제 콩쿠르에 기를 쓰고 나가는 이유였다. 국제 콩쿠르에서 입상하면 해외 발레단에 연수 제의를 받거나 발레학교 장학금을 탈 가능성이 높았다.

그마저도 안 되면 직접 유럽 전역을 돌며 오디션을 보거나 자기소개 영상을 만들어 해외 발레단에 일일이 메일을 보냈다. 무용수들은 낯선 언어와 문화에 치이거나 끔찍한 향수병에 시달릴지언정 무대에 설 수 있길 바랐다. 제대로 된 월급을 받으면서 춤에만 집중할 수 있는 날을 꿈꿨다. 국내 무용수들 대부분은 공연 수당만으로는 생활이 어려워서 레슨을 병행하지 않으면 제 밥벌이조차 하기 어려웠다. 물론 아주 부유한 집안에서 태어난 무용수들은 예외였다.

"넌 해외 발레단은 생각 없었어?"

"어, 난 쌀밥 먹어야 해."

"너 쌀밥 안 먹잖아. 현미밥만 먹으면서."

"비유야, 비유."

해외 생활 역시 만만하지는 않았다. 몸과 마음이 다 너덜너덜해져서 조용히 귀국하는 무용수들도 더러 있었다. 하다못해 모두가 선망하고 질투했던 백조, 한사라도 영국 로열발레단에서 돌아오지 않았던가. 연우는 새 맥주 캔을 땄다.

언제까지 무대에 설 수 있을까.

이전에는 원치 않는 배역을 받아도 금방 훌훌 털어버릴 수 있었다. 저를 놀리는 현정에게 한마디 해주고 정서의 서툰 위로와 격려를 듣다 보면 기분도 좀 나아졌다. 지금은 아니라도 후일 기회가 찾아오리라고 믿었다.

더 노력했다. 더 높이 뛰고, 더 많이 돌려고 애를 썼다. 실수를 줄이고, 다른 무용수들의 영상을 보면서 손끝과 표정, 시선까지 따라 해보기도 했다. 오 단장과 발레 마스터들, 다른 단원들뿐 아니라 반주자에게 좋은 이미지를 유지하려고 마음에도 없는 말을 건네고, 하고 싶은 말이 있어도 꾹 참았다. 다치면 정형외과와 한의원 등 온갖 병원을 순례하듯 쏘다녔고, 폐활량이 떨어지는 게 두려워 담배도 끊었다. 무릎도 새로 갈아 끼웠다.

현정은 비장해지지 말라고 했지만, 연우는 비장해질 수밖에 없다고 생각했다. 무대는 단 한 번뿐이다. 관객들은 아낌없이 박수를 보냈지만, 어떤 실수든 바로 알아차렸다. 가장 엄격한 심사위원이었다. 그 시선을 의식하는 순간 몸부터 움츠러들곤 했다. 머릿속 안무도 잊어버리고, 이전에 다쳤던 경험이 떠올라 마음도 부산스러워졌다. 두려움은 독이었다. 넘어지는 걸 두려워하면 꼭 넘어졌다. 넘어지더라도 제대로 뛰고 돌겠다고 마음먹는 편이 나았다.

감자칩 다음은 새우깡을 먹을 차례였다. 연우는 젓가락으로 새우깡을 집으려다가 두 번이나 떨어뜨렸지만, 정서는 젓가락질 한 번에 세 개를 집었다. "대단하다, 대단해." 연우가 뭐라고 하든 정서는 아랑곳하지 않았다. 어디선가 새소리가 들렸디. 언우는 바닥에 떨어진 새우깡들을 발로 찼다.

"요즘 뉴스에서 그러더라. 비둘기들이 낮이고 밤이고 출몰한다고. 새들도 먹고살기 힘든가 봐. 인간으로 치면 야근하는 셈이지."

"그냥 밝아서 낮인지 밤인지 구분을 못 하는 거겠지."

"아냐, 어두운 곳은 늘 있어. 우리 인생처럼."

정서는 젓가락을 멈추고선 연우의 안색을 살폈다.

"취했어?"

"무알콜인데 취하긴 뭘 취해."

연우는 성을 내고는 남은 맥주를 확인했다. 아직 찰랑거리는 소리가 들렸다. 정서가 그 캔만 마시고 끝내라고 했지만, 아직 맥주가 세 캔이나 남아 있었다.

"현정이한테는 연락해봤어?"

"아니. 차현정도 연락 안 하던데."

"지금 걔네 회사 바쁠 때라서 그래."

"누구는 안 바쁜가."

저 멀리 풀밭에 앉아 노는 사람들이 보였다. 어두워서 얼굴은 잘 보이지 않았지만, 끽해야 20대 초반인 듯했다. 쉴 새 없이 웃고 떠드는 모습이 마치 청춘영화 속 한 장면 같았다.

"좋을 때지."

연우는 그 영화의 조연이나 할 법한 대사를 떠올렸다. 무용과 신입생이었을 때, 연우도 잠깐 대학 동기들과 어울려 다닌 적이 있었다. 처음에는 부모님들과 선생님들의 간섭으로부터 해방되었다는 사실만으로 기뻐했다. 이제 그들은 성인이었다.

성인이 된 이상 스스로 선택할 수 있었다. 대학 동기 중 몇몇은 밤새 술을 마시고는 퉁퉁 부은 얼굴로 연습실에 들어왔다. 교수도 처음에는 꾸중했지만, 나중에는 신경도 쓰지 않았다. 그저 대학에 들어왔으니 기쁘냐고 물어봤을 뿐이었다. 처음에는 모두 고개를 끄덕였다. 고등학교 3년 내내 입시에 모든 걸 쏟아붓다시피 해서 들어왔으니 기쁜 게 당연했다. 당연한 걸 왜 묻는지는 나중에서야 깨달았다.

연우는 대학이라는 문턱을 넘어선 후 다음 문을 여는 데 집중했다. 콩쿠르에 나갔고, 방학 때는 발레학원에 다니거나 레슨을 받았다. 한시라도 몸이 둔해지도록 내버려두지 못했다. 술 마시는 건 좋아했지만, 정서와 현정이 있는 자리에서만 조금씩 마셨다. 마침내 국립발레단 준단원으로 입단했을 때도 딱 사흘만 기뻐하고 말았다. 문이 열렸으니 또 다른 문을 향해서 나아가야 했다.

이 선생의 말마따나 연우는 솔리스트에서 만족할 생각은 없었다. 이름 없는 군무에서부터 단역, 조역을 거쳐 주역을 따내고 제 이름을 기억하는 관객들이 생길 때까지 노력했다. 노력으로 안 되는 순간에는 운이 따르길 바랐다. 바라고 또 바라다가, 지치기도 했다. 얼마나 더 많은 문을 열어야 하는 걸까 막막하다고 생각한 때두 있었다.

정서가 젓가락을 내려놓았다.

"현정이는 무서운 거야."

"뭐가 무서워?"

"네가 그렇게 춤추는 걸 좋아하는데, 정말로 출 수 없는 날이 오면 어떡하나 싶은 거지."

언젠가는 올 미래였다.

연우도 알고 있었다. 인간의 몸은 시간이 가면서 점점 낡고 망가졌다. 알고 있지만, 생각하고 싶지는 않았다. 눈앞에 보이는 문을 여는 데만 집중하고 싶었다. 열고, 지나가고, 열고, 지나가길 반복했다. 반복에 익숙해질수록 반복이 멈추는 순간이 두려워졌다. 문을 열고 들어갔을 때 더는 열고 들어갈 문이 없다면 어떨까.

평온하다 못해 벽처럼 고요한 미래, 그 앞에서 버틴들 없던 문이 생길 리 없었다. 결국에는 자신이 열고 지나왔던 문들을 하나하나 되짚어가면서 돌아가야 했다. 연우에게는 악몽과 같았다. 저 환한 무대에서 뒤로, 혹은 객석으로 밀려나 아무것도 없고 아무것도 아닌 자신으로 되돌아와야 했다. 움직이는 건 두 눈동자와 손뼉을 치는 두 손뿐.

"나도 무서워."

무대에서 죽고 싶다는 말은 진심이었다. 연우는 부상이든 노화든 그 어떤 이유로도 무대에서 내려오고 싶지 않았다. 정서는 다시 새우깡을 집어 먹었다. 이번엔 네 개였다. 연우도 지지 않고 손가락으로 네 개를 한 번에 집었다. 정서가 젓가락을 까닥거리며 말했다.

"그러면 관리 잘해."

"안 그래도 잘하고 있어."

연우는 가방 바닥에 처박아 둔 포나가 마음에 걸렸다. 가끔 전자시계 대용으로 쓰긴 했지만, 그 역시 2주 전이었다. 재

활이야 재활센터와 병원에 꾸준히 다니는 것으로 충분할 터
였다.

"네 몸도 그렇고, 현정이도 그렇고. 절교할 건 아니잖아."

"아쉽지만, 아직은 30주년이 안 돼서 절교는 못 해."

"그럼 언제 연락할 건데?"

입안이 짰다. 연우는 남은 맥주를 마저 마셨다. 한 방울도
남지 않을 때까지. 맥주 캔을 거꾸로 들고 제 머리에 터는 시
늉을 했다. 정서는 웃지 않았다. 연우는 머쓱해졌다.

"내가 표 보내줄 테니까 같이 공연 보러 와.「백조의 호수」."

역시 현정이도 있어야 했다.

4.

　연우가 '지크프리트'로 무대에 오르는 날은 단 하루, 단 한 번뿐이었다. 꿈만 같은 기회였다. 하영은 제 일인 양 기뻐했다. 몇 번이고 축하한다면서 연우의 등을 때렸다.

　"노예에서 왕자라니, 신분 상승했네!"

　노예든 왕자든 하영의 손이 매운 건 변함없었다. 연우는 슬쩍 그 손을 피했다. 드물게 연습이 일찍 끝난 날이었다. 둘이 발레단 건물을 나서자 후덥지근한 바람이 불어왔다. 낮보다는 선선했다. 곧 가을이었다.

　"공연 끝나고 한턱 쏴."

　"현성이랑 똑같은 말을 하네. 둘이 짰냐?"

　현성이도 축하하긴 했다. "형이 될 줄 알았어요." 얼굴은 웃고 있었으나 묘하게 씁쓸해 보였다. 연우는 고맙다고 했다. 현성에게 서운하지는 않았다. 축하하더라도 축하만 할 수 없는 게 당연했다. 오 단장과 포나가 직접 지목하는 대신 오디션으로 뽑는다니, 계급을 불문하고 눈에 띌 기회였다. 그리고 발레무용수라면 누구나 주역으로 무대에 서는 순간을 꿈꾸기 마련이었다. 아마 연우 자신이라도 복잡한 감정이었을 터였다.

버스를 타려면 광장을 가로질러야 했다. 둘은 나무 계단 들을 밟으면서 광장을 향해 내려갔다. 듬성듬성 내뻗는 나뭇가지들과 이파리들 사이로 춤추듯 흩뿌리는 물줄기들이 보였다. 귀에 익은 음악에 하영이 한숨을 쉬었다.

"질린다, 질려. 음악 분수 담당자가 대체 누구야? 곡 레퍼토리가 몇 년째 그대로네."

「호두까기 인형」 2막에서 나오는 '꽃의 왈츠'였다. 작년에 하영은 「호두까기 인형」에서 '꽃의 왈츠'을 맡아 춤췄다. 그해 관객들은 어른이며 아이 가릴 것 없이 모두 '꽃의 왈츠' 군무에 우레와 같은 박수를 보냈다. 군무를 맡은 무용수들은 겹겹이 풍성하게 피어난 꽃 같은 진분홍색 클래식 튜튜를 입고 사뿐사뿐 춤을 추었다. 손이며 다리를 뻗는 순간이며 각도까지 완벽하게 맞아떨어졌다. 꽃잎들이 일사불란하게 바람에 날려 떨어지듯 화려한 풍경이었다.

발레 마스터는 하영을 코르 드 발레의 기둥이라며 칭찬을 아끼지 않았다. 맏언니답게 군무진을 잘 이끈다면서. 하영은 웃기만 했다. 말없이.

음악 분수 앞 벤치에는 사람들이 옹기종기 모여 앉아 있었다. 대부분 연주회를 보러 왔거나 보고 나온 모양인지 꽤 말

쑥한 차림새였다. 반면 하영과 연우는 샤워를 마치고 머리까지 단정히 빗고 나왔지만, 위아래로는 새카만 운동복을 입고 있었다. 영 어색했다.

"누가 보면 우리가 저승사자인 줄 알겠다."

"그냥 무용하는 애들이겠거니 하겠지. 어차피 신경도 안 써."

하영의 말마따나 누구도 그들에게 시선을 주지 않았다. 화려하게 분장하고 무대의상을 걸치지 않은 이상 둘 다 평범한 행인에 불과했다. 연우는 조금 머쓱한 기분으로 벤치 사이를 가로질렀다. 어디선가 박수 소리가 들렸다. 그 역시 그들을 향한 게 아니었다. 하영이 웃으면서 음악 분수 쪽을 가리켰다.

"쟤네는 신났네."

분수 앞에서 아이들이 무아지경으로 춤추고 있었다. 몸을 흔들고 팔짝팔짝 뛰어다녔다. 정해진 안무도 없고 메시지도 없는 막춤이었다. 그래도 누구 하나 야유를 보내지 않았다. 아이들은 자유로워 보였다.

"좋을 때다."

하영도 동의했다.

"부럽네."

"뭐가?"

"좋아하잖아."

"좋지. 뭐 쟤네가 혼이 나길 하나, 눈물이 날 정도로 잔소리를 듣길 하나."

　이 선생이 어찌나 쥐 잡듯이 주역들을 잡았는지, 학주라는 별명에 걸맞게 손가락 끝이 덜 펴졌다거나 입꼬리가 덜 올라갔다며 소리를 질렀다. 누가 지친 기색이라도 보이면 이 선생은 무대에서도 그럴 거냐며 혼을 냈다. 괜히 이 선생의 '지크프리트'를 인상 깊게 봤다고 했나. 연우는 조금 후회했지만, 이 선생이 한 말 중에 틀린 말은 하나도 없었다. 확실히 동작의 완성도도 올라갔고 '지크프리트'의 감정도 더 잘 드러났다.

　"이현묵 선생님이 오늘 진짜 열심히 하시더라. 네가 마음에 드셨나 봐."

　"구멍이라도 될까 봐 걱정되는 거지 뭐."

　"정말로 구멍이면 빠지라고 하셨을걸. 알잖아. 이현묵 선생님은 마음에 안 들면 아예 아무 말도 안 해. 내가 잘 알지."

　하영의 말이라면 믿을 만했다. 어릴 적 이 선생에게 꾸준히 레슨을 받은 제자 중 한 명이니까. 이 선생은 아무리 좋은 상을 꿰차는 아이들이라 하더라도 마음에 안 드는 구석이 보이면 바로 연습실을 나가버리는 사람이었다.

　"선생님이 울린 애들 눈물만 합해도 호수 하나는 족히 이룰걸."

　하영도 퉁퉁 부은 눈으로 웃으면서 춤을 춰야 했다. 덕분에 이 선생의 인정도 받았다. 연우가 부러워하는 점 중 하나였다.

　"나도 이현묵 선생님 좋아해. 고등학교 때 배웠으면 좋았을 텐데."

하영이 웃었다.

"그랬으면 선생님이 너 밥도 사줬을 텐데. 질투나?"

"어어, 질투나."

물론 이 선생과 마주 앉아서 밥을 먹고 싶진 않았다. 상상만으로도 체하는 기분이었다. 하영은 뭐가 재미있는지 소리까지 내며 웃어댔다. 나중에 귀띔해주겠다는 말에 연우는 고개를 저었다.

"밥은 됐어."

"너라면 밥 사주실 텐데."

"제발 살려주라."

싹싹 비는 척하자, 하영이 웃는 낯으로 고개를 끄덕였다.

"너한테 고마운 점도 있으니까, 들어줘야지."

"뭐가 고마운데?"

"사실 나, 올해 말에 퇴단할 생각이었거든."

"왜?"

"힘들어서."

뭐가 힘든지 하영은 말하지 않았다. 뭐가 힘든지 연우도 묻지 않았지만, 알 수 있었다. 발레단은 철저한 계급사회였다. 주역을 맡을 기회는 수석이나 솔리스트에게만 주어졌고, 나머지는 이름 있는 단역조차 얻기 힘들었다. 특히 여자 무용수들은 더했다. 성비 구성상 여자 무용수가 더 많았고, 실력도 쟁쟁하니 발레 마스터나 단장의 눈에 띄기도 어려웠다.

가끔 발레단에서 홍보용으로 브이로그를 찍게 했지만, 끼리끼리 몰려다니는 터라 화면에 잡히는 얼굴은 늘 비슷했다. 애석하게도 하영은 일반 고등학교 출신에다 외국 발레 스쿨을 다닌지라 어느 그룹에도 속하지 못했다. 그나마 준단원 시절을 함께 보낸 연우랑 제일 친한 편이었다. 열댓 명이 넘던 준단원 중 남은 사람은 연우와 하영이 다였다.

하영은 몇 년째 코르 드 발레에 머물러 있었다. 1군과 2군 중 1군에 속했지만, 그녀보다 늦게 들어온 단원 중 몇몇이 작년에 드미 솔리스트로 올라갔다. 그러니 하영의 마음이 편할 리 없었다. 사실 테크닉의 안정성이나 완성도 면에서는 하영이 그들보다 월등히 뛰어났다. 발레 마스터들도 인정하는 사실이었다. 문제라면 하나, 하영의 키였다. 하영은 키가 작았다. 비율도 좋고 존재감도 약하지 않은 편이라 무대에서는 눈에 띄는 편이었지만, 오 단장과 포나의 취향은 아니었다.

"이 선생님은 뭐래?"

"뭐라긴, 괜히 말했다가는 혼만 나지. 말할 이유도 없고."

하영이 이 선생을 붙잡고 떼를 쓸 만한 성격은 아니고, 이 선생 역시 자기 제자라고 해서 승급시키자고 우길 만한 사람도 아니긴 했다. 그래도 연우는 아쉬웠다. 다른 무용수들처럼 SNS에 짧은 영상을 올려서 인지도를 높여보라고 권한들 하영이 들을 리 없었다. 하영은 그런 영상을 찍는 데 시간을 허비하느니 연습을 더 하겠다는 쪽에 가까웠다. 연우도 자신의 SNS 계정에 서너 개 정도 쇼츠를 올리다가 말았다. 시간이 아까웠다.

그래도 포나에게는 나름 효과적인 전략이었다. 연우의 짧은 영상이 조회수로만 이십만을 넘기자 포나의 평가도 후해졌다. 인지도 점수를 얻은 걸까. 자연스럽게 다른 홍보 영상에도 연우가 나오기 시작해 굳이 따로 영상을 찍을 필요가 없었다. 연우가 그런 방법도 있다고 넌지시 운을 띄웠을 때, 하영은 고민해보겠다고 했다. 하지 않겠다는 뜻이었다.

하영은 춤으로 인정받길 바랐다. 연우가 바라는 바이자 모든 무용수의 소원이었다. 하지만 춤만으로는 인정받기 어려운 시대였다. 포나의 알고리즘에 포섭되려면 춤만으로는 부족했다. 하영을 제치고 승급한 무용수 중 한 명은 입단 전부터 유명한 브이로거였다. 연우는 그 브이로거와 함께 파드되를 춘 적이 있었다. 실력은 나쁘지 않았지만, 딱히 좋지도 않았다. 팔다리가 길쭉길쭉해서 보기 좋았지만, 그만큼 스스로 몸을 가누질 못하니 파드되를 하기 어려웠다.

정말로 중요한 건 운이었다. 운이 따라야 했다. 연우가 드미 솔리스트에서 솔리스트로 승급할 수 있었던 건 당시 남자 단원들 중 셋이나 나갔기 때문이었다. 외부에는 자발적 퇴단이라고 알려졌으나 내부에서는 캐스팅과 지역 공연 일정 때문이라는 말이 돌았다. 연우는 그 모든 소문을 모른 척했다. 단원들보다 현정, 정서와 어울리다 보니 거리를 두기 더 쉬웠다.

"네가 잘돼서 다행이야. 「백조의 호수」의 '지크프리트', 추고 싶어 했잖아."

"기억하네."

준단원 시절에 나눈 이야기였다. 드디어 국립발레단에 입단했다며 한창 들떴을 즈음이기도 했다. 기쁘면서도 불안하고, 설레면서도 초조한 기분이었다. 연우를 비롯한 준단원들은 수도 없이 내일을 이야기했다. 서고 싶은 무대, 맡고 싶은 배역들을 입에 올렸다. '메도라', '키트리', '오로라'……. 기도하듯 계속 말하고 또 말했다. 말하고 또 말해도 질리지 않았다.

그때 하영은 「지젤」의 '지젤' 역을 맡고 싶다고 했다. '매드 신(mad scene)', 무용수의 연기력이 제일 돋보이는 순간이었다. 딱히 어려운 테크닉이나 현란한 안무는 없지만 「지젤」에서 손꼽히는 명장면 중 하나였다.

사랑하던 '알브레히트'가 사실은 왕자이며 그에게 약혼녀가 있었다는 걸 깨달은 순간, '지젤'은 미쳐버리고 말았다. '알브레히트'를 사랑한 만큼 분노하고 슬퍼했지만, 차마 그에 대한 사랑을 멈추지 못했다. '지젤'은 '알브레히트'와 헤어져야 하는 현실을 받아들이길 거부했다. 그러나 그 사실을 알기 전으로 돌아갈 수는 없었다. 행복했던 과거의 음악이 토막토막 끊어지듯 흘러나오다가 멈춘 순간, '지젤'의 심장도 멎어버렸다.

연우는 하영에게 '지젤'이 잘 어울릴 것 같다고 했다. 다른 준단원들에게 했던 격려와 딱히 다를 게 없었다. 그래도 하영은 기쁘다는 듯이 웃어 보였다. 준단원들 모두 서로를 응원했다. 오 단장과 발레 마스터들의 눈에 띄려고 노력하면서도 기존 단원들의 눈 밖에 나지 않으려고 애썼다. 이 자리에 있어도 된다는 인정이 필요했다. 이 자리에서 계속 있어도 된다는 확신을 바랐다. 연습하고 또 연습했다. 그리고 결국 둘만이 남았다.

"좀 더 해보려고. 널 보니까 좀 더 버텨보고 싶어졌어."

함께 버텨보자거나 잘될 거라는 격려와 위로 같은 건 필요치 않았다. 그런 말은 이 어색한 순간을 어떻게든 모면하려는 수작에 불과했다. 그럴 만큼 하영을 소홀하게 여기지도 않았다. 하영은 연우에게 단 하나뿐인 동기이자 소중한 동료였다. 남 일인데도 제 일처럼 기뻐해주고, 초라해질까 봐 걱정하는 연우와 달리 솔직하게 모든 걸 털어놓는 친구. 고맙고 부끄러웠다. 연우는 천천히 고개를 끄덕였다. 사과하고 싶었지만 사과할 수 없었다. 계속해야만 했다. 끝까지.

음악이 끝난 후 오 단장은 눈을 내리깐 채 생각에 잠겼다. 연우는 그 앞에 서서 숨을 가다듬었다. 가슴이 저절로 들썩거리긴 했지만, 숨이 가쁘거나 힘들지는 않았다. 연습실에서 수도 없이 연습했으니까. 오 단장의 무심한 손짓 하나, 눈짓 한 번에 기대가 가슴 아래에서 풍선처럼 부풀어 올랐다가 꺼지길 반복했다.

"연우는 역시 테크닉이 좋네."

시작은 좋았다.

점프며 턴 등 모든 테크닉이 깔끔하게 끝났고, 스텝들도 나는 듯 가볍게 이어졌다. 다리 모양이나 발끝도 완벽했다. 연습실에서도 수없이 연습 영상을 녹화하고 돌려보면서 고쳐야 할 부분들을 하나하나 적었다. 어떻게 고칠지 길게 고민하지는 않았다. 답은 금방 나왔다. 수도 없이 머릿속에서 그려보곤 했으니까.

오 단장의 말이 이어졌다.

"실수도 없어."

테크닉과 테크닉 사이에 이어지는 스텝도 매끄러웠다. 헛디디지도 않았고, 눈에 거슬리는 잔걸음 하나 없었다. 함께 지켜보던 최 선생이 엄지를 치켜들 정도로 완벽했다. 이 선생도 한마디 거들었다.

"깨끗하네요. 이렇게 춤 줄은 몰랐는데."

이전에 연우가 췄던 '알리'나 '바질'은 과감하고 극적인 캐릭터인 만큼 보폭이 크고 성큼성큼 걷는 스텝이 어울렸다. 그만큼 더 높이 뛸 수 있고 더 빠르게 돌 수도 있었다. 과하다 싶을 정도로 표현해도 과하지 않았다.

'지크프리트'는 이제 갓 성인이 된 왕자였다. 생기 어린 모습이되 왕족답게 기품 있는 모습을 보여주어야 했다. 팔과 손을 찌르듯이 펼치는 대신 길고 우아하게 뻗었다. 표정도 중요했다. 연우는 '바질'처럼 그 누구의 마음이든 다 사로잡을 수 있다는 듯 자신만만한 미소를 짓는 대신 '지크프리트'답게 소년처럼 설레면서도 왕족으로서 제게 주어지는 모든 것이 당연하다는 듯 입꼬리를 살짝 올렸다.

오 단장이 고개를 들어 연우를 보았다.

"연우의 '지크프리트'는 좀 과하네. '바질'이나 '알리' 같다는 건 아니야. 확실히 다르게 표현했어. 센티멘털하다고 해야 할까. 백조가 아닌데 백조 같아. 우아해. 이전과는 전혀 다르네. 칭찬이야."

좋은 뜻일까, 나쁜 뜻일까. 연우는 막막했다.

"감사합니다."

"사실 나는 연우를 '로트바르트'로 넣을까 했어. 테크닉이 안정적이고 카리스마가 있으니까. 카리스마는 무용수에게 아주 중요한 덕목이야. 관객들의 눈을 사로잡는 능력이니까. 그런데 연우가 '지크프리트'를 하고 싶다고 해서 좀 놀랐어. 이런 춤을 보여주리라곤 기대하지 못해서 더 놀랍고. 그래서 궁금해. 연우는 왜 '지크프리트'를 추고 싶은 걸까?"

이미 예상했던 질문이었다. 연우는 입이 바짝 말랐다. 그럴싸한 답변들을 수도 없이 뽑고 또 뽑았지만, 개중 나은 건 하나도 없었다. 작품성이나 존경하는 발레무용수의 영상, 목표, 승급, 다 같잖게 들릴 것 같았다.

"난 연우가 아주 화려한 쪽에 가깝다고 봤거든. 다이내믹 하고……. 「백조의 호수」의 주역은 '지크프리트'와 '오데트'인 데, 사람들은 '오데트'와 '오딜'인 줄 알지. 그만큼 '오데트'와 '오딜'이 강렬하기도 해. 내 말은, '지크프리트'가 그만큼 어렵 기도 하단 거야."

'오데트'와 '오딜'의 존재감을 뛰어넘으려고 애쓰다가는 너무 강렬하다 못해 촌스러워 보이니 왕자답지 않고, 너무 부 드럽게 우아해 보이려고 애쓰다가는 '오데트'와 '오딜'에게 묻 혔다. 그만큼 표현하기 어려운 배역이었다.

"연우는 이미지 변신을 꾀하고 싶은 건가, 아니면 이전과 다른 레퍼토리에 도전하고 싶은 건가?"

잘하는 걸 잘 해내는 것.

제일 무난하지만 안전했다. 변수도 없고, 어떤 결과가 나 올지 예상할 수도 있었다. 오 단장과 포나가 가장 바라는 바 였다. 연우는 입을 꾹 다물었다. 이미 오디션을 보겠다고 한 순간부터 그들의 뜻을 거스르게 될지도 몰랐다. 아니, 거스를 결심이었다.

"저는 어릴 적부터 「백조의 호수」의 '지크프리트'를 추고 싶었습니다."

서두치고는 너무 단순하고 뻔했다. 연우도 알고 있었지만, 어쩔 수 없었다. 사실대로 말하지 않는다면, 이 마음을 다 전 하지 못할 터였다.

사랑이란 무엇일까.

'지크프리트'에게 사랑이란 당연하게 주어지는 것들이었다. 왕자로서 그에게 쏟아지는 기대와 찬사, 선망의 눈빛들. 수많은 여인과 공주가 지크프리트 앞에서 사뿐사뿐 춤을 추면서 눈짓과 손짓을 보냈다. 그 모든 게 '지크프리트'에게는 공기와 같았다. 무게나 가치를 따져본 적도 없이 자유롭게 그 안에서 노니며 친구들과 신나게 사냥터를 쏘다녔다. 그는 무한히 사랑받을 뿐, 사랑하는 법은 배우지 못했다.

성인이 된 '지크프리트'에게 주어진 건 찬란하게 빛나는 은제 활과 책임이었다. 호시절은 지나갔다. 이제 그는 왕의 후계로서 결혼 상대를 찾아야 했다. 단순히 호감이 간다거나 눈길이 스쳤다는 이유만으로 결혼할 사람을 고를 수는 없었다. 정치적인 이득뿐 아니라 나라에 닥칠 위기를 함께 넘길 상대가 필요했다. 각 나라의 공주들이며 귀족들이 가벼운 발놀림으로 춤추면서 '지크프리트'의 시선을 사로잡으려고 했지만 소용없었다.

사랑이 뭔지도 모르는 채로 사랑할 상대를 찾을 수는 없었다. 사랑하지 않는 사람 중 아무나 고르고 싶지도 않았다. 하지만 그래야 했다. '지크프리트'의 부모님은 희미한 미소를 띤 채 고루한 눈빛으로 신하들을 바라보고 있었다. 그게 그의 미래였다. 이제 더는 친구들과 함께할 수 없다는 사실을 받아들이고 유년기에 작별을 고해야 했다.

'지크프리트'는 결국 기분 전환을 핑계 삼아 사냥터로 도망쳤다. 그 누구도 자신이 혼자이며 왕자라는 사실을 알아채지 못할 만큼 어두운 밤 속으로. 그때 그는 처음으로 외로움을 배웠다.

홀로 사냥터를 떠돌던 '지크프리트'는 빛나는 호수 위에서 떠다니는 백조들을 발견했다. 어릴 적처럼 무심코 활시위를 당기려고 했지만, 여왕 '오데트'의 제지로 그만두었다. '오데트'는 저 백조들이 자신의 백성이며, '로트바르트'의 저주에 걸려 있다는 사실을 그에게 털어놓았다. 낮에는 백조로 변했다가 밤에는 인간으로 돌아오는 것이다. 왜 그런 저주에 걸렸느냐고 '지크프리트'가 묻자, '오데트'는 '로트바르트'가 자신을 사랑했기 때문이라고 대답했다.

사랑이란 보답받지 못하면 망가지는 것일까.

'오데트'의 저주를 풀 수 있는 건 진정한 사랑뿐이었다. '지크프리트'는 '오데트'에게 사랑을 맹세했고, '오데트'는 그의 사랑을 받아들였다. '지크프리트'는 '오데트'를 향한 자신의 마음이야말로 진정한 사랑이라고 믿었다. 오만했다. '지크프리트'는 '로트바르트'의 간계에 빠져 '오데트'와 춤을 추며 그녀의 얼굴을 한 '오딜'을 '오데트'라 믿었고, 사람들 앞에서 '오딜'에게 사랑을 약속해버렸다.

'오딜'은 '지크프리트'가 건넨 꽃다발을 보란 듯이 갈기갈기 찢어 흩뿌렸다. '오데트'와 똑같은 얼굴로 웃으면서. 저주는 결국 이루어졌다! 꽃잎들은 재가 되어 바닥을 뒤덮었다. '지크프리트'는 뒤늦게 깨닫고 절규했다. 확신이 그의 이성에 짙은 안개를 드리웠다. '지크프리트'는 '오데트'를, 그리고 '지크프리트' 자신을 배신했다. '오데트'는 영원히 백조로 남게 되었다.

「백조의 호수」를 본 관객들은 '지크프리트'를 비난했다. 어째서 지키지도 못할 맹세를 했느냐고. 사실 '지크프리트'뿐 아니라 고전 발레에서 나오는 남자 주인공 대다수는 무책임한 바람둥이거나 어리석은 애송이였다. 연우도 그들을 한심하다고 생각했지만, 그런 감상으로만 그치면 '지크프리트'를 이해할 수 없었다. '지크프리트'로서 춤추려면, '지크프리트'를 이해해야 했다.

어째서 '지크프리트'는 지키지도 못할 맹세를 했던 걸까.

'오데트'와의 맹세를 어기기 전까지 '지크프리트'는 자신을 의심해본 적이 없었다. '오데트'를 향한 자신의 마음을 의심하지 않았다. 의심하지 않는 인간은 강했다. 답은 언제나 명료하고, 답에 이르는 과정 역시 분명하다고 믿었다.

발레를 전공하겠다고 했던 날, 부모님은 식탁을 사이에 두고 연우와 마주했다. 그러고는 발레를 좋아하느냐고 물었다. 연우는 주저 없이 대답했다. "네." 이후 그 질문을 수도 없이 들었다. 언제 어느 자리에서건 질리도록 반복해서 나왔다. 마치 자신이 발레를 좋아할 리 없는데 좋아한다는 듯이. 끊임없이 저를 의심하고 떠보는 것 같았다. 그는 쫓기듯 대답했다.

"네, 네, 네……."

좋아하지 않았다면 진작에 그 끔찍한 질문 세례로부터 도망쳤을 것이다. 연우는 자신이 발레를 좋아한다고 믿었다. 믿어야 했다. 평화의 부탁을 들어준 이유였다. 발레를 좋아하니까, 현정이 발레를 계속하기 위해서는 콩쿠르 무대에 서야 했다. 그러나 현정은 결국 발레를 그만두었다. 예고에 함께 들어간 정서도 마찬가지였다. 포나 따위에게 설득당했다.

'지크프리트'는 자신이 맹세를 어기리라곤 의심해본 적이 없었다. '오데트'를 향한 자신의 사랑을 의심하지 않았다. 의심하는 순간 인간은 무력해졌다. '로트바르트'와 '오딜'에게 속아 넘어간 '지크프리트'는 자기 자신을 의심하게 되었다. 다시 혼자가 되어 어두운 숲속을 헤맸다.

연우는 발레가 좋았다. 발레를 할 때면 즐거웠다. 통증도 잊은 채 움직였다. 움직이다 보면 저절로 웃음이 나왔다. 그러나 발레도 자신을 좋아하는지는 알지 못했다. 알려고도 하지 않았다. 무의식중에 그 질문을 피했다. 어느새 그는 자신도 같은 질문을 반복하고 있다는 사실을 깨달았다. 텅 빈 연습실을 향해, 새까맣게 변한 연습용 슈즈를 바라보며, 흠씬 얻어맞은 것처럼 욱신거리는 몸으로 깨어날 때마다 물었다.

대답은 돌아오지 않았다.

그래도 연우는 계속했다. 연습실 불을 켜고, 다 닳아 미끄러워진 연습용 슈즈의 바닥을 철제 브러시로 갈면서, 잠자는 동안 굳어버린 근육과 신경 들을 스트레칭으로 천천히 깨웠다. 어떤 대답도 돌아오지 않았다. 메아리치는 질문에도 익숙해졌다. 의심하지 않으려고 애쓰는 대신 의심하지 않기로 결심했다. 이제 발레가 자신을 좋아하든 말든 상관없었다. 그는 발레를 사랑했다.

'로트바르트'도 '오데트'에게 구애했지만, '오데트'는 받아들이지 않았다. '로트바르트'는 자기 자신을 의심하지 않는 대신 '오데트'를 의심했고, 의심하지 않기 위해 '오데트'를 제 손에 넣으려고 했다. '오데트'가 새장 속에서 시들어가든 말든 상관하지 않았다. '오데트'가 끝내 그를 거절하자 '로트바르트'는 진정한 사랑을 얻지 못하면 평생 백조로 남으리라는 저주를 걸었다.

저주와 맹세는 비슷했다. 저주를 건 사람이나 받은 사람, 맹세를 요청한 자와 받은 자 모두 대가를 치렀다. '로트바르트'의 저주는 결국 '오데트'를 향한 자신의 사랑이 진정하지 않다는 진실을, '지크프리트'의 맹세는 그가 진정한 사랑이 뭔지 모르는 애송이었다는 진실을 드러냈다.

재활센터 바닥에 드러누워 있을 때마다, 병원에서 저주파 치료를 받으며 수천 개의 바늘이 발목과 무릎을 찌르는 듯한 통증을 느낄 때마다, 의사의 한숨 소리를 들을 때마다, 저보다 더 뛰어난 단원들의 춤과 캐스팅 명단을 마주할 때마다 연우는 몇 번이고 자기 자신에게 물었다.

눈앞에 있는 이 문을 꼭 열고 들어가야만 하나. 이 문 너머에 문이 없는 벽이 있다면, 차라리 열지 않고 돌아서 가버리는 편이 낫지 않을까. 포기당하는 대신 스스로 포기하고, 불가능을 확인하는 대신 어쩌면 가능했을지도 모른다고 믿으면서. 믿으려고 노력하면서. 박수 칠 때 떠나라는 말도 있지 않던가.

'지크프리트'에게 남은 건 왕자라는 작위와 은빛 활뿐이었다. 그에 비하면 '로트바르트'는 강력한 마법사였다. 결과는 보나 마나 뻔했지만, '지크프리트'는 망설이지 않고 맞서 싸웠다. 맹세는 깨졌지만, '오데트'를 향한 '지크프리트'의 사랑은 깨지지 않았다. 그는 '오데트'를 구하기 위해 자신이 이길 수 없는 싸움에 뛰어들었다.

연우는 이기는 이야기가 좋았다. 지금 자신이 살아가는 현실에서 승리란 드물고, 승리를 거머쥔들 그 기쁨도 눈처럼 금세 녹아버렸다. 「백조의 호수」 결말은 안무기니 발레단에 따라 달랐다. '지크프리트'가 '로트바르트'에게 맞서다 죽거나 '오데트'가 저주를 풀지 못한 채 백조로서 죽는 결말이 있는가 하면, 둘 다 죽은 후에야 '오데트'에게 걸린 저주가 풀린다는 결말도 있었다.

해피 엔딩은 하나뿐인데 배드 엔딩은 왜 그리 많을까. 다행히도 국립발레단에서는 유리 그로고비치 버전의 「백조의 호수」를 택했다. '지크프리트'가 '로트바르트'와 싸워 이기고, '오데트'가 저주에서 풀려 둘의 사랑이 이루어지는 결말이었다. 그들은 찰나에 그칠지도 모를 행복을 위해 기나긴 불행을 무릅썼고, 한없이 초라해져도 빛나는 쪽에서 고개를 돌리지 않았으며, 어떤 결말이 다가오더라도 피하는 대신 받아들였다.

사랑은 사랑하는 사람들보다 거대했다.

연우의 파트너는 선주였다.

"넌 애가 눈치도 빠르고 빠릿빠릿해서 좋아."

"누나, 예전에 저랑 「돈키호테」 할 때는 어린애랑 하고 싶다면서요."

스페인국립발레단 소속 무용수는 연우보다 한 살 어리다고 했다. 기자들 앞에서는 말쑥하게 차려입은 모습이 꽤 어른스러워 보였지만, 연습실에서는 라면처럼 구불구불한 머리카락이 거치적거린다며 정수리에서 하나로 모아서 묶고 다녔다. 단원들에게 한국식으로 고개 숙여 인사할 때마다 달랑거리는 머리 방울이 꽤 인상적이었다. 친누나가 K팝을 좋아해서 자주 들었다면서 저를 '테오'라고 불러달라고 했다.

남동생처럼 까불거리던 면모도 잠시, 피아노 반주가 시작되자 테오의 눈빛이 이채를 띠었다. 굵고 새까만 눈썹을 축 늘어뜨린 채 팔다리를 섬세하게 움직였다. 가뜩이나 긴 팔이 마치 열 번 넘게 쪼갠 듯 부드럽게 나부꼈고, 다리와 발은 이

곳이 물속이라도 되는 양 바닥에서 떠올라 공중에 한참을 머물다가 소리 없이 착지했다. 여자 무용수 못지않게 유려한 춤선이었다.

연우는 선주와 나란히 연습실 구석에 앉아서 테오가 춤추는 모습을 바라보았다.

"선주 누나, 누나도 테오도르하고 춤추고 싶어요?"

"궁금하긴 하지. 몸이 한 세 개쯤 되면 생각해봤겠다. 너는?"

"저요? 제가 왜 테오도르랑 춤춰요?"

선주가 연우의 등을 때렸다.

"리사 말이야, 리사 그랜드."

연우는 얼얼한 등을 문지르면서 연습실 반대편 구석에 서 있는 리사 그랜드를 흘끗 보았다. 리사는 토슈즈 끝을 바닥에 대고 꾹꾹 누르고 있었다.

"저는 누나가 더 좋아요."

"더 좋고 말고를 떠나서 묻는 거야. 바보야."

테오와 달리 리사 그랜드는 다소 뻣뻣한 태도로 단원들에게 한국어로 인사했다. 누구도 놀라워하지 않았다. 리사는 베트남계 한국인이었다. 박리사. 한국에서 나고 자라 콩쿠르들을 석권할 정도로 실력이 뛰어났지만, 피부가 가무잡잡하다는 이유로 어느 발레단에도 들어가지 못할 거라는 평들이 자자했다.

리사는 고등학교를 자퇴한 후 유럽으로 나갔다. 슈투트가르트발레단에 입단했지만, 그녀가 받은 배역은 「호두까기 인형」의 '인도 인형' 같은 이국적인 캐릭터들뿐이었다. 군무를 할 때조차 온몸에 하얀색 파우더를 발라야 했다. 짙은 피부색을 가진 다른 무용수들은 순순히 그 지시에 따랐지만, 리사는 어떻게든 어기려고 들었다. 일부러 땀에 젖은 척 수건으로 파우더를 닦아내거나 팔에 붓 자국을 남겼다. 감독은 리사를 꾸짖었다. 리사가 발레단의 분위기를 망친다고 했다. 이 유구한 전통을!

유럽에서 활동하는 동양인 무용수라면 리사 말고도 여럿 있었다. 다만 그중 대부분은 피부색이 리사처럼 짙지 않았다. 캐스팅 보드에서 이름이 수차례 지워지고 스태프와 단원들에게 눈총을 받으면서도 리사는 꿋꿋이 연습실로 향했다. 결석은커녕 지각조차 없었다. 슈투트가르트에 폭설이 와서 도로 곳곳이 막힌 날에도 한 시간을 넘게 걸어 제시간에 도착했다.

3년을 버텼지만, 받은 역할이라곤 대부분 창작 발레 작품이었다. 그 후 모나코왕립발레단의 스카우트 제안이 왔을 때, 리사는 기다렸다는 듯이 받아들였다. 모나코왕립발레단의 예술감독은 리사에게 「백조의 호수」의 주역을 맡아달라고 부탁했다. 피부색뿐 아니라 무용수의 경력을 고려하면 파격적인 캐스팅이었다.

처연하면서도 꿋꿋한 백조 여왕 '오데트'와 자신만만하고 매혹적인 흑조 '오딜', 혼자서 두 배역을 맡는다는 건 여자 무용수로서 실력을 인정받았다는 뜻이자 버거운 과제였다. 연기력은 물론이고 체력도 필요했다. 리사는 공연을 마친 후 인터뷰에서 살이 7kg이나 빠졌다며 웃었다. 그만큼 어려운 공연이었으나 그녀는 해냈다. 찬사가 곳곳에서 끊이지 않았다. 성공적인 데뷔였다.

어느 기자는 공연 리뷰에 이전의 백인 무용수들이 '오데트'를 형체 없는 유령처럼 표현했다면, 리사의 '오데트'는 한때 인간이었던 백조처럼 살아 숨 쉰다고 썼다. '오딜' 역시 화려한 테크닉과 흑진주처럼 반짝이는 눈으로 '지크프리트'뿐 아니라 모든 관객을 사로잡았다고 평했다. 다음 해 리사는 모나코왕립발레단의 수석 무용수가 되었다. 동료 단원과 결혼해 성도 '그랜드'로 바뀌었다. 박씨보다 그랜드라는 성이 훨씬 더 어울렸다.

'검은 백조와 하얀 왕자'. 테오도르 산체스 로드리게스와 리사 그랜드, 두 사람의 이름이 나란히 박힌 「백조의 호수」 포스터가 언론에 공개되었을 때, 한국 언론사 중 한 곳이 내건 기사 제목이었다. 발레단 홍보팀에서는 인종차별적이라며 우려를 표했다. 정작 테오와 리사는 별다른 반응이 없었다. 실루엣으로 표현된 포스터가 멋지다고 평한 게 다였다.

기자회견에서 한국인 기자가 발레리나로서 성공한 비결이 무엇이냐고 묻자, 리사는 웃는 얼굴로 답했다. "화이트 선탠 받을 시간이 아까워서 연습만 했죠." 이어 테오도르도 똑같은 질문을 들었다. 그는 리사를 보며 어깨를 으쓱거렸다. "연습하느라 햇볕을 쬘 시간이 없었네요." 그러고는 리사와 소리 나게 하이 파이브를 했다. 둘이 처음 만난 자리였다.

연우도 그 회견 자리에 관한 기사를 읽었다.

"멋진 무용수죠. 배울 점도 많고요."

선주는 리사 그랜드를 보며 말했다.

"대단하지. 대단해서, 가끔 내가 하는 고민은 아무것도 아닌 것처럼 느껴져."

"무슨 고민이요?"

"나도 고민이란 게 있단다. 연우야."

"누나가 하는 고민이 뭔데요? 뭐, 환희가 말을 안 듣기라도 하나, 윤중이 형이 뭐라고 하나."

"환희는 말 잘 들어. 윤중이도 잘해주고. 그냥 고민이야 늘 하지, 늘 해야 해. 계속 춤추고 싶으니까."

"어디 안 좋은 데라도 있어요?"

"아직은 없어. 계속 잘 관리해야지."

선주가 출산했을 때, 윤중도 함께 육아휴직을 신청했다. 어느 무용지 기자가 그 소식을 반기며 기사로 썼다. 기사 속 윤중은 아이를 사랑하는 아버지이자 같은 수석 무용수로서 아내를 존중하는 남편이었고, 선주는 출산과 발레 둘 다 놓지 않는 야심에 찬 무용수였다. 선주는 이게 기삿거리까지 될 만한 일이냐며 웃었다.

다음 해, 선주는「라 바야데르」의 주역 '니키야'로 화려하게 복귀했다.「라 바야데르」는 두 시간이 훌쩍 넘는 작품이었다.

이번에도 같은 기자가 홍보 기사를 맡았다. 그는 선주가 아이까지 낳은 이상 긴 무대를 소화하기는 어렵지 않겠느냐는 우려를 슬그머니 내비치고는 많은 응원을 바란다는 문장을 덧붙이며 홍보 기사를 마무리했다. 연우는 어이가 없었다. 그런 구닥다리 같은 사고방식도 문제지만 실례가 되는 말들을 줄줄이 늘어놓고선 마지막에 좋은 말 한마디로 구색을 갖추려는 꼴이 참 같잖았다. "고전 발레 기사를 몇 편 쓰더니 머릿속도 구닥다리가 되어버렸나." 정서도 연우의 평에 동의한다는 듯 고개를 끄덕였다. 현정이 한마디 보탰다. "이미 그런 말이라면 질릴 정도로 익숙할걸."

「라 바야데르」는 화려한 박수와 환호 속에 막을 내렸다. 그중 선주의 '니키야'는 극찬을 받았다. 선주는 그 문제의 기자와 인터뷰를 했다. 인터뷰 기사 속 선주는 환하게 웃고 있었다. 통쾌해 보였다. 사진 아래로 기자가 덧붙인 설명은 다음과 같았다. '아들 엄마이자 수석 무용수의 아내'. 이후 사람들의 지탄이 쏟아지자 그 문장은 하루 만에 수정되었다.

정작 선주는 그 모든 난리에도 별생각이 없어 보였다. 익숙한 걸까, 익숙해진 걸까. 아니면 익숙한 척하는 걸까. 어느 쪽이든 연우는 선주처럼 태연하게 보이고 싶었다.

"넌 요즘 생각이 너무 많아 보인다."

"많이 해야죠. 이 선생님이 주신 코멘트들을 다 소화해야 하니까요."

생각을 안 하려고 해도 안 할 수가 없었다. 「백조의 호수」 예매가 시작되자마자 테오와 리사가 나오는 회차는 전석 매진이 되어버렸다. 수석 무용수 종민과 선주가 공연하는 회차도 바로 매진되지는 않았지만 2층 좌석까지는 다 나갔다. 반면 연우가 나오는 일자는 빈 좌석이 더 많아 보였다. 평일 저녁이라는 점을 감안해도 연우로서는 영 마음이 편치 않았다.

"생각도 적당히 해. 너무 많이 하면 병이야."

"생각 안 하려고 노력은 해요."

"계속 움직이면서? 그것도 혹사야. 너 병원에 있다가 나온 게 언젠데, 적당히 해."

"적당히 해서 될 일이 아니니까요."

포나는 잠잠했다. 방전이라도 된 걸까. 연습할 때는 시계든 팔찌든 낄 수 없으니 빼놓는 게 당연했고, 밤늦게 끝나다 보니 며칠째 확인도 하지 않았다. 연우는 오른쪽 무릎을 습관처럼 쓸어내렸다. 아직은 괜찮았다. 통증이 없고, 감각은 또렷했다. 어차피 포나를 들여다보면 마음만 복잡해질 뿐이었다. 복잡한 건 현 상황만으로도 충분했다.

"테오가 네 춤 좋다더라."

"누나가 영어 잘하는 줄 몰랐네요."

"그냥 했어. 좋다고 말하는데 무슨 거창한 실력이 필요하

다고. 저 사람 춤 좋네요. 센서티브, 섬세하네요. 예스, 네. 히
이즈 댄싱 웰, 쟤 춤 잘 춰요. 이 정도면 되지. 너도 가서 말
걸어봐. 구경만 하지 말고."

"저랑 여덟 살이나 차이 나는데요."

"스페인이 유교 국가도 아니고, 무대에서는 다 같은 동
료지."

솔직히 테오에게 인정받았다니 기쁘긴 했다. 겉치레뿐일
지도 모르지만. 선주의 말마따나 무대에서는 다 같은 동료고
경쟁자였다. 잘하지도 못하는 영어로 대화 몇 마디 나눈다고
해서 친해질 리 없고, 친해진들 테오만큼 표를 많이 팔지도
못할 터였다. 선주나 종민처럼 수석 무용수라면 모를까. 솔리
스트인 자신이 먼저 테오에게 다가갈 수는 없었다.

선주가 연우의 어깨를 툭 쳤다.

"좀 단순하게 생각해."

"누나, 저처럼 단순한 애가 어딨다고 그래요."

"그러니까, 단순한 애가 복잡하게 생각하니까 문제가 생기
는 거야. 그냥 몸으로 보여줘."

맞는 말이었다. 연우는 숨을 깊이 들이마셨다. 가슴이 살
짝 부풀어 올랐다. 이내 길게, 방금 마신 숨과 남은 숨들을 오
래 내쉬면서 명치 끝을 조였다. 그러면 아랫배에 힘이 들어갔
다. 돌처럼 단단하고 묵직해졌다. 이 돌을 높이 던져 올리는
게 점프고, 축으로 삼아서 도는 게 턴이었다. 그 중심을 잊어

서는 안 됐다. 선주 말마따나 그는 발레무용수였다.

"맞아요. 무용수니까 춤으로 이야기하면 되는 거죠."

토슈즈 끝을 바닥에 문지르던 선주가 고개를 들었다.

"뭐라는 거야. 보디랭귀지 하라고. 만국 공통어잖아."

음악이 끝났다. 이제 그들이 출 차례였다. 이 선생이 그들을 향해 나오라는 듯이 손짓했다. 반주자가 건반에 손을 올렸다. 음악이 시작되었다. 연우는 선주와 눈빛을 주고받았다. 하나, 둘, 셋. 그러고는 손을 잡고 연습실 한가운데로 뛰어나갔다. 온몸이 심장이라도 된 양 두근거렸다.

5·

영석은 커피에는 손도 대지 않았다. 카페인이 잘 안 받는다고 했다. 연우는 사과했지만, 미안하지는 않았다. 둘이서 대화를 나눈 적도 손에 꼽을 만큼 적으니 영석의 음료 취향이 어떤지 알 리 없었다. 그는 괜히 창가 쪽만 힐끔거렸다. 날씨는 좋았다.

"에이드나 허브차 같은 거라도 마실래?"

"아뇨."

"물이면 돼?"

"네."

평일 오후치고는 카페가 북적였다. 이어폰을 낀 채 공부하거나 패드나 스마트폰을 두드리는 사람들, 포나와 수다를 떨거나 서넛씩 모여 앉아 떠드는 이들도 있었다. 연우로서는 반가웠다. 친하지도 않은 후배와 단둘이서 카페에 앉아 있자니 고역이었다. 게다가 그 후배가 꿰다 놓은 보릿자루처럼 아무 말도 하지 않으니 대화가 툭툭 끊어졌다. 마치 벽에 대고 말하는 기분이었다.

"뼈가 붙는 데는 얼마나 걸린대?"

"모르겠습니다."

"빨리 붙었으면 좋겠네."

"감사합니다."

포나나 다른 인공지능과 대화하더라도 이보다는 나을 터였다. 억지로 대화거리를 찾아본들 마땅한 게 없었다. 정말로 감사하기는 한 건가. 차라리 꼬투리를 잡을까 싶기도 했다. 현정이 예술 분야에서 활동하는 사람들은 사회성이 떨어진다고 했을 때, 연우는 편견이라며 소수로 다수를 판단하지 말라고 받아쳤다. 영석은 그 소수였다.

"'알리', 다들 칭찬하더라. 나도 보고 싶었는데, 못 봤네."

"네."

"그래도 평소 클래스 때 하는 거 보면, 정말 잘했겠다 싶었어."

"네."

영석이 어떻게 춤추는지 보지도 못했는데 칭찬을 할 수는 없었다. 칭찬한들 영석이 좋아하거나 그런 척할 만큼 융통성이 있어 보이지도 않았다. 연우는 커피잔 받침만 만지작거렸다. 차라리 테이블 아래로 손을 내리는 편이 나을지도 몰랐다. 영석에게 딱히 잘못한 게 있었나. 없었다. 잘못한 사람처럼 눈치만 슬슬 보고 있으려니 영 답답했다.

카페에 들어와 앉은 후로 영석은 연우를 뚫어질 듯이 바라보고 있었다. 연우는 부담스러웠다. 저 부리부리한 눈을 마주한 채 간신히 몇 마디 건네도 단답만 돌아왔다. 클래스 때는 종민이 농담을 하면 웃기도 하더니, 지금은 무슨 석고상처럼 표정 하나 바뀌지 않았다.

"제 번호는 어떻게 아셨어요?"

"아, 종민 선배가 알려줬어."

"친하세요?"

"어어, 내가 H대 출신이 아니긴 한데, 종민 선배랑 같은 예고를 나왔거든. 그래서 선배라고 부르는 거야. 종민 선배랑 친하지? 참 좋은 사람이야. 예전에 선배가 나한테 의상도 물려줬어."

정확히 말하면, 종민이 버리려던 의상이었다. 금실로 자수를 놓은 검은색 공단 상의, 「지젤」의 '알브레히트' 의상답게 우아해 보였다. 소매 가장자리에 달린 레이스가 좀 너덜거리긴 했지만, 가위로 잘 떼어내고 마감만 잘하면 깔끔해질 것 같았다. 새 의상을 맞추는 비용을 생각하면 남는 장사였다. 게다가 종민이 콩쿠르에서 그랑프리를 탔을 때 입었으니 운이 따르는 의상이기도 했다.

그 의상으로 연우는 '지크프리트'나 '알브레히트', 아니면 '데지레'를 추고 싶었다. 하지만 선생들은 '알리'와 '바질'을 추천했다. 그 뜻에 거스를 용기는 없었다. '알리'야 바지와 머리 장식만 사면 되니 의상비가 훨씬 더 쌌다. 국제 콩쿠르에서 '알리'로 상을 탔지만, 영 아쉬웠다.

"절 마음에 안 들어하시는 줄 알았는데요."

연우가 생각지도 못한 직구였다.

"싫었으면 왜 왔겠냐? 말도 안 되지. 그냥 우리가 아직 덜 친해서 좀 어색하니까, 안부도 물을 겸 친해지려고 보자고 한 거야. 너도 나오겠다고 했잖아."

"할 일이 없어서요."

"그래, 시간 있을 때 친해져야지. 이참에 말 편하게 해. 내가 H대 출신이 아니라서 선배라고 부르기 좀 그러면 형이라고 해. 현성이도 형이라고 불러. 나이 차가 좀 나긴 하는데, 어차피 발레단에 들어오면 다 같은 동료지."

반사적으로 대학 타령이 나왔다. 하영이 몇 번이고 신신당부했건만, 연우는 한숨을 꾹 참고 웃어 보였다. 현정이 봤다면 비웃었을 것이다. "너답지 않게 너스레를 떠네." 연우는 다 식어버린 커피로 바짝 마른 혀를 축였다. 영석과 친해질 생각은 없었다. 영석도 자신과 친해지고 싶은 생각은 없어 보였다. 연우가 갑자기 물구나무를 서더라도 눈 하나 깜박하지 않을 것 같았다.

"몸은 좀 어떠세요?"

"괜찮아. 너는 좀 어때?"

"괜찮아요."

또 단답형이었다. 이제는 익숙했다. 연우는 영석을 마주 보았다. 역시 '알리'보다는 '지크프리트'가 더 잘 어울리는 얼굴이었다. 만약 영석이 다치지 않았다면, 무대에 서는 건 자신이 아니라 영석이었을까.

연우가 발레단에 입단했던 첫해, 그를 비롯한 준단원들은 생각지도 못한 텃세를 당했다. 5년 전에 들어온 선배였다. 키는 그다지 크지 않지만 부리부리한 눈에 듬직한 어깨가 눈에 띄었다. 처음에는 토슈즈 브랜드나 좋아하는 음식, 사는 곳 등을 물으며 사근사근하게 다가왔다. 아직 발레단 환경이 낯선 준단원들에게는 고마운 선배였다. 그는 자신을 곰이라고 부르라 했다. 곰 선배, 곰 형, 곰 오빠.

곰 선배는 준단원들에게 밥을 사주거나 차를 태워주었다. 그 가운데 오간 말들은 대부분 우스갯소리거나 자잘한 신변잡기였다. 연우나 하영은 물론이고 어떤 준단원도 곰 선배를 의심하지 않았다. 좋은 사람이라고 믿었다. 지난 몇 년간 몸으로 익힌 직감과 경험을 외면한 채, 곰 선배를 따랐다. 선배가 우직한 곰이 아니라 곰인 척 교활하게 구는 여우라는 걸 깨달았을 때는 이미 늦은 뒤였다.

이간질과 뒷담화, 있지도 않은 온갖 루머가 준단원들 사이로 퍼져나갔다. 촉망받던 준단원 중 한 명은 수석 무용수의 뒷담화를 하다가 걸렸다는 소리가 나왔고, 하영이 이 선생과 불륜 관계라 오디션에서 가점을 얻었다는 말이 돌아 이 선생에게 혼났던 준단원들이 눈을 부라렸다. 연우도 예외는 아니었다. 연우는 당시 솔리스트였던 종민에게 빌붙어 다니는 아첨꾼이라는 소문이 돌았다.

그때 종민은 연우에게 신경 쓰지 말라고 했다. 제대로 된 무용수들은 남 일에 관심이 없으니까. 종민에게야 남 일일 터였다. 그런 소문이 퍼진들 난처해지는 건 연우뿐이었다. 연우는 좀 서운했다. 같은 연차인 곰 선배와 달리 종민은 후배들을 딱히 챙기지 않았다. 이번 일을 종민이 나서서 해명해준다면, 금세 사그라들 텐데. 종민은 하소연하는 연우에게도 같은 말만 반복했다.

"신경 쓰지 마. 누가 퍼뜨렸든 간에 제대로 된 놈은 아닐 테니까."

당시 연우에게는 입에 발린 말처럼 들렸지만, 결국에는 맞았다. 제대로 된 놈이 아니긴 했다. 연우가 다음 해 코르 드 발레 1군으로 승급하자 소문은 더 거세졌다. 연우를 두고 착한 척하나 겉과 속이 다른 놈이라는 혹평이 나돌았다. 딱히 미움받을 만한 짓을 하지도 않았건만 미움을 받아야 했다. 연우는 준단원들이나 다른 발레단 선배들과 점점 더 거리를 두었다. 하영은 연우가 퇴단할까 봐 걱정했다.

무용계는 좁았다. 예고 동기들에게 말했다가는 금세 소문이 와전될 터였다. 자칫하면 발레단 안에서 벌어진 일을 밖에서 떠들고 다닌다며 되레 연우가 욕먹을 수도 있었다. 다른 준단원들도 그런 과정을 거친 끝에 발레단을 떠났다. 다행히도 연우에게는 현정과 정서가 있었다. 발레에 대해 어느 정도 알고는 있지만, 자신이 선 세계와는 멀리 떨어져 있는 친구들. 현정은 짧게 일갈했다.

"퇴단하지 마."

"왜?"

"그 사람이 바라는 거니까."

범인은 곰 선배였다. 그를 믿고 따랐던 준단원들은 허탈해했지만, 곰 선배와 수년간 함께했던 단원들은 이미 익숙한 듯했다. 곰 선배 역시 미안해하기는커녕 고개를 뻣뻣이 들고 다녔다. 연우는 곰 선배보다 종민 선배가 더 얄미웠다. 왜 곰 선배를 조심하라고 말해주지 않았던 걸까. 사람을 쉽게 믿고 좋아하는 것. 정서는 그게 연우의 장점이자 단점이라고 했다.

"아마 종민 선배가 그랬다면 네가 곰 선배에게 달려가서 물어봤을지도 모르지."

발레단은 나날이 경쟁의 연속이었다. 작품에서 이름 있는 배역은 손에 꼽을 정도로 적었고, 그 배역을 맡을 수 있는 단원은 소수였다. 게다가 매년 뛰어난 재능과 신체 조건을 지닌 신입 단원들이 줄지어 들어왔다. 곰 선배는 남자든 여자든 가리지 않고 자신의 경쟁자가 될 만한 상대들을 밀어냈다.

무용수들은 거울에 비친 자신과 계속 마주할 수밖에 없었다. 시선과 표정, 어깨, 손끝, 골반, 다리 각도와 발끝까지 하나하나 다 다듬어가야 했다. 더 완벽해 보이는 다른 무용수들의 몸짓에 시선을 빼앗겼다가는 집중력이 흐트러졌다. 집중력이 흐트러지면 그만큼 실수도 잦아질 수밖에 없었다. 곰 선배는 그 탓을 가장 만만한 사람에게 돌렸다. 자신이 초라해지는 만큼 계속 누군가를 미워하고 곤경에 빠뜨리는 데 집중했다. 그러나 결국 그런 자신과도 마주할 수밖에 없었다.

곰 선배의 발레단 생활은 코르 드 발레에서 끝났다. 퇴단식 날, 연우는 하영과 함께 산 꽃다발을 건넸다. 마음 같아서는 곰 선배를 꽃다발로 내리치고 싶었지만 참았다. 곰 선배는 고맙다고 했다. 미안하다는 말은 없었다. 그는 미련이 남은 듯 무대를 계속 서성였다. 연우는 그 뒷모습을 바라보면서 통쾌한 한편 두려웠다. 자신 역시 저렇게 될지도 모르니까. 간절해질수록 괴롭고, 괴로울수록 누군가를 미워하는 건 쉽고, 미워하기를 그만두는 건 어려운 일이었다.

영석이 얄미웠지만, 연우는 영석을 미워하고 싶지는 않았다. 영석이 다쳐서 다행이라고 생각하는 자신을 마주할 때마다 부끄러웠다.

"그때 병문안 와줘서 고마웠어. 정말로."

'정말로'라는 표현을 쓰고 싶지 않았지만, 쓸 수밖에 없었다. 영석이 잠시 뜸을 들이더니 말했다.

「백조의 호수」 무대에 서신다고 들었어요."

"응, 어쩌다 보니. 운이 좋았지."

"부럽네요."

부럽다니. 연우는 눈을 깜박였다. 영석은 겉치레라곤 모르는 것처럼 굴었다. 선망이든 질투든 자신을 부러워하는 마음만은 진짜일 터였다. 영석에게 그런 말을 들을 줄은 몰랐다.

"내가 부럽다고? 난 네가 부러운데. 너 같은 몸으로 태어나고 싶었거든."

영석의 눈썹이 꿈틀거렸다.

"전 러시아인으로 태어나고 싶었는데요. 백인종 러시아인이요. 골반 다 열리고, 관절도 튼튼한 사람으로요."

처세라곤 전혀 모르는 듯한 대답이었다.

"욕심이 너무 많은 거 아니야?"

"욕심이 아니라 망상이죠. 그렇게 생각해봤자 다시 태어날 수도 없잖아요. 별로 도움도 안 되고."

틀린 말은 아니었다.

둘은 20분 가까이 카페에 더 눌러앉아 있었다. 영석이 먼저 일어나겠다고 했다. 한의원 예약 시간이 다가온다는 이유였다. 그 일정이 진짜인지 가짜인지는 알 수 없었지만, 연우는 더 묻지 않았다. 자리에서 일어나기 전, 영석이 입을 열었다.

"연우 선배. 공연 잘하세요."

보러 오겠다고는 하지 않았지만, 연우에게는 그 한마디만으로도 충분했다.

예고에 합격했다는 소식을 전한 날, 현정은 커다란 케이크 상자를 들고 왔다. 연노란색 상자 겉면에는 고깔 모양의 폭죽 세 개가 달려 있었다. 연우가 좋아하는 초콜릿케이크와 정서가 좋아하는 생크림케이크가 반반씩 있는 케이크였다. 그간 입시를 준비하느라 단건 입에도 대지 못했기에, 연우는 하마터면 눈이 돌아갈 뻔했다. 강사들도 손뼉을 쳐주었다. 원장도 웃는 낯으로 연우와 정서의 어깨를 토닥였다.

"이제 시작이다. 알지?"

축하도 적당히 하라는 뜻이었다. 연우와 정서는 슬그머니 포크를 내려놓았다. 입안에서 사르르 녹아 사라질 크림과 부드럽게 입천장을 간질거릴 시트, 입꼬리를 절로 올라가게 만드는 초콜릿과 과일들로 뒤덮인 케이크. 그 행복을 이루는 탄수화물과 유지방, 당분…… . 체중 관리를 위해서는 멀리해야 할 것들 천지였다.

원장은 직접 케이크를 잘라 연우와 정서에게 건네주었다. 딱 한 조각만 먹으라고 했다. 손바닥보다도 작았다. 귀퉁이부터 야금야금 잘라 먹으면서 최대한 오래 단맛을 누리려고 했지만, 오히려 더 감질만 나는 듯했다.

현정은 원장의 속이 배배 꼬였다며 투덜거렸다. 지금껏 연우와 정서에게 입시 준비 명목으로 신나게 학원비를 받아놓고선, 막상 예고에 붙으니 둘의 학원비가 끊겨서 화풀이하는 거라고 했다.

"이해가 안 돼. 내가 사온 케이크인데 왜 못 먹게 하냐고."

"원장 쌤은 원래 그래. 식단 관리가 철저하시잖아."

"원래 그러면 안 되는 거지. 원장 쌤, 할머니가 사다 준 쿠키며 케이크도 강사 선생님들에게 한 입도 안 주고 홀랑 집으로 가져가서 먹어 치우던데. 아마 오늘 내가 사온 케이크도 그렇게 될걸. 다른 강사 선생님들한테도 작은 조각만 주고 말았잖아. 거의 반 넘게 남았는데."

학원 강사들은 대부분 원장이 가르쳤던 전공반 학생들이었다. 현정은 그들이 받는 시급이 인근 발레학원에 비하면 만 원이나 적다고 했다. 그런 걸 어디서 알았나 싶었다. 예전에 평화가 말해준 걸까. 어차피 예고에 합격한 이상 학원에는 스승의 날 아니면 찾아갈 일이 없었다. 연우는 문득 현정과 어울려 노는 것도 얼마 남지 않았다는 생각이 들었다.

예고에 가면 새로운 친구들을 만날 터였다. 발레에 관해 진지하게 이야기를 나누고, 함께 연습할 친구들. 아마 현정과는 끽해야 가끔 연락을 주고받기나 할 것이다. 정서의 말마따나 늦게라도 예고 입시를 준비했다면 함께할 수 있었을 텐데.

고등학생이 되고 나서 처음으로 맞이한 여름방학 날, 연우는 현정의 집에 놀러 갔다가 할 말을 잃었다. 너무 휑했다. 평화가 살아 있을 적에도 수없이 드나들던 집이었다. 베란다에는 말라 죽은 화분들이 가득했고, 냉동실은 미어터질 듯이 차 있는 한편 냉장실에는 유통기한이 지난 소스와 음료수만 몇 통 굴러다녔다. 현정은 웃는 낯으로 말했다. "그래도 너희가 온다니까 청소는 했어." 그새 가늘어진 현정의 팔뚝이 연우의 눈에 들어왔다.

연우는 그간 모든 고통을 겪어보았노라고 자부했다.

쿡쿡 쑤시고, 찌릿찌릿하고, 욱신거리며, 쥐어짜고, 뻐근하고, 따끔따끔하고, 당기는 듯했다가 끊어진 듯 힘이 들어가지 않고, 마음대로 움켜쥐거나 펼 수 없고, 간지럽고, 저리고, 시큰거리고, 묵직하고, 나른하고, 찢어진 것 같고, 후벼 파는 느낌이고, 숨쉬기 힘들다가 가끔은 숨조차 멎을 것 같고, 멍이 들고, 뜨거워지거나 차가워지고, 갈라지고, 결리고, 깎여 나가는 기분이고, 거친 돌에 갈리는 듯하고, 이상하게 예민해지거나 둔해지고, 부서질 것 같고, 뭉치고, 벌레가 기어다니는 듯하고, 비틀리지도 않았는데 비틀린 것 같고, 뻣뻣해지고, 삐거덕거리고, 긁힌 듯 아릿아릿하고, 얼얼하고, 오그라들고, 오싹하며, 으스러지고 짓눌린 것처럼 갑갑하고, 쪼개지고, 베인 듯 서늘하고, 터질 것처럼 팽팽하게 부어올랐다가 화끈거리고, 싸하고, 쓰라리고.

대부분 시간이 지나거나 병원에 가면 사라지는 통증들이었다. 반면 지금 보이는 것들, 살짝 떨리는 현정의 눈꼬리나

구겨진 교복 셔츠, 절대로 열지 않는 냉동고, 굳게 닫힌 서재 문들은 도무지 사라지거나 잊히지 않을 것만 같았다. 모른 척할 수도 없었다. 집은 너무나도 컸고, 현정은 너무나도 작았다. 점점 작아지고 있었다. 잠시라도 자신이 눈을 돌리면 저 집이 현정을 집어삼킬 것만 같았다.

평화가 살아 있었더라면 어땠을까.

고등학교 생활은 너무 바빠서 집에 들를 시간조차 없었다. 연우는 기숙사 침대에 누워 있거나 앉아 있을 때마다 단톡방을 켜놓았다. 정서도 마찬가지였다. 다행히도 현정은 조금씩 나아지고 있었다. 저녁으로 뭘 먹었냐고 물어보면 말을 돌리는 대신 사진을 보냈고, 사진 속 음식들도 배달 음식처럼 보였으나 얼추 꼴은 그럴싸했다.

겨울방학 때 찾아간 현정의 집은 더럽지 않았다. 테이블이나 의자도 정방향으로 놓여 있었고, 바닥에는 먼지 하나 없었다. 깨끗하고 정갈하지만 뭔가 이상했다. 연우는 평화가 살아 있을 적에 수없이 드나든 거실을 서성이다가 깨달았다. 평화와 현정의 부모님이 기르던 화분들은 온데간데없이 사라졌고, 냉장고도 텅 비어 있었다. 사람이 사는 집 같지 않았다. 마치 모델하우스처럼 보였다. 현정은 포나 덕분이라고 했다.

연우는 현정이 포나에게 의지하는 게 영 마음에 들지 않았다. 포나라니. 평화가 예전에 투자했던 회사에서 만든 인공지능 프로그램이라고는 하나 다른 인공지능보다 나아 보이는 건 없었다. 유능해 보이지만 사실상 무능했다. 시라스가 아는 건 날씨와 교통 상황 정도가 다였다. 평화가 갑자기 심장에 이상을 느끼고 쓰러지리라는 건 예상하지 못했다. 포나가 짝 지어 준 현정의 연인도 포나의 예상과 달리 끝내 현정을 떠나 버렸다.

인공지능은 편리한 도구에 불과했다. 그 편리하다는 점에 속아 의지하는 순간, 바보가 되고 말았다. 연우는 포나가 탑 재된 밴드를 더플백 바닥에서 굴러다니게끔 내버려두었다. 다른 사람처럼 포나에게 휩쓸리고 싶지 않았다. 제 몸을 가장 잘 아는 사람은 그 자신이었다.

공연 전날, 연우는 단톡방에 표를 맡겨놓았다는 메시지를 남겼다. 혹시 공연 전에 만날 생각이 있으면 분장실로 오라는 말도 덧붙였다. 사실 공연 전에는 눈코 뜰 새 없이 바빴다. 분 장과 의상을 점검하고, 혹시 변동 사항은 없는지 몇 번이고 확인해야 했다. 그래도 공연 전에 만나는 편이 나았다. 어색 하더라도 얼굴을 마주하면 현정도 화가 풀릴 테니까. 공연 후 에는 사람들로 북적거릴 테고 뒤풀이도 있어서 만나봤자 몇 분도 보지 못했다.

답장은 없었다.

「백조의 호수」 공연 사흘 차였다. 공연 첫날보다는 긴장감 이 덜했지만, 무용수들은 물론이고 스태프들의 피로도도 극

한에 달해 있었다. 익숙해진 만큼 방심할 확률이 높았고, 방심하는 만큼 실수를 저지르기도 쉬웠다. 의상 팀에서는 실핀이 들어 있는 상자를 엎었다. 군무를 맡은 무용수 중 한 명은 전날 무대에서 미끄러지면서 접질린 발목이 퉁퉁 부었다고 했다. 하영이 몇 년째 입은 땀복 바지도 하필이면 오늘 찢어졌다.

현성은 액땜이라고 했지만, 연우에게는 비극의 전조 같았다. 이 선생도 하루아침에 급성후두염이 왔다며 마스크를 낀 채 나타나선 마이크에 대고 소리를 질렀다. 클래스 전에는 너무 힘을 빼지 말라고 했으면서 막상 클래스가 시작되자 제대로 하라며 화를 냈다. 아마 내일쯤이면 목소리가 안 나오겠거니 싶었다.

연우는 가볍게 무릎과 발목을 주무른 후 자세를 잡았다. 이전 클래스에서 수도 없이 했던 왈츠 순서였다. 헷갈릴 수도 없었다. 익숙하게 오른발을 내디딜 때, 그는 뭔가 잘못되었다는 걸 깨달았다. 이 선생의 호령이 들렸다.

"시작!"

머릿속은 혼란스러웠지만, 몸은 저절로 움직이고 있었다. 반박자 늦은 만큼 더 재게 스텝을 밟았다. 그러고는 턴을 돌기 위해 무릎을 구부린 순간, 모골이 송연했다. 무릎에 힘이 들어가지 않았다.

반사적으로 팔과 허벅지에 힘을 주고 세 바퀴를 돌긴 했지만, 순 억지였다. 마지막 착지도 불안했다. 이 선생이 너무 힘 주지 말라며 소리쳤다. 연우는 머쓱하게 웃어 보이고선 안쪽으로 들어갔다. 어둑어둑한 곳으로 피했다. 다른 무용수들의 눈을 피해 무릎을 꾹꾹 눌렀다. 힘이 들어오는 것 같았다. 불안해서 그런 걸까. 그다음 순서들은 만족스럽지 않아도 다 무난하게 해냈다.

문제는 대기실에서 시작되었다. 무릎에서 아무런 감각도 느껴지지 않았다. 연우는 무릎뼈를 세게 움켜쥐었다가 주변 살을 꼬집었다. 아프지 않았지만 괴로웠다. 다리를 곧게 펴봐도 종아리에만 힘이 더 들어갈 뿐이었다. 마치 나무토막처럼 느껴졌다. 아무런 통증도 없다는 게 더 고통스러웠다.

대타를 세우기에는 너무 늦었다. 연우는 땀으로 젖은 손을 쥐락펴락했다. 수술 부작용일까. 의사는 포나를 수시로 확인하라고 다짐시켰다. 혹시 문제가 생기면 오른쪽 무릎처럼 왼쪽 무릎도 수술해야 할지 모른다면서. 그 엄포에도 연우는 포나를 확인하지 않았다. 왼쪽 무릎에 맞춰 새로 얻은 오른쪽 무릎뼈의 기능을 조절하라고 했을 때도 일부러 미뤘다. 순전히 그의 욕심이었다.

그 욕심이 연우를 여기까지 끌어올렸다. 포기하거나 타협하는 대신 무슨 수를 써서라도 버티게 했다. 그리고 스스로 망치도록 내버려두었다. 이 상태로 무대에 서는 건 무리였다. 하지만 몰래 인공관절 수술을 받은 게 덧났다고 했다가는 동정은커녕 비웃음이나 살 게 뻔했다. 단장과 발레 마스터들, 무용수들은 그에게 속았다며 분개할 터였다. 아무도 연우가 얼마나 절실했는지 이해하지 못할 터였다.

차라리 무대에서 더 크게 다치는 편이 낫겠다 싶었다. 입장하다가 미끄러지는 척할까, 아니면 턴을 할 때 넘어질까. 어느 쪽이든 무대가 뒤집힐 건 확실했다. 화려한 궁정은 조명들이 따갑게 내리쬐는 무대로, 왕과 귀족들은 우스꽝스러운 옷을 걸친 무용수로 변해버렸다. 마법은 깨질 것이다.

다시 빛나도록, 리-플래시(Re-Flash). 인공관절 회사의 선전 문구가 떠올랐다. 연우는 다시 빛나고 싶은 게 아니라 더 빛나고 싶었다. 더 빛나기 위해서 어떻게든 문을 열려고 했다. 문이 열렸을 때, 정말로 그 문으로 들어가도 될지 자문해본 적은 없었다. 스스로 의심하지 않았고, 결국 실수했다. '오데트'와 '오딜'을 혼동한 '지크프리트'처럼. 이제는 잘못된 선택의 대가를 치러야 할 때였다.

순간 누군가가 연우의 손을 잡았다

"왜 이래?"

현정이었다. 연우가 고개를 들자 정서와 현미도 보였다. 하영도 걱정스러운 눈빛으로 쳐다보고 있었다. 무슨 일이냐는 질문에 연우는 아무 대답도 하지 못했다. 문밖에서 사람들의 발소리가 들렸다. 하영이 혹시 쥐라도 났냐고 물었다. 연우는 고개를 저어 보였다. 솔직해져야 했다. 지금은 그 어떤 변명도 소용없었다.

연우는 오른쪽 무릎을 인공관절로 교체하는 수술을 받았다고, 그런데 지금 그 무릎이 제대로 움직이지 않는다고 고백했다. 말을 마친 후 그는 용서를 빌듯 고개를 숙였다. 어떤 비난이 쏟아진들 감수해야 했다. 하영이 당장 분장실을 뛰쳐나가 오 단장과 이 선생에게 일러바친다 해도 자신에게는 말릴 자격이 없었다. 그때 현미의 목소리가 들렸다.

"오빠. 포나, 어디 있어요?"

연우가 대답하기도 전에 하영이 더플백을 들고 왔다. 뭔가 쏟아지는 소리가 들렸다. 하나하나 꺼내 보느니 엎어놓고 찾는 모양이었다. 이내 현정이 찾았다고 외쳤다. 지금 와서 포나를 찾아봤자 무슨 소용일까. 연우는 참견할 기운도 없이 기진맥진해 있었다. 휠체어 바퀴 소리가 들렸다.

"오빠, 걱정할 거 없어요. 무릎에는 별문제 없어요. 지금 쿨다운 중이에요. 진정 기능이요. 의사한테 들었죠? 일정 수준 피로도가 쌓이면, 인공관절에서 스스로 그 피로를 푸는 진정 기능이 작동돼요. 보통은 주기를 설정할 수 있는데, 오빠는 아예 손도 안 댄 것 같고……."

기본 설정상 피로도가 가장 최대치에 다다른 순간 자동으로 진정 기능이 활성화된다고 했다. 피로도가 쌓인 만큼 해소하는 시간도 오래 걸렸다. 현미는 보통 일정 주기에 따라 작동하도록 설정해둔다고 했다. 옆에서 가만히 듣던 정서가 물었다.

"현미는 어떻게 그런 걸 알고 있어?"

"저도 이 수술 받았거든요. 실패했지만……. 덕분에 몇 분 정도 서 있거나 워커로 걸어 다니는 건 가능해요."

현미는 포나를 확인했다. 23분 30초 45가 지나야 진정 작용이 끝났다. 연우가 울먹거렸다. 현정이 위로하듯 연우의 허벅지를 두드렸다.

"울지 마, 화장 지워져……."

지워지든 말든 연우는 무슨 상관인가 싶었다. 아직 무대에 오르지도 않았는데 이미 등은 땀으로 젖어 있었다. 하영이 연우의 이마에 난 땀을 휴지로 꾹꾹 누르면서 닦아주었다.

"무대에 오를 수 있겠어?"

평소라면 연우는 당연히 오르겠다고 답했겠지만, 차마 입이 떨어지지 않았다. 20분 40초 14. 진정 작용이 끝나도 무릎에 제대로 힘이 들어가지 않는다면 어떡해야 할지 막막했다. 코앞에서 달콤한 냄새가 났다. 핫초코였다. 정서가 핫초코가 든 종이컵을 내밀고 있었다.

"일단 마셔."

입안이 달고 따뜻해지자 연우는 정신이 드는 것 같았다. 시야도 또렷해졌다. 하영에게는 조금만 쉬다가 나가겠다고 했다. 선생님에게는 비밀로 해달라고 당부하자, 하영이 한숨을 쉬었다. 그러고는 대기실을 나갔다.

7분 57초 11. 시간이 줄어들수록 기쁘기보다는 초조해졌다. 연우는 주먹을 있는 힘껏 쥐었다. 덜덜 떨리기만 하지 힘이 제대로 들어가질 않았다. 제 몸은 자신이 제일 잘 안다고 믿었는데, 오산이었다. 현정의 혀 차는 소리가 들렸다.

"무대 한두 번 서본 사람도 아니고, 쫄았어?"

연우는 반박할 기운도 없었다. 현정이 어깨를 으쓱거리더니 정서의 팔꿈치를 툭 쳤다.

"김정서가 어제 좋은 꿈 꿨다는데. 무슨 황금 용이 나온다고 했던가."

정서가 몇 번 눈을 깜박이더니 대답했다.

"꿨지."

현정이 확인하듯 되물었다.

"꿨지?"

정서가 눈동자를 이리저리 굴리다가 대답했다.

"어, 꿨지."

현정이 어깨를 으쓱거렸다.

"잘됐네. 그 꿈, 연우한테 팔아라."

"뭐?"

"팔아줘. 얘 불쌍하잖아."

연우가 한숨을 쉬었다.

"난 미신 같은 거 안 믿어."

"안 믿긴, 너 개명도 했잖아. 주연 운이 안 따른다고."

"한자만 바꾼 거야."

'연'이라는 독음은 똑같았다. 원래는 옥 연(瑌), 단단한 옥을 뜻하는 한자를 썼다. 제 기반을 단단히 쌓는다는 뜻이니 이름에 쓰기 좋은 한자였지만, 연우는 당장 주연 운이 트이길 바랐다. 그래서 더 멀리, 주연 운에 가닿도록 흘러가라는 마음을 담아 멀리 흐를 연(演)으로 바꿨다. 바꾸고 나서도 딱히 변화가 없어서 실망했다. 역시 미신은 믿을 만한 게 못 되었다. 현정이 코웃음을 쳤다.

"한자 바꾼 것도 개명한 거지."

"아니, 그깟 꿈이 뭐라고……."

연우가 채 말을 끝내기도 전에 현정이 윽박질렀다. 일단 사라고. 효과가 없으면 그냥 개꿈이라고 치면 되고, 효과가 있으면 나중에 꿈값이나 계좌로 이체해주라고 했다. 현미가 옆에서 좋은 생각이라며 맞장구를 쳤다. 연우는 둘 다 허무맹랑하게 구는 게 자매답다는 생각이 들었지만, 입 밖으로 내지는 않았다. 대신 마음대로 하라는 듯이 손을 내저었다.

"일단 말해봐. 한번 들어보게."

정서의 꿈에서는 온갖 상서로운 것이 다 나왔다. 황금 비늘을 가진 용, 오색구름, 무지개……. 옆에서 남은 시간을 재는 현미의 목소리가 들렸다. "49, 48, 47……." 연우는 가만히 그 목소리들을 들었다. 공교롭게도 꿈 이야기는 카운트다운과 함께 끝났다.

연우는 자리에서 일어섰다. 어쩐지 몸이 가벼웠다. 저주에서 막 풀려난 것처럼. 대기실 문을 열고 복도로 나갔다. 왼쪽으로 가면 무대고, 오른쪽으로 가면……. 연우는 왼편으로 몸을 돌렸다. 가는 동안 마주친 무용수들과 스태프들이 그를 향해 환하게 웃어 보였다. 하이 파이브를 하거나 격려를 몇 마디 주고받았다. 수년간 겪은 일이었다. 익숙했지만, 익숙하지 않았다. 익숙해질 수도 없었다.

누군가 연우의 팔꿈치를 잡았다. 선주였다. 새하얀 깃털 장식과 긴 속눈썹을 단 선주는 진짜 '오데트' 같았다. 아니, 진짜 '오데트'였다. '오데트'는 연우를 향해 미소 지었다. 연우도 웃으려고 했지만 웃지 못했다. 그의 팔꿈치가, '오데트'의 손이 떨리고 있었다. '오데트'가 말했다.

"가자."

문이 보였다. 몇 걸음만 더 가면 저 문턱 너머에 있는 무대로 나아갈 수 있겠지만, 저 문으로부터 돌아서서 도망칠 수도 있었다. 어느 쪽이든 연우는 두려웠다. 늘 그랬다. 아무리 연습을 많이 하더라도 무대에서는 언제든 예상치 못한 사고들이 일어났다. 갑자기 넘어지거나 군무진 동선이 꼬여 헤매고, 오케스트라 연주에 따라가지 못해 헐떡이다가 돌연 무릎에 힘이 빠져 비틀거리기도 했다.

물론 무용수로서 무대에 선 이상, 최선을 다해 춤출 수밖에 없었다. 연우도 알았다. 그런 와중에 떨리거나 두렵지 않다는 건 자신감이라기보다는 자포자기에 가까웠다. 떨리고 두려운 건 당연했다. 최선을 다해 춤춘다고 해서 최고의 춤을 출 수 있다는 보장은 없으니까. 확실한 보장을 받고 싶다면 무대에 서는 건 무리였다. 모든 무대는 단 한 번뿐이었다. 그래서 모든 걸 쏟아내야 했다. 음악이 끝나고, 막이 내리기 전까지.

연우는 가슴에 손을 얹었다. 여전히 불안한 구석이 있었지만, 이상하게도 마음만은 편했다. 익숙하나 익숙하지 않은 느낌이었다. 발레도 그랬다. 바람처럼 부드럽게 춤추려면 돌처럼 단단하게 중심축을 잡아야 하고, 더 높이 뛰어오르기 위해서는 더 깊이 무릎을 구부리며 가라앉아야 했다. 부드럽고 단단하게, 높으면서도 깊게. 어느 한쪽으로만 치우치지 않은 채 중심을 잡고 버티는 건 연우의 몫이었다.

최고의 '지크프리트'를 추고 싶다는 게 꿈이었지만, 오늘이 연우의 처음이자 마지막 '지크프리트'가 될지도 몰랐다. 그럴 가능성을 완벽하게 배제하는 건 무리였다. 완벽한 몰입이란 불가능했다. 아직 일어나지 않은 미래에 대한 상상들로 가득 찬 머릿속에서 조심스럽게 지금을 건져내는 게 그가 할 수 있는 전부였다. 아무리 상상한들 지금 눈앞에 있는 무대가 어떻게 끝날지는 아무도 몰랐다. 저 잘난 포나도.

성공하거나 실패할 확률을 계산한들 소용없었다. 계산은 계산된 결과일 뿐, 믿는 건 자유였다. 연우는 믿지 않았다. 그런 걸 믿었다면 여기까지 오지도 못했을 테니까. 어두운 커튼 너머로 오보에 소리가 들렸다. 그 위로 다른 악기 음들이 차례차례 포개지기 시작했다. 연우는 기다렸다. 커튼 사이로 야트막한 길이 나 있었다. 환하게 빛나는 길. 그 위로 조심스럽게 한 걸음 내디뎠다. 발끝부터 발목까지 차례로 바닥을 딛고 역순으로 발을 떼는 순간, 그의 무릎에 저절로 힘이 들어갔다. 이제 출출 시간이었다.

추천의 말

꿈의 다음 단계를
그려보게 되는 소설!

이다혜 작가, 「씨네21」 기자

간절하다고 해서 꿈이 이뤄지는 건 아니다. 꿈을 이룬 것처럼 보이는 사람이 사실은 좌절의 한가운데 있기도 하고, 꿈에서 멀어진 것처럼 보이는 사람이 누구보다 꿈과 단단히 연결되어 있기도 하다. 시간은 힘이 세고, 누구에게나 똑같이 공평하게 잔인하다. 영원히 이어지는 영광도, 재능도 존재하지 않는다. 발레의 세계에서는 더더욱 그렇다.

정서, 현정, 연우 세 친구의 우정을 그린 이야기일까, 하고 읽기 시작한 『포나』는 '꿈'과 '삶'을 중심에 두고 인물들을 끌어당기고 밀어낸다. 꿈이 인력처럼 당기는 역할이라면, 삶은 척력의 역할이라 정신 차리고 나면 우리는 언제나 산산조각이다. 그 산산조각이 난 채로 멀쩡한 얼굴을 내보이는 것이 어른의 삶이라면, 어린 날의 우리는 무엇을 위해 그렇게 애쓰고 살았던 걸까.

AI는 미래가 아니라 현재다. 『포나』는 그 여상함 속에서 세 편의 연작소설을 이어나간다. 중심인물이 정서, 현정, 연우로 바뀌면서 소설의 톤도 미묘하게 달라진다. 공기가 바뀌듯 목소리가 달라지고, 그들의 삶 역시 달라진다. 재능에 대해 한 번이라도 생각해본 적 있는 사람이라면 누구나 이 소설과 함께 찡그리고, 웃고, 그러다 개운함을 느끼게 될 것이다. 슬픔에 잠기는 대신 꿈의 다음 단계를 그려보게 될 것이다.

만두전골은 언제나 맛있고, 인간은 언제나 진심을 요구하며, 나는 잊어도 남은 언제나 기억한다. 막이 내리기 전까지, 이 소설을 읽는 행운이 당신과 함께하길 빈다.

자신의 무대 위에 선
모두를 위한 소설!

윤별 발레리노, 윤별발레컴퍼니 대표

발레리노인 나는 언제나 몸이 가진 한계와 아름다움 사이에서 춤을 추었다. 몸은 단 한 번도 완벽했던 적이 없었지만, 그 불완전함이 오히려 인간적인 빛을 발하도록 이끌었다.

『포나』는 그 빛을 언어로 그려낸 작품이다. 소설에서 포나(인공지능)는 다양한 삶의 방식을 부여한다. 인간 대신 통계를 내고 분석해서 판단의 기반을 마련해주기도 하고, 사용자의 취향이나 가치관 등을 반영해 여러 선택지를 주기도 하며, 몸에 이식되어 실시간 데이터를 주고받으며 또 다른 감각을 선사하기도 한다. 불완전을 바탕 삼아 새로운 길을 발견하게 만드는 파트너 역할을 하는 것이다. 그리고 소설은, 내가 생각하기에 그 불완전함을 가장 아름답게 보여주는 예술 '발레'로 연결해 이야기를 펼쳐 보인다.

발레극에는 독무도 있지만 두 명이 추는 파드되도, 여러 무용수가 함께 추는 군무도 존재한다. 소설을 읽는 내내 나는 생각했다. 각 소설의 주인공이 다른 무대에 서 있지만 결국엔 '함께' 춤추고 있다고. 그리고 끝내는 이런 생각도 들었다. 발전된 기술은 우리가 더 나은 선택을 할 수 있도록 돕는 존재일 뿐, 결국 어떻게 살아갈지 결정하는 것은 여전히 나 자신이라는 것을. 각자, 그러면서도 함께 춤추는 무대가 인생 아닐까. 지금도, 앞으로도 그건 변하지 않을 것 같다.

발레를 사랑하는 분들뿐 아니라 자신의 무대 위에 서서 매 순간 선택하며 살아가는 모든 분에게 이 작품을 추천한다.

작가의 말

○

발레와 인공지능이 나오는 소설을 쓰겠다고 했을 때, 내 주변 반응은 크게 두 가지로 갈렸다. 소설 두 편을 쓰는 거냐고 묻는 사람이 있는가 하면 두 마리 토끼를 한번에 잡으려다가 둘 다 놓치니 하나만 택하라는 사람도 있었다. 수긍할 만한 말이라서 수긍했다. 수긍은 했지만, 그러겠다고는 하지 않았다. 그래서 이 소설을 썼다. 나는 남의 말을 잘 듣지만, 잘 듣는다고 해서 남의 말을 무작정 따르진 않는다. 그랬다면 아마 나는 소설가도 되지 못했을 것이다.

사촌은 내가 소설가라서 다행이라고 했다.

"넌 머리와 몸의 싱크가 맞지 않는달까. 자막과 영상의 싱크가 맞지 않는 것처럼."

그만큼 고집도 세고 성격도 급하다는 뜻이었다. 다행히도 우리는 사람들로 북적거리는 카페에서 만났다. 내가 주먹을 쥐어 보이자 사촌은 가방으로 제 얼굴을 가렸다. 그는 나더러 가방끈도 길면서 인내심은 왜 짧은 거냐고 투덜댔다. 나는 대답하는 대신 사촌의 정강이를 걷어찼다. 가끔은 비언어적 요소가 그 어떤 언어보다 전달하고자 하는 바를 효율적으로 전달하기도 한다. 사촌이 품고 있는 소설가에 대한 그릇된 환상을 하나하나 짚어주느니 한 대 때리는 편이 입을 더 빨리 다물게 만들 수 있다. 애석하게도 그렇다. 나는 원체 반폭력주의자이고 소설가에 대한 사촌의 편견이 강화되는 건 막지 못하겠지만. 뭐 어때. 소설가는 편견으로 사는 존재다.

영상과 자막의 싱크가 맞지 않거나 맞지 않는 것처럼 보이는 경우는 허다했다. 누군가에게 주먹을 날리는 장면에서 여기가 어디냐고 묻는 자막이 뜬다거나 고양이가 나른하게 기지개를 켜는 순간 밀린 카드 대금을 어찌해야 할지 모르겠다는 자막이 나오고, 서로를 껴안고 있는 연인 아래로 온갖 욕설이 섞인 자막들이 지나갔다.

사람들은 번역가를 탓했다. 나는 늘 똑같은 댓글만 달았다. 감사합니다. 감사하다는 반응이 제일 안전했다. 가끔은 실수가 아닐 때도 있었으니까.

　서로 주먹과 발이 오가다 보면 나와 누군가의 경계가 흐려지고, 그러다 보면 자신이 어디 있는지 모호해지는 순간이 왔다. 전혀 상관없는 존재들이 상관있는 존재들의 문제를 걱정할 수 있고, 간절하게 상대를 원하면서도 끔찍하게 미워하기도 한다.

　화면 밖 세상도 마찬가지였다. 누군가의 손을 바라보며 머뭇거리다가 영영 놓쳐버린 사람들이, 버티고 버티다가 도와줄 수 없는 지경에 이르러서야 도와달라고 손을 뻗는 사람들이 있다. 누군가는 사랑한다거나 미안하다는 말을 내일로, 모레로 미루다가 채 익지 않은 감정들을 쏟아붓고, 어떤 이는 그 감정의 해일을 견디지 못하고 저 멀리 떠내려가기도 했다.

　삶은 난장판이다. 나는 그 난장판에 매혹당했다. 그 속에서 보고 배우면서 느낀 것들로 글을 썼다. 쓸 때마다 시작과 끝을 정했지만, 내가 쓰는 이들은 예상치 못한 곳에서 시작해서 정해놓은 끝을 넘어서려고 했다. 더 멀리 가려고 들었다. 그들에게 끝은 끝이 아닌 경계였다. 넘어서야 할 경계. 나는 그 앞에서 기꺼이 두 손을 들었다. 열심히 그들의 이야기를 받아 적으면서 걷다 보면 언덕에 이르렀고, 그 위에서 바라보는 경치는 꽤 그럴싸했다.

그래서 소설이 좋았다. 발레도 그랬다.

발레는 머리로 무슨 동작인지 백번 이해해도 소용없었다. 몸이 단 한 번도 순순히 따라준 적이 없었으니까. 안무를 달달 외워도 정작 음악이 흘러나오는 순간 새까맣게 잊어버렸다. 다음에 무슨 문장을 써야 할지 막막할 때처럼, 어제까지만 해도 술술 말하던 고유명사들이 돌연 자취를 감춘 것처럼 아연했다. 그 단어가 뭐였지, 다음 동작이 뭐였더라? 글이 왜 여기서 막히는지, 발과 팔이 어째서 맞아떨어지지 않는지 물었으나 대답은 돌아오지 않았다. 계속 쓰고, 계속 연습할 수밖에 없었다. 더 많은 시간과 노력이 필요했다.

반면 인공지능들은 빠르고 쉽게 답을 내놓는 것처럼 보였다. 제가 내놓은 답이 정답이라고 했고, 답이 아니라고 지적하면 기꺼이 인정했다. 같은 설명이라도 성내는 일 없이 몇 번이고 반복해서 설명해주었다. 혹자는 인공지능을 좋은 학생이라 평했고, 혹자는 좋은 선생이라며 따랐다. 좋은 학생치고는 반성이나 성찰이 없고, 좋은 선생이라고 보자니 책임을 묻지 못한다. 어느 쪽이든 인간은 자신을 닮은 것을 만드는 걸 좋아한다는 생각이 들었다. 조각상이나 그림, 소설, 시, 희곡, 사진, 자손들까지. 외롭기 때문일까.

한번은 어느 수업에서 스콧 피츠제럴드의 소설 『위대한 개츠비』 감상문을 써오라는 숙제를 냈다. 영화가 아닌 소설이라고 몇 번씩 못을 박았다. 『위대한 개츠비』를 아직 읽지 못한 사람들에게는 미안하지만, 행복한 결말은 아니었다. 제출한 감상문들을 살피던 중 나는 생각지도 못한 복병과 마주쳤다. 『위대한 개츠비』가 아니라 『행복한 개츠비』를 읽은 게 아닐까 싶은 감상문이었다. 그 감상문에서는 개츠비가 자신이 불법 도박장으로 부를 불렸다는 걸 부끄러워하며 데이지와 함께 도망친 후 행복한 여생을 보냈다고 했다. 어쩌면 『위대한 개츠비』의 결말에 안타까워하던 사람들이라면 만족할 만한 결말이었을지도 모른다.

그러나 읽어야 할 책은 『행복한 개츠비』가 아니라 『위대한 개츠비』였다. 나는 결국 그 감상문을 쓴 수강생을 따로 불러냈다. 사과하거나 변명할 줄 알았지만, 그 수강생은 감상문에서도 그랬듯이 내 예상을 뛰어넘었다. 그는 인공지능이 자신에게 잘못된 정보를 알려주었다며 화를 냈다. 내가 아니라 인공지능에. 어쨌든 개별 과제지 협동 과제가 아닌 이상 점수를 조정해줄 수는 없었다. 다만 그에게 고마운 점이 하나 있다면, 덕분에 인공지능에 대해 생각해보는 계기가 생겼다는 것이다.

인공지능은 일종의 거울과 같다. 사용자는 인공지능을 통해 거대한 지식의 보고를 들여다본다고 생각하지만, 결국에는 자신이 아는 지식만 볼 수 있을 뿐이다. 그 이상의 정보를 보더라도 진위 여부를 가리지 못하는 이상 유효하지도 않다. 세상 만물이 다 그렇다. 아는 만큼 보인다. 내가 조카의 닌텐도에 뜬 캐릭터를 보고 디지몬을 좋아하느냐고 했을 때, 조카는 어이없다는 듯한 목소리로 포켓몬이라고 대꾸했다. 조카는 전설의 포켓몬이 썬더와 파이어, 프리저라고 말하는 날 답답하게 여겼다. 적어도 라이코, 스이쿤, 앤테이의 이름은 알아야 한다고 했다. 진화도 메가 진화가 있고 다이맥스가 있단다. 그래서 나는 이제 포켓몬스터를 모르는 사람이 되기로 했다.

아는 것 이상으로 보려면 더 읽거나 쓰고, 연습하고, 공부해야 한다. 대체 더 얼마나 애쓰고 노력해야 하나. 때로는 질리기도 했다. 세상은 너무 많이, 빠르게 변해갔다. 그중 일부는 한철을 풍미하다가 사라졌고, 몇몇은 남아서 오래도록 머물렀다. 인공지능은 어떨까. 아직은 확신할 수 없지만, 인간은 결국 그 안에서 자신과 마주하게 될 것이다. 불확실한 미래를 두려워할 자신을.

　소설을 쓸 때도, 발레를 할 때도 다르지 않다. 나는 불안해하는 나 자신과 마주한다. 열심히 썼는데, 세간의 주목을 받지 못하면 어떡하나. 발레무용수들도 비슷한 불안에 시달린다고 했다. 열심히 연습하는데, 인정받지 못하면 어떡하나. 운이 따라주지 않는다면?

　그럴 때마다 나는 처음으로 출판사에서 전화를 받은 날을 떠올렸다. 학교 도서관이었고, 한낮인데도 어두웠으며 추적추적 비가 내리고 있었다. 어떻게든 계속 쓸 것이고, 계속 쓸 핑계를 찾겠다고 다짐한 후였다. 무용수 중 한 명은 자신에게도 비슷한 경험이 있다고 했다. 발레단 오디션에 몇 년째 낙방했을 때, 설령 발레단에 입단하지 못하더라도 계속 춤을 추겠다고 다짐했노라고. 아마 소설이나 발레뿐 아니라 세상의 다른 일들도 그런 순간을 붙든 채 계속되는 게 아닐까. 무엇이든 하겠다고 맘먹은 이상, 불안이나 두려움에 시달리지 않는 방법은 없다. 그냥 계속하는 수밖에.

이 소설을 쓰는 동안 많은 사람의 도움을 받았다. 내게 발레를 가르쳐주신 L 선생님과 K 선생님, 인터뷰에 응한 무용수들과 발레 무용수가 되지는 못했으나 그 누구보다도 발레를 사랑했던 사람들. 덕분에 무대가 어떤 곳이며, 그 무대에 서기까지 어떤 과정을 거쳐야 하는지 들을 수 있었다. 사랑과 증오, 선망과 원망, 희망과 절망이 교차하는 순간들로 뒤덮인 그 여정은 삶과 다르지 않았다. 아니, 삶 그 자체였다.

인터뷰 도중 그들은 혹시 내가 이 이야기를 듣고 나서 발레를 싫어하게 된다면 어떡하냐고 우려를 표했다. 그러나 앞에서도 말했듯, 나는 세상이라는 난장판을 마주한 채 글을 쓰는 사람이다. 문자 언어 그 이상의 것—눈빛과 손짓 같은 의도적인 마임, 무의식적인 행동—들이 문자와 뒤엉키는 순간, 괴롭지만 한없이 즐거워진다. 그 모든 걸 계속 글로 담아내려고 애쓰고, 괴로워하고, 그래도 쓰고 다듬기를 포기하지 않듯 발레도 계속 사랑할 것이다. 나는 2년 내내 공차에서 똑같은 음료만 주문한 전력이 있으므로 나름 믿을 만하다. 사실 2년은 더 되지만, 친구들에게 혼날까 봐 2년이라고 썼다. 아마 정서와 현정, 연우도 나처럼 사랑하는 것들을 계속 사랑하리라 믿는다. 소설은 여기서 끝나지만, 부디 세 사람 모두 사랑하는 것들과 계속해서 살아가길 바란다.

정은우 연작소설
포나
ⓒ 정은우

초판 인쇄	2025년 12월 5일
초판 발행	2025년 12월 15일
지은이	정은우
펴낸이	지영주
펴낸곳	(주) 자이언트북스
출판등록	2019년 5월 10일 제2019-000085호
주소	경기도 고양시 덕양구 덕은1로 5 2층
홈페이지	www.giantbooks.co.kr
전자우편	giantbooks00@gmail.com
인스타그램	https://www.instagram.com/giantbooks_official
IISBN	979-11-91824-50-6 (03810)

* 이 책의 내용을 재사용하려면 저작권자와 자이언트북스의 동의를 받아야 합니다.
* 이 책은 서울특별시와 서울문화재단 2024년 창작집 발간 지원 사업의 지원을 받아
  발간되었습니다.